長編小説

豪胆の人

帝国陸軍参謀長 長勇《ちょういさむ》伝

阿部牧郎

祥伝社文庫

目次

序

もう何年もまえになるが、沖縄《おきなわ》の戦蹟を見てまわったことがある。といってもそれが目的ではなく、プロ野球の春季キャンプを取材したついでだった。

嘉数《かかず》にはまだ弾痕の残る家があったし、ひめゆり部隊の記念碑も印象深かった。摩文仁《まぶに》高地は遠くから眺めただけだったが、すさまじい砲撃で削《けず》られたせいなのか、山の形が明らかに歪《ゆが》んでいた。第三十二軍司令部のあった首里《しゅり》の洞窟がとくに印象的だった。コンクリートで固められた出入口は草で覆《おお》われ、内部はあくまで暗く奥深かった。軍参謀長の長勇《ちょういさむ》中将が書いた「天岩戸《あまのいわと》戦闘司令所」の標識のあった出入口なのかどうかはわからない。ここにひそんだ一千名の将兵の霊魂を思わせて周囲は暗くしずまり返っていた。

そこを離れて眺めたプロ野球のキャンプやオープン戦の光景はなんとも明るく平和だった。球音と観客の声援がさわやかに空へ立ちのぼった。海は青く、野山はひろびろとしていた。畑のなかの道がまぶしいほど白い。那覇《なは》の外では空気がきれいで、日本でも残りすくない健康な観光地の印象だった。

だが、普天間《ふてんま》など米軍基地のあたりでは雰囲気が一変する。広大な平面に居並ぶ何十機もの爆撃機、戦闘機は、平和ないまの沖縄の風景をかき消して、私たちの関心を一気に首里の洞窟へ結びつけるのである。沖縄が日本で戦闘のおこなわれた唯一の県であること、米軍に占領された状態がまだかなり色濃く残っていることを意識せざるを得ない。

沖縄の攻防戦で日本軍の戦死者は六万五千名、県民の死亡者は約十二万名といわれる。

本島の居住者は五十万名弱だった。県民の四人に一人が死亡した悲惨な戦闘だった。日本軍は最後の最後まで抵抗をつづけ、ほぼ全滅した。降伏をゆるされない軍隊の悲劇である。戦史を読むと、軍参謀長の長勇が圧倒的な米軍に総攻撃をかけて玉砕《ぎょくさい》しようとしたのに反して、八原博通《やはらひろみち》高級参謀が最後の一兵まで持久戦をやろうと主張したことになっている。軍司令官はまず総攻撃をかけ、失敗して、残った将兵で持久戦をする道をえらんだ。

戦史では長参謀長の総攻撃主義を感情的なバンザイ突撃の一種と批判し、八原参謀の持久戦を冷静な合理主義と賞讃している。だが、県民の立場からすると、日本軍がバンザイ攻撃でさっさと玉砕してくれたほうが良かったのである。最後の一兵まで息長く日本兵が抵抗したため、とばっちりその他で死亡した県民が飛躍的に多くなった。

最後に割腹して果てた長勇参謀長は、全陸軍の名物男だった。陸大出のエリートでありながら、喧嘩《けんか》っ早く、上官を恐れぬ横紙《よこがみ》やぶりで勇名をとどろかせていた。

若いころは政財界の腐敗に憤激し、二つのクーデター未遂事件で中心的な働きをしている。正義感と権力欲に動かされ、同志とともに政府要人を暗殺して「国家改造」を実現しようとするのである。今日から見れば意欲ばかり先走った稚拙《ちせつ》な計画だが、長らの行動が軍部および社会にあたえた影響は大きかった。彼らが先鞭《せんべん》をつけたクーデター計画が、やがて若い将校らの二・二六事件に発展する。以来、政治家や財界人は暗殺を恐れて軍部に追従するようになり、軍部独裁の時代が始まるのである。

長勇はクーデター好きが祟《たた》って中央を追われ、中国、朝鮮などの軍司令部や部隊をわたり歩く。南京《ナンキン》大虐殺にも深く係わりあう。その間「張鼓峰《ちょうこほう》事件」で名をあげるが、太平洋戦争開戦後は独断で中国との和平工作をおこない、東条英機《とうじょうひでき》首相に嫌われて左遷《させん》される。沖縄防衛軍の参謀長に任命されたのも、たぶんに厄介《やっかい》払いの向きがある。

長勇は横暴で傲慢《ごうまん》、軍の威光をかさにきて好き勝手をやった男という定評になっている。日本を戦争に引きずりこんだ夜郎自大《やろうじだい》の典型と評される。反面、長を個人的に知る者のうち、彼の悪口をいう者がほとんどいないのも事実である。人間的魅力はあったのだが、その言動は鼻つまみの横暴軍人と共通した点が多かったということだろう。

正義のクーデターから沖縄の悲劇へ。長勇の生涯をたどることは、そのまま昭和陸軍の運命をたどることを意味する。彼の性格は昭和陸軍の性格と多くの点でかさなりあっているのである。長は艶福《えんぷく》家でもあって、有名女優と浮名を流したりした。つまり当時の日本に、彼のような稚気《ちき》あふれる豪傑を愛する風土があったわけである。長は陸軍のみではなく、日本の一面を象徴する人物なのだ。戦後五十年をへて、彼の人生をふり返ってみることにはそれなりの意味があると思う。

沖縄戦の最後に、彼は本島南端の洞窟のなかで軍司令官牛島満《うしじまみつる》中将とともに自決した。敵がじりじりと攻め寄せて最期《さいご》の日が近づくと、彼は毎晩悪夢を見て「カアちゃん怖いよう」とうなされたという。

豪勇無双《ごうゆうむそう》の長勇にしてそうだったのか、とその記録を読んで私はほっとした。彼のまとっていた「暴れん坊」「横紙やぶり」の衣裳を剝《は》いで、私たちとそんなに変らぬ人間像にふれたような気がした。その豪勇の衣裳と、好戦的な軍人気質がもともと何によって作られたのか、私なりに納得できた。彼の生涯を小説にしてみようとしたゆえんである。

三月革命

1

議会の予算委員会はこれでもう五日も混乱がつづいていた。

野党議員が罵声《ばせい》をあげて首相代理席・委員長席にせまり、防ごうとする与党議員と揉《も》みあいになる。混乱がひどく、速記もとれない。議員や院外団の男たちが廊下にひしめいていきり立っている。

議長が閉会を宣言しても、野党議員にじゃまされて幣原喜重郎《しではらきじゅうろう》首相代理は会議室を出られない。二十名あまりの守衛にまもられてようやく退出するしまつである。

三日目からは揉みあいが撲《なぐ》りあいに発展した。会議室にもぐりこんでいた私服刑事が摘発され、議員たちにさんざん撲られたうえ傍聴券・名刺などを奪われた。つぎの日からは政友会《せいゆうかい》・民政党《みんせいとう》の議員が入りみだれて取っ組みあいや撲りあいをやった。彼らは手あたりしだいに名札・痰壺《たんつぼ》・灰皿などをつかんで投げつけ、多数の怪我《けが》人を出した。

昭和六年（一九三一年）二月七日。前年末に開会された第五十九議会の審議がつづいていた。

首相は浜口雄幸《はまぐちおさち》。民政党内閣の時代だった。だが、前年十一月、浜口は東京駅で右翼青年にピストルで射《う》たれ、重傷を負って療養中である。

外相の幣原喜重郎が首相代理をつとめていた。幣原は世界を視野にいれた大物外交官で、英米との協調を重視する正統外交の推進者だった。中国にたいしても内政不干渉、平和主義、合理主義にもとづく外交をすすめ、日本が世界から孤立するのをふせいできた。西欧諸国から高く評価された半面、英米一辺倒《いっぺんとう》だの腰ぬけ外交だのと、軍部、右翼、政友会などから非難されつづけてきた。

前年の四月二十二日、日本政府はロンドン海軍軍縮会議において海軍条約に調印した。巡洋艦、駆逐艦の保有量を対米英比それぞれ七割弱以下におさえるという条約だった。この批准《ひじゅん》をめぐって国内は大いに紛糾《ふんきゅう》した。

七割弱以下では話にならぬ、七割は絶対に確保するべきだと海軍の強硬派は主張した。一方で右翼の北一輝《きたいっき》が「統帥権《とうすいけん》の干犯《かんぱん》」という新語をもちだして政府を攻撃した。日本の軍隊は天皇の指揮下にある、作戦・軍備などについて内閣の干渉はうけない、軍備にかわる条約に内閣が勝手に調印したのは天皇の権限の侵害だというわけである。軍部も政友会もこの新語に飛びつき、雀《すずめ》の合唱よろしく声をそろえて内閣を攻め立てた。

この二月三日、政友会の若手議員が予算委員会において、いったいこの条約で日本の国防は万全なのかと質問した。幣原首相代理は立ってつぎのように答弁した。

「げんにこの条約は御批准になっております。その事実が、ロンドン条約が国防を危《あやう》くするものでないのを証明しております」

御批准とは、天皇が条約を承認したことを意味している。

野党側はがぜん勢いづいた。天皇に責任をおしつける答弁だ、大問題だというわけである。すったもんだのすえ、幣原では話にならぬ、浜口を病院から引っ張りだせと野党側は滅茶苦茶《めちゃくちゃ》なことをいいだした。拒絶、揉みあい、撲りあいと混乱はひどく拡大していった。新聞やラジオでこの模様を知って、一般市民はあっけにとられるばかりだった。

「議会はきょうも荒れたようです。陣笠どもが取っ組みあいをやったらしい。代議士なんてまったく屑《くず》ばかりだ。橋本《はしもと》中佐どののいうとおり、議会は撲滅するべきですね」

「うん。国家改造の時期がきたようだな」

「わが桜会《さくらかい》の出番ですよ。議会から宇垣《うがき》陸相を引っこぬいて軍主体の政府をつくらなくてはならぬ。さもないと国が亡《ほろ》びます」

「橋本中佐どのの招集もきっとその件だろう。大川周明《おおかわしゅうめい》博士と宇垣大臣の話合いがついたのかもしれん。日本もこれから面白くなるぞ」

午後七時ごろ、二人の将校が話しながら市ケ谷《いちがや》の陸軍士官学校の門を出てきた。

一人は長勇《ちょういさむ》大尉。参謀本部第二部支那《しな》課勤務の三十六歳である。眼鏡《めがね》にちょびひげ、身長百七十五センチで、武道家らしい固太りの体つきをしていた。

胸を張って外股で歩く。眼光はするどい。体の動きは傍若無人《ぼうじゃくぶじん》だが、目くばりは細心でやさしい感じがした。

もう一人は田中弥《たなかわたる》中尉。参謀本部第二部欧米課ロシア班勤務で三十四歳だった。キッと遠い空を見すえたような風貌の男である。長よりは小柄だが、やはりたくましい体つきだ。

二人は所用で士官学校を訪問した帰りだった。まっすぐ市ケ谷駅へ向った。少佐になれば軍の自動車を使えるのだが、大尉以下ではよほど重大な公務でないと利用できない。少佐進級の日を長は首を長くして待っている。

長と田中は中央線の電車で東京駅方面へ向った。満員ではないが、車内は混んでいて、座席がない。二人は出入口の近くに傲然《ごうぜん》と立って電車に揺られた。

長大尉はじろりと車輛を見まわしたあと、窓の外の夜景に目をやった。田中中尉は書物をとりだして読みはじめた。大川周明著『近世欧羅巴《ヨーロッパ》植民史』である。大川はヨーロッパ諸国の弾圧に対抗する大アジア主義の主唱者で、多くの著作をあらわし、軍部にも数多くの弟子や支持者をもっていた。

月給取りらしい男たちが五、六名、長大尉らの近くの座席に腰かけていた。胸に参謀用の金モールを吊った眼光するどい二人の将校に彼らは視線を向けなかった。目をとじている男もいた。危険物がそばにある、といった表情だった。

出入口のそばにいた三人の若い女が、恐ろしげに二人の将校から離れた場所へ移った。

ハッピ姿の職人、鳥打帽の店員、千金丹《せんきんたん》の箱をかかえた薬売り、ねじり鉢巻《はちまき》の魚商人などといった乗客は、さわらぬ神にの表情で目を伏せていた。

「軍人さんだ。バンザイ。大尉と中尉だ」

母親につれられた幼稚園児らしい男の子だけが親愛の情を二人に見せた。吊り革《かわ》を握った母親に男の子は手を引かれている。ときおり魚のように跳《は》ねた。長はそちらへ笑いかけた。かえって怖かったらしく、男の子は顔をこわばらせた。

「最近、われわれに注《そそ》がれる目がすこしはマシになりましたね。ロンドン条約が思わぬ功《く》徳《どく》になったようですな」

読書をやめて田中中尉が話しかけてきた。

乗客たちの冷ややかな視線を無視するために彼は本を読みかけていたのだ。

「いや、わしはそうは思わんよ。庶民はおろかだ。軍人の値打がわかっておらぬ」

長大尉の声は大きかった。

近くの乗客にきかせようとしているわけではない。地声《じごえ》である。

「政治家が悪いのです。軍を縮小すれば景気が良くなるような宣伝をする。この国を改造できるのが軍人だけであることを国民に知られたくないのです。自分たちの失政を棚にあげて、不景気の責任を軍におしつける」

「政党政治はもう長くはつづかんよ。やつらにまかせておいてもろくなことにならんのがはっきりしてきたからな」

「ワシントン条約につづくロンドン条約。すべて英米のいいなりです。幣原喜重郎は国賊ですよ。叩っ斬るべきです」

「まあ、あせるな。現状はかならず打破する。しばらく親分の動きを見ることだ。小磯《こいそ》局長や大川周明と連絡をとって、なにか着々と仕掛けをしているらしいぞ」

長大尉も最後はさすがに小声になった。クーデターの話など他人にはきかせられない。

親分というのは田中の直属の上司、欧米課ロシア班長の橋本欣五郎《きんごろう》中佐である。田中は橋本の懐刀《ふところがたな》といわれている。長大尉も同じ福岡《ふくおか》県出身ということもあって橋本に私淑《ししゅく》していた。

橋本は昨年、陸大出の若いエリート将校に呼びかけて国家改造を志向する集団『桜会』を結成した。「目的達成のためには武力行使も辞さず」という物騒な文言《もんごん》が綱領にある。

いま日本の経済は、第一次大戦の好景気の反動や震災などで不況のどん底に落ちている。世界的な大恐慌にも災《わざわ》いされていた。

失業者が多い。米価の暴落、凶作などによって農村は貧困をきわめ、東北地方の多くの農家が娘を娼家に売った。政治家は腐敗、堕落をきわめている。

遊郭の移転でボロ儲けを策した政治家・土地会社による松島《まつしま》遊郭事件。官僚が財界人に金で勲章を売った勲章疑獄。さらに私鉄疑獄、朝鮮疑獄などがつぎつぎに明るみに出た。

狙撃された浜口首相にしてからが、自《みずか》らのひきいる民政党が三菱《みつびし》財閥から巨額の政治資金を受取ったため、悪評ふんぷんの仙石貢《せんごくみつぐ》満鉄《まんてつ》総裁を罷免《ひめん》できずにいる始末だった。仙石は三菱から満鉄へ送りこまれた男なのだ。こんなことではいまに共産革命が起るだろう。

『桜会』は革命勢力に対抗できる軍事政権を樹立しようとしていた。それによって国内を改造し、満州《まんしゅう》（中国東北部）へ進出する。ほかに現在の苦境を克服する道はないとの認識だった。

長も田中も橋本中佐の見解を支持している。呼びかけに応じて、まっさきに『桜会』へ加盟した。当初二十名だった会員は、いまでは九十八名。陸軍の中枢部の一大勢力に成長している。

軍人に注がれる乗客の視線のことをさっき田中は口にした。大正の末期から最近まで、軍人は世間から白い目で見られてきた。

平和な時期の軍隊は、国民にとってはただの金食い虫である。不況がつづき、世界中に平和の気運が強まったこともあって、軍にたいする風あたりはいっそう強くなった。軍縮が提唱され、数次にわたって実施された。

海軍は大正十一年（一九二二年）のワシントン会議で、主力艦の保有比率を英5、米5、日3にしようという英米の提案を呑《の》まざるを得なかった。これ以上の海軍力増強は、国内経済の状態から見てとうてい不可能である。さらに昨年ロンドン会議において、補助艦の保有比率を米5、英5、日3・5弱にするという条約に応じさせられた。国の財政と英米の意向を考えにいれた、やむを得ざる措置だった。

陸軍も大正末期、三度も軍縮を実施した。大正六年（一九一七年）、革命によって帝政ロシアが崩壊し、仮想敵国がなくなったので、軍備を縮小せざるを得なかった。常備二十五個師団を二十一個師団に、人員にして約九万三千名の削減がおこなわれた。国家予算のおよそ半分を占《し》めていた軍事費は、おかげで三割八分程度にまで引きさげられた。

だが、軍縮は一方で軍人軽視の風潮を招いた。

乗り物のなかなどで、軍人はしばしば市民からいやがらせをされた。座席に腰をおろすと白い目で見られる。立っていると、通路をふさぐと文句をいわれる。軍刀が目ざわりだとか、軍靴《ぐんか》の拍車で足に怪我をするとか、軍服が汗くさいとかいやみをいわれた。将校も兵士も外出のときは軍服をぬぎ、一般市民の服装をする者が多かった。

大正中期には一学年六百名を超えた士官学校生徒が、昭和初期には二百名台に減らされた。「ビンボー少尉」「やりくり中尉」「ヤットコ大尉」など安給与がバカにされた。良家の娘は、相手がたとえ陸大出のエリートでも、軍人との縁談にそっぽを向くようになった。国防を錦《にしき》の御旗《みはた》に軍はこれまでしばしば横暴を通してきたが、平和な時代になって報《むく》いをうけたわけである。

いまに見ていろ。軍人を粗末にして国が発展するはずがない。長勇大尉や田中弥中尉は親分格の橋本欣五郎といいかわして、不遇の時代に耐えてきた。案《あん》の定《じょう》、日本の政治経済は二進《にっち》も三進《さっち》もいかぬ窮地《きゅうち》におちいった。そろそろ軍人の出番がきたのだ。われら軍人が決起して国家改造をなしとげ、名実ともに日本を世界の一等国におしあげてみせる。長も田中も意気さかんだった。軍人だけが心底から国を想《おも》い、国のためによろこんで生命《いのち》をすてる人間だという自負がある。このことをすぐに庶民にもわからせてみせる。日本は生れ変るのだ。

電車はやがて万世橋《まんせいばし》駅へ着いた。何人かの乗客が車輛から出てゆき、座席が空《あ》いた。さっきの母子がすわろうとする。ホームから飛びこんできた若い男が母子をさえぎり、

「先生、こちらへどうぞ」

と乗降口に向かって声をかけた。

インバネスを着た壮士ふうの中年男がステッキをついて、三人の若い衆を引きつれて悠然と乗りこんでくる。その座席に腰をおろそうとした。

「ばか者。女子供の席を奪うな」

長大尉が一喝《いっかつ》した。車輛のすみずみにまでその声はひびきわたった。

「なにをォ。このヤットコ野郎が」

四人の手下は目をむいた。

親分格の男は壮士気どりの破落戸《ごろつき》らしい。自動車も人力車も使わず電車に乗るのだか

ら、さほど大物でもないのだろう。

「かまわん。すわりなさい。そこはおまえたちの席なんだ。わしが保証する」

長は母子に声をかけた。すぐに電車が動きだした。

「い、いいえ、私たちすぐにおりますから」

母親は怯《おび》えきっていた。男の子の手を引いて車輛のすみのほうへ逃げていった。

「なんだ。せっかく親切にしてやったのに」

長は大いに不服だった。

「当然ですよ。だれだって怖がります」

田中があきれてたしなめる。

「大尉さんよ。威勢がいいな。どこの部隊の所属でおられるかな」

インバネスの「先生」が立ったまま訊《き》いた。

陸軍の高官に知人がいることをひけらかしたいのだろう。

「参謀肩章が目に入らんのか。参謀本部第二部支那課の長勇だ。この男はロシア班の田中弥。そういう貴公のお名前は」

「参謀本部に知己《ちき》はないが、陸軍次官の杉山《すぎやま》閣下には昵懇《じっこん》に願っている。長大尉さんのこともよろしく申しあげておこう」

いわれて長はせせら笑った。虎《とら》の威《い》を借るキツネの典型である。

「杉山元《はじめ》によろしくなんざいってもらいたくねえな。長勇は便所の戸に用はない」

「便所の戸。なんだそれは」

「押せばこちらからでもひらくから便所の戸。しかも悪臭ふんぷんときてやがる。それより貴公、どこの馬の骨か。さっきから訊いているではないか」

「馬の骨——。ヤットコふぜいが無礼千万《ぶれいせんばん》な。このおかたは大日本昇竜会《しょうりゅうかい》の椛山常吉《かばやまつねきち》先生だぞ。かの頭山満《とうやまみつる》先生の流れをくむ——」

手下の一人がさけんだ。嚙みつきそうな顔で長を睨《にら》んでいる。

電車が東京駅に着き、長と田中は山手《やまて》線に乗りかえた。昇竜会の男たちも同じ車輛に乗ってきた。電車は動きだし、すぐに有楽町《ゆうらくちょう》駅のホームへ入った。

「おう、着いたか。失敬するぜ、大日本花柳《かりゅう》会のみなさんがたよ」

長と田中は電車をおりた。

逃げるな、とうしろから声がかかった。無視して二人はホームの階段をおりた。

「尾行《つけ》てきてますよ、長大尉どの」

改札口を出て田中がささやいた。

「せっかくだから受けてやろう。向うは若いのが四人だな。割りあては二人ずつだ」

二人は表通りを避けて、わざと裏の道へ入った。

飲み屋の灯《ひ》が並んでいる。だが、通りは暗い。すれちがう男の顔がよく見えない。

しばらくゆくと、うしろから殺気が近づいてきた。低い掛け声。闇を裂《さ》く刃物。長と田中は左右へ飛んだ。前後から二人ずつの人影が刃物をふるってせまってくる。

うしろの男の手首を長はおさえ、したたかに胯間《こかん》を蹴りあげた。男は飛びあがり、頭から地へ落下してあおむけに倒れる。すでに長はもう一人の腕の逆をとってねじあげていた。男の手から刃物が落ちる。そのまま長は身をかがめ、一本背負いで男を投げ飛ばした。男は空中で半回転し、あおむけに土へ叩きつけられて動かなくなった。

田中のほうも、どうやったのか、すでに一人を倒していた。もう一人をうつぶせにおさえつけて右腕の逆をとっている。男は悲鳴をあげ、骨の折れる音がきこえた。田中は立って、のたうちまわる男を見ている。

「さあいこうか。橋本親分が待ってる」

「一汗かいて腹がへりましたよ。熱燗《あつかん》が美味《うま》いでしょうな」

二人は歩きだした。あつまった野次馬《やじうま》が度胆《どぎも》をぬかれて二人を見送っている。

昇竜会の男たちは、この上なく運がわるかった。長勇は剣道五段、柔道三段、相撲も大学の相撲部員と互角の取組みをする。田中弥は柔剣道ともに三段。空手の心得もある。参謀本部の高級将校なら腕はさほどでもあるまいと踏んだのが、壮士たちの誤算だった。

2

築地《つきじ》の料亭金龍亭《きんりゅうてい》で橋本欣五郎中佐は二人を待っていた。

六畳間の炬燵《こたつ》のうえに酒肴《しゅこう》を並べ、贔屓《ひいき》の芸者信千代《のぶちよ》の酌《しゃく》で飲んでいる。他愛なく鼻の下をのばしていたが、長と田中が炬燵を囲むとひきしまった顔に一変した。

橋本は四十一歳。専攻は砲科で、参謀本部ロシア班長のほか陸大教官をかねていた。昭和二年（一九二七年）から五年初めまで、橋本はトルコ大使館付武官としてコンスタンチノープル（イスタンブール）に滞在した。赴任の直前、ケマル・パシャが革命を達成し、トルコを近代国家として再生させた。橋本は革命の手法や過程を懸命に学んで帰ってきた。その後すぐに『桜会』を結成した。日本のケマル・パシャとなって国家改造に身を挺《てい》する覚悟でいる。

「信千代。しばらく席を外しておれ。あとで呼ぶからな」

長と田中の料理が運ばれてきたあと、橋本中佐は信千代に告げた。

橋本は門司《もじ》の富裕な屑鉄《くずてつ》商の息子で、六人きょうだいの末っ子である。そんな出自《しゅつじ》にふさわしいのっぺりした顔立ちだった。だが、いざ気合が入ると、その顔に相手の背すじを寒くさせるような凄味《すごみ》が加わる。シェパードのように尖《とが》った大きな耳が特徴的である。

「長大尉に田中中尉。きょうわしは決心したぞ。クーデターを決行する。一カ月かけて準備して、桜のころには新政府をつくる」

目をぎらつかせて橋本はいいだした。大きな耳が鬼の角《つの》のように見えた。

「いよいよですか。大川周明博士が宇垣大臣の承認をとりつけてくれたのですね」

緊張して長は質問した。

これほどの国家の大事を前にしてあやしげな壮士たちと乱闘したかるはずみが、ふっと後悔された。

橋本以下『桜会』の同志は、クーデターで政党政治家を追放し、陸相宇垣一成《かずしげ》を首班とする新内閣を樹立させる計画を抱いている。宇垣軍事政権ができしだい、満州に出兵して同地を日本の領土とし、日本経済の立てなおしをはかることになっている。きょう長と田中が士官学校を訪問したのも、同校の教官である『桜会』の仲間と決起の相談をするためだった。

宇垣自身はまだ計画の内容をはっきり知らない。大川がすべてを打ちあけて、宇垣に出馬を承認させる予定になっていた。

「いや、大川博士からはまだ連絡がない。宇垣閣下は博士をあまり信用していなくて、会おうとしないらしいんだ。むしろわしは桜会から直接大臣を突きあげて、クーデターに賛成してもらうのが早道じゃと思うておる」

声をひそめ、早口で橋本は打ちあけた。

『桜会』の応援者には有力な将官も多い。参謀本部第二部長の建川美次《たてかわよしつぐ》少将、参謀次長の二宮治重《にのみやはるしげ》中将、陸軍次官杉山元中将、軍務局長小磯国昭《くにあき》少将などがそろっていた。杉山はのちに陸軍大臣に、小磯は総理になる大物である。

橋本はあす直属の上官である建川少将と計画を検討する。そのあと二宮、杉山、小磯に会って計画を告げ、宇垣陸相の説得を彼らに依頼するのである。参謀本部や陸軍省の高官がクーデターを支持しているとなれば、宇垣大将もよろこんで救国内閣の首相になるのを承諾してくれるだろう。

「便所の戸にももちかけるんですか。大丈夫ですかね、あの男」

長は顔をしかめた。

杉山中将は郷里福岡県の先輩である。だが、「ぬえ」のようにえたいの知れない人物なので、長は信用していない。

「大丈夫。勢いがこっちにあると見りゃ乗ってくる男よ。なにせ次官じゃけ、力はある。利用せん手はなかろう」

「まあよろしかろう。それでクーデターの細目じゃが、中佐どのはどのような計画をおもちですか。いつ、どんな段どりで」

「それを相談しよう思うてきさまらを呼んだんじゃ。もちろんおおよその腹案はある。まず話をきいてくれ」

橋本欣五郎中佐はすわりなおした。鞄《かばん》から矢立てと巻紙をとりだした。達筆な橋本の手で計画の原案が書き出してあった。

一、決行日時　三月二十日ごろ。労働法案上程の日とする。

一、大川博士の指導により一万名を動員、八方より議会にたいしてデモをおこなう。各縦隊には抜刀隊を配置し、警官隊の妨害を排除する。

一、軍隊は非常呼集をおこない、保護の名目で議会を包囲する。『桜会』所属の将校が各部隊を統制する。交通はすべて遮断。

一、建川少将が将校若干名をひきいて議場へ入り、各大臣に辞表を提出させる。

一、閑院宮《かんいんのみや》殿下および西園寺公望《さいおんじきんもち》公へ使者を送り、宇垣一成陸相を首相に指名するよう天皇陛下に進言させる。

一読して長は昂奮で背すじがふるえた。近衛《このえ》師団の将兵が議事堂を包囲した光景、建川少将が幣原以下の大臣に辞職要求を突きつける光景が脳裡《のうり》に浮かんだ。長は拳銃を手に建川少将を護衛している。ひな壇の大臣どもはみんなまっ青になって、声も出ない。幣原首相代理などは、蒼白を通り越して紫色の顔になっている。

「各部隊がそろってクーデターを支持するかどうかが鍵ですね。当然反対派もおりましょう。桜会側の部隊と戦闘になるかもしれません。そうなると厄介《やっかい》ですな」

田中が意見をいった。

暗い顔をしている。東京で市街戦がおこなわれる光景を想像しているらしい。しかも戦っているのは日本軍どうしなのだ。

「宇垣大臣と金谷《かなや》参謀総長に布告を出してもらう。全軍静粛《せいしゅく》にして別命を待て、とな。そのうち宇垣大臣に組閣の大命がくだる。そうなりゃ大丈夫。天皇陛下のご命令に逆《さか》らう者はおらぬ」

「金谷総長は協力してくれるんですか」

「総長はどうせロボットじゃ。二宮次長や小磯局長のいいなりだよ。海軍の説得にはわしが動く。ロンドン条約に不服な者が軍令部にも海軍省にも大勢いるから、かならず同調してくる」

おれは日本のケマルになる。橋本中佐は自信にあふれていた。

ケマル・パシャはトルコ軍の将軍だった。左遷されたのを機会に腹心の将校四十二名をつれて政府軍を離脱、地方にくだって革命軍を組織した。政府軍と戦いながら勢力範囲をひろげ、やがて国民議会を設立、大統領にえらばれた。その後も旧政府軍と数年にわたる戦いをつづけ、旧政府をささえるフランス軍、ギリシャ軍、アルメニア軍も撃破していった。最後にケマルは皇帝を追放して、トルコの国家改造をなしとげたのだ。

「トルコとちがって日本の軍隊は全軍が天皇陛下の統帥のもとにある。分裂して天皇の軍隊へ弓を引くようなことは絶対にない。おかげでわれわれは、ケマルのように長い歳月をかけなくとも国家を改造できるのだ。宇垣陸相に次期内閣の組閣を命じる――陛下のこの一語さえあればすべてが完成する」

「たしかにそうです。しかし、宮中の根まわしは大丈夫でしょうか。陛下が閑院宮殿下や西園寺公の進言を却下され、クーデターは認めぬとおおせになるようなことは――」

気になっていたことを長は質問した。

宮中のことはよくわからない。天皇は政務に関して元老や宮殿下に諮問《しもん》されるが、それ以上に内大臣の意見を参考にされるときいている。いま内大臣は牧野伸顕《まきののぶあき》である。牧野は宇垣陸相の首相就任に賛成するだろうか。

「なんだ長、つまらぬ取越し苦労をするな。閑院宮殿下と西園寺公が宮中へ使いにいくときは、わしが一個中隊をつれて護衛につくけんな。牧野がぐずぐずぬかしたら、斬りすてりゃえが。だれにも有無《うむ》はいわさぬ、宇垣閣下に総理になってもらう」

橋本は胸を張って銚子《ちょうし》を突きつける。

「なるほど。これはクーデターなのですな。長は文明人でありますので、つい平時の手つづきにこだわるくせが出ます。銃あるかぎり、宮中も議会も問題ではない」

納得して長は酒を注《つ》いでもらった。

一気に飲みほした。盃《さかずき》では小さすぎる。以後はコップ酒に切り替えた。

「市内の各部隊を非常呼集するためには、議会保護の名目が要《い》る。だから、議会にデモをかけてもらうわけですね。これは大川博士から出たプランなのですか」

田中弥中尉が訊いた。大川周明の大アジア主義に田中は心酔している。

「いや、博士と相談するうちに、どちらからともう出よった話じゃ。三万は動員できると博士はいうちょった。右翼だけやない、左翼にも動員をかける。労働法案反対のデモじゃいう名目でな」

「なるほどなあ。左翼も利用するのですか。さすが大川博士は肚《はら》が太いです」

「治安当局のしめつけが強いときは、東京の各所でデモ隊に放火させる手もある。そうすりゃ暴動じゃ。軍が出動する条件が完璧にそろうことになるな」

ますます長は血がさわいだ。

動乱の東京。劇的な政権交代。強力な軍部の独裁政権。推進した『桜会』には当然論功《ろんこう》行賞《こうしょう》があるにちがいない。

指導者の橋本欣五郎中佐はまだ若いから、陸相や参謀総長は無理かもしれない。だが、陸軍次官、参謀次長の目はあるはずだ。わるくとも軍務局長あたりに昇格して、軍の中枢で睨みをきかすようになるだろう。

長勇はどうなるか。支那課長か、いや参本第二部の部長になってもおかしくない。部長となれば、当然少佐進級である。弱冠《じゃっかん》三十六歳。少佐で部長は前代未聞《ぜんだいみもん》だろう。正装して郷里へ帰ったら、父母がどんなによろこぶことだろうか。

「じつはきょう立憲《りっけん》政友会の床次竹二郎《とこなみたけじろう》代議士と昼めしを食うたんじゃ。代議士のほうはどうちゅうこともないが、面白《おもしろ》い人に紹介されてなあ。その人のおかげでわしはこれを書く決心がついた」

やがて橋本中佐は炬燵のうえにひろげてあるクーデター計画書を指《さ》してみせた。

面白い人とは、彫刻家の朝倉文夫《あさくらふみお》だった。東京美術学校教授、文展《ぶんてん》審査員だというが、長も田中も初めてきく名前だった。

当時の政治家には、気鋭の青年将校と気脈をつうじようとする者が多かった。その意味で床次も橋本に会食を申し入れたらしい。床次は内務次官、鉄道院総裁などをつとめたあと政界に入り、原敬《はらたかし》内閣、高橋是清《たかはしこれきよ》内閣で内務大臣をつとめた大物である。橋本中佐から『桜会』についての情報を引きだし、政府攻撃に利用しようとしたのだろう。

指定された上野《うえの》の中華料理店へいってみると、床次のほかに朝倉文夫が待っていた。二人の関係はよくわからない。朝倉は五十歳前後で床次より若かったが、床次のほうが弟子のようにふるまっていた。朝倉の芸術に敬意を払っている様子だった。

昼食はとくに変ったこともなく終った。一時間ばかり雑談して橋本が辞去しようとすると、いまからうちへきて一杯つきあってくれと朝倉がいいだした。床次は用があって去ったが、橋本はつきあうことにした。

すぐ近くの谷中《やなか》に朝倉邸はあった。吹抜けのアトリエの二階の廻廊《かいろう》に席を設《もう》けて、二人でウイスキーを飲んだ。芸術家ではあったが、朝倉文夫は政治、経済に造詣《ぞうけい》の深い人物だった。政財界の腐敗、堕落にたいする悲憤慷慨《ひふんこうがい》は橋本を上まわっていた。

「ポーランドのビルスーツキ総理は議会の腐敗にうんざりして、こんな議会に出席するのは恥だと称して辞表を叩きつけたんです。そのあと国家改造に乗りだし、成功した。ビルスーツキは軍人でした。これに倣《なら》ってわが国でも、こんな議会に出るのは男子の恥だと宇垣陸相にいわせればどうでしょうか。そのあとただちに国家改造に着手する」

橋本がいうと、酔って意気軒昂《いきけんこう》の朝倉は、大いに賛成して身を乗りだした。

「きみ、それこそ創作というものだ。人の魂《たましい》を色や形や文章であらわす作業にのみ、そのことばは値《あた》いする。国家改造ときみはいったが、日本人の美しい魂の表現である国家をつくりあげることはまさに創作ではないか」

大声で朝倉は断言した。

「なるほど。改造ではない創作ですか。われわれの考えていることは、新しい日本を創造することなのですね」

橋本はこの語に深い感銘をうけた。

頭のなかでクーデター計画が具体的に芽《め》をふきはじめた。じっとしていられなくなって彼は朝倉邸を辞し、金龍亭へやってきて計画の素案を書きあげた。

長と田中の到着するまえに橋本は上司である参本第二部長の建川少将へ電話をいれ、計画の大要を打ちあけた。建川は大賛成だった。あすあらためて橋本の話をきいたあと、参謀本部のほかの幹部たちにも協力を求めると約束してくれたのである。

「決行の日までには会合をかさねて、細目まで計画を煮つめてゆくつもりじゃ。今夜のところは、貴公らの異議や質問がなければ、これにて終了としよう。あとは前祝いに腰をすえて飲もうぜ」

クーデター創作説を披露したあと、人なつこい笑顔になって橋本中佐はいいだした。長にも田中にも異存はなかった。士官学校出の隊付将校が一般に堅物《かたぶつ》であるのにたいして、陸大出の高級将校にはどういうわけかお座敷好きの男が多い。

手を打って橋本は女中を呼び、酒の追加を命じた。別室で待っていた信千代が座敷へもどってきた。甘えた声を出して、遠慮なく橋本にしなだれかかる。

橋本は枕絵《まくらえ》の殿様のような、のっぺりした笑顔になった。長や田中は橋本のこの笑顔を陰で「マクトノ」と呼んでいる。クーデターの決意をのべたときの鬼のような形相《ぎょうそう》とは落差が大きすぎて初会の者をおどろかせるが、それが橋本の愛嬌《あいきょう》になっていた。

信千代をまじえて、しばらく炬燵を囲んで歓談した。橋本と信千代のふるまいはますます濃厚になる。ついに橋本は信千代の着物の身八口《みやつくち》から手をいれて乳房を揉みはじめる。

「わしは今夜はここへ泊る。貴公ら、遠慮なく退散してもいいぞ」

橋本は告げた。気のきかないやつらだと思っているらしい。

腰をすえて飲もうといったくせに。苦笑して長と田中は腰をあげた。

二人は金龍亭を出て、有楽町駅のほうへ歩きだした。

「橋本親分もよくあそぶな。討入りを控《ひか》えた大石内蔵助《おおいしくらのすけ》の心境なのだろうな」

「そうです。これほどの大事のまえは、いかな豪傑でも恐怖にかられます。あそばなくてはとても身が保《も》たんでしょう」

「しかし、夫人がよく黙っているな。公務で外泊すると思っているのかな」

「うまくいくるめているんでしょう。夫人はあきらめているのかもしれません」

橋本の自宅は大森《おおもり》にある。子供がいないので、三千枝《みちえ》という夫人が一人で橋本の帰りを待っているはずである。

「しかし、あの信千代という芸者はだれかに似ていますね。そう思いませんか、大尉どの。あれはどこかで見た顔です」

しばらくして田中中尉はいいだした。

長も同感だった。さっきからそう思っていたのだ。信千代はだれかに似ている。三千枝夫人でないのはたしかである。

「以前中佐どのが可愛がっておられた新橋《しんばし》の芸者があんな顔だったような気がします。そうか、だれかに似ていると思ったのは、あの女のことだったんだな」

一人で田中は合点していた。

その新橋芸者を長は知らない。田中の意見に感想ののべようがなかった。

有楽町駅で田中と別れて、長は杉並《すぎなみ》の自宅へ帰った。ありふれた平屋の借家である。妻の春江《はるえ》がお茶漬けの支度《したく》をして待っていた。

二人の子供はもう眠っている。長男の行連《ゆきつら》は小学三年、次男の弘連《ひろつら》はまだ幼稚園児である。父親に似た腕白坊主で、学業成績もわるくない。将来は軍人になるといっている。

子供部屋の襖《ふすま》をあけて、長は息子たちの寝顔をこちらの部屋のあかりでたしかめた。あらためて勇気が湧《わ》いた。息子たちのためにも、光輝ある大日本帝国を創造しなければならない。

もう午前零《れい》時である。ちょうど良い具合に長は酔いがまわっていた。一風呂あびてすぐ寝床に入った。昂奮していて、しばらく眠れなかった。クーデター当日の光景が脳裡にうかんで消えない。何カ所かで火事が発生した東京。群衆に囲まれた議事堂。大臣たちに辞職を強要する建川少将。早く辞表を出せ。横合から長は一喝するのだ。

場面は変った。参謀本部第二部長の要職についた長勇少佐が、生家のある福岡市外大川《おおかわ》村へお国入りする。

実家は大きな楠《くすのき》のある八幡《はちまん》神社のとなりだった。白壁の塀《へい》をめぐらせた大きな農家である。近隣の大勢の人々が実家のまえで待っている。

そのまえに赤い佐官旗を立てた黒塗りの乗用車が二台停《と》まる。前の車から運転手が飛びだして後部座席の扉《とびら》をあける。副官につづいて長第二部長はゆっくりと車からおりる。人々が日の丸の小旗を振り、新聞記者が駆《か》け寄って写真をとる。将官でなく佐官、それも一番下の少佐でありながら参本第二部長となった長勇に全国が注目しているのだ。二人の弟、三人の妹も門のそばに立っていた。

胸を張り、外股に長は足を運んだ。実家の玄関まえに両親が立っている。満足そうな二人の笑顔が活動写真の大写しのように、近々と長勇の視界へ飛びこんでくる。

長は大いびきをかいていた。春江がその顔を覗《のぞ》きこんで、ふっと笑ってとなりの寝床に横たわった。

「どうしたのかしら。この人、昇進の内示でもあったのかな」

つぶやいて春江も目をつぶった。

3

あくる朝、長勇はいつものように午前九時、三宅坂《みやけざか》の参謀本部へ出勤した。

すぐにとなりの欧米課を覗きにいった。橋本欣五郎中佐の姿は席になかった。部長室で建川少将と協議中だという。約束通りクーデター実施に向けて走りだしたらしい。大いに意を強くして長は第二部支那課の自席へもどった。

参本第二部は情報担当である。作戦担当の第一部、運輸通信担当の第三部も多くの書類に目を通さねばならないが、第二部は情報の山と格闘をつづけるような部署だった。

毎年、第二部は世界の情勢を分析して報告書をつくる。第一部、第三部はこれにもとづいて活動の大綱《たいこう》をきめる。毎月の情勢分析も第二部の仕事である。最近、満州では抗日の気運が高まっている。現地に駐留する関東軍《かんとうぐん》と中国、張学良《ちょうがくりょう》軍、国民党《こくみんとう》軍のあいだに、いつ衝突が起るかわからない。関東軍の各部隊から送られてくる情報は、とくに念入りに分析、検討しなければならなかった。

特務機関からの報告書に長は目を通していた。しばらくすると橋本中佐が、よう、と声をかけて部屋へ入ってきた。

「建川部長がいま陸軍省の杉山次官や小磯局長と連絡をとっておられる。彼らにこちらへきてもらって例の一件で打合せをやるそうだ。重藤《しげとう》大佐どの、根本《ねもと》中佐もご出席ください」

執務している支那課長の重藤千秋《ちあき》大佐、班長の根本博《ひろし》中佐に橋本は声をかけた。

「おおわかった。そろそろ声がかかるかと思うて待ちおったんじゃ」

「参謀本部側は意志統一ができておる。問題は陸軍省だ。杉山次官も小磯局長も変幻自在の狸《たぬき》だからな。どう出てくるかのう」

重藤大佐と根本中佐は顔をあげて、のんびりした口調でいいかわした。

課長をはじめ支那課員には独特の匂いがある。長もそうだが、一般に言動がゆったりして鷹揚《おうよう》である。小事にこだわらない。

例外なく謀略家である。はかりごとをめぐらせて事を起すのが好きだ。満州の軍閥、張作霖《ちょうさくりん》の爆殺事件などは、いかにも支那課好みの事件だった。事実、実行者の河本大作《こうもとだいさく》大佐は参本第二部支那課の出身である。

支那課員は全員中国に駐在、または留学した経験をもっている。向うで暮すうち大陸ふうの鷹揚な言動を身につけ、三国志《さんごくし》ふうの謀略家に育てられる。長勇も二年間中国に留学して中国語をおぼえ、悠然とした風貌、ものにこだわらぬ大胆さ、人の虚《きょ》をつく企画力などをあわせもつようになった。

橋本欣五郎中佐が部屋を出ていってから、重藤と根本は笑って話しあった。

「張りきっとるのうハシキンは。ロシア班はいまやソ連の情報はほうりだして、桜会の本部の観を呈《てい》しているではないか」

「大丈夫かな。意気あまって準備不足のまま暴走しなければ良いが。大川博士との連携などうまくすすんでいるのかどうか」

すぐ近くに席のある長勇大尉はひそかに笑った。

大丈夫です、昨夜見た計画書は立派なものでしたといってやりたかった。だが、上司や同僚よりさきに子分格の若手に計画の詳細を打ちあけたとあっては、橋本中佐に迷惑がかかるかもしれない。いまはだまっていることにする。どうせ陸軍省の杉山次官や小磯軍務局長らとの会議がはじまれば、いやでも二人は橋本の『創造』事業の大要を知ることになるのだ。

「橋本中佐どのがのびのびと腕をふるっておられるのも、上が建川部長だからでありましょうなあ。まったく建川部長はすごい人だ。イギリス駐在が長かったのに、英米と協調などという腰ぬけ談議には無縁でおられる」

「こんどの一件が成立すれば、『敵中横断三百里』以来の快挙でしょうね。建川部長が陸相にでもなれば国民は歓呼《かんこ》の声をあげますよ」

長は重藤らに話しかけた。

すこし声を低くしている。クーデターの計画があることは、十名ばかりの支那課の同僚にはまだ内緒にしている。機密保持のため大尉以下の者は謀議に参加させない、と橋本中佐はきめているのだ。昨夜の会合も、長と田中だけ、例外あつかいで中佐が呼んでくれたのだった。

参本第二部長建川美次少将は、日露《にちろ》戦争の英雄である。冒険小説家の山中峯太郎《やまなかみねたろう》が建川をモデルにした小説『敵中横断三百里』を昨年、少年倶楽部《しょうねんくらぶ》に連載して以来、建川の名はあらためて全国にとどろきわたった。

日露戦争当時、建川美次は騎兵中尉だった。戦争末期、奉天《ほうてん》大会戦をまえにして建川は五名の兵と中国人通訳を加えた六騎をひきいて雪の広野へ斥候《せっこう》に出た。ロシア軍が最後の決戦場を奉天とハルビンのどちらに想定しているのかをさぐるのが目的だった。

雪どけとともに日本軍は総攻撃を開始しなければならない。遅れては補給が難しくなる。一刻も早く決戦場がどこかを突きとめなければならない。せいぜい半日か一日で敵情をさぐって帰ればよい通常の斥候とちがって、ひろびろとした雪原に数百キロにわたって横一文字《いちもんじ》に設けられたロシア軍陣地の動静を見きわめてこなければならないのである。一カ月かかるか二カ月かかるか見当もつかない。いや、九割がた生還を見込めない任務だった。

建川隊は苦心惨憺《さんたん》して敵の右翼を迂回《うかい》し、敵陣の背後へ出た。ほうぼうで歩哨《ほしょう》に誰何《すいか》されたが、建川がロシア語で応答して切りぬけた。極寒の地なので、全員が頭巾《ずきん》のなかから目だけ出した防寒服を着ていたのが良かった。ロシア軍のなかには蒙古《もうこ》などアジア人部隊もふくまれている。そのことが建川隊にはさいわいしたのだ。

建川隊は大胆不敵にも敵の兵員や軍需品の集積地へしのびこみ、ロシア軍が奉天から後退する兆候のないのをたしかめて帰途についた。ロシア軍の隊列にまぎれこんで南下した。途中、あやしまれて白兵戦をやったり、追いつめられて谷に落ち、九死に一生を得たこともあった。二十三日後、一名が敵に捕《とら》われただけで建川隊は生還した。彼らの情報を分析した参謀たちは一致して建川の機智、勇気、忍耐力を賞《ほ》めたたえた。建川隊のおかげで日本軍は勝ったといっても過言でないほど、彼らのもたらした情報は貴重だったのだ。

凱旋《がいせん》後、建川は陸軍大学校へ入り、優秀な成績で卒業した。赫々《かくかく》たる武名をもつ陸大優等生。それだけで将来は保証されたも同然である。イギリス駐在、インド駐在、欧州大戦の従軍武官、国連陸軍代表随員など華《はな》やかな経歴を建川はかさねた。参本第二部欧米課長を三年つとめて少将に進級、支那公使館付武官となって北京《ペキン》へ赴任した。西欧的教養ゆたかな建川に中国問題を研究させれば、なにか斬新な成果があがるかもしれないと上層部は考えたようだった。

結果は正反対だった。一年半後建川は第二部長となって参謀本部に復帰したが、橋本欣五郎中佐や長勇大尉が顔負けするほどの対中国強硬派になっていた。日本はすみやかに出兵して満州を領有すべしと彼は唱《とな》え、

「あの人の頭の構造は特別製じゃ。イギリス生活が長かったのに、英米に尻尾《しっぽ》を振れとは一言《ひとこと》もいわん。幣原喜重郎とかの軟弱な英米かぶれとはモノがちがうわい」

と、橋本らを驚嘆させた。長ももちろん建川を大親分とあおいでいる。

午前十時すぎ、その建川少将がぶらりと支那課の部屋へ入ってきた。

背の低い小太りの男である。『敵中横断三百里』の主人公の颯爽《さっそう》とした風貌とは似ても似つかぬずんぐりした風采《ふうさい》だった。それでも英国帰りらしくきちんと長髪をなでつけ、いつもダンヒルのパイプを手にしている。近づくとオーデコロンの香りがする。所有する背広はすべて英国製だということだった。

「重藤大佐に根本中佐。第二部長室へきてくれ。陸軍省のお歴々がお見えだ」

にこやかに建川は声をかけた。

「長大尉。きさま田中中尉といっしょにゆうべ有楽町で壮士を四人ブン投げたそうじゃないか。杉山次官からきいたぞ」

つづいて建川は長を見た。

樺山常吉とかいう壮士の親玉が杉山次官と懇意だというのは嘘《うそ》ではなかったらしい。参謀本部には大した豪傑がおりますなあ。そんないいかたで樺山は長らの暴れん坊ぶりを杉山に告げ口したにちがいない。

「あれは向うに非があります。田中中尉と私は完全な正当防衛でありました」

苦笑《にが》いしながら長は弁明する。

「いや、わしは怒っているわけではない。ブン投げられたのなら問題だが、ブン投げたのだからいいではないか。しかし大事のまえの小事だ。これからは自重《じちょう》しろよ」

いい残して建川は重藤大佐、根本中佐をつれて部屋を出ていった。

「やはりあの人は特別製じゃ。イギリス仕立てだが、心は大和魂《やまと》よ」

感動して長は大親分を見送った。

長のあずかり知らぬことだが、欧米の文化に心酔した日本人が中国へゆき、中国人を嫌《けん》悪《お》する例はめずらしくない。外交官にそんな男が多かった。彼らは欧米で懸命にその地の文化を吸収し、白人と同化した気になっている。そんな男が中国へわたり、まずしい中国人の姿を見ると、ひどく動揺する。白人並のつもりでいても日本人は絶対に白人ではない、この連中と同じ黄色人種だといやでも認識させられてしまうからだ。

みじめな中国人と同一ではありたくない。だから西洋かぶれの日本人ほど中国人を軽蔑、嫌悪する。そうすることでかろうじて『白人並』の意識を保っていけるからだ。西欧にたいする劣等感が裏返って近隣諸国にたいする醜《みにく》い優越感になるといってもよい。

建川少将は絵に描《か》いたような『白人並』だった。だから中国を蹂躙《じゅうりん》せずにはいられないのである。強力な軍事政権をつくって満州へ出兵、占領する。ほかに日本を発展させるすべはないと固く信じこんでいた。

建川少将の招集した幹部会議は昼すぎまでつづいた。

うなぎ弁当の出前の岡持《おかもち》を、建川少将の当番兵が第二部長室へ運びこもうとしていた。

「おい、弁当は何人前だ」

その兵を呼びとめて長は訊いた。

九人分だということだった。宇垣一成陸相の子飼いで四天王と呼ばれる建川、二宮、杉山、小磯の四将軍のほか、五名が出席しているわけである。橋本中佐、重藤大佐、根本中佐、あと二人は陸軍省の永田《ながた》軍事課長、参本編制課長の山脇《やまわき》大佐あたりだろう。

「どうだった。会議は和気藹々《わきあいあい》だったか、それとも険悪だったか」

弁当をくばり終って出てきた当番兵に、もう一度長は訊かずにいられなかった。

「橋本中佐どのが小磯閣下になにか食ってかかっておられました。内容はよくわかりません。すごい勢いでありました。うなぎを召《め》しあがればお気持もしずまるかもしれません」

当番兵は直立して返答した。

「よけいなことをいうな。バカモン」

長は当番兵を一喝して解放してやった。

食堂へいって長は昼食を済ませた。支那課の部屋へもどると、まもなく第二部長室から会議の出席者たちが出てきた。長は欧米課の部屋のまえで橋本中佐を待った。

重藤大佐や根本中佐は直属の上司だが、会議の模様をたずねても簡単には教えてくれないだろう。二人ともクーデターに反対ではないが、先頭に立つ気もなく、慎重な言動を心がけているからだ。やはり橋本親分から率直な話をきくのが近道である。

橋本中佐がやってきた。のっぺり顔が上気して、鬼に近い表情になっている。

「どうでした。結論は出ましたか。小磯局長となにを議論されていたんです」

近づいて、小声で長は訊いた。

欧米課の部屋へ入るのをやめて、橋本は廊下を歩きだした。歩きながら、二人は話した。

「小磯のバカおやじ、時局認識が甘いんだ。大川博士の指導でデモ隊を組織し、騒乱を起しても国民の支持は得られんとぬかした。国民はまだそこまで政党に失望しておらん、まだしも現状維持を望んでいる、とな」

「国民が現状維持を——、なにをほざくかあの狸。てめえが望んでいるんじゃねえか」

「鈴木貞一《すずきていいち》のバカがそれに同調しやがる。国家改造はまだ時期尚早なんだとよ」

「鈴木貞一。陸軍省軍事課の中佐でしょう。なんだって鈴木ふぜいが出席できたんです」

「永田軍事課長の代理なんだとよ。つまり永田は逃げ腰なのだ。お利口さんなんだよ、陸軍省のお歴々は。汚らわしい。あいつらは早漏で短小で包茎でインポじゃ」

「たしかにその方面では遠く橋本中佐どのに及ばんでしょう。で、結論はどうなりましたか。宇垣四天王は宇垣陸相かつぎ出しに反対なのですか」

「いったん解散して、それぞれ内輪で再検討することになった。午後三時から二度目の会議になる。わしはもう辛抱《しんぼう》ならん。いよいよとなれば、小磯と鈴木をぶった斬って腹を切るつもりだ。なあ長よ、そうなったら田中弥らと手を組んで、わしの遺志を現実のものにしてくれ。国家改造をやらにゃいけん」

「わかりました。しかし、あんな狸どもを斬るのに親分の手を汚させては、子分たる者の名折れであります。不肖《ふしょう》、長勇は第二部長室の扉《とびら》のまえで待機します。一声かけていただけばただちに乱入、小磯と鈴木の首を一刀のもとに斬り落してみせましょう」

「よういうてくれた長。死なばもろともだ。わしは小磯を斬る。貴公は鈴木をやってくれ。後事《こうじ》は田中に託そう。それとなく田中に遺言を書いて手わたしてくれ」

二人は足をとめた。

たがいにみつめあい、うなずきあった。男は理想のために死ぬ。クーデターが達成可能かどうかの思案はすでに二の次だった。

4

午後三時、陸軍省と参謀本部の過激な実力者たちによる会議が再開された。

参謀本部第二部長室が会場だった。第二部長建川美次少将が議長格で席についた。

彼の左手に参謀本部のスタッフが並んだ。参謀次長二宮治重中将、第二部支那課長の重藤千秋大佐、班長根本博中佐、欧米課ロシア班長の橋本欣五郎中佐の四名である。

建川少将の右手に陸軍省の実力者三名が腰をおろした。陸軍次官杉山元中将、軍務局長小磯国昭少将、軍事課高級課員鈴木貞一中佐である。

第二部長室のドアがぴたりと閉ざされた。支那課員の長勇大尉がさっき見たところでは、どの出席者も緊張と不安をおしかくして、ことさら悠然と部屋へ入っていった。

第二部長室は建物の二階にある。階段のそばに衛兵の詰所があった。部長室のとなりに当番兵の部屋がある。

長は部長室の扉のそばに立った。衛兵はけげんそうな顔だったが、横紙やぶりの評判の高い長大尉にはなにもいえない。長の姿が目に入らないようにしていた。

第二部長室の扉は頑丈である。内部の話し声はまったく洩《も》れてこない。

軍刀の鯉口《こいぐち》を長はゆるめてみた。手入れは万全である。一刀のもとに鈴木中佐の頭と胴を分離させてみせる。

午前中の会議で小磯軍務局長と鈴木軍事課員はクーデターに反対した。いまの日本がどんなに危険な状態にあるか、認識するのを小磯らは避けているのだ。政治家たちはなにもやらない。党利党略に明け暮れ、日本の直面している問題をなに一つ真剣に解決しようとしていない。

もう彼らにまかせてはおけないのだ。純粋な愛国心を抱く軍人が政権を握り、国家百年の計にもとづく積極果敢な政策を実行する以外、日本を救《すく》う道はない。

小磯、鈴木を斬れば、橋本と長は逮捕、処刑されてクーデターは一時挫折《ざせつ》するだろう。だが、二人の意向は全軍に伝わるはずである。田中弥中尉という後継者もいる。橋本、長の処刑を機に各地の部隊が決起して軍事政権を樹立させるにちがいない。粛正はまず陸軍の内部から始めなければなりません」

「橋本中佐どの。いつでも呼んでください。斬奸《ざんかん》のときです」

目をとじて長はつぶやいた。

郷里の母の顔が脳裡にうかんだ。思いきってやりんさい勇。母さんはおまえのことを信じちょるけん。こちらのことはなんにも心配なかと。母の笑顔はそう語っている。

長はふるい立った。男らしくふるまえるか否《いな》か、じっと母に見まもられているような気がする。が、すぐに長はかぶりをふって母の映像を追い払った。なぜこの期《ご》におよんで母のことなど考えるのか。いまはひたすら勇猛でなければならない。

三十分ばかりそうして長は立っていた。第二部長室の扉があいた。小磯軍務局長が出てきた。長を見て、おどろいた表情になったが、なにもいわずに手洗いのほうへ去った。

しばらくして橋本欣五郎中佐が出てきた。にやりと笑って長へ近づいてきた。

「小磯は、こっち側へころんだ。クーデターを推進するそうだ。鈴木も同調した。彼らも軍人だ。日本をなんとかせにゃいかんという思いはわれわれと共通している」

橋本はタバコをとりだして咥《くわ》える。うまそうに紫煙を吐きだした。

本気で小磯らを斬るつもりでいたので、長は拍子ぬけした。だが、午前中は強硬に反対し、午後は賛成にまわるというのも少々節操がなさすぎるような気がする。

「本心なのですか小磯局長は。なにしろ狸おやじですからな」

長は訊かずにいられなかった。

鈴木貞一中佐のほうはどうせ小磯に引きずられているのだから、問題にならない。

「おれも最初は疑った。しかし、小磯は乗り気になっている。大川周明博士との連絡役になるというのだ。もちろん宇垣陸相のかつぎ出し役も引受けるといっている」

「陸軍側の窓口になるというわけですか。すると、計画の主導権は彼が握ることになる」

「いいではないか。おれなんかが窓口をやると、いちいち将官の説得にまわらなければならん。一本化が難しい。それに宇垣閣下をかつぎ出すためにも、彼が主役になるほうがいい」

主導権について橋本は恬淡《てんたん》としている。

国家改造さえ成《な》ればそれで良いという態度である。育ちの良さなのだろう。

大川周明は民間のクーデター推進者である。決行当日、彼は右翼、左翼を動員して大がかりなデモ行進を起し、人々を煽動《せんどう》して暴動にもってゆく。暴徒鎮圧を口実に参謀本部は近衛師団に動員令を発し、議会を包囲しようというわけである。

「では、ついでに決行までの日程を会議で決めておいてください。いつ宇垣閣下の了承をとるのか、大川博士に爆弾などをいつ手わたすのか、予行演習をいつやるのか、決行の日はいつなのか――」

「決行は三月二十日前後。それは決まった。原案どおりだ。労働法が議会に上程される日さ」

後半、橋本は小声になった。

小磯軍務局長が手洗いから出てきて、こちらへやってくる。射《さ》すような目で橋本と長を見て、第二部長室へ消えていった。

「では、もう一ふんばりしてくるよ。長大尉は大川博士と下打合せをしてくれ。彼にクーデターの計画書を書かせて、小磯局長をつうじて宇垣大臣に見せる。民間からも要請があるとなれば、宇垣大臣も出馬しやすかろう」

「わかりました。さっそく大川博士と連絡をとります。がんばってください」

二人はたがいに敬礼をかわした。

橋本が第二部長室へ入るのを見送ってから、長は支那課の自席へもどった。ただちに財団法人東亜《とうあ》経済調査局へ電話をいれた。大川はそこの理事長をしている。秘書が応対したあと、しばらく待たされた。やがて大川が電話に出た。

「先生、いよいよ機が熟しました。現在、陸軍省と参謀本部の同志が会議中です」

できるだけ冷静に長は告げた。ともすれば声がうわずりそうになる。

宇垣陸相に提出する計画書を作成していただきたい。長は申し入れた。

陸軍側からは橋本中佐が計画書をつくり、建川少将らの承認を得たうえで、小磯局長をつうじて宇垣陸相へ提出する。陸相は両者を突きあわせて検討、出馬を決意するはずだ。

「わかりました。六時に私の事務所へいらっしゃい。計画書を書いておきます」

やさしい声で大川は告げた。

「六時——。しかしもうすぐ四時ですよ。そんなに短時間で書けるんですか」

「すでに何十回となく頭のなかで練《ね》りあげました。メモもあります。一時間で充分です」

そんなものか。感心して長は受話器をおいた。さすが学者は頭がちがう。

東亜経済調査局の事務所は丸《まる》の内《うち》の丸ビルのなかにあった。

午後六時、約束どおり長はそこを訪問した。東亜経済調査局の事務所は三十人ばかりの男女が働いていた。応接室に長は案内された。

まもなく大川周明があらわれた。四十五歳。丸い眼鏡をかけ、頭髪のちぢれた、飄然《ひょうぜん》とした風貌の男である。が、目には信念と自負心のまじりあった強い光があった。

無造作に彼は書類ばさみをさしだした。なかに「三月十七日、クーデター計画書」と題された数枚の書類が入っていた。

三月十七日に労働組合法案、労働争議調停法案が議会に提出される。組合運動に規制を加え、デモ行進、ストライキなどの実行を困難にさせようとの法案である。

これに反対するため、左翼が大規模なデモをかける。右翼も呼応して政府に退陣要求のデモをおこなう。警察の取締りが強ければ、東京の各所に火を放って騒乱状態をつくる。

議会保護を口実《こうじつ》に軍隊が出動する――長や橋本中佐の描いていたのとほぼ同じ構想である。

大衆動員に必要な資金は三十七万円と明記してあった。うち二十万円は侯爵徳川義親《とくがわよしちか》が出資する。残りは財界の要人へひそかに出資を要請中ということである。

徳川義親は明治維新期の名君だった越前《えちぜん》藩主松平慶永《まつだいらよしなが》の六男である。名古屋《なごや》徳川家の養子となり、侯爵を継《つ》いだ。生物学者で徳川生物学研究所、徳川林政史研究所を設置した。

学者ながら憂国《ゆうこく》の念の旺盛な華族である。大川周明や右翼の清水行之助《しみずこうのすけ》に有形無形の援助をあたえているということだ。

「徳川侯が応援してくださるのですか。これは心強い」

長大尉は大川の顔の広いのに感心した。

徳川義親はかつてマレー半島で地元のサルタンと狩猟を楽しみ、「虎狩りの殿さま」ということで国民に人気がある。クーデター成功後、彼が表面に出てくれば、宇垣軍事政権にも支持があつまるにちがいない。

「デモ隊は警察当局と戦わなくてはならんだろう。日本人どうし殺しあうわけにはいかぬから、銃や大砲は要らない。だが、爆弾が必要だ。ほうぼうで爆発させれば、警官隊を攪乱できるからね」

楽しそうに大川は長をみつめた。

橋本中佐らと長は三度ばかり大川に会ったことがある。だが、一人で会うのは初めてである。ファシストの大物と親しく話しあうだけで、心がたかぶってくる。

「わかりました。手配します。やはり手榴弾《しゅりゅうだん》が良いでしょうか」

「いや、殺傷力はあまりなくてもいい。ただし、音は大きなほうがいいな。適当なものをえらんでくれたまえ。それから軍のほうでも消火活動の準備をしておいてもらいたい。クーデターのため火災は必要だが、東京を丸焼けにするわけにはいかないからね」

「承知しました。宇垣閣下が総理になられれば、軍は一糸《いっし》みだれず行動するはずです。国内の秩序はすぐに回復すると思われます」

長は「クーデター計画書」の二ページ目を繰《く》って読みはじめた。

誕生する軍事政権、宇垣内閣にたいする要望事項が書いてあった。

「満州における日本の権益はポーツマス条約により得られたものである。もし当時日本が起《た》ってロシアの野望を砕《くだ》かなかったら、満州、朝鮮はロシアの領土になったであろう。中国本土も完全に列強の支配下におかれていたにちがいない。

日露戦争における日本の勝利はたんにロシアの東洋侵略を阻止しただけではなく、白人世界征服の歩みに最初の打撃をあたえた点で世界史的意義を有している。このとき以来日本は朝鮮、満州、中国をふくむ東亜全体の治安と保全に責任を負うようになった」

ここまで読んで長はうっとりした。

大和民族はなんとすばらしい民族なのだろう。しかも自分はその陸軍の中枢に身をおいている。世界一の倖《しあわ》せ者かもしれない。

だが、つぎに読みすすんで、長はおどろいて背筋を正した。

「世界史は東洋と西洋が相結《あい》ばねばならぬことを明示している。しかし、この結合は平和裡《り》に実現はしないだろう。天国はつねに剣影のなかにある。東西両強国の生命を賭《と》しての戦いが、新世界出現のために避けがたき運命である。アジアにおける唯一の強国は日本、西欧の最強国はアメリカである。新政権は将来かならず勃発《ぼっぱつ》する対米戦にそなえて、アジアに新秩序を求め、アジアの復興をはからねばならない」

「先生、先生は対米戦争を想定しておられるのですか。日本の軍部はせいぜい満州と蒙古を領有することしか念頭にないのですが」

長は質問せずにいられなかった。

大川は憐《あわ》れむように微笑《ほほえ》んだ。目に一瞬、不気味な光が宿った。

「世界の現状はきみ、長い長い世界史のサイクルを念頭において初めて正しく見えてくるのだ。ギリシャとペルシャ、ローマとカルタゴはそれぞれ戦わねばならぬ運命にあった。日本とアメリカも然《しか》りだ。両国が戦わねばならぬ運命はそれぞれの国旗にあらわれているではないか。日本は太陽を、アメリカは星群を国の象徴としている。たがいに相容《あい》れられるはずがないではないか」

「なるほど。すると満州、蒙古の領有などは歴史のほんの第一段階にすぎないのですね。やがては中国をわが指揮下におき、協力してアメリカのアジア進出にそなえる」

長は目からウロコが落ちた思いだった。

満州、蒙古しか視野にない陸軍の高官たちがいかにも小物に思われた。大川博士は天空に腰をすえて、数千年のサイクルで生じる地球上の変化を見おろしている。

「中国などは問題ではない。日本の最終の敵はアメリカなのだ。十九世紀前半、アメリカは領土の拡張に邁進《まいしん》した。植民、征服、買収の三つの方法で領土をひろげた。いまアメリカは中国に目を向けている。中国は貧乏だが、人口が多い。アメリカの工業製品の最大の市場となる可能性がある」

「わが国とそれで利害が対立するわけですね。しかしアメリカは領土保全、門戸開放、自由貿易を提唱しておりますが」

「あんなのはきみ、偽《いつわ》りの正義だよ。中国側の同意もとらずに一方的に宣言しただけのお題目さ。裏を返せば、中国はアメリカの同意なしにはいかなる国にも独占権をあたえるな、関税率を決めるな、相互条約も結ぶな、といっているにすぎない」

「なるほど。そんな読みが可能なのか。私はアメリカの標榜《ひょうぼう》する理想主義を、たぶんに鵜《う》呑みにしておりました」

「英、独、仏、露などは十九世紀中に中国へ進出して、それぞれの勢力範囲、利益範囲を確立した。アメリカはそれに乗り遅れてしまった。仕方なく門戸開放を唱えたのさ。また、列国が中国を分割するさい、分け前にあずかれなくては困るから領土保全を唱えた」

「中国進出に遅れをとった点では、わが国はアメリカと同様ですね。なにしろ鎖国が長かった。当然アメリカと競争になる」

「そのとおりだ。アメリカも満州、蒙古に目をつけておる。イギリスなどの勢力のおよんでいないのはあそこだけだからな。だから日露戦争以後、いろいろと画策《かくさく》してわが国をかの地から追い払おうとしたのだ」

大川はしだいに興《きょう》に乗ってきた。

秘書に声をかけて、コニャックの瓶《びん》とグラスをもってこさせた。一杯やりながら長は大川の長広舌《ちょうこうぜつ》を拝聴することになった。

アメリカの二十六代大統領ローズベルトは明治三十八年（一九〇五年）八月、ポーツマスに日露両国の全権を招いて日露戦争の終結を周旋した。日本国民はローズベルトの好意を信じていた。戦争中からローズベルトはなにかと日本に有利となるはからいをしてくれた。

だが、ポーツマス会議のさなか、アメリカの鉄道王ハリマンがひそかに来日した。彼は日本政府首脳と会談し、ロシアとの講和で日本が手中にするはずの南満州鉄道（満鉄）とその関連事業の営業権を買収したいともちかけたのである。日本政府は戦費の精算で困りはてていた。ときの桂《かつら》首相はこの話に乗り、南満州鉄道および関連事業の権利の半分を、ハリマンのシンジケートへ売りわたす約束をしたのだ。ハリマンは覚え書を手によろこび勇んで横浜から帰国の船に乗った。

三日後、小村寿太郎《こむらじゅたろう》全権がポーツマス条約の調印を終えて帰ってきた。覚え書を見て小村は仰天《ぎょうてん》し、激怒した。十万の戦死者を出し、二十億円の戦費をつかってようやく日本は満州からロシアを駆逐したのだ。それでなくとも戦争によって得た利益が小さいと国民は怒っている。南満州鉄道の半分を手わたしたら、全国で暴動が起るにちがいない。

アメリカはロシアの疲弊にもつけこむ肚《はら》でいた。東支《とうし》鉄道を買収し、シベリア鉄道からヨーロッパにいたる交通路を支配する。東方の終点ウラジオストックや大連《だいれん》から船でアメリカ西海岸をつなぐ計画だった。さらにアメリカ東海岸とヨーロッパを船で結べば、地球一周の船車連絡路を手中にできる。

日本と同様、ロシアも東支鉄道その他の買収には応じなかった。アメリカの最初の計画は挫折した。だが、この一件でアメリカは日本が彼らの東洋進出の野望にたいする大きな障害であることを知ったのだ。以来、日本への友好的な態度を一変させて、ことごとに満州から日本を追放しようと画策するようになった。

明治四十年（一九〇七年）、イギリスのポーリング商会は中国政府と交渉して、南満州鉄道と並行する鉄道の敷設権をとりつけた。アメリカはボーリング商会へ資金を出し、鉄道の営業に参加して南満州鉄道をつぶしにかかった。

だが、これは中国側の約束違反だった。小村寿太郎は外相時代中国と交渉して、南満州鉄道と競争関係になる鉄道の敷設はいっさい認めないという条約をとりかわしていたのだ。日本政府は中国政府に強硬な抗議をして、ボーリング商会との契約を取消させた。この翌年にはアメリカは自称中国大統領の袁世凱《えんせいがい》と満州銀行設立の約束を結んだ。この銀行を拠点にして満州に鉄道を敷き、諸産業を興《おこ》して、日本を駆逐しようと目論《もくろ》んだのだ。

袁世凱は日露戦争当時、日本にきわめて協力的だった。ロシアという共通の敵があったからだ。だが、ロシアが去ったいま、日本と手を結ぶ必要はなくなった。こんどはアメリカの力を利用して日本を満州から追い払う気になったのだ。

袁世凱がまもなく政変で失脚したので、満州銀行の計画はつぶれた。鉄道敷設もお流れになった。日本にとっては幸運だった。

アメリカはその後も満州進出の野望を捨てなかった。英米独仏の四国借款《しゃっかん》団を成立させ、中国に一千万ポンドを貸付けて中国の貨幣制度を変えさせ、満州に産業を興す計画を立てた。ところが日本にとってさいわいなことに武漢《ぶかん》に革命が起り、清《しん》朝が崩潰してこの話は流れてしまった。

四国借款団はのちに日本とロシアを加えて六国借款団となった。だが、そうなるとアメリカは身勝手なふるまいができない。口実をつけてさっさと脱退してしまった。

第一次世界大戦のさなかにもアメリカは満州進出の機会をつくろうとした。ロシア革命によりロマノフ王朝が亡びたとき、列国はシベリアで孤立したチェコ部隊の救出のため、シベリアへ出兵した。そのさいにもアメリカは東満《とうまん》鉄道およびシベリア鉄道の管理権を握るという主張をして、列国の反対で挫折した。このおり日本は列国に求められた数の数倍の兵力をシベリアへ送りこんで非難をあびたが、うっかりするとアメリカになにをされるかわからぬという不安が強かったせいもある。

「長大尉よ。アメリカはかくのごとく無遠慮で無鉄砲なのだ。国内における日本移民の排《はい》斥《せき》を見てもわかるとおり、アメリカは日本を最大の敵国と見なしている。東洋侵略の野望があるから、日本よりも数十年さきを見通しているのだ」

「よくわかりました。満州へ進出するにしても、われわれは最後はアメリカと戦う覚悟でのぞまなければならぬわけですね。にもかかわらずわが政府は英米に追従して、いうがままに軍備を割りあてられている。ワシントン条約、ロンドン条約、二つながら痛恨のきわみです」

「日本は新しい政府を必要としているのだ。世界史の流れに沿った正しい政策を遂行できる政府をな。たのみますぞ長大尉。日本を改造するのはあなたがたなのだ。われわれは黒《くろ》子《こ》に徹してあなたがたをお助けする」

扉を叩いて秘書が応接室へ入ってきた。

ある財界人と会食の予定があるという。クーデター資金の拠出の話なのだろう。

大川はかなり酔っていた。やせた体軀《たいく》を秘書に抱きかかえられるようにしてよろめきながら去っていった。

敬礼して長は大川を送った。同じように酔って陶然としている。コニャック以上に大川の所説に酔いしれていた。

5

アメリカが中国、とくに満州への進出を熱望している。そのために日本を敵視しはじめたという大川の所説は当っていた。

だが、アメリカの唱える領土保全、通商の機会均等、民族自決が中国進出に遅れをとったのを補《おぎな》うための主張だというのは、世界史の流れに沿って現代を見ると豪語する大川にしてはあまりにも日本の立場にこだわりすぎた議論だった。

約八百万名の死傷者を出し、四百万人の市民が生命を落した第一次大戦を経て、先進諸国には帝国主義への反省が生れた。廃墟《はいきょ》と化したヨーロッパの多くの都市を目にして、人々は戦争にたいしてもけっして幸福をもたらすことがないのを思い知った。
そうした反省をこめてアメリカのウィルソン大統領は民族自決、領土保全、通商の機会均等を唱えて国際連盟の創設にあたったのだ。アメリカ自身は伝統的な『栄光ある孤立主義』に国民がとらわれていて、国際連盟には加わらなかったが、その精神的な支柱となった三原則は全世界に共感されるようになった。日本の幣原喜重郎、芳沢謙吉《よしざわけんきち》、佐分利貞男《さぶりさだお》らの外交官たちはこの潮流を見きわめて、とくに中国との友好関係の保持につとめていた。

ワシントン条約、ロンドン条約で幣原らが海軍の反対を押し切って英米の主張を容《い》れたのも、そうした大勢と無縁ではなかった。ところが日本の軍部は第一次大戦の惨禍《さんか》にたいする実感がない。大戦中、ドイツの租借《そしゃく》していた青島《チンタオ》などを攻略して、大戦でむしろ甘い汁を吸った。軍部の目から見れば幣原らの平和外交は軟弱外交であり、英米への屈従外交としか映《うつ》らなかったわけである。

大川周明もその一人だった。世界の植民史やインドについて造詣《ぞうけい》が深く、白人支配にたいする有色人種の反乱を唱えて多くの人の共感を得ていただけ、そのファシズムはさらに始末がわるかった。植民史の研究のおかげで彼は欧米のかかげる理想主義をすべていかがわしいものと見なすようになった。アジアから白人を駆逐し、日本を中心に新しい秩序をアジアにつくる。やがてアメリカと決戦し、勝利をおさめることで、あらゆる人種が平等の世界秩序ができると彼はさけんでいる。

大川はその植民史研究がみとめられて満鉄東亜経済局調査課長をつとめた。北一輝、西田税《にしだみつぐ》らとともに国家改造運動に身を挺した経験もある。翻訳や著書をつうじて軍人の知合いも多い。長の親分である橋本欣五郎なども、トルコの革命家ケマル・パシャにあこがれているぶん、大川の国家改造論にすっかり心酔している。

長勇大尉が大川周明の事務所を出ると、もう夜だった。

気持が昂《たかぶ》っていてまだ家へ帰る気がしない。有楽町の邦楽座《ほうがくざ》のほうへ歩いていった。『西部戦線異状なし』が上映中である。評判の高い映画なので、見たかったが、もう最終回がはじまっていた。

酒場の電気看板が並んでいる。英語の名前がやたらと多い。洋装断髪の女と何度もすれちがった。『大学は出たけれど』といわれる就職難の時代だが、角帽をかぶった学生が女給とたわむれて歩いていたりする。

洋装断髪の女たちも着物姿の女給も、軍服姿の長には目もくれなかった。わずらわしそうに道をあけた。酔った月給取りや商人たちに女はまとわりついてゆく。月給取りや商人は酒の香りと脂粉《しふん》の香りに浮かれて、日ごろの憂《う》さを晴らしていた。

議会で毎日取っ組みあいが演じられていることにも、狙撃されて入院中の浜口雄幸首相が議会に引っ張りだされようとしていることにも人々は無関心のようだった。過剰人口、就職難、共産主義、食糧問題、軍縮。それらの事柄から顔をそむけて人々は束の間《つかま》の悦楽にひたっている。きさまら、なにも感じないのか、と怒鳴《どな》りつけたい衝動に長はかられる。

「三月十七日だぞ。おどろくなよ、きさまら」

女づれの五、六人の酔漢に向って、胸のうちで長はつぶやいた。

エロ、グロ、ナンセンスでいまのうちに楽しんでおけ。軍事政権ができたら、そんなふやけたものはすべて禁止される。

エロもグロもナンセンスもすべて日本精神を腐敗させようとしてアメリカの放つ毒ガスなのだ。大川博士の話をきいてそれがよくわかった。それにしても東京市民はなんとおろかで天下泰平なのだろう。国家のことなどどうでも良い。自分たちの衣食住、飲む打つ買うさえ無事ならそれで良いという顔ばかりだ。国家が駄目になれば自分たちの暮しも駄目になるのを、だれも考えようとしない。

長は孤独な気持におちいった。

結局、築地の金龍亭へ足を向けた。あそび呆《ほう》けている東京市民に怒りをおぼえながら、自分も料亭あそびでは理《り》にあわないのだが、べつにおかしいとは思わない。真の愛国者であり軍の中枢《ちゅうすう》にいる自分たちなら、なにをしても許されると思っている。

金龍亭へ入った。女将《おかみ》がややとまどった面持で長を迎えた。一人でここへきたのは初めてである。ヤットコ大尉の給料では、身分不相応な料亭なのだ。長は気にしない。金は天下のまわりものだ。勘定に困ったら、上司の重藤大佐にたのめば機密費で処理してくれるだろう。

「駒野《こまの》を呼んでくれ。遅くなってもいい、飲みながら待っている」

ゆったりと腰をおろして長は女将にそう命じた。

大川周明のまえでかしこまっていた反動で、いまは態度が大きくなっている。

駒野は二十一、二歳。目鼻立ちのはっきりした、てきぱきと気のきいた女である。橋本中佐や重藤大佐と何度もここへきて、長はひそかに駒野に想いを寄せていた。少佐に昇進したら口説《くど》いてみるつもりだった。

三十分ばかりで駒野はあらわれるということだった。長は女将と炬燵をはさんですわって飲みはじめた。女将を相手に世界情勢を論じても仕方がない。しばらく芝居や映画の話をした。

長は義太夫《ぎだゆう》を習っていた。もうすこし酒がまわったら、一曲唸《うな》ってみせるつもりである。すでに酒の入っている女将がさきに歌いだした。

砂漠に日が落ちて

夜となるころ

恋人よなつかしい
　唄を歌おう

　レコードと蓄音機が普及しはじめている。堀内敬三《ほりうちけいぞう》訳詞のアメリカの大衆音楽が大いに歌われていた。これもアメリカの東洋植民地化政策の一つではないのか。

　苦々《にがにが》しく思いながら、長はけっこう愉快な気分になった。だが、雰囲気がバタくさくなって、義太夫を唸る機会を失《しっ》した。

　駒野があらわれた。長が一人なので、彼女はびっくりしていた。

「良かった。いままで材木問屋の若旦那のお座敷だったのよ。慶応《けいおう》出でキザなやつなの。世の中で自分が一番モテると思っている」

　炬燵の角を長とはさんで駒野はすわった。女将はすぐに姿を消した。

　駈けつけ三杯。立てつづけに盃をあけた。

「ねえ、今夜はどうしたの長大尉どの。一人で呼んでくれたりしてさ。まさか外地勤務になってお別れにきたわけじゃないでしょうね」

　お酌をしながら駒野は訊いた。

「外地勤務ではない。しかし、近く似たようなことになるかもしれん。それより駒野、おれが一人できて呼ぶと迷惑なのか」

「なにいってるのよ。この日のくるのを私は待ってたわよ。長大尉どのとゆっくりお話ししたかったの。映画かお芝居にさそってほしかった。でも、大尉どのは堅物だから」

駒野はかなり酔っていた。

炬燵に顔を伏せる。化粧品の甘い香りが長の顔を包みこんだ。日本髪に手をふれたかったが、長は遠慮してじっとしていた。

「似たようなことになるってどういうこと。内地でどこかへ転勤になるの」

「いや、そんな個人的なことではない。世の中が変るぞ。内閣が変る。だらけた空気が日本から一掃されるだろう」

「なんだ、そんなことか。だれが総理大臣になろうと、私たちには関係ありましえーん。世の中、どう変っても、盗人と酒飲みのたねは尽《つ》きまじと申しますから」

顔をあげて駒野は大臣の口まねをした。

長は苦笑した。国のことを考えているのはやはり軍人だけなのだ。

「呑気《のんき》でいいな駒野は。おれはおまえの顔を見るとほっとするんだ。肩肘《かたひじ》張って国のことばかり考えているよりも、呉服屋のおやじにでもなっておまえと暮したい」

「まさか。大尉どのに呉服屋は無理よ。そんないかめしい顔でお店にすわっていられたら、お客はみんな怖がって寄りつかないわ」

「そうか。おれがやるならどんな商売がいいかな。一ぜんめし屋のおやじか」

「やっぱり大尉どのに商売は向かないわよ。そうねえ、軍人でないとしたら学校の先生かな。あとは税務署のお役人。刑務所の看守なんかいいかもしれない」

「おい、もうすこし洒落《しゃれ》た職業をいえ。おれはそんなに融通《ゆうずう》がきかなそうか」

「嘘、嘘。大尉どのはお医者さんになれば良かったのよ。手術のときはうんときびしい顔で、ふだんはやさしい笑顔で、患者さんにきっと頼りにされるわ」

駒野は炬燵のうえで長の左手をとった。

大きな手。毛むくじゃら。駒野はつぶやいた。長の手の甲《こう》に頬《ほお》ずりする。

「でも、大尉どのはやはり軍人よ。ほかには考えられないわ。私、岡惚《おかぼ》れしてるんだ。大尉どのがどこかへ転勤になったら、私、追っかけていこうと思ってる」

長の左手を両手で包みこんで、じっと長をみつめた。

長はどぎまぎした。三十六歳になって、それなりに色恋の戦歴はある。だが、こんなふうに向うから積極的に出られたのは生れて初めてである。

「ほんとうか駒野。おれもおまえに一目惚れだったんだ。会うたびに想いがつのる。いまに少佐、中佐になって面倒を見てやるぞ」

「いいのよ、そんなこと。だれにもいわなかったけど、大尉どのは死んだ私の兄貴に似てるの。軍人だったのよ。上等兵だったけど」

「そうだったのか。どこで死んだんだ」

「済南《さいなん》。第六師団の歩兵十三連隊だったの。東京で株の会社につとめていたんだけど、召集されて熊本《くまもと》へ帰ったの。でも、まさか戦争になるなんて思わなかったわ」

第六師団十三連隊は熊本の部隊である。

駒野の兄は熊本の商業学校を出て上京、兜町《かぶとちょう》の証券会社で働いていた。父親を早く亡《な》くしたので、駒野も兄や母といっしょに上京しデパートにつとめていた。

四年まえ兄は召集されて熊本の連隊へ入隊した。二年目、上等兵に進級したあと、中国山東《さんとう》省の済南で日中両軍の衝突事件が起り、第六師団は現地へ派遣された。

この事件は中国統一のため南京《ナンキン》から北上してきた蔣介石《しょうかいせき》軍と、済南、青島《チンタオ》の在留邦人一万五千名の保護のため天津《テンシン》から同地に出向いた日本軍のあいだに起った。小さな戦闘だったが、日本軍の威力を見せつけるため、第六師団の大軍が投入されたのである。

事件は拡大され、済南城をめぐって二日間戦闘がおこなわれた。蔣介石軍は死傷者五千名を出して退却した。日本軍の戦死者は二十五名、負傷者は百五十七名だった。

「死んだ人はたった二十五名なのよ。そのなかに入ったんだから、兄はバカ正直だったのね。まっさきに突撃したんだわ」

駒野はいまいましげな口調だった。

「そんなふうにいうものじゃない。兄さんは勇敢な兵隊だったんだ。軍人の鑑《かがみ》だ」

「ねえ、長大尉さんも戦闘のときはまっさきに突撃するの。号令をかけてまっさきに」

「突撃のさいは当然そうする。第一線の将校は身をもって模範を示さなくてはならないんだ。まっさきにおれはいくぞ」

「そうでしょう。そうなのよねえ。そのへんがうちの兄に似ているの。これときめたらまっしぐらなんだからねえ」

駒野の兄も商業学校時代は柔道部に籍をおき、黒帯をしめていたという。

柔道家らしく、長と同じようにずんぐりした肉づきのよい体つきだった。生きていれば兄は二十六だという。長から見ればちんぴらなのだが、妹には長と同じように頼もしく思いだされるようだ。

兄が死んで、駒野は母を扶養しなければならなくなった。母はまだ四十代だが、病弱で針仕事もあまりできない。決心して駒野は芸妓に出たのである。

「兄だけじゃないわ。長大尉どのは私には父でもあるんだから。そんな気がするの。最初からほかの人とは全然ちがっていたわ」

「しかし、父上や兄上の身替りではつまらんな、おれは。駒野の男になりたい」

「わかってます。近くに喜久家《きくや》という旅館があるからそこで待ってて。この家では上官の手前もあるでしょ」

約束してから長は駒野を抱き寄せた。

いつか橋本中佐がやっていたように駒野の着物の身八口から手をいれて乳房を揉んだ。

掌《てのひら》を押しのけようとするような弾力のある乳房だった。

うっとりして駒野は体をあずけてくる。甘い声を洩らしはじめた。だが、すぐに長から離れて背筋をのばした。廊下に足音がしたのだ。襟《えり》を駒野はとりつくろった。

しばらく飲んでから長は金龍亭を出た。駒野に教わった喜久家旅館へ入る。部屋に床をとらせ、一風呂あびて、丹前《たんぜん》姿で一杯やりながら駒野を待った。大事の決行をまえに、ずいぶんと縁起のよい夜になった。このぶんだと国家改造も成功するにちがいない。今夜は杉並の自宅へ帰らず、ここへ泊る気である。

三十分ばかりして駒野がやってきた。座敷着をあっさりした桐生《きりゅう》の着物に替えていたが、髪は座敷のままだった。

かたちだけ盃のやりとりをしたあと、長は布団《ふとん》に入った。部屋の灯を暗くしてから、駒野は長に背を向けて帯をときはじめた。するりと横にすべりこんでくる。あえぎながら抱きついてきた。長はすこしとまどった。もっと受身にふるまうものと思っていたのだ。

裸にして眺めたかったが、さむそうなので自制した。襦袢《じゅばん》を左にひらいて乳房を揉み、かたほうずつ吸ってやる。駒野は甘い声をあげた。眉根《まゆね》を寄せ、かるく口をひらいている。倖せそうである。長はやさしい気持になった。首すじやわき腹にもくちびると舌を這《は》わせてやる。

下腹部を長はさぐりにいった。草むらの下方に小さな、暖かい沼があった。この夜を待ちこがれていたことをあらわして、沼はあふれそうになっている。長の指はそこに沈んだ。駒野は大きな声をあげはじめた。

たっぷり駒野をたのしませてから、長は上体を起した。掛布団をまくって、駒野の襦袢を左右にひらいた。豆電灯のあかりにかすかに染まって、二つのふとももが目に映った。

とつぜん駒野が起きあがった。長をあおむけに押し倒し、自分は横にきちんと正座して顔を伏せてくる。男のものを口にふくんでせっせと頭を上下させはじめた。

舌が動き、歯が刺戟《しげき》してくる。いままで味わったことのない複雑な、厚みのある快感に長は包みこまれた。おどろいていた。駒野はだれからこんな手管《てくだ》を習ったのか。

「どう。気持いい、大尉さん」

顔をあげ、手を動かして駒野は訊いた。

「最高だよ。すごいな駒野は」

「うれしいわ。うんといい気持になって。私、よろこばせてあげるのが大好き」

駒野の掌の感触がまた口の感触に変った。

気の遠くなるような安らぎを長はおぼえた。性の快楽とはまた別の、やさしく女神に見まもられて寝ているような安堵《あんど》にひたった。長は武装解除されていた。なんの防備も考えず、駒野のされるがままになっている。

いままではこうではなかった。これまで知ったどの女にたいしても、長は支配者としてふるまった。さまざまな姿勢を女にとらせ、奉仕させ、押し入った。長のほうから身を投げだす姿勢になったことはなかった。なにもかも相手にまかせることが、これほどの安らぎにつながるなど想像もできなかった。

駒野はやがて、長にのしかかってきた。位置をきめて体を沈めてくる。深々と長は駒野のなかへ突き立った。

「いいのね。ほんとに気持いいのね」

駒野は動きだした。

うっとりして長はその声をきいた。クーデターが成功したら、この女をつれて箱根《はこね》へいってみようと決心した。

6

あくる日、長勇大尉は大川周明からあずかった計画書を第二部長の建川少将へ提出した。

「このとおり博士は着々と準備をすすめておいでです。資金の手当もついています。あとは宇垣陸相の承諾を得るだけです。部長から一日も早く了承をとっていただきたい」

長は気迫をこめて申し入れた。

建川少将は大川周明の計画書に、ときおりうなずきながら目を通していた。

やがて少将は顔をあげた。

「わかった。小磯局長らと相談のうえ、さっそく陸相のお耳にいれよう。これだけ周到な準備ができていれば、陸相もよろこんで次期総理になってくださるだろう」

建川少将は快諾した。内々話はもう宇垣陸相にとどいているような面持だった。

「徳川義親侯が資金主だとは意外でした。国家改造が成ったあかつきには、義親侯には内大臣あたりをお願いするべきでしょうね」

「そうだな。しかし、資金をぜんぶ義親侯におんぶするわけではない。参謀本部の機密費からも三十万出す。二宮次長もそのつもりで手配してくれている」

「ほんとうですか。では——」

一瞬、長の脳裡に昨夜の遊興費のことが浮かんで消えた。

それだけ機密費があるのなら、請求書の一枚二枚、問題にはなるまい。

「すると、大川博士の構想どおり、右翼だけでなく左翼も充分動員できますね。軍と博士の分を合せて資金が七十万近くあるわけですから」

「右翼団体は清水行之助、狩野敏《かのうびん》というのが中心になるようだ。樺山常吉というのもいる。無産党側には松近繁次《まつちかしげつぐ》をつうじて働きかけるらしい。社会民衆党の赤松克麿《あかまつかつまろ》という男も協力するそうだ」

メモを見ながら建川は教えてくれた。

さっき陸軍省の小磯軍務局長から電話で知らせてきた。小磯は昨夜大川と連絡をとり、動員の詳細について打合せたらしい。

「樺山常吉も仲間なのですか」

いかにも田舎《いなか》壮士といった風体《ふうてい》の樺山を思いだして長は苦笑した。

あんなのも味方にいれるのかと思うと、心もとない気もする。まあこのさい猫の手も借りたいということなのだろう。自分にいいきかせて長は部長室を退出した。

「大川博士と宇垣陸相の連絡がついたのだな。いよいよ大願成就《たいがんじょうじゅ》の日が近づいた。大いにわれらは働かねばならんぞ」

長の報告をきいて橋本中佐は勇躍した。

その夜から橋本中佐は『桜会』の会員につぎつぎに声をかけ、数名ずつあつめて打合せの会合をひらいた。場所は金龍亭などの料亭や偕行社《かいこうしゃ》の食堂である。国家改造計画のひそかな支援者である歯科医内田絹子《うちだきぬこ》の家も橋本はアジトにしていた。田中弥中尉も長とともにほとんどの会合に出席して、記録などの手伝いをした。

橋本はクーデター計画のおおよそを会員たちに打ちあけた。ただし決行の日時と、計画に加わる小磯、杉山、建川、二宮の四将軍の名は明かさなかった。三月に入れば大川周明博士が大衆動員の予行演習を二度にわたって実行することになっている。それが終れば全貌を明らかにする、と橋本は表明した。

「いよいよだな。桜会の愛国心がいよいよ実をむすぶわけだ。日本はこれで変る。ふたたび勢いをとりもどすぞ」

「総理は宇垣閣下、陸相は小磯少将か二宮中将というところだろう。海相はだれになるのか。やはり加藤寛治《かとうひろはる》大将あたりか」

「軍部の閣僚の顔ぶれはすぐに出てくる。問題は外務大臣と大蔵大臣だ。いっそ外務も大蔵も軍部から出せばよい。軟弱外交と軍縮は絶対に排除しなくてはならぬ」

青年将校たちは意気軒昂だった。

クーデター当日は宇垣大将の命令一下、一糸みだれず行動する打合せができた。宮中がクーデターに賛成するか否かを心配する者もいたが、閑院宮殿下と西園寺公望公を宮中へ派遣して、宇垣陸相を総理に指名するよう天皇に進言させるときかされて、納得のいった表情になった。

「満州、蒙古をわが領土とするのはもちろんだが、われわれはたんに中国を視野にいれているだけでは済まないのです。いつかはアメリカと戦う日がくる。すべてその日を最終目的において計画、実行しなければなりません。こんどのクーデターなど、成功しても富士《ふじ》登山にたとえれば、まだ裾野《すその》へ足を踏み入れた段階なのです」

これは大川博士の所説ですが、と断わって長は対米最終決戦説を披露《ひろう》した。

みんな感心してきいていた。西欧の最強国アメリカ、アジアの最強国日本。その捉《とら》えかたが胸のしびれるほどの快感だった。クーデターが富士の裾野だといわれると、その程度の事柄はごくかんたんにやってのけられそうな気がしてくる。参会者はたがいに無限の力をみとめあい、成功を確信してそれぞれ家路につくのだった。

だが、長はわれに返ると、やはり一抹《いちまつ》の不安におそわれた。思いもかけぬ邪魔《じゃま》が入ってクーデターが不成功に終る可能性もなくはないのだ。小磯ら四将軍が関与している以上、挫折しても反乱罪に問われたりはしないと思うのだが、最悪の場合を考えにいれておく必要はある。

故郷の両親と妻子にあてて長は遺書をしたためた。支那課の自分の机のひきだしにいれて鍵をかけた。これで最悪の場合にも心おきなく腹が切れる。福岡の実家は裕福な農家なので、もし長が生命を落しても、妻子が暮しに困る心配はなかった。

宇垣陸相のかつぎ出しがその後どうなったのか、建川少将から一向に伝達がなかった。同志との打合せは着々とすすんでいる。大川周明に依頼された爆弾も、習志野《ならしの》歩兵学校の副官を同志にして、そこから爆弾の製造会社に発注する予定だった。注文を出せばその日のうちに、音だけがむやみに大きい五百発の爆弾が入手できることになっている。

だが、肝心《かんじん》の宇垣大将が出馬に同意しなければ、すべてが水泡《すいほう》に帰すことになる。橋本欣五郎中佐はいらいらして、何度も建川少将へその一件を質問にいった。

建川は最初のうち、ことばを濁《にご》して切りぬけていた。ついには腹を立てて、

「うるさい。いいかげんにしろ。上層部には上層部の都合がある。きさまらにはわからん事情で返事が遅れているのだ。だまって待て」

と橋本を怒鳴りつけた。

尖った耳が赤くなるほど橋本は憤慨《ふんがい》したが、そこまでいわれては沈黙せざるを得ない。時間だけが容赦《ようしゃ》なく経過していった。

二月下旬に入ったころ、長勇大尉と田中弥中尉はまた橋本欣五郎中佐から呼出しをうけた。場所は例の金龍亭であった。

「おどろいたぞ。宇垣大将が軍籍を離れて政党へ入るという噂《うわさ》が流れとったんじゃ。政党の総裁におさまって天皇陛下から組閣の大命がおりるのを待つというわけでな。入るならさしずめ野党の政友会じゃろう」

長と田中に酒をすすめて橋本はいった。

きょうはまだ芸者を呼んでいない。

「政党入り——。すると軍事政権は」

「クーデターはどうなりますか。宇垣大将はやる気がないのでありますか」

長と田中はおどろいてさけんだ。まったく上層部の考えることはわからない。

「おれもそれをきいてびっくり仰天した。さっそく小磯局長に連絡して、宇垣大臣に会い

にいったんじゃ。うちの二宮次長と建川部長、重藤大佐もいっしょじゃった」

きょうの午後、橋本中佐ら四人は陸軍省へ出向き、大臣室へ押しかけたのだ。

小磯軍務局長も話合いに加わった。

「で、どうだったんです、宇垣大臣は――」

「政党入りなんて根も葉もない話じゃいうとった。政友会にしても民政党にしても、総裁候補がひしめいておる。いまわしが乗りこんでも、だれもかついでくれはせんとな」

「するとクーデターは。出馬ですか」

「はっきりとはいわぬ。しかし、状況がととのえば国のお役に立ちたいというとった。わしの見るところ、宇垣大臣はやる気じゃ。お膳立てを待っておる」

「そうですか。そりゃ良かった。政党入りなんて、一時は心臓がとまるかと思うた」

長も田中もコップ酒に切り替えた。

二人はコップを触れあわせた。きょうまで努力した甲斐《かい》があった。

「それだけではない。このさい大川周明博士と宇垣大臣をお引合せしておこうということになった。電話したら大川博士はすぐに飛んできたよ。両雄は握手して、和気藹々《あいあい》じゃった。二人とも口をきわめて政党を批判しておった。非常手段に訴える肚《はら》じゃ。天国はつねに剣影裡《り》にあるというてな」

「良かった。良かった。万歳《ばんざい》ですな。これで大威張りで運動ができるぞ」

長と田中はまたコップをふれあわせた。

橋本が手を打って女中を呼んだ。密談は終った、芸者を呼んで飲もうというわけである。信千代を橋本は指名した。

「駒野も呼んでくれ。いくら遅うなってもわしは待っとるというて」

長勇は女中に告げた。

橋本と田中は目を丸くして長をみつめた。

7

クーデター計画はさらにくわしく練りあげられた。

期日は三月十七日。大川周明の指導する右翼と左翼三派（社会民衆党、日本労農党、全国大衆党）が呼応して打倒浜口雄幸内閣のデモをおこなう。約三万人が議会へ押しかける。

議会保護を口実に在東京の第一師団が出動して議会を包囲、参謀本部第二部長の建川美次少将らが議場へ入って全閣僚に辞表を提出させる。かたわら宇垣一成大将に組閣の大命がくだるよう宮中にたいして強要する。

以上の点は、最初の計画と変りなかった。

クーデター当日の騒乱をいっそう甚《はなは》だしくするため、新しくボクシング大会の企画が加えられた。十七日、日比谷《ひびや》公園でプロボクシングの大会を挙行する。多数の壮士が観客をよそおって会場へ入る。ボクシングの興行だから、治安当局もあやしまない。ころあいを見計《みはか》らって大川周明、清水行之助ら右翼のリーダーたちが政府弾劾《だんがい》のアジ演説をおこなう。昂奮した民衆を引きつれて大川らは議会へ向う。同時に市内各所に待機した右翼の壮士たちが擬似弾を投げて、東京を混乱におとしいれるというわけだ。

「なるほど、拳闘の大会とはいい考えだ。屈強の男が何千人見物にあつまっても、ちっともおかしくないわけだからな」

「右翼にもなかなか知恵者がいます。左翼がたもこれだけ頭を使ってくれると、成功疑いなしなんですが」

昼休み、参謀本部の食堂で長勇大尉はロシア班の田中弥中尉と話しあっていた。

ボクシング興行の件は、さっき大川周明の事務所から電話で知らせてきた。

あす二月二十六日、本番にそなえて芝《しば》公園、上野公園で内閣打倒決起大会の予行演習をおこなうという。芝には右翼、上野には左翼があつまる。両勢力とも最低一千名の運動家が集合して気勢をあげるということだった。

重藤大佐や橋本欣五郎中佐をつうじてただちに建川少将へ報告しなければならない。だが、重藤大佐も建川少将も朝から会議室へこもっている。将来の対ソ戦にそなえて近く内蒙古へ実地踏査に出向く欧米課ロシア班の中村震太郎《なかむらしんたろう》大尉らと打合せをつづけているのだ。橋本中佐のほうは所用で外出中だった。

「先日の橋本中佐どのの話では、宇垣大臣はクーデターに乗り気だということでしたが、あのあと一向に音沙汰《おとさた》がありませんね。どうしたんでしょうか。いくら極秘事項でも、それなりの意思表示は必要だと思いますが」

田中中尉は苛立《いらだ》っていた。

『桜会』の会員のうち、佐官、尉官は橋本中佐の煽動に呼応して意気さかんである。だが、将官たちは長らになにもいわない。宇垣の意気込みも伝わってこない。政党入りして首相の座を狙《ねら》う気はないようだが、軍をひきいて政府を乗っとるだけの情熱があるのかどうか、心もとない状態である。

「上からの情報が佐官止《どま》りなのが良くない。クーデターに関する最高機密会議に出席できるのは佐官以上だという内規がある。けしからん話だよ。われわれ尉官は意見をいわず、だまってついてこいというわけか」

長は声が高くなった。

「まあまあ。長大尉どのと私には、橋本中佐どのが逐一《ちくいち》情報を流してくれているではありませんか。クーデターの立案者の近くにいるだけでも、私たちはめぐまれていますよ。げんに当日の拳闘大会のことを知っているのは、本部では私たちだけではありませんか」

田中は小声で長をなだめた。

いったん火がつくと長以上に勇猛になる男だが、ふだんは温和で冷静である。食堂では二十名ばかりの将校が食事中だった。

「おれはな田中、年寄りをかつぐのが面倒くさくなったよ。早い話、宇垣大臣もすでに功成り名遂《と》げた老人なんだ。いまさら蛮勇をふるって国を引っぱる意欲があるだろうか。国家よりも自分の前立腺《ぜんりつせん》肥大のほうが気になるんじゃないのか」

「前立腺――。宇垣大臣がですか」

「たとえばの話さ。おれは老人どもを排除してクーデターをやりたいよ。もっと若くて元気のよい人物に天下をとらせたい」

「ではうちの部長、建川少将あたりですか。敵中横断三百里で国民に人気もある」

「あの人も功成り名遂げたクチだよ。もっと若いのがいい。ハシキン親分あたりを立てて天下に号令させたいよなあ」

「橋本中佐どのですか。それは面白い。でも、いくらなんでも若すぎますよ。四十すぎたばかりではやはり貫禄《かんろく》が――」

そのとき、いま噂したばかりの建川少将が中村震太郎大尉と下士官を一人つれて食堂へ入ってきた。

打合せを終えて食事にきたらしい。

近くのテーブルに三人は腰をおろした。会釈する長と田中にかるく返礼して、建川はパイプを出して咥《くわ》える。ずんぐりした小柄な男だが、髪をきれいになでつけて、いかにもイギリス帰りらしく垢《あか》ぬけて見える。

中村はいつも思いつめたような顔つきの、チョビひげの男だった。ロシア班きっての堅物である。長とは陸大同期で心安くしているのだが、きょうは無愛想だった。蒙古ゆきの打合せの緊張が残っているのだろう。同席の下士官は中村とともに出張する男のようだ。

建川少将ら三人は小声で話しあいながらランチを食べはじめた。長と田中は食べ終ってコーヒーを飲んでいた。

「大事を成すのに貫禄なんざ要らねえよ。明治維新をやってのけたのは若い志士だった。昭和維新だって同じことじゃねえか」

きこえよがしに長は声を高くした。

まあまあ。再度田中は長をおしとどめた。

コーヒーを飲み終えてからも長と田中は席を立たなかった。機会をとらえて宇垣大臣の件を建川に訊いてみたかったのだ。

建川ら三人はやがて食事を終えた。

すぐに建川は腰をあげた。

「一時に陸軍省へ出向かなくてはならんのだ。これで失礼するよ。ではさっき話した要領で、しっかりやってくれ」

いそがしそうに彼は食堂を出ていった。

中村大尉が席を立って長と田中のテーブルにきて腰をおろした。

「いつ出発するんだ。盛大な壮行会をやらなくてはいかんな」

長が訊くと、中村は苦笑して首をふった。

「じつは出発が延びたんだ。三月なかばに発《た》つ予定だったんだが、一カ月ばかり延期だときょう部長にいわれた。なにか大幅な人事異動でもありそうな口ぶりだったぞ」

「延期。一カ月か」

長と田中は顔を見あわせた。

三月十七日の一件が建川少将の頭にあるのではないか。中村大尉は『桜会』の会員ではない。クーデターのことは伝えなかったのだろう。中村も噂は耳にしていただろうが、まさか決行の日があと二十日にせまっているとは思ってもいないらしい。

「人事異動について部長はなにか具体的な話をしたのか。たとえばこの長勇を第一師団長に任命するというような」

冗談に見せて長は訊いた。大尉が師団長になるなど太陽が西から昇るようなことだ。

「いや、べつになにも。しかし宇垣四天王が今晩会合するらしい。たぶん人事かなにかの相談だと思うんだが」

また長は田中と顔を見あわせた。

宇垣四天王とは建川参謀本部第二部長、二宮参謀次長、杉山陸軍次官、小磯軍務局長のことである。四者とも陸相宇垣一成の直系で要職にあった。宇垣内閣実現のためのクーデターは彼らが推進する気でいた。

この四人の将官が今夜会合するという。会議室で建川と中村らが打合せ中、建川へ二宮から使いがあった。二宮の当番兵がやってきて、今夜の会合の場所と出席者の名を告げ、建川の出席を確認して去ったのである。

赤坂《あかさか》の料亭が会合の場所だった。

「なにも料理屋で会うことはないのに。酔っぱらって難しい話ができなくなる」

建川は独《ひと》り言《ごと》をいっていたという。

いよいよ四将軍は動き出したらしい。クーデター成功後の人事構想などを話しあう気なのかもしれない。

長はおちつかなくなった。老人をかつぐのは面倒だなどといっていられない。適当に話を切りあげて中村大尉らと別れ、支那課へもどった。

橋本欣五郎中佐が外出さきからもどったら連絡してほしい。ロシア班へそう連絡をいれておいた。二時間ばかりたってから、橋本がのっそりと支那課の部屋へ入ってきた。

「帰ったぜ長大尉。なにか用か」

「あ、お待ちしていました。急用です」

長は立って橋本とともに応接室へ入った。

橋本中佐は元気だった。昨年鐘紡《かねぼう》や東洋《とうよう》モスリンのストライキを指導した左翼の闘士たちと会っていたらしい。橋本は左翼を毛嫌いしていた。とくに天皇制をみとめない勢力を国賊だと見なしている。だが、左翼の男たちに会ってみると、天皇制論議は別として、たがいの理想とする国家像には多くの共通点があった。なによりも愛国の情が一致していた。労働運動規制法案に反対の意向を表明するため、三月十七日、彼らもデモをおこなうことになっている。

「軍事政権でもなんでも良い、富の配分を公平にして労働者大衆や貧農を救ってくれる政府を誕生させたいと彼らはいっている。彼らは心から国家改造を望んでいる。右翼よりも頼りになりそうだぞ」

尖った耳を振り立てるようにして、上機嫌で橋本は語った。

「外部の環境はととのった。問題は軍の内部だ。宇垣大臣は本気なのかどうか」

一転して橋本はきびしい表情になった。

「それなんです中佐どの。宇垣四天王が今夜会合するそうです」

長は事情を話した。

「そうか。それは面白い。四将軍の本音《ほんね》をたしかめるのにいい機会だ」

いっしょにこい。長に声をかけて、あわただしく橋本は立ちあがった。

二人は乗用車で参謀本部を出た。赤坂へ向った。四将軍がきょう利用する料亭はかんたんに見つかった。杉山元中将の名で座敷が予約してあった。

「杉山閣下らの使われる座敷のとなりの部屋を予約したいんだ。料金ははずむぞ。ただし閣下らには絶対内緒にしてもらいたい」

女将に橋本は申し入れた。

四将軍の座敷のとなりの部屋へ入って、彼らの話を盗み聞きする気なのだ。

女将はためらっていたが、絶対に迷惑はかけぬ、いうことをきけと橋本がいい張るので、承諾せざるを得なかった。

宇垣四天王の会合は午後七時からだった。

重藤千秋大佐、橋本欣五郎中佐、長勇大尉の三人は六時半に料亭へ入った。重藤大佐は支那課長、長の直属の上司である。橋本にさそわれて同行したのだ。

予約した部屋へ入って、三人はしずかに酒盛りをはじめた。七時になった。陸軍省側の杉山中将、小磯少将がまず到着した。五分ばかり遅れて参謀本部側の二宮中将、建川少将がやってきた。酒と料理を運ばせてから、彼らは四人だけで話をはじめた。

隣室では重藤大佐、橋本中佐、長大尉の三人が襖のそばにあぐらをかき、コップ酒を手に四将軍の話に聞き耳を立てていた。橋本は目の吊《っ》りあがった、すさまじい形相になっている。それを見て長も武者ぶるいした。四将軍がもし腰の砕けた話をしたら、乗りこんで面罵《めんば》するつもりである。

「おやじはどうなんだ。肚《はら》は決まったのか。大命降下の可能性はもうないんだろう」

二宮中将の声がきこえた。

おやじとは宇垣一成陸相のことだ。陸相のことは当然陸軍省側がくわしい。

宇垣陸相につぎの内閣を編成するよう天皇から命令がくだるという噂が一時あった。それが事実ならクーデターの必要はない。だれもが噂の真偽を知りたがっている。

「いや、まだ噂はくすぶっている。議会があのありさまだし、浜口が死んだあとの総理の人材がおらぬ。結局軍にまかすべきだという元老もいるのでな」

杉山中将が答えた。

宇垣に政党入りの気はない。しかも軍に籍をおいたまま首相に指命される可能性も残っている。たしかに難しい局面である。

「可能性はゼロではない。だが、あっても百に一つか二つですよ。やはり国家改造路線をすすむほうがおやじのためです。もちろん日本のためでもある」

建川少将の考えは直線的だった。

関東軍と呼応して一日も早く満州を領有すべきだとつけ加えた。

「そうだな。ことは一刻をあらそう。外部勢力との提携はすすんでいるのか。第一師団を動かすためには外部の協力が絶対必要だぞ」

「二宮閣下、外部は盛りあがっています。あす芝公園と上野公園で内閣打倒決起大会をやるそうです。とりあえず三千名は集めると大川博士がいっていました」

小磯少将が説明した。彼は大川周明と軍の連絡窓口となっている。

「そうか。ではその模様をおやじに見せることだな。右と左が合同して宇垣内閣を待望しているとなれば、おやじも動きだすしかなくなる。三月十七日には三万人動員できるという話だが、気運が盛りあがれば五万人ぐらいは決起するかもしれんぞ」

二宮治重中将が昂《たかぶ》った声をあげた。

隣室の長ら三人は顔を見あわせた。四将軍のうちでは二宮が一番消極的だろうとさっき話しあったばかりなのだ。人は見かけによらない。

「宇垣大臣は動くとして、真崎《まざき》中将はどうしますかね。彼は桜会の連中に向ってクーデター反対論をぶったらしいですぞ」

小磯少将がいいだした。

在京の第一師団をひきいる真崎甚三郎《じんざぶろう》中将はクーデターに反対している。彼が出動を拒否すれば、第一師団をもって議会を包囲する計画は成り立たなくなる。

宇垣は長州閥《ちょうしゅう》の巨星である。大正十二年に陸軍次官となり、以後清浦《きようら》内閣、第一次第二次加藤《かとう》内閣、第一次若槻内閣、浜口内閣と五代の内閣の陸相をつとめた。大正末期の軍縮期には陸軍内部の大反対を押し切って四個師団の廃止などの合理化を断行、削減した経費をもって装備の近代化をおこなった。学校教練、青年教練をとりいれるなど、国防の普及につとめた。これらの実績によって、陸軍第一の政軍略家の声望を得ている。

対して真崎甚三郎中将は九州閥の代表的存在である。軍務局軍事課長、歩兵第一旅団長、陸軍士官学校長など比較的地味な経歴の持主だった。長州閥を批判し、隊付の青年将校に人気がある。宇垣の批判勢力なので、クーデターには賛同しそうもない。

「なあに、親分が動かなくとも、第一師団内の桜会のメンバーがそれぞれ隊を出動させますよ。そのあたりはうちの橋本や長がぬかりなく手筈《てはず》を固めています。クーデター当日は真崎師団長はどこか倉庫にでもこもってもらいましょう」

建川少将の声が明るくひびいた。真崎師団長を監禁する気でいるらしい。

隣室で重藤、橋本、長の三名は会心の笑《え》みをうかべ、うなずきあった。

四将軍はほんとうにやる気でいる。クーデターが陸軍の総意となるまでは日和見《ひよりみ》を決めこむのではないかと心配だったが、思いすごしだったようだ。

「大佐どの。このぶんならわれわれが合流しても問題ありませんよ。となりの座敷へ乗りこんで将軍連と談じあいましょう」

橋本中佐が重藤大佐をけしかけた。

「そうだな。しかし内規をやぶるわけにもいかん。長大尉は遠慮しろよ」

重藤にいわれて大いに長は不服だった。

「大佐どのまでそのような形式主義にとらわれておいでなのですか。たしかに長はまだ大尉ですが、橋本中佐と並んで計画推進の両輪であると自負しております」

「わかっておる。しかし規約は規約だ。ないがしろにしては軍は崩壊する。将軍連に叱責《しっせき》されてもつまらんではないか。ここは遠慮してさきに帰れ」

「そうだよ長大尉。大事のまえの小事だ。将軍連に余計な心配をさせてもいかん。計画が洩れるのをなにより彼らは恐れている」

橋本中佐までが形式主義の肩をもった。

とっさに長は決心した。それならそれでよい。尉官には尉官なりの気晴しがある。

「では私は一人でここで飲ませていただきます。お二人はどうぞ隣室で、高級参謀として密議をおすすめください」

長はその場に横になった。

銚子の酒をコップに注いで飲みはじめる。重藤と橋本は苦笑したが、相手にならずに部屋を出ていった。

「四将軍、おそろいですな。われわれもこの近くの料理屋で会合しておったところです。決議をお耳に入れに参りましたあ」

橋本中佐が大声をあげて、廊下側の襖をあけた様子である。

橋本は天性のハッタリ屋である。さっきまで参謀本部、陸軍省、教育総監部の同志があつまって会議していた。三月十七日にクーデター決行。そんな結論になったのでご報告する。もし宇垣陸相や四将軍の承認が得られないなら、佐官以下の将校で独自に行動を起す。とっさにそんな嘘をひねり出して、四将軍を脅しにかかった。

「宇垣大臣にはほんとうにやる気があるのですかあ。もし決行しないのなら、三官衙《かんが》の将校は明日より一名も出勤しないことになっている。決行か否か即答いただきたい」

「おい橋本、バカなことをするな。宇垣大臣はやるといっている。これからはうかつに名前を出すな。おやじといえ、おやじと」

「そうだ。事はもう決まっておる。まあ重藤もここへすわれ。憤慨せずに酒を飲め」

杉山次官と建川部長がなだめている。

重藤と橋本は腰をすえたらしい。豪快に談笑しながら飲み始めた様子である。隣室の長勇のことなど念頭から消えたにちがいない。

長は立って部屋をぬけだした。帳場へ行って築地の芸妓置屋へ電話してもらった。

「駒野をこちらへよこしてくれ。たまには越境も良いではないか。わしが遠出させたことにする。いっさいの勘定はわしが払う」

「大尉さん、でもそりゃ無茶ですよ。駒野ちゃんはいまお座敷なんですから」

置屋の女将はあきれている。

抱えの売れっ子にとんでもない虫がついたと思っているのがわかる。

「そこをなんとかしてくれ。駒野の母親が病気だといえばいいだろう。長勇、一生恩に着るぞ。駒野がいなくては男が立たぬのだ」

たのむ。電話では見えまいが、わしは土下座をしておるのだ。

ほんとうに長はその場に両手をついて頭をさげた。こちら側の女将が笑いだした。

「駒野さんとやらを出してあげてくださいな。大尉さんはさびしいんです」

彼女は助け舟を出してくれた。置屋の女将はようやく承諾の返事をした。

一時間近くたってから、人力車で駒野はやってきた。長は抱きかかえるように迎えいれて、部屋で差向いで飲みはじめた。

隣室にも芸妓が入った。四将軍と重藤、橋本が大声で談笑している。さすがにもうクーデターの話は出ない。ロシア女は案外純情で可愛いの、フランスよりもイギリスに美女が多いだのと他愛ない話をしている。

「おれはまだ大尉だから向うの席には入れてもらえないんだ。面白くもねえ」

「だったら築地へくればよかったのに。いつもの旅館でしっぽりと」

「いや、一人でここを去るなんて、負け犬のようで嫌だったんだ。連中のとなりで駒野を抱きたい。だからきてもらった」

駒野の手をとって長は引き寄せた。

「大丈夫なの。人がくるわ」

「かまうもんか。屈辱《くつじょく》のお返しだ。なにが佐官以上だよ。たんに年功を積んだだけじゃないか。国の役に立つのはおれのほうだ」

駒野の耳と首すじに長は頬をすり寄せた。

黒地に白の花鳥《かちょう》の絵の入った座敷着を駒野は身につけている。布地の黒との対照で肌がまぶしいほど白かった。

抱き寄せられると、駒野はたちまち息がみだれた。着物の前をひらいて長は駒野の乳房を吸う。駒野の体から力がぬけていった。

着物のすそを長は左右に分けた。さそうように駒野は両脚をひらいた。長は駒野の欲望の度合をたしかめにゆく。満足した。指が溶けるのではないかと思われる。

「あかりを消して。おちつかないから」

あえぎながら駒野はささやいた。その声が半分泣いている。

長は立って電灯を消した。部屋は真っ暗になった。廊下のあかりが襖の端から流れこんでくる。しばらくなにも見えなかった。

やがて目が馴《な》れた。長は勇み立った。床の間のまえに駒野は両ひざをつき、顔を伏せ、着物のすそをまくりあげている。仄白《ほのじろ》く尻が闇の底に静止していた。さそうように駒野の尻が上下に揺れ動いた。

隣室から三味の音が流れてきた。長は駒野に近づいて、軍服をずりさげて彼女と体を合わせた。将軍たちはもう年齢《とし》だ。とてもこんなまねはできまい。考えて、クーデターが成功したように楽しくなった。

8

翌朝九時半、長勇は公用車を仕立てて三宅坂の参謀本部を出た。田中弥中尉が同乗していた。

まっすぐ車は芝公園へ向った。大川周明博士の企画した内閣打倒総決起大会が十時からひらかれる。その模様を見にいくのだ。

クーデターの成否は大衆動員がどの程度成功するかに大きく左右される。きょうは予行演習だから、芝公園に一千名も動員できれば上首尾と見て良いはずである。ほかに上野公園でも左翼主催の総決起大会がひらかれる予定だった。五百人規模の集会になるときいている。

「天気が良くないのが心配だな。ちょっとでも降ると人のあつまりが悪くなる」

「いや大尉どの。きょうの参会者は政治的信念を抱く者ばかりですよ。多少の雨で出足がにぶるとは思えません。降ろうと晴れようと千名は堅《かた》いですよ」

芝公園に近づくと、二人は道路の人影に目を凝《こ》らした。

総決起大会へ出席する人々が三々五々《さんさんごご》道をいそいでいるはずだった。

だが、それらしい人影はなかった。二月末の東京はまだ寒い。オーバーやインバネス姿の男たちが背を丸くしてゆききしている。不景気でみんな暗い顔のように見える。

三流映画館に『何が彼女をそうさせたか』の旗が出ていた。昨年一番評判の良かった映画である。まだ上映している映画館があるのだ。社会主義がかった〝傾向映画〟だというが、貧しい少女と貪欲な資本家層の対照が見事に描かれているらしく、田中弥中尉などは見て感激したらしい。長は洋画が好きで、この作品にはあまり食指が動かなかった。

芝公園へ着いた。車をおりてなかへ入り、長と田中はあっけにとられた。会場をまちがえたのかと思った。集会場のすみに四、五十人の男が群れているだけである。寒いので二カ所に焚火《たきび》があり、ほとんどの者がそれを囲んでいる。羽織袴《はおりはかま》の壮士ふうの男が多い。

まちがいではなかった。正面の演壇の背後に『浜口内閣打倒総決起大会』『葬《ほうむ》るべし幣原軟弱外交』などと大書した幕が掲《かか》げられている。『行地社《こうちしゃ》』『愛国社《あいこくしゃ》』などの右翼団体の名を書いた幕もあった。

すでに九時五十分だった。いまから会場へ着く者を加えても、このぶんでは参会者は百名に満たないだろう。

「どういうことなんだこれは。大川博士のほうになにか手ちがいがあったのかな」

「どうしたんでしょう。治安当局から妨害が入ったのかもしれませんね」

長と田中は茫然《ぼうぜん》とするばかりだった。

やがて二人は気をとりなおして、演壇のほうへ近づいた。壮士ふうの男たちが参謀肩章をつけた長らに反感と恐れのいりまじった目を向けた。焚火のまえに田舎壮士然とした男が陣どっていた。いつか電車のなかで会った右翼の樺山常吉だった。

「よう樺山先生、その節は世話になったたな」

近づいて長は声をかけた。

樺山の表情がこわばった。先日子分たちに長らを襲わせた返礼にきたと思ったらしい。

「世話とはなんのことだ。わしは貴公らに一向見おぼえがないが」

「そんなことはどうでもいい。きょうの決起大会は大川博士の呼びかけなんだろう。どうしてこんなに小人数なんだ」

「わしは知らぬ。大川博士にさそわれてやってきただけだ。一千人はあつまるときいていたが、いかにもすくないな」

「博士はここへくるのか。きょうの弁士はいったいだれなのだ」

「大川周明、清水行之助の名はきいておる。不肖この樺山も登壇し、獅子吼《ししく》するぞ」

「あんたが。冗談じゃねえや。なんともこれはお寒い話になってきたたな」

苦笑して長と田中はそこを離れた。

公園を出て乗用車にもどった。しばらく様子を見たが、参会者が増える様子はない。拡声機をつうじて男の声がきこえた。司会者が話しはじめたらしい。

あきらめて長は上野公園へゆくよう運転手の兵士に命じた。

「大川博士の動員力はこんなものですかね。泰山鳴動《たいざんめいどう》、鼠《ねずみ》一匹じゃないですか」

田中中尉は疲れたような声を出した。

「いや、なにかの手ちがいだろう。大川博士はカリスマ性のある男だよ。雄弁で妙な魅力がある。ただの鼠だとはとても思えんな」

飄然《ひょうぜん》とした大川周明の顔を長は思いうかべていた。

おそろしく広い視野をもつ男だった。日本とアメリカの戦争を予測していた。彼の語るところには真実味があった。動員力を誇大に見積るような失敗をする男ではないはずだ。

二人は上野公園へ着いた。こちらも参会者は百名前後だった。三十代なかばぐらいの、眼鏡の大男が壇上で演説していた。長と田中はしばらく耳を傾けた。政府の経済政策に的《まと》をしぼった説得力のある演説だった。

「あれはなんという男なのかね」

近くにいた鳥打帽の男に長は訊いた。

日本労農党組織部長の浅沼稲次郎《あさぬまいねじろう》だということだった。

「浅沼は士官学校の入試に落ちたんですよ。早稲田《わせだ》へいって運動家になった。もし士官学校へ入っていれば、大尉さんたちのお仲間だったかもしれませんな」

鳥打帽の男はおもねるようにいった。

左翼の集会を監視にきた刑事らしかった。もっと大がかりな集会を予想して、拍子抜けしたのは刑事たちも同様らしい。

失望して長はそこを離れた。参会者がすくなすぎて恥ずかしくなったのだろう。大川周明があとで演説する予定だったが、来場をとりやめたということだった。

長と田中は丸ビルの東亜経済調査局へ出向いた。大川に会って詰問し、釈明をきかずに帰る気になれなかったのだ。

居《い》留守を使われるかと思ったが、長と田中は理事長室へ通された。とぼけたような眼鏡の顔で大川はデスクの向うに腰をおろし、臆《おく》した様子もなく二人を迎えた。

「なんですか先生。きょうのざまは。あれでクーデターをやれというんですか」

立ったまま長はあびせかけた。

この男はひどいぺてん師なのかもしれない。顔を見たとたん長は疑念にかられた。大川の表情に、なにかただごとではない神経を見たような気がしたからだ。

「いや、きみ、きょうは予行演習だよ。演習ってものは、回をかさねるうちに実戦に近づくものなんだ。あわてなさんな」

三月三日にもう一度演習をやる。そのときはもっとあつまるはずだという。

「三日にやって結果が同じならどうするんですか。十七日まで二週間しかないんですよ」

「大丈夫。あ、それに決行は三月二十日になった。労働運動規制法案の上程が二十日になったんだ。無産派からの情報だから、この点にまちがいはない」

「どうしてきょう、あんなにあつまりが悪かったんですか。両公園とも千名は参加者があるとのお話だったはずですが」

「あのね、いろいろ事情があるんですよ。じつは日当を配分する責任者がわるいやつでね、金をもって逃げちまったの。たいした金額ではないが、きのうまでに日当をわたしそびれた者が多かったんだ」

「日当――。人は日当であつめるんですか。先生の思想に共鳴してあつまってくるのではないのですか」

田中弥中尉がさけんだ。

長も茫然としていた。動員力とはつまり日当のことだったのか。

「いや、みんな同志だよ。金につられて参加するわけじゃない。第一、金で釣るほどの資金はないよ。しかし、呼ぶからには足代《あしだい》と帰りに一杯やる程度の金は出さなくてはならない」

「一杯やる金も払うんですか」

「左翼の側も同じですよ。きみたちは号令一下部下を動かせる。軍隊組織のなかにいるんだからな。しかし、民間はそうはいかぬ。人を動かすのは大変なことなんだ」

ともかく三月三日にあらためて動員をかける。その結果を見てもらいたい。きょうは天候もわるく悪条件がそろっていた。

大川周明はつけ加えて、自分のことばにうなずいてみせた。

「では三日を待ちましょう。こんどこそしっかりお願いしますよ」

いい残して長と田中はそこを出た。

毒気にあてられた気分である。大川周明はまったく煮ても焼いても食えない男だ。

「大丈夫ですかねえ、資金をもち逃げされるなんて。右翼も案外頼りないですな」

「三月三日のお手並拝見しかないだろうな。しかし、デモに加わる人間が日当つきとは知らなかったよ。みんな憂国の情に燃えて行動するのかと思っていた」

「まったくですね。地方から上京する者には汽車賃が必要かもしれません。しかし、飲み代まで払うとはおどろきでした」

二人とも中隊長の経験がある。

百五十名から二百名の部下を号令一つで動かしてきた。一糸みだれず部下たちは反応した。その体験から、人は号令一つで動くものだと思いこんでいた。

「なにィ。芝と上野をあわせてたった二百名。どうしたんだ大川博士は」

報告をきいて、上司たちは一様に度胆をぬかれていた。

日当の件をきいて、みんなだまりこんだ。一様に半信半疑だった。

「三月三日のデモの結果を見るより仕方ないでしょうな。ともかく大川博士に会ってはっぱをかけてきます」

橋本中佐は参謀本部を飛びだしていった。長はだまって机に向った。

満州を支配する軍閥、張学良が最近、さまざまなかたちで排日運動を仕掛けてきている。

日本商品のボイコット、日本貨物のとりあつかい拒否、日系企業のストライキなどが各地でつづいた。報告に目を通せば通すほど、満州における日本の権益をまもるには、武力で張学良軍を追い払う以外に方法はないと思われてくる。

それでも日本国内にはなんの動きもない。不況、失業、貧困の底に沈滞したまま、茫然と一日一日を送っている。

起爆剤が必要なのだ。どこかが爆発を起さないと、なにも変らない。やはりクーデターを起さねばならない。だが、右翼があんな調子で大丈夫なのだろうか。参謀本部のなかも、同志のすくない第一部、第三部などは平静そのものである。変革よりも平穏な日常を良しとする腰ぬけ軍人が多すぎるのだ。

「きさまら、なにをしておるのだ。いまから国家改造のために議会を占領しよう」

怒鳴りたい衝動に長はかられた。

我慢しろ、三月二十日までだ。彼は自分にいいきかせた。だが、この苛立たしさをそれまでどうやって発散すればよいのか。今夜もまたどこかの料亭で、同志たちと憂さ晴しの酒を飲む以外にないのだろう。

三月三日がやってきた。長勇はまた田中弥中尉をつれて、乗用車で芝公園へ出かけていった。

「なんだこのざまは。これが国家改造の集会なのか」

「こりゃ駄目ですね。話にならん。これでデモをやったら笑い話になるだけですよ」

公園へ入るなり二人は肩を落とした。

参会者は前回より少数だった。羽織袴、ステッキの壮士たちが背をかがめて二つの焚火を囲んでいる。ヤキイモの匂いがした。イモを焼いているやつがいるのだ。

スルメの匂いもした。一升瓶をかたむけ、湯呑みを回し飲みしている者もいる。国家改造を担《にな》うデモのまえというより、どこかの工場のスト破りに出向くまえのやくざ者の集団にしか見えなかった。

長と田中は上野公園へ向った。こちらも前回より参会者がすくなかった。労働組合の幹部らしい男が空《むな》しく声を張りあげて労働者の団結を訴えている。浅沼稲次郎の姿もきょうはなかった。

「帰ろう。すべてやりなおしだよ」

「大川周明はとんだ食わせ者でしたね。話ばかり大きくて、実体はゼロだ。白人の植民主義撲滅の夢にとりつかれた夢遊病者ですよ」

乗用車に乗って二人は帰途についた。

早春の東京の街がさむざむと目に映った。

湧きあがる労働歌、市民の歓声。議会へおしよせる大群衆。整然と出動する第一師団。閣僚たちに辞任をせまる建川少将。大命降下をうけて悠然と議会で登壇する宇垣新総理。新時代の到来を告げる号外の声。

すべてが夢だった。妄想にすぎなかった。それらが消えて、見すぼらしい東京の街が周囲にひろがっている。

商店街に大売出しののぼりが並んでいる。だが、買物客の姿はほとんどない。赤旗が立ち、スローガンの大書された幕をめぐらせた工場がいくつか目についた。浅草《あさくさ》のカジノ・フォーリーのポスターだけが派手《はで》やかである。水道管を満載した荷車を馬が苦しそうに曳《ひ》いて歩いていた。ときおり馬は容赦《ようしゃ》なく鞭《むち》打たれている。

「じっさいみんななにをしているのだ。こんな世の中を放っておいていいのか。いまに日本はアメリカの属国にされてしまうぞ」

ひとりで長はあせっていた。

早く行動を起さねばならない。だが、いまとなってはどう行動を起すべきか見当もつかない。

「満州だ。こうなりゃ関東軍に期待するしかない。なあ田中、そうは思わぬか」

「賛成です。満州を占領する以外、日本を建てなおす道はないんです。こうなったら幣原喜重郎外相を斬って、軍部から外相を出して張学良に最後通牒《つうちょう》を突きつけるべきです」

物騒《ぶっそう》な話をしながら、二人は参謀本部へ帰った。

大衆動員失敗の報《しら》せはもう同志の幹部たちにとどいていた。支那課長の重藤大佐がそっと長と田中を呼んでささやいた。

「窓口の小磯局長から連絡があった。宇垣大臣は両公園の模様を耳にして、泰山鳴動、鼠一匹だな、といわれたそうだ」

田中弥中尉と同じことを宇垣陸相もつぶやいたらしい。

出馬の意思は完全になくなったはずだ。

大川周明博士はどうしているのか。長は訊いてみた。重藤大佐は苦笑して告げた。

「さっき橋本中佐に連絡があった。大衆動員の資金の到着が遅れたのが失敗の原因だというんだ。ばかばかしくてきいていられないよ。ともかく橋本中佐は今後の方針を打合せに大川事務所へ出かけていった」

うなずいて長は席へもどった。

芝公園のヤキイモとスルメの匂いが、なんともわびしく思いだされた。

その夜、長勇は橋本欣五郎中佐とともに大森の料亭『松浅《まつあさ》』で酒を飲んだ。橋本は荒れていた。大川周明はまだクーデターをやる気でいて、爆発物の手配を橋本にたのんだということである。

建川少将も金主の徳川義親侯もいまだに希望を失っていない。だが、肝心の宇垣大臣にそっぽを向かれては、もう行動の起しようがなかった。小磯国昭局長などは、もともと大川の計画はずさんだったと、掌《てのひら》を返したように公言していたということだ。

「桜会の同志にたいして面目《めんぼく》が立たねえよ。大川や彫刻家の朝倉に乗せられたのがバカだった。おれは腹を切るべきなのだ」

橋本はくだを巻いた。今夜は芸妓信千代に会う気もしないらしい。

「一度であきらめることはありませんよ。外部を当てにしたのが悪かったんです。軍に同志はたくさんいる。関東軍と呼応して、いずれことを起しゃいいんだから」

泥酔した橋本を長はもてあましていた。

長自身、泣きたい心境である。歴史に残る壮挙に名をとどめる気でいたのに、すべてが水の泡となった。

午後十一時、自動車を呼んで二人は帰途についた。橋本の家は『松浅』と同じ大森にある。最初から酔いつぶれる気で、橋本は自宅に近いこの料亭をえらんだのだろう。妙な工合に用意周到な男である。

橋本の家に着いた。三千枝夫人が出迎えた。茶を一杯飲んでいけと橋本は強要する。車を待たせて長は橋本家へあがりこんだ。

茶の間へ通された。奥に仏間がある。橋本はよろめきながら仏壇のまえにすわり、ろうそくに点火して両掌《て》をあわせた。数年まえ亡くなった橋本の母親の写真が飾ってある。一瞥《いちべつ》して長は声をあげそうになった。橋本の母の写真は信千代に似ていた。

信千代のことを、どこかで見たことのある女だと田中中尉と話しあったことがある。仏壇の写真の母に似ていたのだ。

橋本は合掌《がっしょう》してなにかぶつぶつ唱えている。意外に彼は親孝行だったらしい。

「あの写真、中佐どののご母堂がおいくつぐらいのころのものですか」

三千枝夫人に長は訊いた。

「さあ、まだ六十まえのころじゃないかしら。亡くなったときはもっと老《ふ》けていましたよ。顔じゅうしわだらけで」

三千枝夫人は素気《そっけ》なかった。

ご多分にもれず姑《しゅうと》とは仲が悪かったらしい。信千代とちがって、三千枝夫人は橋本の母に似ていなかった。橋本の話では夫人とはあまり仲が良くないようだ。だから橋本にはいっそう孝心が湧くのではないだろうか。

「中佐どののご母堂はどんなかただったんでしょうか」

「橋本には大甘だったようですよ。なにしろ六人きょうだいの末っ子でしょう。橋本家は裕福だから、欣ちゃん欣ちゃんと可愛がられて育ったみたい。だから橋本はあんなにわがままほうだいの将校になったんです」

「なるほど。しかし、金持の末っ子で蝶よ花よと育てられたら、もっと意気地《いくじ》のない男になると思いますがね」

「それが九州の土地柄《がら》なのよ。甘くても、弱い子は母親がよろこばないのよね。喧嘩《けんか》して泣いて帰ると、情《なさけ》ながってお母さんも泣くんですって。反対にいくらあばれても、文句はいわれなかったみたい。長さんも九州だから、おわかりでしょう」

いわれて長は何度もうなずいた。

三千枝夫人の話には思いあたることが多かった。

長の実家は福岡郊外の豪農である。父の蒼生《たみお》は同じ長姓の大庄屋の家から養子に入った。

六人きょうだいの長は嫡男《ちゃくなん》である。長家のあとつぎということで、子供のころからきびしく育てられた。教育係は母だった。勉強しろ、体をきたえろ、礼儀を尊べ、他人に負けるな、家名をあげろ。子供のころは朝から晩まで母親の干渉をうけた。

家にいるのがわずらわしい。外でばかりあそんでいた。鬱憤《うっぷん》晴しにあばれまわった。

長の実家のある村落は、七割以上が同じ長姓を名乗っている。一族のようなものだ。暴れてもだれも文句はいわない。逆にたのもしがられた。かつての長州藩や黒田《くろだ》藩の領地では暴れん坊が重宝《ちょうほう》されるのだ。

「なんだ。なんの話だ。うちの母親におまえがいじめられた一件か」

橋本中佐が茶の間にもどってきた。

「中佐どののご母堂はおやさしいかただったようですね。うらやましいです。私の母親は口やかましくて、おしつけがましくて毎日閉口させられたものです。わが母ながら厄介な女でありまして」

「きさま、それはいかんぞ。母の値打は失ってみてわかる。われわれの今日あるは、父よりも母の教育のせいとわしは思うておる。孝養をつくさなくてはいかん。立派に働いて母を安心させなくては」

橋本中佐はくだを巻きはじめた。

わしはもう寝るぞ。あがっていけとすすめたくせに橋本はいいだした。

いつものことである。笑って長は三千枝夫人に辞去の挨拶をした。すでに橋本は横になって寝息を立てていた。

されたらしい。

9

三月十日、宇垣一成陸相からクーデター中止の命令が出た。

大川周明ごとき詐話師の言《げん》を信用したきさまらがおろかなのだ、と四将軍は大いに叱責いまをときめく陸軍次官、軍務局長と参謀次長、参謀本部第二部長も十期以上先輩の宇垣の叱責には一言の反論もできなかった。

「宇垣大臣はまったく自信過剰だよ。自分の判断が世界一だと思っているんだから」

建川部長がそうボヤいていた。

たぶんに彼は意地になっていた。あくまで遂行をいい張る大川周明と行動をともにする気構えでいたらしい。徳川義親侯に説得されて、ようやくあきらめがついたようだ。

「軍の首脳が離反したクーデターが成功するわけがないじゃないか。あくまできみが実行するというなら私もつきあう。だが、おたがい生命《いのち》も名も失う覚悟が必要だぞ」

涙を流して義親侯は説《と》いたらしい。建川も侯を道づれにはできなかった。

三月二十日、労働運動規制法案は議会に上程、可決された。浅沼稲次郎の指揮する労働運動家、約百名が議会にデモをかけたが、問題にもならなかった。日比谷公園の拳闘大会も不入りだったらしい。東京は火事一つなく、いつものように賑《にぎ》わっていた。

その数日後、長勇は橋本欣五郎中佐とともに、気晴しに明治座《めいじざ》へ芝居見物にいった。

切符を手配してくれたのは、柔道家の三船久蔵《みふねきゅうぞう》七段だった。三船は講道館《こうどうかん》指南役である。士官学校、陸大などへもしばしば指導にきて、橋本らと親交があった。なにか大きな計画が挫折したらしいときいて、三船は橋本、長を招待してくれたのである。

明治座の玄関で三人は落ち合った。いっしょに客席へ入った。正面のまえから五列目。これ以上ないほどの上席である。劇団は新派《しんぱ》、演目は『唐人《とうじん》お吉《きち》』だった。

ベルが鳴って幕があいた。花柳章太郎《はなやぎしょうたろう》などの著名な役者がつぎつぎに舞台へ出てきて演技をきそった。なかでもお吉役の水田妙子《みずたたえこ》がこの世のものとも思えぬあでやかな演技を見せた。

周知のとおり『唐人お吉』は安政《あんせい》四年（一八五七年）ごろの物語である。アメリカの領事ハリスが修好条約改定をめぐって下田《しもだ》奉行と談判中、看護婦名義で妾《めかけ》を世話しろと要求した。

船大工の娘で酌婦をしていたお吉が妾にえらばれた。支度金二十五両、月手当十両。まずしい船大工の娘にとっては、破格といってよい好遇だった。

だが、夷人《いじん》に身をまかすなど、当時の日本の女には獣《けもの》に身をまかすことと同じだった。お吉はなやみになやんだ。国のために応じてくれと下田奉行らに説得される。

「いくら国のためとは申せ、夷狄《いてき》に肌身をゆるさねばならぬとは死にまさる苦痛——」

お吉は自殺を考える。

国を想い、家族を想い、身を悶《もだ》えてなやみぬく。新派の看板女優水田妙子が、女の哀《あわ》れをみごとな演技で表現する。

見ていて長は涙があふれてきた。お吉と水田妙子が同一人物のように思われた。なんという美しさ。あでやかさ。容姿も心根もこれこそ大和《やまと》なでしこである。天女である。

こんな女に会いたいと以前から漠然と思っていた。いまめぐり会った。水田妙子のお吉は長勇の理想の女だった。近づきたい。せめて手をとって西欧の騎士のようにくちづけしたい。一言でもことばをかわしたい。それができたら、いつでも国のために生命を捨てられそうな気がする。

いつのまにか長は席を立っていた。顔を涙に濡らしたまま、ふらふらと舞台へ近づいた。うしろで橋本中佐が制止したが、耳に入らない。舞台の水田妙子を凝視《ぎようし》したまま、吸い寄せられるように舞台へ両手をついた。

おどろいて妙子は長をみつめる。

「たのむ。握手してくれ。たのむ」

長は右手をさしだした。

妙子はうなずいた。長の右手を握る。何秒か離さない。長は甘い陶酔が右手から流れこみ、脳天にとどくのを感じた。

後方から野次が飛んできた。観客の怒るのは当りまえである。

「席におもどりくださいね。あとで使いを出しますから」

妙子はほほえんでささやいた。

そのまま舞台の中央へもどって演技を再開する。長は自分の席へもどった。恥ずかしいもなにもない、茫然としている。

「あきれたやつだな。水田妙子と握手した軍人は長が初めてだろう」

「長大尉さん、一目惚れですな。妙子のほうもまんざらでもないみたいでしたよ。あとで楽屋へいってみなさいよ」

橋本中佐と三船七段がこもごも笑った。

長は上《うわ》の空《そら》だった。なにもかもわすれて舞台の妙子に見入っていた。

『唐人お吉』は終った。幕がおり、観客がいっせいに席を立った。

「妙子から使いがくるそうですから」

長は椅子に居残った。

「バカ。とっさにそういっただけだよ。まあ未練なら居残っていろ」

橋本は笑って、三船七段とともに去っていった。

観客が九分《くぶ》どおり立ち去ったあと、法被《はっぴ》の男が長に近づいてきた。

「大尉さん、水田妙子が呼んでいます。楽屋へおいでくださいとのことです」

「そうか。ではいこう」

悠然と長勇は腰をあげた。

天にものぼる、といった心境ではない。妙子からほんとうに使いがくると思っていた。この自信過多が長勇の個性である。

長は楽屋へ乗りこんだ。人影はなかった。一人の女の子が胸に大きな紙をもって、畳のうえに立っていた。

「向島《むこうじま》の料亭、春山《はるやま》へおいでくださいませ。水田妙子」

と紙には筆で書いてあった。

当然のことのように長はうなずいた。胸を張って楽屋を出た。

10

一円タクシーをひろって、長勇は向島の料亭『春山』へ乗りつけた。

せまい庭に面した座敷で水田妙子は待っていた。舞台とちがって洋髪である。青地に桜花の模様を散らした和服姿だった。

ほほえんで、会釈《えしやく》して妙子は長を迎えた。

床の間に軍刀をおいて、悠然と長は妙子のまえにあぐらをかいた。雑誌の写真などでよく見る水田妙子が手をのばせばとどく位置にすわっている。ふしぎな気がしたが、べつに光栄だとも思わない。

女優というものを格上の芸者ぐらいに思っている。たしかに美しいが、尊敬に値いするほどの存在ではない。近づいて有頂天《うちょうてん》になるのは、おろかな大衆だけである。

女将が挨拶に出てきた。参謀本部支那課の長勇。自己紹介すると、女将は下にもおかぬ態度になった。この料亭は新派の役者や贔屓《ひいき》筋がよく利用するらしい。

舞台のあとで妙子はのどがかわいているという。ビールを飲むことにした。支度ができて女将が引きさがる。冷えたビールをしみじみ美味《うま》く二人は酌みかわした。

「奇妙なものですな。さっきまで舞台におられたあなたがこうやって目のまえにおられる。天女が舞いおりたので肝《きも》をつぶした三保《みほ》の松原《まつばら》の漁師のような心地《ここち》ですよ」

軽口が長は下手《へた》ではない。

目が細くなるので笑顔が愛らしいと芸者にいわれる。笑っているわけではないのだが、長はいま目が細くなっている。妙子の顔がやはりまぶしいのだ。

「きょうは私、ほんとうにうれしうございました。私の演技を見て、軍人さんが泣いてくだすったんですから。それも純朴な一等兵さんや上等兵さんではなくて、れっきとした参謀本部の大尉さんが。あんなによろこんでいただいて私、役者冥利《みょうり》につきます」

芝居がクライマックスへきて涙を拭《ぬぐ》うお客はめずらしくない。だが、長のように感動のあまりふらふらと舞台へ近づいて握手を求めた観客は初めてである。しかも、参謀の金モールをつけた、高級将校がそれをやったのだ。

参謀本部の将校がえりぬきのエリートであることは、当時、子供でも知っていた。参謀の胸の黄色いモールは少年少女のあこがれの的《まと》だった。役者冥利、と水田妙子がいうのもけっして誇張ではなかったのだ。

「まったくあの場面では感動しました。国のためにいっさいの私情をすてて身を挺する心情には、女ながらわれわれと共通するものがある。妙子さんはそれを見事に演じておられた。迫真の演技だった」

「ありがとうございます。弾丸《たま》こそ飛んできませんが、舞台は役者の戦場でございます。それなりに生命《いのち》がけで演じておりますのよ。そのことが伝わったのでしょうね」

「なるほど。国のために身を捨てる心情と、ともに戦場に立つ者の共感がかさなりあってわしは泣かされたのか。芝居などとんと縁がなかったが、案外わかるようになるかもしれないな」

「いいえ、長大尉さんは最高の理解者ですわ。お会いしてみてよくわかりました。新しく千人のご贔屓ができたよりも私、うれしうございます。これをご縁に、今後ともよろしくお願いいたします」

「せいぜいわしも明治座へ足を運びます。公務があって、そうたびたびというわけにもいかんだろうが、できるかぎりは」

じっさい長は、水田妙子ときょう初めて会ったという気がしなかった。写真などでよく顔を知っているせいもある。だが、それ以上に深い親しみをおぼえる。まだ二十歳《はたち》そこそこの妙子とこうして話しているだけで、全身の筋肉が甘ったるくゆるんでしまいそうな安らぎを感じた。

もちろん色香に酔ってもいる。妙子は色白で、所作《しょさ》がいちいちなまめかしい。お酌をする手つきにも、長のタバコに火をつけてくれるときの身の乗りだしかげんにも、惚れ惚れする気品があった。

抱き寄せたい衝動に長はかられている。だが、相手は新派劇の有名女優である。欲しいものは獲得せずにいられない性分だが、さすがにいま手を握るわけにもいかなかった。初対面から色仕掛けでは参謀たる者の品位にかかわる。もし断わられでもしたら目もあてられない。めずらしく長は消極的だった。端然《たんぜん》とした姿勢をくずさずに、妙子との会話を楽しんだ。

妙子は神楽坂《かぐらざか》の時計商の娘だった。両親を五つのとき亡くして、一まわり年上の長姉に育てられた。その長姉の夫が水田竹紫《ちくし》という俳優だった。妙子は双葉《ふたば》女学校を卒業後その竹紫の世話で島村抱月《しまむらほうげつ》の芸術座へ入ったのだ。

以後、松竹《しょうちく》映画で大部屋生活をした。その後、花柳章太郎、喜多村《きたむら》緑郎《ろくろう》らの新派劇合同のさい、さそわれてこちらへ移ったのだ。長と二人でいるとき、妙子は上気していた。緊張して、おちつきがなかった。洗練された挙措《きょそ》のあいまから、ひどくうぶな表情を覗かせることがある。芸の修練に夢中で、いままでほとんど男に縁がなかったらしい。

「おどろいたな。女優というのはいろいろ男遍歴《へんれき》をして芸を磨くのかと思っていたよ。あなたはそうじゃない。ふつうの娘さんじゃないか。身持が堅いくせに、舞台でよくあんなに色っぽい役が演じられるものだ」

「それが芸というものです。色事を積みかさねればだれだって色っぽくなりますでしょ。女優は一つ経験すれば、それを十にも二十にも水増ししてお客さまにお見せできるの」

まっすぐ長を見て妙子は笑った。女学生のように邪心《じゃしん》のない笑顔である。

長は目からウロコが落ちた思いだった。とつぜん正座し、畳に両手をついた。

「済まなかった。わしは女優というものを、もっとふしだらな女だと思っていた。芸のこやしと称して男から男をわたり歩くものと誤解していた。まことに認識不足であった。心の底からお詫《わ》びする」

「なんですかそんな。びっくりするじゃありませんか。さ、お手をおあげください。参謀本部の高級将校が、女優ふぜいをそれほど尊重してくださるなんて私こそ感激」

妙子は長の手をとって頭をあげさせる。

二人はみつめあった。あんたに惚れてしまった――長はそう口に出そうとした。瞬間、ふっと妙子は目をふせた。銚子をもって立ちあがった。

「お酒がカラです。お代りしてきますね」

きれいな裾《すそ》さばきで部屋を出ていった。

やはり女優だ。一筋縄《ひとすじなわ》ではいかない。感心して長は首を左右にふった。この想いがつうじないわけはないと自分にいいきかせた。

以後、長勇は三日にあげず明治座へ足を運ぶようになった。

公務が終るのはふつう午後八時ごろである。それから会合があったり、上司や同僚と酒を酌みかわすことが多い。

一日おきぐらいに、長は口実をつけて参謀本部をぬけだした。電車やタクシーで明治座へ駈けつけた。

三月のクーデターが挫折して、長は公務にも桜会の会合にもあまり熱意がもてなくなった。親分の橋本欣五郎中佐などは以前にも増して激烈に国家改造、満州占領を唱えているが、宇垣一成に逃げられてしまうと、軍事政権の首班にかつぐべき人材がなかなか見あたらないのだ。

首相になりたい男、大臣になりたい男は中将、少将クラスのなかに山ほどいる。だが、陸軍を統率し、首相となって全国民に号令できる人物がたやすく見つかるものではなかった。実行力ある人物は人徳がなく、人格者はとかく無能である。

「小磯、杉山クラスではまだ若い。南次郎《みなみじろう》大将、武藤信義《むとうのぶよし》大将あたりでは、全国民を引っぱってゆく迫力に欠ける。上原勇作《うえはらゆうさく》元帥、福田雅太郎《ふくだまさたろう》大将あたりでは、宇垣四天王はじめ陸軍の主流がそっぽを向くからなあ」

　橋本中佐は同志と盃をかわしながら嘆《なげ》いていた。

長にも田中にも名案は浮かばない。結局、しばらく情勢を静観する以外に道がなかった。水田妙子の舞台へいれあげるためにつくられたような平穏な一時期だった。

『唐人お吉』は三月一杯で終った。四月からは人情劇、瀬戸英一《せとえいいち》作の『二筋道《ふたすじみち》』が上演され、大当りをとっていた。河合武雄《かわいたけお》、喜多村緑郎、伊井蓉峰《いいようほう》らのベテラン俳優に伍して水田妙子は悲運の芸妓を演じていた。

妙子は美しくて可憐《かれん》だった。頭のてっぺんから足の爪《つま》さきまで計算のゆきとどいた動きをする。が、色模様になると、一変して年増女のように色香のにじみ出た演技をした。満員の客席がしずまり返り、息を呑んで妙子の発散する好色の気配に酔い痴《し》れる。

　見ていて長はなやましい思いにかられる。いつの日、妙子を抱けるのかと焦燥《しょうそう》をおぼえずにはいられなかった。自分が一般の観客よりもはるかに妙子に近い存在であることには大いに優越感をおぼえている。だが、あれはわしの女だと思いながら舞台を見られたら、どんなにいい気分だろう。

悲劇的な場面では、長は妙子といっしょに悲嘆にくれた。妙子の扮《ふん》する芸者が恋のために栄達をすてる場面がくると、目からかならず涙があふれた。悲劇の主人公と妙子が同一人物だとしか思えなくなった。

舞台上で妙子は長に目もくれない。わざとこちらを無視しているのではないかと思われるほど、よそよそしく演技に専念する。見にくるとき長はいつも明治座の楽屋に電話して席をとってもらうから、長がどの席にいるかを妙子は知っているのだ。それでも髪一すじほども長を意識する気配を見せない。

長は甘い悲哀にかられた。見捨てられた孤児の気分だった。おかげで悲劇に反応しやすくなった。何度見ても悲しい場面では涙があふれる。うっとりするほど快《こころよ》い涙だった。

幕がおりると、劇場の従業員が長のところへ妙子の伝言のメモをとどけにくる。

金モールをつけた大尉が妙子を見に一日おきにやってくるという噂は従業員のあいだに知れわたっていた。長がわるびれないので彼らは気にいったらしい。

「長大尉さん、ほらラブレター」

楽しそうに彼らはメモを手わたした。

うなずいて長は紙片をひらく。「春山でお待ちします」とか「今夜はご贔屓のお座敷があるので失礼します」とか書いてあった。月替りが近づくと、深夜稽古《けいこ》に妙子は拘束されることが多くなった。

「またフラれた。女優を陥落させるのは、ロシアの要塞を陥落させるより難しいのう」

「しっかりおやりください。この要塞を陥《おと》したら、大尉さんは乃木《のぎ》将軍だよ」

そんな会話をして従業員は去ってゆく。彼らは長を応援していた。

会えない夜、長は悠然と明治座を出るのだが、胸のうちは焦燥で一杯だった。妙子をほかの男に奪われそうな気がした。

「こうしてはおれぬ。早く国家改造をおこなわなくては。一日無駄にすごしてしまった」

恋の苛立ちを政治の苛立ちにすり替えて、悲壮な気持で円タクをひろった。

空虚な気持を埋めあわせするため、築地へ足を向けたことが何度かあった。いつもの喜久家旅館へ駒野を呼び、いっしょに酒を飲んだが、もう一つ心がはずまなかった。

飲んだあとで駒野を抱いた。駒野は着ているものをすべて脱いで、熱心に奉仕してくれた。最後はあおむけになった長に馬乗りになって激しく体を揺すりつづけた。

つりこまれて長も陶酔した。気がつくと目をとじて水田妙子の顔を思い描いていた。いま抱きあっているのは妙子なのだと自分にいいきかせて快楽の頂上にたっした。終ってわれに返ると、駒野に済まない気持で一杯になった。もう駒野を妙子の代用品にするのはやめようと思う。だが、妙子に会えない晩が三度もつづくと、つい築地に足が向いた。苛酷《かこく》な軍事演習にはいくらでも耐えぬく自信があるが、こと女に関しては、あきれるほど長は意志薄弱であった。

妙子と二人きりで会えるのは、明治座に三度足を運んで一度くらいだった。料亭『春山』で食事しながら、二時間ばかり話しこんだ。

妙子は姉夫婦とともに日本橋《にほんばし》に住んでいる。外泊はもちろん、午前零時以降の帰宅も親代りの姉夫婦の手前、できなかった。女優として妙子はいま大成するか否かの境目にある。身持は堅くしなければと、とくに義兄の水田竹紫にきつくいわれているのだ。

門限が近づくと、妙子は悲しげに腰をあげ、付人の女と劇団の若い衆に守られてタクシーで帰っていった。会えない夜よりはましだが、長もやるせない気分で帰途についた。『春山』には劇団の役者や贔屓筋がよく出入りするので、ここで色模様をくりひろげるわけにはいかない。妙子を抱こうとすれば、待合でも使うより仕方がなかった。だが、いつも付人や若い衆を供につれている彼女を待合に呼びつけるのは不可能である。人気女優との恋愛が、これほど厄介なものだとは、長はいままで考えたこともなかった。

ある晩、長は『春山』へやってきて、門のそばの電柱の陰に人がかくれているのに気づいた。そ知らぬ顔で長は電柱のまえを通りすぎ、急に身をひるがえして男をつかまえた。逆手《さかて》をとってねじあげる。男は悲鳴をあげてあばれたが、すぐにしずかになった。門灯のまえに引っ張りだしてみると、鳥打帽子に洋服という記者らしい風体の男である。劇場から妙子を尾行してきたらしい。

「きさま、どこの新聞だ。正直にいえ」

長はまた男の腕をねじあげた。

Q日報の記者。名前は黒川《くろかわ》。男は白状した。長は身分証を出させて確認する。

「赤新聞め。水田妙子に傷がつくようなことを一行でも書いてみろ。ぶった斬るからな。きさまと編集長を二人並べてぶった斬る」

わしは参謀本部第二部の長勇だ。文句があるならいつでも相手になるぞ。

足払いをかけて、長は黒川をその場に投げとばした。『春山』の下足番が一部始終を門内で見ていて、

「らっしゃい。長大尉どのお着き」

大声をあげて迎えた。いまの勇姿を妙子に見せたかった、と長は思った。

「こうして再々会うのも、考えてみるとあんたの出世の妨《さまた》げかもしれぬな」

いまのいきさつを妙子に語ってから、長は深刻につぶやいた。

Q日報のような新聞は数多くある。警戒してはいても、そのうち『新派の花水田妙子の道ならぬ恋。相手は参謀本部の某大尉』などという記事が出るかもしれない。

「そんなことありません。少々のこと書かれても私は平気ですよ。赤新聞につぶされるほどヤワな女優ではないつもりです」

たじろがずに妙子は笑った。

度胸が良いのか、世間の怖さを知らないのか、長には判断がつかなかった。

「それをきいて安心したよ。しかし、おれのような男がたびたびあんたの身辺に出没して、良い噂が立つわけはない。よくわかったよ。今後はもっと隠密裡に行動する」

「いいんですよほんとうに。噂を立てられるうちが役者は花なんです」

「いや、それはいかん。あんたに傷をつけるのは不本意だ。ほんとうに慎《つつし》むことにする」

長は大きなため息をついた。

女優との恋路は切ないもんだな。何度通えば想いが叶《かな》うのか。長はつぶやいた。子供のころから欲しいものはなんでも手にいれてきたから、お預けの辛《つら》さが身にしみる。

「大尉さん、六月まで待ってくださいね。大阪《おおさか》公演で向うへいきますから、そのときはきっと――」

目を伏せて妙子は答えた。

六月には中座《なかざ》で『二筋道』を上演する。一カ月ホテル暮しになる。だれにも遠慮なく逢《おう》瀬《せ》をたのしめるというわけだ。

「ほんとうか。六月だな。わかった。わしはかならず大阪へ逢《あ》いにゆくぞ」

長は力をこめて妙子の手を握った。

やっと希望が見えてきた。人間、本気で願えばなにごとも叶わぬことはないのだ。

王道楽土

1

そのころ参謀本部第二部では、昭和六年度の『情勢判断報告』の作成が急がれていた。第二部は情報担当である。中国・ロシアはじめ世界各国の現状を分析して、今年度の見通しを報告する。作戦担当の第一部はそれにもとづいて帝国陸軍の今年度の作戦を計画することになっている。

ことしは満州の現状分析が中心となった。第二部長建川美次《たてかわよしつぐ》少将の方針だった。ロンドンで長く武官生活を送ったあと中国公使館付武官となった建川は、イギリス人と同じように中国を収奪の対象と見ていた。日本が列国に伍して一流国家として存続するためには、満州の領有が不可欠だという判断である。

日露戦争に勝って以来、日本は南満州鉄道、大連《だいれん》港、旅順《りよじゆん》港などの権益を満州に保持している。日本人の居留民も多い。同地は中国のなかでももっとも日本に関係の深い地域になっている。

日本が進出する以前、満州は事実上ロシアに支配されていた。資源は豊富だったが、開発がすすまず、ほとんど不毛の地といってよかった。製鉄、食品加工、肥料などの工業を興《おこ》し、炭鉱、鉄鉱など資源を開発したのは日本である。多くの労働者が同地にあつまるようになった。

いっそのこと満州を領有するべきだと建川部長は考えていた。同地に駐屯する関東軍の首脳ももちろん同意見である。

満州を領土とすれば、日本の工業製品を吸収する広大な市場が得られる。日本の工業をささえる厖大《ぼうだい》な資源も獲得できる。農民を移住させ、同地を開拓させることで人口問題も解決を見る。さらに同地の武備を固めてソ連の南下を食いとめ、朝鮮半島と日本を磐石《ばんじゃく》の安全のうえにおくことができる。

満州の領有こそ日本の発展の必須条件、と建川は信じていた。だから昭和六年度の情勢判断は満州が中心となったのだ。ありていにいえば、満州を占領するための情勢報告書の作成を命じたわけである。

第二部の橋本欣五郎《はしもときんごろう》中佐、重藤千秋《しげとうちあき》大佐らは積極的に建川の考えを支持していた。だが、全員がそれほど過激でもなかった。満州全土を領有すれば、中国と全面戦争になるかもしれない。そうなるとアメリカ、イギリスは中国を支援するだろう。ひいてはアメリカ、イギリスと戦うことになるかもしれない。ソ連が出てくる恐れもある。約半数の部員がそう考えていた。

「かまわぬではないか。どうせ最後はアメリカと戦わねばならぬ。アジアの最強国日本と西欧の最強国アメリカはいずれ戦う運命にある。一刻も早く満州をおさえ、対米戦にそなえて国力の充実をはからねばならぬ」

　橋本はそう説いてまわっていた。

　右翼の指導者大川周明《おおかわしゅうめい》の理論をほとんどそのまま受け入れている。三月事件でミソをつけて軍における大川の信用は低下したが、理論的にはまだ彼は過激派の支柱である。

　四月に入ってから、満州をどうあつかうかを討論する第二部会が招集された。部長、課長、班長が正規のメンバーだったが、長勇《ちょういさむ》ら大尉もオブザーバーとして出席をゆるされた。作戦担当の第一部からも数名の課長、班長が出席していた。

　最初、重藤支那課長から満州の現状について報告があった。

　同地の排日運動は最近きわめて激化している。蔣介石《しょうかいせき》の南京政府と満州の軍閥張学良《ちょうがくりょう》が手を結んで民衆をあおっている。両者は対決を避けるため日本を共通の敵と見なして手を結んだのである。

　一方で満鉄《まんてつ》（南満州鉄道）の業績が悪化した。満鉄とその関連の鉱山などで働く約二十万人の邦人の生活は危機に瀕《ひん》している。

　業績悪化の原因は世界恐慌と中国における銀の暴落だった。満鉄は金建て運賃だが、満州における中国側鉄道は銀建てである。銀が暴落したので、満鉄の運賃は中国側鉄道にくらべ、きわめて割高になった。また満鉄関連の炭坑も、安い中国炭に市場を奪われるなどして赤字つづきである。

「排日運動のおかげで、満州の在留邦人はうっかり一人で外出もできないありさまです。日本人の商店に中国人は寄りつかず、港湾や鉄道ではサボタージュをやる。加えて満鉄は経営難で賃金の支払いもままならない状態です。二十万人の在留邦人を救うためにも、ここは思い切った施策で現状を打開すべきであります」

重藤大佐は語り終えて着席した。

「わしから一言《ひとこと》つけ加えておく。関東軍（遼東《りようとう》半島駐在の日本軍）の高級参謀板垣征四郎《いたがきせいしろう》大佐、石原莞爾《いしはらかんじ》中佐から満州の領有を進言してきておる。近く正式に計画書が送られてくるはずだ。関東軍のこうした動きを参謀本部として推進すべきか否《いな》か、ただいまの重藤大佐の報告も念頭においてそれぞれの立場から討議をお願いしたい」

建川少将が発言し、パイプをくゆらせて一同を見まわした。

支那班長の根本博《ねもとひろし》中佐が口をひらいた。

「私は関東軍の見解に全面的に賛成であります。満州は日本が領有しなければなりません。なんとなれば、清《しん》朝崩壊後の中国を見るかぎり、中国人に近代国家を建設する能力があるとはとても思えぬからであります。日本の戦国時代さながら各地に軍閥が割拠《かつきよ》してたがいにしのぎを削《けず》っております。近代科学の取入れなどとうてい無理である。日本が上に立って治安を維持し、その下で彼らの自然的発展を期するのが妥当な道かと思われます」

「なるほど。わしもほぼ同意見だ。では具体的な方策を訊《き》こう。どのようにして満州を占領するかだ。国際世論にも配慮しなければならぬから、出兵の口実《こうじつ》が必要になる」
建川少将は楽しそうだった。出席者の知恵をためすように一同を見まわした。
しばらく会議室はしずかになった。二十名の出席者のうち穏健派の十名は、例外なく気
を呑《の》まれた表情だった。長勇はいらいらしてきた。ここまで物騒《ぶっそう》な話になるとは考えていなかったようだ。
領事館や銀行、居留民会などに爆弾を投げこませ、張学良軍のしわざということにして討
伐を開始すればよい。それよりも張学良軍と戦って関東軍が勝てるかどうかを討議するべ
きだろう。関東軍の兵力は二万名弱。これにたいして張学良のひきいる奉天《ほうてん》軍その他は合
計二十万を超えるのだ。
長はそう主張したかった。だが、大尉はオブザーバーである。発言権はない。こうなる
と軍隊の階級制度がきわめて不満である。
橋本中佐がやがて手をあげて発言した。長と同じように苛立《いらだ》っていたらしい。
「出兵の口実などいくらでもつくり出せます。関東軍にまかせておけばよい。要は出兵し
て満鉄沿線の奉天、長春《ちょうしゅん》、営口《えいこう》、鳳凰城《ほうおうじょう》、安東《あんとう》を攻撃、占領するのです。兵力が不足な
のは明らかだから、朝鮮半島にいる部隊を応援に派遣する。これで万全であります。装備
からいっても張学良軍など何万いようと問題にならない」
窓ぎわの席で思わず長は拍手した。

さすが橋本中佐。話が明快で気分がいい。

何名かの出席者がいやな顔で長を見た。大尉ふぜいが出しゃばるなといいたいらしい。

「参謀本部と関東軍が協力しあって満州領有を推進するのは良い。しかし、政府がそれを承認するとは思えません。事を起しても、いまの政府では早期撤兵を命じるしか能がないと思います。軍事費の支出にも応じないでしょう。もし事を起して政府に反対されたら、どうやって事態を収拾するのですか」

「そのとおりです。内閣はかならず満州占領に反対します。政府の協力なしにとうてい事は成《な》らないと思われますが」

欧米課長の渡久雄《わたりひさお》大佐とドイツ班長の馬奈木《まなき》敬信少佐が反対意見をのべた。

彼らも建川少将同様、ロンドンやワシントンの駐在武官をつとめた経歴がある。だが、建川とちがって渡はすっかり欧米にかぶれて帰国した。馬奈木のほうは硬骨漢だが成算が立たないと行動を起さない性格である。

室内はまたしずかになった。穏健派のいうのももっともだった。関東軍と参謀本部の意思だけでは、満州領有などという大事業はとても完遂《かんすい》できないだろう。

「建川部長、二宮参謀次長の線から新内閣に働きかけて、満州領有をみとめさせることはできないでしょうか。南《みなみ》陸相なら首相や外相を説得できるのではありませんか」

根本中佐が訊いた。さまざまな思惑《おもわく》を抱いて出席者は建川少将をみつめる。

右翼青年に狙撃された浜口雄幸《はまぐちおさち》が傷の悪化で首相の座をしりぞいたばかりだった。第二次若槻礼次郎《わかつきれいじろう》内閣が成立した。外相は軟弱派の幣原喜重郎《しではらきじゅうろう》の留任である。陸相は南次郎《じろう》大将。宇垣一成《うがきかずしげ》前陸相の派閥の後継者といわれる硬骨漢だった。

「もちろん働きかけはする。しかし、南陸相の政治力はあまり期待できん。海千山千の若槻や幣原に丸めこまれるにちがいない」

建川少将は笑って答えた。あまりどころかまったく南に期待していないらしい。

「すると、やはり満州領有はいまの内閣のもとでは無理と考える以外にありませんね。しばらく時期を待たないことには」

渡欧米課長が発言した。明らかにほっとした口調だった。

「いや、かならずしもあきらめる必要はないぞ。橋本中佐、きさまはどう思うかね」

建川に指名されて橋本は胸を張った。

「机上《きじょう》の空論はもううんざりです。率直に申しあげます。満州で事変を起し、兵を出して各都市を占領する。内閣がこれに反対するなら、内閣をとりかえればよろしい。クーデターを起して軍事政権を樹立する。事変を機会に国家改造をおこなうのです」

なんだって、クーデター! ほとんどの者が息を呑み、啞然《あぜん》として橋本をみつめる。

よくいった。さすが橋本中佐。また長は拍手を送った。何人かの大尉も拍手に同調する。だが、大多数の出席者は衝撃が大きすぎて拍手の音が耳に入らない様子だった。

建川少将も会心の笑顔でうなずいた。橋本中佐と完全に意思がつうじあっている。

「橋本中佐、まだそんなことを考えているのか。三月に失敗したばかりではないか」

「まだ大川周明におどらされているのか。もっと現実味のあることを考えてはどうか」

「陸軍省の課長クラスはほぼ全員クーデターには反対だぞ。第一師団長の真崎《まざき》閣下も反対しておられる。クーデターなど近代化の遅れている国の産物なんだ。トルコで成功したからといって日本で成功するとはかぎらん」

穏健派がわれに返って、口々に橋本中佐を批判しはじめた。

長はまた腹が立ってきた。いまの日本の閉塞《へいそく》状況は、よほどの荒わざでないと突破できない。四方八方の顔を立て、手つづきを踏み、国論の一致を待つだけでは、未来永劫《みらいえいごう》日本の将来はひらけないだろう。クーデターは必要なのだ。つまらぬ政治家や外交官を追放して、軍人が国家の先頭に立つべきである。

「三月に失敗したといわれるが、あれは宇垣陸相の変心が原因だった。もうあのような変節漢は当てにはせぬ。われわれは真の指導者たるべき将軍にいま話を通しておる。近いうち内々に発表できるはずだ」

橋本中佐は泰然として説明した。

たまらなくなって長は手をあげた。とくに発言したいと建川少将に申し入れる。承諾を得て勢いよく立ちあがった。

「こんどクーデターを実行するのは、満州で事変が起ってからであります。満州領有を妨害する政府を排除するという大義名分がある。国民はわれわれを支持します。なぜなら国民は満州領有を望んでいるからです。三月の計画とは根本的にちがいます。そのあたりをとくとご理解いただきたい」

長が話すあいだ、建川少将は満足そうに目を細めてパイプをくゆらせていた。

橋本中佐や重藤大佐はうなずきながらきいていた。穏健派の出席者たちが一様にうんざりした面持《おももち》なのが、長は愉快だった。

「橋本中佐および長大尉の意見にわしは同意をあたえる。しかし、情勢判断報告にクーデター計画を明記するわけにはいかない。よってつぎの文言《もんごん》で報告をしめくくることにする」

建川少将はメモ用紙をとり、一同を見わたしてから読んできかせた。

「政府が軍の意向に従わざる場合は、断然たる処置に出るの覚悟を要する」

よろしいかみんな。一同に念をおしてから建川はメモをしまった。

この情勢判断報告は陸相、参謀総長、教育総監の三長官会議にかけられ、承認されて発効する。参謀本部第一部がこれにもとづいて具体的な作戦計画を立てるのだ。

建川少将はいまの最後の文言を具体的に説明することなく、報告文ぜんたいを三長官に承認させる肚《はら》でいるらしかった。うやむやのうちに三長官からクーデターの実行許可をとってしまおうというわけだ。万一クーデターが世論の非難にさらされた場合、陸軍の最高首脳である三長官のお墨《すみ》付きがあるとなれば、世論も沈黙せざるを得ないだろう。第二部の会議はそれで終った。最高水準の秘密会議だから、情報を洩《も》らした者は厳罰に処せられる。クーデター批判者の口からも計画が洩れる心配はなかった。

その夜、長勇は田中弥《たなかわたる》中尉とともに久しぶりで築地の金龍亭へ足を向けた。例によって橋本欣五郎中佐に呼ばれていた。第二次のクーデター計画の打合せのためだった。

橋本は芸者信千代《のぶちよ》をはべらせて飲んでいた。長と田中があらわれると、信千代をさがらせて新しく酒をとり寄せた。三人で飲みながら密談に入った。

「三月の計画は秘密にしすぎた。したがって関与した者があまりに少数だった。こんどはもっと多くの同志を募《つの》って大がかりな計画にする。桜会の会員のみならず、隊付将校からも多数の同志を募る。二千人ぐらいで決起すれば問題なく国家改造が成るはずだ」

話しだすと橋本は恐ろしい形相《ぎようそう》になった。

酒のおかげで顔が赤い。尖《とが》った両耳が赤鬼の角《つの》のようだった。

二千名の将校が同志となれば、兵三万名はたやすく動員できる。大川周明ら外部の力を借りるまでもなく目的をとげられるはずだ。いまの予定では、関東軍は九月ごろ満州で事変を起す。腰ぬけ政府がそれをおさえにかかるなら、ただちにクーデターを実施して軍事政権をつくることになる。

「三月のクーデター計画は議会を包囲して首相以下閣僚に辞表を書かせる手筈《てはず》だった。だが、考えてみるとあれでは手ぬるい。第一、九月ごろ議会は招集されていないはずだ」

「となると、手をくださざるを得ませんね。首相、外相、蔵相、それに重臣を五、六名は斬りすてなくてはならんでしょうな。さっそく名簿の作成にとりかかります」

「人間を始末すると同時に必要な機関を占領する。まず皇居だ。それから首相官邸、放送局、各新聞社をおさえる。あとは駅だ。日本の心臓部をおさえて一気に政権をとる」

「快挙ですね。しかし、一つ不明な点があります。首班にはだれをかつぐのですか。きょうの中佐どののお話では、すでにどなたか腹案がおありのようですが」

気になっていた事柄を長は訊いた。

首相にかつぐ人物がはっきりしないと、計画に具体性が感じられない。

「いろいろさがしたぜ。中央の将軍連のなかにはこれという人材がおらぬ。全軍的視野で偉材の発掘にあたったというわけよ」

橋本はにやりと笑って盃《さかずき》を干《ほ》した。

当ててみろよ。長と田中を等分に見て橋本はけしかけた。

長と田中は考えこんだ。阿部信行《あべのぶゆき》、植田謙吉《うえだけんきち》、白川義則《しらかわよしのり》、本庄繁《ほんじょうしげる》、松井石根《まついいわね》。つぎつぎに将軍の名をあげてみた。だが、橋本はかぶりをふった。これらの人々は難局を担当するには円満すぎたり武骨すぎたりした。

「荒木《あらき》だよ。荒木貞夫《さだお》中将。いま熊本の第六師団長だが」

いわれて長は田中と顔を見あわせた。

長が陸大を卒業した昭和三年の夏まで荒木は参謀本部第一部長をつとめていた。以後陸大校長をへて第六師団長となった。

世間にあまり知られていない人物である。優秀な第一部長だったという話もきかない。ただきわめて人格高潔な皇道《こうどう》主義者であり、気さくな人柄なので隊付将校にずいぶん人気があるという話は耳に入っていた。

「なるほど荒木将軍ですか。しかし、首相にしては政治手腕が疑問ではありませんか」

田中弥中尉が訊いた。

長も同じ疑問を抱いている。

「変にやり手の将軍よりも、シャッポとしておさまりのいい将軍のほうが下はやりやすいのさ。なんといっても荒木中将は隊付将校に人気がある。彼をかつぐとなれば、クーデターの同志の裾野《すその》はたいそう広くなる」

橋本中佐はギョロ目をむいて力説した。

陸軍省軍事課長の永田鉄山《ながたてつざん》大佐、高級課員鈴木貞一《すずきていいち》中佐も荒木中将にはたいそう好意的だという。宇垣一成かつぎ出しに彼らは反対した。だが、首相候補が荒木なら、彼らも態度を変えるにちがいなかった。

「荒木内閣は面白《おもしろ》い顔ぶれになるぜ。昨夜からおれはずっと案を練《ね》っていたんだ。満州領有をつらぬくためには、どんな人材で内閣を構成するべきかとな」

「ははあ。それでどんな顔ぶれになりましたか。新味のある内閣ですか」

首をのばして長は訊いた。

橋本はそばにあった愛用の矢立てをとりだした。半紙に筆で閣僚名簿を書き出した。

首相　荒木貞夫中将
蔵相　大川周明
内相　橋本欣五郎中佐
外相　建川美次少将
海相　小林《こばやし》省三郎《せいざぶろう》海軍少将

「陸相は板垣大佐と石原中佐のどちらにするか迷っているんだ。わしは内務大臣になって思想統制をやる。共産党の影響からわが国をまもらなければならぬからな。そうそう、長大尉にはわしの手伝いをしてもらう」

橋本中佐はあらためて筆を手にとった。

警視総監　長勇大尉

彼は書き出した。長は目をむいたが、すぐにおちついた。東都の治安担当として自分はふさわしいと納得していた。

「田中中尉は陸軍省の軍事課長あたりでどうかな。われわれは国家改造の功労者だ。然《しか》るべき役職について腕をふるおうぜ」

橋本中佐は胸を張って銚子をとりあげ、長と田中に酒を注《つ》いだ。

二人は盃をおしいただいて飲みほした。長はそこで盃を伏せ、コップになみなみと酒を注いでさらに飲んだ。

「警視庁をおまかせいただくなら、この長が帝都を塵《ちり》一つなく清掃してごらんにいれる。共産党は絶滅させます。軍事政権に反対する言論も完全に取締る。さらに満州領有という国策の遂行を邪魔《じゃま》する者はかたっぱしから検束しましょう。帝都は皇室と軍事一色、まことにさわやかな街となります」

「そうなのだ。わしは全国に目をくばって反軍分子を取締る。軟弱、多弁な外交官や学者はすべて牢《ろう》へぶち込めば良い。満州領有の偉業はすぐに成るだろう。あとは中国から英仏の勢力を追放し、そのあとをわれらがおさえてアジアに新しい秩序をつくる」

「ああ橋本中佐どの。今夜は愉快であります。前途にようやく陽《ひ》の光が射《さ》した思いです。

祝いに一つ義太夫《ぎだゆう》をおきかせしますか」

コップ酒を飲みほして長は売り込んだ。

自慢ののどを披露する機会をいつもうかがっている。

「いや、きょうはわしが詩を吟《ぎん》じる。田中中尉、舞え。雄々《おお》しく皇国の前途を祝おうではないか」

橋本中佐は正座し、田中中尉は立って床の間においた軍刀をとった。『川中島《かわなかじま》』を橋本は吟じはじめた。白刃《はくじん》をふるって田中は舞いはじめる。長も正座し、目をとじて、小声で橋本に和して吟じはじめた。なぜか郷里の母の顔が長の瞼《まぶた》に浮かんだ。五、六メートルうしろに立って母は怖い顔でこちらを眺めている。

小学校の父兄参観日の母の顔だった。かならず母は教室へ授業を見にやってきた。身じろぎもせずにこちらを見ていた。参観日には教師はわざとかんたんな質問を出し、たくさんの生徒に手をあげさせ、答えさせようとする。

バカバカしくて勇は手をあげない。そっぽを向いている。そういう勇を、母はうしろから睨《にら》みつけているのである。

「勇、おまえはあんなかんたんな問題でもよう手をあげんとか。もっと勉強せんか」

家へ帰ると、母に文句をいわれた。母はなにもわかってくれない。子供心にバカらしく、悲しかったものだ。

母はいつも勇を見ている。勇は一族の期待の星である。一日も早く天下に名をあげる軍人になってもらいたい。母を安心させてもらいたい。そんな期待をこめて、つねにどこか勇をみつめつづけている。

母に手紙を書きたい。勇は近く警視総監に出世しますと書いてやったらどんなによろこぶだろう。いや、クーデターのような粗暴なふるまいはよせというだろうか。

考えながら長は吟じた。やがて興《きよう》に乗り、自分も立って、軍刀を抜きはなって舞いはじめた。

2

人力車で長勇は道頓堀《どうとんぼり》通りへ乗り入れた。

雨が降りつづいている。昨夜東京を発《た》つときはくもり空だったが、夜行列車が大阪へ着いてみると、雨になっていた。

大阪の第四師団司令部に桜会の同志を訪ね、クーデターの打合せをした。

参謀本部の指示がありしだい、第四師団の第八連隊が出動する。放送局、新聞社、府庁を占領する。同じ第四師団の三十七連隊はただちに出動準備をする。増援部隊として満州へ派遣されるかもしれないのだ。

クーデター成功後、長は警視総監としてただちに反軍分子の検束《けんそく》に踏み切るつもりである。検束するべき人間の名簿づくりを同志に依頼した。学者、ジャーナリストのほか反軍的な言動の目立つ財界人も、このさい獄《ごく》につないでしまうのだ。

夕刻、打合せを終えた。宗右衛門町《そえもんちょう》の大和屋《やまとや》で飲もうという同志たちのさそいを断わって、長は道頓堀へ向ったのだ。中座《なかざ》で新派劇団が公演している。水田妙子《みずたたえこ》のあで姿に久しぶりで陶酔することになる。

中座の受付に切符が用意してあった。長が客席に腰をおろすのを待っていたように開演のベルが鳴った。東京にくらべて大阪の客席は商店主や番頭ふうの男が多い。それぞれ女房や娘をつれて見にきている。

大衆席は職工、女工らしい客で一杯である。背広にネクタイの月給取り、学生などはごく少数だった。軍人は見たところ長一人である。明治座にくらべると、椅子《いす》がやや窮屈な感じだった。なるべく多数の客を詰めこめるよう設計されているらしい。

花柳《かりゅう》界に材をとった人情劇『二筋道』がはじまった。花柳章太郎《はなやぎしょうたろう》も喜多村緑郎《きたむらろくろう》も長にはどうでもよかった。水田妙子が舞台にいるあいだは彼女を凝視《ぎょうし》していた。彼女が引っこむと、目をとじて居眠りした。夜行列車の疲れがまだとれていなかった。

妙子を見るのは一カ月ぶりだった。例によって長には目もくれずに演技をする。相変らず美しくなまめかしい。気のせいか声にも身のこなしにも張りがあった。おれを意識しているのだ、と長は思った。

今夜は妙子と宝塚《たからづか》の旅館で落ちあう約束になっている。べつべつに旅館へ入り、いっしょにすごす予定だった。ついに今夜想《おも》いが叶《かな》うのだ。そう考えながら眺めると、芸妓姿の妙子の姿から色香が噴《ふ》きこぼれているようだった。妙子がいそがしく歩《ほ》を運び、赤い蹴《け》出《だ》しをちらつかせたときは、息苦しいほどの刺戟《しげき》をうけた。あの着物をすべて剝《は》ぎとったら、どんな裸身があらわれるのだろう。まぶしくて手を出せないかもしれない。芝居の筋など、もうどうでも良かった。

幕がおりると、午後九時だった。

長は中座を出て、タクシーをひろった。梅田《うめだ》から電車で宝塚温泉へ向った。けっこう遠かった。旅館『若竹《わかたけ》』へ入ると、もう十時半をすぎていた。

部屋へ通された。奥に広い家族風呂のある二間つづきの部屋だった。家族風呂の手前の部屋にはすでに布団《ふとん》が敷いてある。

料理をとり寄せ、軍服のままビールを飲んで待っていると、水田妙子がやってきた。紫の地に花鳥の柄《がら》の和服を着ている。

「ああ疲れた。きょうのお芝居は久しぶりで気が入ったのよ。客席に長大尉さんがおられると思うと――」

案内の女中が去ると、妙子はくずれ落ちるように長のそばへすわった。

いきなり長は抱き寄せた。妙子のあごに手をそえてあおむかせ、口を吸った。初めてのくちづけである。東京の『春山』では周囲が気になってなにもできなかった。

思ったとおり妙子のくちびるは清潔で、さわやかな味わいだった。かるくひらいて長の舌をうけいれる。たちまち妙子の全身から力がぬけて、長の腕に重みが加わってくる。

長はビールを口にふくみ、口移しに飲ませてやる。うっとりして妙子はそれを飲んだ。三度ばかりくり返した。

「腹がへっているんだろう。食べるか」

座敷机に並んだ料理を長はふり返った。

妙子はかぶりを振った。空腹のはずだが、なにも食べたくないという。

妙子の胸を長はさぐりにいった。その手をおさえて妙子は上体を起した。お風呂に入りたいという。舞台の汗をまだ落していないということだった。

「ではいっしょに入ろう。せっかく家族風呂があるんだから」

長は立ってとなりの寝室を通り、家族風呂の脱衣場へ入った。

服をぬいでいると、戸があいてタオルと浴衣《ゆかた》を妙子が差し入れてくれた。長は浴室へ入った。豪華な石造りの風呂である。澄《す》んだ湯がひろい浴槽にあふれていた。

長は湯につかって妙子を待った。なかなか彼女はあらわれない。暑くなったので、長は湯から出て体を洗いはじめた。

急に天井のあかりが消えた。浴室のなかは部屋のあかりがかすかに流れこむだけの薄明になった。戸があいて、薄明のなかに白い裸身がぼんやりと浮かびあがった。

身をすくめて妙子は湯ぶねのそばにうずくまった。あわただしく体に湯をかけて、湯ぶねにつかった。どんな表情をしているのか、暗くて見当もつかない。

「せっかくの名女優が闇のなかにかくれてはいかんな。そこにいるのが水田妙子なのか大部屋女優なのかわからんではないか」

「だって恥ずかしいもの。女優だって裸になればただの女よ。案外平凡な体だって思われるかもしれないでしょ」

「平凡なものか。あんたは光りかがやいている。ほら、部屋がだんだん明るくなってきた。あんたの乳や下の毛も見えてきたぞ」

「いやあ。目が馴《な》れたってことでしょ。仕方ないわね。かくすほどあらわれるということもあるから」

妙子は湯からあがった。

お背中流します。声をかけて長のうしろにまわった。長は腰掛けに尻を乗せている。妙子は石鹼《せっけん》を塗ったタオルで、長の背中をこすりはじめた。

「広い背中。満州みたいですね」

「そうさ。ここに砲台がある。どこにも負けない砲台がな」

長はうしろに手をまわし、妙子の手をとって自分の下腹へ誘導した。

悲鳴をあげて妙子が手を引っこめるものと思っていた。ところが妙子はそっと指をからませてきた。握ってじっとしている。なやましいため息が長の耳にかかった。

妙子は立って長の正面にまわった。ひざまずいて男のものへ顔を寄せてきた。歓喜で長は身ぶるいする。あの有名な女優が、この上ない奉仕をしてくれているのだ。

妙子は巧《たく》みではなかった。男の経験のすくないのがよくわかった。だが、誠実で、熱心だった。なんとかして快楽をあたえようという気持が口にこもっている。

長は耐えきれなくなった。妙子の顔をそっと引き離した。いきなり彼女を横抱きにかかえあげる。よろこんで妙子は甲高《かんだか》く笑い、脚をばたつかせる。

長は妙子を抱いたまま、浴室を出てとなりの寝室へ入った。布団のうえに妙子をおろした。白い、起伏に富んだ見事な裸身があかりのもとにさらけだされた。美貌といい、のびやかな手足といい、長がこれまで知ったどの女よりも段ちがいに妙子は格上だった。

長い両脚を左右にひらかせる。いまはわるびれずに妙子は応じた。

じっと見入る長の顔に妙子は見入っていた。長はやがて妙子の女にくちづけにゆく。妙子はあおむけに反《そ》りかえった。甲高い声が尾をひいて流れた。奉仕されているとき以上のよろこびを味わいながら、長は秘術をつくして快楽を送りこんだ。

最後は妙子が、あおむけになった長に馬乗りになった。うっとりした顔で、あえぎながら揺れ動いた。

「どうだ長大尉。ふだんいくら威張《いば》ってても、いまは私のお馬なんだぞ」

体のなかの快楽を腰で揺すってたしかめながら、妙子はささやいた。

目をとじて長はうなずいた。じつに安楽な気分だった。女に支配されるのが、これほど安らかなこととは知らなかった。

翌朝、九時すぎに長は目をさました。

湯をあびる音が浴室からきこえる。妙子が朝湯をつかっているらしい。

窓から陽光がゆたかに流れこんできていた。うしろは山である。陽光が樹葉の緑に染まっていた。きょうは晴れのようだ。扇風機をつけないと暑いくらいである。

今夕の列車で帰京する予定で出てきた。だが、一夜きりでは未練が残りすぎる。昨夜三度も妙子を抱いたが、まだ物足りない。もう一泊して、足腰が立たなくなるほど妙子と歓《かん》をつくしたかった。

部屋ごとに電話が引いてある旅館ではなかった。長は起きて浴衣をひっかけ、悠然と廊下を歩いて帳場へ電話をかけにいった。

参本第二部ロシア班へつないでもらった。田中弥中尉が電話に出た。

「長大尉どの、えらいことになりました。興安嶺《こうあんれい》へ向った中村震太郎《なかむらしんたろう》大尉の一行が消息を絶《た》ちました。張学良軍に捕《と》らえられたようです。いま確認中ですが」

「なんだって。中村大尉が。それはいかん」

長は暗澹《あんたん》として、鼻下にチョビひげを生《は》やした中村の顔を思いだした。

彼はロシア班きっての堅物《かたぶつ》だった。将来ソ連軍が南下してきたときの戦闘にそなえ、ソ連と蒙古の国境地帯の地形を調べに二ヵ月まえ大陸にわたった。身分をかくして探索にあたる予定だった。張学良軍に捕えられては、九割がた生きては還《かえ》れないだろう。

「そればかりではないんです。長春近郊で中国人と朝鮮人のあいだに衝突が起った模様です。これも未確認ですが、へたをすると大規模な排日暴動に発展する恐れがある」

朝鮮半島出身者は、大陸では日本人としてあつかわれている。田中のいうとおり、排日の戦闘になるかもしれない。

「わかった。のうのうと出張などしておれぬというわけだな。予定どおり今夜の夜行列車に乗るよ。支那課長にそう伝言してくれ」

長は受話器をおいた。

部屋にもどると、妙子が浴衣姿で鏡台に向って髪をととのえているところだった。

また長は欲望にかられた。うしろから妙子に抱きつき、あおむけに引き倒した。

3

満州の万宝山《まんぽうざん》で起った中国人、朝鮮人の抗争事件はたちまち暴動に発展した。

ある中国人の金持が万宝山付近の十二戸の地主からおよそ百万坪の荒地を十年契約で借りて農地に開拓しようとした。

同地方にはまずしい朝鮮人が大勢暮していた。日本の圧迫を逃れて国境を越えて満州へ入り、そこでも中国の官憲の圧迫をうけて北上してきた人々である。彼らは農家の手伝いや土木作業の使役によって生きのびていた。

中国人の金持は百万坪の荒地をそれら朝鮮人に開墾させ、以後は入植させて小作料などの収入をあげようとしたのだ。

約二百人、四十三戸の朝鮮人がこの地へあつまって開墾に従事した。ところが水田には絶対に必要な用水路の掘削《くっさく》を彼らが開始するにおよんで、付近の中国人地主や農民と紛争が生じたのである。

百万坪を借りうけた事業主の中国人は、約千五百メートルの用水路をつくるにあたって、水路の通過地主の了解をとっていなかったのである。自分の土地に勝手に水路をつくられれば、だれだって怒る。彼らは省政府に朝鮮人たちの工事の差止めを願い出た。

省政府は要請にもとづいて工事中止を勧告し、十名の朝鮮人を検束した。さらに二百名の朝鮮人に退去を命じた。

吉林《きつりん》省の日本領事がこれに反撥《はんばつ》した。当時日本は朝鮮半島を併合していたから、領事は朝鮮人を保護せねばならぬ立場にあった。

日本人の武装警官の監視のもとに工事は強行された。たまりかねた中国人農民約五百名は工事の完成直前に現場へおしよせ、用水路の破壊、埋立てをおこなった。

農民と警官とのあいだに小規模な衝突が起った。死者が出るほどではなかったが、中国農民が大勢で朝鮮人の用水路を破壊したと新聞が大きく報道した。

これを読んで朝鮮人は激昂《げっこう》した。当時朝鮮半島に住んでいた約九万人の中国人にたいして報復行動が始まったのである。

仁川《じんせん》でまず中国人経営の商店、住宅への投石や破壊行動がおこなわれた。京城《けいじょう》、元山《げんざん》、新義州《しんぎしゅう》にそれらは波及した。平壌《へいじょう》がもっともひどかった。数千の群衆が中国人街を急襲し、破壊と掠奪《りゃくだつ》のかぎりをつくした。約百名の中国人が殺され、百六十名が負傷した。

朝鮮の排中国運動は中国全土に大きな衝撃をあたえた。日本の警察はふだん朝鮮人の大衆運動をきびしく取締っている。ところが今回にかぎって、中国人を攻撃する朝鮮人群衆を制止しなかった。結局日本人が裏で朝鮮人を煽《あお》り立てて、反中国の暴動を起させたのだと中国人は考えたのである。

中国、とくに満州における反日、排日運動はますますさかんになった。日本国民もそれに反撥した。このままでは満鉄、大連、旅順港など満州における日本の権益は中国に奪い返される。いっそ軍隊を出して満州を領有してしまえとの乱暴な意見が、国内のほうぼうできかれるようになった。

中村震太郎大尉が内蒙古で中国軍に殺害された事件はまだ公表されていなかった。事件の詳細を参謀本部がつかんでいなかったからである。だが、これも発表になれば、国民は憤激して中国に強硬な態度でのぞめとさけぶにきまっている。

「いよいよわが日本が名実ともに世界の大国となる日が近づきましたね。満州を併合すればわが国は領土の広さからいっても米ソに引けをとりません。世界制覇も可能になる」

「関東軍は着々と満州占領の計画を立てている。こっちもしっかり準備しなくてはならん。関東軍の足を引っぱる現内閣を倒して、積極的に満州占領を推進する軍事政権を樹立するのだ。邪魔するやつはかたっぱしからぶった斬るだけだ」

「そのような内閣の出現したことを考えただけで胸がおどりますな。まったくわれわれは倖《しあわ》せな時代に生れたものです。日本が世界に雄飛する時代に生れあわせた。明治維新の元勲以上にわれわれは幸福です」

長勇大尉は例によって橋本欣五郎中佐や田中弥中尉と料亭で気炎をあげていた。

酒を飲み、気炎をあげながら、長はいつも警視総監となった自分のお国入りの光景を脳《のう》裡《り》に描きだしていた。

弱冠《じゃっかん》三十六歳。史上最年少の警視総監長勇がお国入りする。福岡駅のホームは日の丸の小旗を手にした歓迎の群衆で埋まるだろう。

列車がホームへすべりこんで停《と》まる。最後尾の展望車から悠然と長総監は降り立つのである。知事、市長をはじめ、地元の名士たちと挨拶《あいさつ》をかわす。カメラマンがその光景に向けてさかんにフラッシュを焚《た》くだろう。

中学の同級生の一団が長をとり囲む。小学校の同級生もきている。現役の中学生、女学生、小学生などが旗を振り、バンザイとさけんで出迎えてくれる。

駅の貴賓室に案内される。両親が待っている。地元の小学校長や村長もいっしょである。挨拶もそこそこに貴賓室を出て、両親といっしょに迎えの自動車に乗るのだ。

「ようやったな勇。おまえたちのおかげで日本は生れ変った。すばらしい国になった」

動きだした自動車のなかで父が賞《ほ》めてくれる。

「いや、国家改造はまだ完成したわけやなか。大変なのはこれからじゃ。ソ連が攻めてきても勝てるようにしっかりと軍備をととのえなければならん。そのためには工業をもっとさかんにし、農村も豊かにする必要がある。一歩一歩前進するしかない」

長はやさしくいいきかせてやる。息子が父を教育する時代になったのだ。

「大変じゃろうが、体だけは大事にせにゃいけんよ。酒は控《ひか》えたほうが良かよ。年齢《とし》をとると、若いころ大酒を飲んだ順番に大病して死んでいくんじゃけん。いま飲みすぎると、あとで後悔するよ」

母は相変らずお説教ばかりする。

わずらわしいがありがたい。母の顔を見ると、故郷へ帰った実感でほっと全身がくつろいでくる。出張から帰って妻や息子の顔を見ても、久しぶりに恋人と会ってもこんな気持にはならない。

母というのはいったい何なんだろう。ともに天下国家を論じられる相手ではない。腹蔵《ふくぞう》なくすべてを打ちあけて話せる友人でもない。むろん女として魅《ひ》かれるわけもない。それでいて母は必要である。長にとっていまはなんの役にも立たないのに、母は必要不可欠の存在である。出世した姿を一番見てもらいたいのが母だ。小学校のころ、点の良かった通信簿を見て母のよろこぶ顔を見ると、うれしくてたまらなかった。その心理がいまも残っている。ひょっとすると長は、日本民族のためよりも母によろこんでもらいたい一心で、クーデターを敢行しようとしているのかもしれないのだ。

七月十七日、偕行社《かいこうしゃ》のホールに五十三名の少壮将校が集合した。

呼びかけ人は長勇大尉、馬奈木敬信《たかのぶ》少佐だった。馬奈木は長と中学、士官学校をつうじての同期生である。陸大卒業が四年も早かったので、一足さきに少佐となった。のちに第三十七軍参謀長となった英才である。

あつまった将校らは長ら陸士二十八期生を上限として、四十二期生までの尉官が大部分だった。三月事件が失敗して、『桜会』からは多くの脱落者が出た。精選された人材によって補充するのが長らの狙《ねら》いだった。

『桜会』はクーデターによる軍事政権樹立を目標に結成された。

「本会は国家改造をもって終局の目的とし、之《これ》がため要すれば武力行使も辞せず」

綱領にはそう謳《うた》ってある。ただし会員以外には公表されなかった。

精選された新しい『桜会』は『小桜会《こざくらかい》』と命名された。長や馬奈木が熱っぽく国家改造の必要を説き、つぎのような決議をおこなった。

「軍隊の使命は建軍の本旨《ほんし》にもとづき、外敵に対するのみならず内敵の撃滅にあり」

「精鋭多数の精神的血盟の士を求め、つねに決起をしうる態勢をつくるにあり」

要するに『軍人革命』の結社宣言だった。

将官や佐官が保身の念にとらわれて革命にはとかくおよび腰なのに反して、尉官は無鉄砲で威勢がよかった。外部から『小桜会』を眺めればあやふやな印象もあったのだろうが、その内部に身をおくと、日本中が軍事政権の誕生を待望しているように世の中の光景が目に映《うつ》る。

「前回は宇垣一成の変心でクーデターは成らなかった。だが、こんどの荒木中将は信用がおける。かならず成功するぞ」

　長らはいいかわした。

　前回の失敗は大川周明を過大評価したこと、議会に国民は失望しているが、軍人に国の舵《かじ》とりをやってほしいと考えていないことが根本的な原因だったが、長らにはその事実が見えなかった。憂国《ゆうこく》の情熱がさきに立ち、あらゆる事実をその情熱を正当化する方向でしか解釈できなくなっている。長らは士官学校卒業生の十人に一人もいない陸大出である。自分たちの頭脳、見識に過大な自信をもっていた。

　だが、陸軍省や参謀本部の上層部はこの『小桜会』の綱領のあまりの過激さに眉《まゆ》をひそめていた。対策を彼らは考えた。革命に熱中するエリート将校たちのエネルギーを、人事異動によって分散させることにしたのだ。

　陸軍の定期異動はこの当時、毎年八月一日に実施された。五日まえに長勇は人事局へ呼ばれて、

「長大尉、おめでとう。八月一日付をもって貴官は少佐に進級する」

　と人事課長からいいわたされた。

　内心大いにうれしかったが、長は平然とした顔で内示を受けた。

　少佐になれば給料があがる。自動車も使える。機密費の伝票も切れる。ヤットコ大尉とは大ちがいなのである。

「進級と同時に転勤もきまった。八月一日をもって貴官は、北京駐在を命じられる」

人事課長はつけ加えた。

「北京——。北京でありますか」

大声で長は訊き返した。

クーデターつぶしだ、ととっさに思った。

人事異動は陸軍省の所管である。だが、参謀本部の将校の異動に関しては、もちろん参謀本部の上司の意向が大きくものをいう。支那課長の重藤大佐や第二部長の建川少将は、長を不必要と見なしたのだろうか。まさか、そんなことは考えられない。クーデター反対派の上層部のしわざなのだろう。

「いやであります。長は異動を拒否いたします。日本にいて、やらねばならぬことが数多くあります。中国へは参りません」

長は声を張りあげた。

勤務中の者たちがおどろいて注視する。

「バカなことをいってはいかん。転勤拒否は抗命だぞ。そんなことが通用するわけがない。貴官は陸軍から身を引く気か」

「身を引きます。予備役を申請します。こんなおろかな組織に居残っても仕方がない。陸軍は国家改造にもっとも必要な人材を中国へ追い出そうとしているのですぞ」

「そんなこと、わしは知らんよ。ともかく貴官の上司が中国へ貴官を送りだすときめたのだ。いやなら、予備役になって、ゴロツキ右翼にでも加わればいいんだ」

人事課長は大佐である。椅子を半回転させてそっぽを向いてしまった。支那課長の重藤千秋大佐、ロシア班長の橋本欣五郎中佐も異動になるのか。長は訊いてみた。二人とも現職にとどまるという。

長は大いに怒って支那課へもどった。固太りの長が怒りにまかせて歩を運ぶと、ドシン、ドシンと床が鳴りひびいた。

「ただいま内示を受けてまいりました。北京駐在とは何たることでありますかア。長がそれほど参本に不要な人材とあらば、切腹して不肖《ふしょう》の身をお詫《わ》びいたしたい」

重藤大佐のまえで長は怒鳴《どな》りあげた。

執務の手をとめて重藤は苦笑した。人事異動の内示はふつう直属の上司がおこなう。長がムクれるにきまっているので、重藤はいいだしにくかったのだろう。

「長大尉が不必要な人間というわけでは絶対にない。むしろ反対だ。北京へいって最近の中国の事情をしっかり学んできてもらいたい。将来の支那課をあずかるべき人材として、絶対に踏んでおくべき過程なのだ」

腕組みして重藤は長を見あげた。

わしのキャリアを考えてみろ。わしだって昭和二年秋から四年の暮まで上海《シャンハイ》駐在だったんだぞ。彼はつけ加えた。

いわれてみるとそのとおりだった。参謀本部付のまま重藤は二年半上海に駐在し、帰って支那班長に就任、翌年には支那課長に昇進している。長の場合も参謀本部と縁が切れるわけではない。参謀本部付のままの北京ゆきである。重藤のいうとおり支那班長、支那課長への道を踏みだしたことになる。

「そうですか。課長のお気持はよくわかりました。しかし、時期が時期です。国家改造を決行しようという現在、日本を離れるのはまことに不本意であります」

長はいい張った。

じっさいクーデターに参加できないのは残念である。進級と引換えてでも日本に残りたい。第一、クーデターが成れば、警視総監に就任できるのだ。

「きさまの気持はわかる。しかし、さらに目を大きくひらいて国家百年の計を見ろ。重大な使命がきさまには課せられているのだ」

そこへすわれ。近くの椅子を重藤大佐は指《さ》した。

どしんと長は腰をおろした。怒ると万事に大きな物音を立てる。

「満州で近く関東軍が事を起す。それはきさまも知ってのとおりだ」

声をひそめて重藤はいった。

だまって長は彼を見ていた。いまさら大佐はなにをいいだすのか。

「関東軍は満州を占領する。その後日本へ併合するのか、植民地国家にするのかはまだ方針がきまっていない。軍の上層部の意見がいろいろ分かれていてな」

「日本の領土にするべきだと長は考えます。直接統治のほうが万事能率的です」

「うん。まあその話はいまはおいて、満州がおちつくのは二、三年後だろう。ソ連にたいする強固な防衛壁ができあがる。その後われわれはなにをなすべきか。きさまはどう考えるかね長大尉。いや、長少佐」

「満州安定のあとでありますか。当然中国北部――」

いいかけて長はあっと目をむいた。

満州のつぎは中国北部へ兵を出して占領する。中国北部を満州に次いで領土にする。気宇壮大《きうそうだい》な話である。中国への本格侵略の考えは長らにもあったが、遠い将来のことだと思っていた。

そうではないのだ。満州を奪って日本の領土にすれば、中国北部へ攻めこむのはきわめて容易になる。黄河《こうが》の北部、北京、天津などのある河北《かほく》省の大平原を領土にする。それで日本の国力はアメリカに負けないものとなる。

「いいかな、満州占領後三、四年たてば、河北省へ進軍することが可能になるのだ。きさまをいま北京へやるのは、そのときにそなえた人事である。わかるだろう」

「地形、物産などをくわしく調べて、日本軍の進撃の準備をするわけですね。中国の民間人にも工作して、親日分子をつくっておく。日本が河北省を独立させた場合、おまえを首相にするというような話をもちかけて」

「そのとおり。きさまは中国北部領有の尖兵《せんぺい》になるのだ。日本の将来を展望した場合、これは当面の国家改造以上に大きな仕事だと思わんかな。わしは長少佐こそその任務に最適だと信じてこんどの人事をきめた」

「そういうことでありますか。長はまったく了解いたしました。重藤課長の真意をたしかめもせずに苦情を並べて、まことに申しわけないしだいであります」

長は立って敬礼した。赤くなっている。

「うん。たのむぞ長少佐。この日本をアメリカやソ連に負けない超大国にするのだ。豊臣《とよとみ》秀吉《ひでよし》ができなかった偉業を、われらの手でやってのけよう」

重藤は大きくうなずいた。

感激のあまり長は重藤と握手をかわした。ドシン、ドシンと足音を立てて席にもどった。怒ったときだけでなく、感動したときも足音が大きくなる性分である。

「よかったな長少佐。北京から帰ったらきさまは早晩支那課長だ。怒濤《どとう》の大軍を河北省へ派遣する立役者になるのだぞ」

橋本は大いによろこんでくれた。

満州での関東軍の決起に呼応したクーデターの実現のために、橋本は関係者のあいだをあわただしく駈《か》けまわっている。

「しかし、一抹《いちまつ》の無念さはあります。クーデター決行のさいは、ぜひとも中央にいて一役買うつもりでおりましたのに」

長がいうと、橋本はけげんな面持で長をみつめた。

「なにをいうのだ。きさまには当然大きな役目をはたしてもらうつもりなんだぞ。一個中隊をひきいて首相官邸、外相官邸あたりを襲撃して彼らの首をとってもらう」

「私が首相、外相を——。しかし、北京にいてそんなことは」

長は目を丸くした。橋本はいったいなにを考えているのだろう。

「北京から帰ってくればいいではないか。クーデターの日どりが決定したら、きさまは急遽《きゅうきょ》東京へもどる。もちろん上の許可など要《い》らない。どこかに潜伏して、襲撃の準備をすすめ、決行する。なんの支障もあるものか」

「なるほど。クーデターなのだから上司の許可もなにもないわけですな。どうも長は根が正直なもので、軍隊の服務課題が身についてしまって」

長は苦笑した。橋本欣五郎はすごい男だとあらためて感じいった。

「荒木政権ができたら、とりあえずきさまには警視総監をやってもらう。国内がおちついたら、いよいよ河北省攻略計画だ。いそがしくなるぞ。女と仲よくするのなら、いまのうちというわけだ」

とたんに橋本は目じりをさげ、春画の殿さまのような顔になった。

今夜も馴染《なじ》みの芸妓、信千代に会いにゆくつもりらしい。

4

八月一日、長勇は正式に少佐に進級した。

その同日、橋本や長がひそかに次期首相に推《お》そうとしている荒木貞夫中将が午後二時着の列車で上京した。

荒木中将は熊本第六師団長だった。橋本欣五郎中佐をはじめとするクーデター推進派の将校が各方面へ運動したのが実って、教育総監部の本部長に着任したのである。

三長官の一つである教育総監とちがって、本部長就任ではさほどの栄転ではなかった。それでも橋本中佐以下桜会の面々は、東京駅へ軍楽隊や国防婦人会などを動員して、大々的に歓迎しようと画策した。陸軍内部でこそ声望が高いが、荒木中将は一般の国民にさほど知られた将軍ではない。東京駅で大歓迎会をやることによって、天下に荒木貞夫の名を知らせようと考えたのである。

荒木中将は陸軍の二大派閥の一つ、皇道派の大物だった。対立するもう一つの派閥、統《とう》制《せい》派は当然彼の重用《ちょうよう》に反対する。東京駅頭への軍楽隊の派遣も、統制派が主流をしめる上層部からの命令で差止めになった。東京駅での大歓迎のセレモニーをお流れにするため、横浜《よこはま》駅で荒木中将を下車させ、自動車で東京へ運ぼうと策動する者も出る始末だった。

ともかく荒木中将は予定どおり東京駅へ到着した。陸軍省や参謀本部からおも立った者が迎えに出たが、けっして大歓迎といえる規模の人数ではなかった。それでも荒木中将は上機嫌で陸軍次官、参謀次長などと挨拶をかわし、八の字ひげの顔をあげて、

「東京は大きいのう。久しぶりで田舎《いなか》から出てくると、東京はつくづく大都会じゃ」

と、丸《まる》の内《うち》あたりを眺めていた。

クーデターの首謀者たちから首相に推されていることを彼は知らない。およそ政治的野心のない人物である。そのあたりが橋本ら参謀本部の将校たちに、かえって人気のあるゆえんだった。

長勇も何十人かの人々とともに荒木中将を出迎えた。中将が改札口を出たあと、長は引き返して下り列車のホームへのぼった。

まもなく下り列車がホームへ入った。大威張りで彼は乗りこんだ。熱海《あたみ》へゆくのである。人目につかぬしずかな旅館で、新派女優の水田妙子が待っている。きのう妙子は大阪公演を終えた。一行はきょう東京へ帰ったが、妙子は一人熱海に立ち寄って旅館へ入ったのだ。

長は十日までに北京へ着任しなければならない。そのことはすでに妙子に告げてあっ

た。情熱的に別れを惜《お》しむつもりである。

列車はまもなく東京駅を離れた。中国関係の資料に目を通して長は時間をつぶした。ボーイが飲み物の注文をとりにくる。熱いコーヒーを注文してすすると、水田妙子と人目をしのぶ仲になったのがしみじみうれしかった。

あとは天下をとるだけだ。ぜひともクーデターは成功させなければならない。こんどは三月事件のときよりも支持者の層がはるかに厚い。きっと成功する。郷里の父母をそのときは熱海に招待して、ゆっくり静養させてやれるだろう。

夕刻、熱海へ着いた。駅まえからタクシーで指定された旅館へ向った。

海をのぞむ高台の、木々に囲まれたしずかな和風旅館だった。女中に案内されて水田妙子のいる部屋へ通る。二間つづきの見晴しのよい部屋で妙子は待っていた。

「これは豪勢だな。さすがに一流旅館の料理はちがう」

室内を見て長は目を丸くした。

座敷机に豪華な料理が並んでいる。山海の珍味といってよい献立てである。

「昇進のお祝いです。早くお風呂へ入ってらっしゃい。それともさきに一杯飲む？」

「そうだな。のどをうるおして、それから風呂にしよう」

二人は座敷机をはさんですわった。

ビールで乾盃した。妙子は楽しくて仕方なさそうな表情だった。温泉の効《き》き目なのか、肌が艶《つや》やかである。薄化粧した顔に、生き生きした色気がみなぎっている。

「妙にうれしそうだな。おれが北京にいってしまうのでほっとしているんだろう」

「なにを僻《ひが》んでるの。さびしくて昨夜はずっと泣いていたのよ。でも、湿っぽくしても仕方がないでしょ。壮行会なんだから、明るく送り出さなくてはね」

「おおげさに考えることはないさ。戦争をしにいくわけではないんだから。いつかは五体満足で帰ってくるよ」

「任地が北京だから、なんとなく安心だわ。欧米だったら、一年や二年は帰ってこられないでしょう。中国からなら、すくなくとも今年中に一度ぐらいは帰ってこられるはずよ」

「年末か新年の興行を見に帰りたいね。しかし、そううまくいくかどうか。満州でなにか騒動が起ると、北京にもかなりの影響があるだろうからね」

目のまえに伊勢海老の活《い》けづくり、鯛《たい》の刺身、小魚の天ぷらなどが並んでいる。

まんぼうの刺身、鹿肉のステーキもあった。ほんの一、二杯ビールを飲んで風呂に入るつもりだったが、結局長は料理に箸《はし》をつけた。つぎつぎに料理をたいらげていった。

「やっぱり軍人は豪快ねえ。男の俳優の二倍は召しあがる。頭が良くて、野性味があふれているのがすばらしいわ。両方をかねた異性はめったにいないんだから」

妙子はうっとりと長をみつめている。

酔いがまわったらしい。目がうるんでいた。浴衣を妙子は着ている。全身から色香が噴きこぼれていた。

満腹して長は箸をおいた。すでに日は暮れていた。海に浮かぶ船が点々と灯《ひ》をともしている。

長は浴衣に着替えて湯殿へ向った。家族風呂がないので、妙子といっしょに入浴できないのが残念だった。

風呂からあがって長は部屋へもどった。女中が食事のあとかたづけにきている。

もう一人の女中が雑誌を手に部屋へ入ってきた。グラビアページをひらいて妙子にサインを求める。大阪公演の舞台で唐人お吉を演じた妙子の姿が写っていた。

女中にたのんで長はその雑誌を借りた。妙子と二人きりになってから、あらためてそのグラビアページをひらいた。

「この水田妙子がいまおれの目の前にいるんだな。信じられない気がするよ」

写真と現実の妙子を長は見くらべて自分の幸運を嚙みしめた。

「どう、写真と実物とどっちがきれい」

妙子がしなだれかかってきた。

「どっちもきれいだよ。でも、やっぱり実物がすばらしい。写真を見ても美しいと思うだけだが、こうして実物のそばにいるとむらむらしてくるからな」

「ほんと。では実物のほうに色気があるというわけね。当りまえのことだけど」

妙子は長の浴衣の下へ手をすべりこませてきた。馴染むにつれて妙子は奔放《ほんぽう》になってい る。

長は妙子を抱き寄せようとした。が、廊下に足音がしたので、あわてて離れた。女中が声をかけて部屋へ入ってきた。寝床をつくりにきたのである。

「外を散歩しましょう。涼しいわよ」

妙子の提案で二人は立った。

下駄《げた》をはいて外へ出た。もう外は夜である。港に碇泊《ていはく》する船の灯が点々と黒い海上に散っている。

すこし歩くと、林のなかへ入った。木々のあいだから船の灯が見える。涼しくて、信じられないほどしずかだった。もうすぐ日本を離れるのだ。妙子とも会えなくなる。長はめずらしく感傷にかられた。妙子がいとしくてたまらなかった。

林のなかに二人は腰をおろした。木々の影のなかに、おたがいの顔も溶けてしまう。人がきても見咎《みとが》められる心配はなかった。

長は妙子を抱き寄せてくちづけした。あえぎながら妙子は応じてくる。抱き寄せて長は妙子の乳房をまさぐる。かすかな甘い声を妙子は洩らしはじめる。

「この胸のかたちをしっかりおぼえておくぞ。手に記憶させておく。目には灼《や》きついたが、手はまだおぼえていないからな」

返事の代りに妙子はため息をついた。

しばらくして長は妙子の浴衣のなかへ手をすべりこませた。ゆたかな双《ふた》つのふとものあいだを手がさかのぼった。

おどろきの声を長はあげた。指がじかに妙子の草むらにふれたのだ。浴衣の下に妙子はなにもつけていなかった。

「妙子。すごいぞ。きみはすばらしい。こんなに率直で、大胆で、気取りがなくて」

ささやきながら長はさぐった。

妙子の女は熱く湧き立っている。長の指が吸いこまれそうになった。

「おぼえておいてね、指で。私の体、はっきりおぼえておいて」

「もうおぼえたよ。これが妙子の体なんだな。雑誌できみの顔を見るたびに、この指の感触を思いだすぞ。一生わすれない」

長は指を使いはじめた。

妙子の腰が左右に揺れはじめる。熱い液体がみるみる体内からあふれ出て、長の指がおぼれそうになった。

あえいで妙子は声をあげる。たまらなくなって長は妙子を押し倒した。指のあとは舌とくちびるで妙子の体をおぼえこんだ。すべてが脳裡にはっきりと灼きついた。

二人は部屋へもどった。敷いてある寝床のうえで、二人とも浴衣をぬぎすてる。横たわった妙子の体は日本列島のようだった。眺めたり、くちづけしたりして長はいつくしんだ。国家への愛と妙子への愛がかさなりあっているような気がしてならなかった。

何度も長は妙子を抱いた。自分でもあきれるほど精気が体にみなぎっている。抱くたびに妙子は新鮮だった。抱きあう姿勢や愛撫の手管《てくだ》の変化によって、それぞれ異なった反応をみせる。

抱きあって二人は眠りに墜《お》ちた。明けがた目ざめて、もう一度抱きあった。満足してからあらためて眠った。午前十時に起きだして食事をとる。魚の干物とかるく油で焼いたわかめがことのほか美味《うま》かった。

正午まえの汽車で二人は熱海を発った。東京へ着いたのは午後二時だった。

顔がさすので妙子は細縁の眼鏡《めがね》をかけていた。もうお別れだと思えば平静でいられなくなる。二人は肩を寄せあってホームを歩いた。

眼鏡をかけても妙子は際立《きわだ》って美しい。長のほうも栄光の金モールを胸に吊るした、堂々たる恰幅《かっぷく》の軍人である。いやでも二人の姿は目立った。すれちがう人々の十人に四、五人ぐらいがふり返って二人のうしろ姿を見た。

三時までに妙子は明治座の楽屋へ入らねばならなかった。駅まえで円タクをひろって、長は明治座へ妙子を送っていった。

明治座のまえにタクシーがとまった。長の手を握りしめてから妙子は車をおりた。泣いているのがわかった。手をふって送る余裕もなく、楽屋口へ彼女は駈けこんでいった。

三宅坂の参謀本部へ長はもどった。後任の支那課員である大尉と夕刻まで引継ぎをおこなった。夜七時に杉並の自宅へ帰った。

門のまえへきて、当てがはずれた。家の灯が消えている。妻の春江《はるえ》も子供たちもどこかへ出かけているらしい。

玄関の鍵をあけて長は家へ入った。食事の支度がしてあるかと思ったが、卓袱台《ちゃぶだい》には何一つ載《の》っていなかった。

「けしからんではないか。一家の主が公務で疲れて帰ったのに、晩めしの支度もせずにあそび歩いているとは」

熱海で浮気したことを棚にあげて、長は腹を立てた。

戸棚に日本酒があった。茶の間にすわって軍服のまま茶碗酒を飲みはじめる。

ラジオのニュースが米の作柄を伝えていた。今年は天候不順で凶作だという。金融恐慌とかさなって世の中はさらに暗くなるだろう。東北地方の農村では、遊郭などに身売りする娘が続出するにちがいない。

「いかんな。早《はよ》う満州を手にいれなくてはならん。ほかに日本の生きる道はない」

憂国の情に長はかられた。昨夜の甘い記憶が遠い夢のようだった。

玄関の戸があき、人の声と足音がきこえた。春江たちが帰ってきたらしい。晩めしの支度ができていないことに、あらためて長は腹が立った。

茶の間へ春江と子供たちが入ってきた。

「お帰りなさい、お父さん」

子供たちが歓声をあげて駈け寄ってきた。

だが、春江はむっつりしている。硬《かた》い顔のまま台所のほうへ去った。

「おい、早う晩めしをつくれ。人が疲れて帰ったというのに、どこをほっつきまわっておったのだ」

長の声はいつもより野太かった。かろうじて怒鳴りつけるのは自制した。

「そりゃ疲れもするじゃろう。泊りがけであそんで帰ったんじゃけ」

茶の間のまえで意外な声がきこえた。

おどろいて長は顔をあげた。母親のナミが廊下に立ってこちらを睨《にら》んでいる。しわの刻《きざ》まれた顔がにこりともしない。

「なんだお母さんか。びっくりするじゃないか。いつ出てきたんだ」

茶碗を長は卓袱台においた。

ここにすわれ、と正面を指した。母はゆっくりと茶の間へ入ってきて、大きなため息をついて長と向いあわせに正座する。

「きょう出てきた。おまえが北京へ転勤じゃいうから、会いにきたんよ。当分顔をあわすこともなかろうと思うて」

「そうだったのか。電報を打ってくれれば迎えにいったのに」

不吉な予感に長はとらわれていた。それにしては、母の態度は無愛想だった。

母とは二年ぶりの対面である。

「いや、電報はちゃんと打った。春江さんが東京駅へ迎えにきてくれたんじゃから」

「そうだったのか。おれはきのうから出張で、電報を見とらんかったから」

「出張か。参謀本部の出張はさぞ面白かろうな。女づれなんじゃから」

「女づれ——。どういうことだ」

「なにをいうちょるか。おまえ、午後二時東京着の汽車で帰ったんじゃろう。女とうれしそうに肩を寄せあってな。私もちょっと前の汽車で東京へ着いて、おまえの姿を見せてもらった」

「二時着の列車で——。まさかそんな。嘘《うそ》だろう、お母さん」

「嘘なもんかね。なんとかいう新派の女と腕を組んで歩いとったじゃろう。私はもう情《なさけ》なくて情なくて。参謀本部の少佐ともあろう者が、なんというざまだ」

「いや、それはちがう。人ちがいだ。おれは新派の女優に知合いはおらんぞ」

大いに長は狼狽《ろうばい》した。

なんということだ。春江はそれで晩めしの支度をしなかったにちがいない。

「なにが人ちがいなものかね。春江さんとじっくり見せてもらったよ。私はあの女優に文句をいいにいこうと思ったが、春江さんに止められてやめたのだ。口論にでもなったらみっともないといわれたから」

まずいことになった。

長にはまったく反論の余地がない。それにしても不運だった。長と妙子が乗っていた熱海発の列車のすぐ前に、大阪発の列車が東京駅へ着いた。となりあわせのホームだったらしい。母と春江のすぐそばを長と妙子は通ってしまったのだ。

「なんでおまえはいつまでたっても身持が改まらないのかね。酒は飲むし、外で女はつくるし、一家の父親として失格じゃ。なにが帝国軍人なものかね。自分の家さえようおさめきらんと、お国のお役に立つわけがない」

「――――」

「だれに似ておまえはそんなに出鱈目《でたらめ》なのかね。お父さんは謹厳実直《きんげんじっちょく》だよ。酒は飲んでも女を囲《かこ》ったりはせん。ああいう人から、どうしておまえのような息子が生れたんじゃろうかね」

きいていて長はいらいらしてきた。

少年時代にさんざんきかされたのと同じ、なんの面白味もない説法である。当りまえのことを母はくどくどとくり返す。

愛人などつくらぬに越したことがないのはよくわかっている。そのほうが当然家庭は平和である。金もかからない。女とあそんだりせず早く帰宅して眠るほうが、健康にもよい。わかりすぎるほどわかっている。

それでも人生には惚《ほ》れた女が出現することがある。惚れた女は惚れた女だ。ことは理非でなく情念にかかわっている。悪かろうと損失だろうと、惚れた女は惚れた女だ。男として欲しくなるのは当然である。母の説法はつねにそうした自然の理《ことわり》を無視して、息子に修身の教科書どおりの人格を要求する。自分の情念を圧殺して生きてきたから、息子の不行跡《ふぎょうせき》を見て過剰に動揺するのかもしれない。息子の浮気を怒るのは、自分の心の底にも浮気の願望がひそんでいるのを、意識させられるからなのだろう。

「うるせえな。くだらんことをぐずぐずいうな。あんたの話をきくと気が滅入《めい》るよ。わかりきったことばかりだ。いい年齢《とし》をしてすこしは進歩しないのかね」

「そりゃこっちのいうことじゃ。わかりきっているなら、なんでそのとおりにせんのかね。大酒は飲む。女はつくる。軍人がそんなざまで、日本の国が発展する思うちょるんか」

「うるせえ。もうたくさんだ。早う福岡へ帰ってくれ。あんたの説教きいていると、家を飛びだして、あそびにいきたくなる。大酒飲んで、女をつくりたくなるよ」

長は立って寝室へいこうとした。

春江が入ってきた。食器類の載った盆を両手にもっている。シャケの切り身、くじらのベーコン、ほうれん草のおひたし、それに味噌汁もあるらしい。

「さ、召しあがってください。なんにもありませんけどね」

よそよそしい声で春江はいった。

針のむしろにいる思いで、長勇はおとなしく茶碗と箸を手にとった。

5

昭和六年九月十九日の朝、陸軍少佐長勇は北京で満州事変の勃発を知った。

日本公使館区域の一劃《いっかく》にある駐在武官事務所へ出勤すると、内部は沸《わ》き立っていた。

「始まりましたよ少佐殿。昨夜おそく奉天の北部で満鉄の線路が中国軍に爆破されました。関東軍はただちに中国軍の兵営を攻撃し、奉天を占領しました」

「関東軍は目下、満鉄沿線の諸都市に進撃中です。作戦は順調のようです」

若い将校たちがつぎつぎに報告する。

北京の武官事務所は兵卒をいれて三十名たらずの陣容である。付近には英、米、仏、伊、オランダ、ベルギーの公使館が並び、日本をふくめた各国の将兵約千五百名がそれぞれの兵営に駐屯していた。日本の北京歩兵隊は約三百名の兵力である。

清国の首都だった北京には、十九世紀の末から前記各国が公使館をおいていた。ところが明治三十三年（一九〇〇年）、過激な排外主義を掲《かか》げる義和団《ぎわだん》が決起して、公使館区域を包囲した。各国は日本軍を主力とする連合軍を組織して応戦、これを鎮圧した。以後、清国政府との条約によって、各国の多数の軍隊が北京、天津などに駐留するようになったのである。

「ようやくやりおったか。関東軍はやはり頼りになるわい」

長は会心の思いでうなずいた。

関東軍が戦闘準備をしている。満州で騒乱を起す計画があるらしい。そんなことのないよう参謀本部は厳重な取締りを願いたい――三日ばかりまえ、幣原外務大臣から軍部にそんな申し入れがあったという報《しら》せが橋本欣五郎中佐から入っていた。奉天領事が外相へ至急電報で情勢を知らせたということだ。

参謀本部は第二部長建川美次中将をいそいで満州に派遣した。情報の真偽をたしかめ、不穏な計画があれば説得して思いとどまらせるのが建川に課せられた任務だった。

橋本中佐の電文には、それ以上くわしいことは書かれていなかった。だが、関東軍説得の使者が建川だときいて、長は笑いが止まらなかった。

建川は満州占領論者である。関東軍をおさえるどころか、むしろけしかけたい側の将軍だった。建川が特使として満州へ向ったことは、橋本がすぐ関東軍へ知らせてやったにちがいない。建川が奉天へ着くまえに関東軍は戦争を始めたのだ。建川のほうも道中どこかへ立ち寄ったりして、ゆっくり奉天へ着いたのだろう。

ドシン、ドシンと足音を立てて、長は公使館付武官補佐官の執務室へ入っていった。永津佐比重《ながつさひしげ》中佐が会心の笑みで迎える。

「やりおったのう。やはり板垣、石原両参謀は中央のダラ幹どもとはモノがちがうな。敢然として新時代の幕をひらいた」

関東軍の両参謀を誉《ほ》めたたえて、永津は長に椅子をすすめた。

こんどの事変が関東軍の謀略で起ったことを永津は知っている。線路を爆破したのは中国兵ではなく日本兵なのだ。

「幣原外相は頭から湯気を立てて怒っているでしょうな。国際協調外交の看板がこれで吹っ飛んでしまった。へたをすると若槻内閣は一巻の終りです」

「早く兵を撤退させろと軍部に申し入れてくるだろう。南次郎陸相と金谷範三《かなやはんぞう》参謀総長がどんな応対をするか見たいものだ。金谷はまあ問題外。戦争はやめるというだろう。南のほうは硬骨漢だから、辞表をふところにがんばるかもしれない」

「いや、陸相もしょせん内閣の一員です。事変を拡大するなというにきまっていますよ。中佐どの、わしはこの一、二年、国家改造運動に挺身《ていしん》して思い知りました。高官ほど現状の変革をためらいます。晩節を汚《けが》さず全《まっと》うすることだけが大事になるんです。南陸相も同じ穴のむじなにすぎない」

「そうかな。しかし、それではせっかくの関東軍の奮起が無駄になるではないか。全陸軍から不満の声が湧きあがるぞ」

「いいではありませんか中佐どの。それこそ国家改造のチャンスだ。変革の意欲も度胸もないダラ幹はこのさい斬って捨てればいいのです。強力な軍事政権をつくって、関東軍を支援する。満州をわが領土にする」

「ダラ幹を斬って捨てる——。すると長少佐、きさまはクーデターを」

永津中佐は目を丸くして長をみつめた。

腐敗した政党政治家を断罪しない軍首脳部を非難する将校は数多くいる。だが、クーデターで政官界の要人を追放し、自分たちの手で政権を握ろうと本気で企《くわだ》てる者がいるとまでは考えていなかったようだ。

「そうですよ中佐どの。政府の動向しだいでは、われわれ同志は決然として立ちます。ご賛同、ご協力いただけるのであれば、計画の細目をお話しいたします。成功のあかつきには中佐どのにも然《しか》るべき高度の役職をお世話できると思いますぞ」

言い終って長勇は席を立った。

肩を怒らせ、ドシン、ドシンと足音を立てて永津中佐の部屋を出た。

永津は気骨があり、人柄もわるくない。将来引き立ててやらねばならない。すでに長は永津の上に立った心境であった。

長は自室に入った。北京では長は情報担当の駐在武官ということになっている。

しばらくして助手の中尉が電信の用紙を手に部屋へ入ってきた。

「中村大尉殺害の事実を中国東北軍の参謀長が公式にみとめました。きのうのことです」

用紙を中尉は長に手わたした。参謀本部からの電信だった。

中村震太郎大尉殺害事件は八月十七日に公表された。くわしく実状を調査し、証人もさがしだしたうえでの発表だった。

中村大尉は井杉延太郎《いすぎのぶたろう》予備曹長、ロシア人、蒙古人各一人の従者をつれて興安嶺《こうあんれい》山脈の東麓地帯の地形調査にあたっていた。ソ連軍が侵攻してきた場合にそなえて、地理条件を把握する使命を負っていた。

満州は中国の領土である。南満州鉄道の周辺の付属地や日本人居留地のある都市以外の場所を日本の軍人が自由に歩きまわることはゆるされない。中村、井杉は蒙古人に変装していた。井杉はチチハルで旅館を経営していて、蒙古語は達者である。

六月二十七日、小都市洮南《とうなん》のやや北にある村落へ一行は入った。戸数四十戸ばかりのその村はちょうど祭日で、広場に村人があつまっていた。一行は馬を楊柳《ようりゅう》につないでしばらく祭を見物した。

二人の従者の馬は小柄な蒙古馬だったが、中村、井杉は体格のよい日本の軍馬に乗っていた。通りかかった中国の屯墾兵《とんこんへい》がそれに目をとめ、隊長に注進した。その村には約五百名の屯墾兵が駐在していた。隊長代理の関玉衡《かんぎょくこう》中佐は一個分隊を派遣して、食事中だった四名を兵舎へ連行させた。

偶然にも関中佐は日本の陸軍士官学校で中村大尉の同級生だった。なつかしがって握手を求めるのを、中村は振り払った。さらに関がのばしてくる手をつかんで、一本背負いでその場に投げ飛ばした。激怒して関は中村を監禁、拷問《ごうもん》を加えたすえ銃殺した。

中村はわが身を殺しても、任務の内容を秘密にしたかったらしい。捕えられてすぐ覚悟をきめ、わざと乱暴を働いたのだ。関と握手して生命を助かったとしても、捕虜となって日本との外交交渉に利用されたりしては軍人としての将来はない。どっちみち彼は生命を捨てなければならなかった。

中村らの遺体は夜、焼却して埋められた。証拠を消すために、四頭の馬も同じようにして処分された。人と馬を焼く煙は高々と高原の夜空に立ちのぼり、なにがおこなわれたかを村民は知った。何人かが日本軍に密告したので、事件は明るみに出た。

「鬼畜」「暴戻《ぼうれい》」「虐殺」など新聞は激しい形容で事件を伝えた。

「戦争しているわけでもないのに、なにも殺すことはなかろう」

日本国民は憤激した。満蒙問題についての関心が急激に盛りあがった。

それでなくとも満州に住む邦人が迫害されているニュースが伝わっている。日本製品の不買、中国製品の不売、日本企業への就労拒否などで多くの邦人が生活の危機にさらされてきた。馬賊が跳梁《ちょうりょう》し、日本人の商店や工場から掠奪《りゃくだつ》をくり返したが、中国東北軍はいっこうに取締らず、逆に馬賊をけしかける気配さえある。満州での生活をあきらめて帰国する日本人が出るようになった。

もう我慢できぬ。中国をやっつけろ。日本国中にそんな声が湧き立った。在満州の邦人代表が日本各地で満州の現状を訴えてまわったのも、国民に大きな影響をあたえた。関東軍の強硬姿勢に批判的だった大新聞も、掌《てのひら》を返したように中国討《う》つべしの論陣を張り始めている。関東軍の満州占領を支持する世論の素地が充分にできあがった。

参謀本部と外務省はそれぞれ中国にたいして事件の厳重調査、責任者の処罰など誠意ある事後処理を申し入れた。だが、中国側は現地の省政府、軍部、南京の国民政府ともに事件を否定する態度に出た。日本はでっちあげ事件を口実に事を起そうとしていると判断したのだ。満州には約二十万の中国東北軍がいる。対する関東軍は二万弱にすぎない。武力衝突が起っても問題になるまいと、とくに軍部が高をくくっていたようだ。

関東軍首脳にとっては、こうした中国側の態度はきわめて好都合だった。軍需物資を調達し、将兵には猛烈な演習を課して決起の日にそなえた。そして、出兵計画が政府に洩れたと知って予定より約十日早く「事変」を起したのである。中国側は日本軍の訓練ぶりに不安を抱き、中村大尉殺害事件が事実だとみとめるむね九月十八日に通告してきたが、すでに手遅れだった。

「ばかばかしい。わしは中村大尉の葬儀に出席してからこちらへきたんだぞ。きのうまで確認を引きのばすような小汚いまねをするから、かえって墓穴《ぼけつ》を掘るのだ」

長は高笑いして、当番兵の注《つ》いでくれた熱い茶を飲みほした。

八月十七日、中村大尉の葬儀が靖国《やすくに》神社で盛大におこなわれた。中国側が未確認ゆえ控え目にという上層部の意向を押し切って、橋本欣五郎中佐以下『桜会』の音頭とりで大がかりな葬儀をやったのだ。北京赴任を勝手に遅らせて長も出席してきた。あれからもう一カ月が経過した。関東軍が動きだしたときいて中村大尉の霊もさぞ満足だろう。

「戦闘の経過はどうだ。なにか報告が入っておらぬか」

あらためて長は質問した。

武官勤務であることがこんなときには口惜《くや》しい。参謀本部にいるあいだは、あらゆる秘密情報にまっさきに接したものだ。

戦闘報告はまだ入っていないという。心配そうに中尉は質問した。

「少佐どの。関東軍は大丈夫でありますか。兵力が二万そこそこときいていますしたが」

「大丈夫。日本軍の素質、装備、練度。どれをとっても世界一じゃ。中国兵など問題にもならぬ。それに朝鮮軍四千名が国境を越えて応援に駈けつけるはずだ。いまごろはもう鴨《おう》緑江《りょっこう》をわたっておるじゃろうよ」

南満州を固める部隊がいないと、関東軍は北に向って進撃しにくい。

事変が起るとすぐ朝鮮軍は満州へ進入する予定である。中央の命令があろうとなかろうと、国境を越えることになっていた。朝鮮軍の情報参謀神田正種《かんだまさたね》中佐が軍司令官林銑十郎《はやしせんじゅうろう》を説得して命令を出させる手筈である。関東軍の板垣、石原参謀、参謀本部の橋本中佐と神田の三者が密約を結んでいた。

万一それでも兵力が足りなければ、日本国内から援軍を出せばよいのだ。政府が反対したらクーデターを決行する。たちまち威勢のよい軍人の時代がくる。

中尉が退去してから、長はしばらく机に向って事務をとった。一息つくと、満州の戦況が気がかりでいらいらしてきた。電信室へいってみたが、新しい情報はなにも入っていない。公使館のほうも同様のようだ。

昼食のあと、長は中国駐屯歩兵部隊の中隊長に満州事変の見通しを講釈してきかせた。関東軍は全満州を占領するだろう。きかされて中隊長は仰天《ぎょうてん》していた。関東軍の発表どおり、無統制な中国兵による単純な線路爆破事件にすぎないと思っていたのだ。

自動車に乗って長は街へ出た。居並ぶ各国の公使館にはそれぞれの国旗がひるがえり、各国の兵営まえには衛兵がのんびりと勤務についている。

この北京と天津には今世紀の初頭から米、英、仏、伊それに日本の公使館護衛隊が駐屯してきた。兵数は米五百、日英各三百、仏二百、伊五十であった。清朝の滅亡後も中国には内乱が頻発《ひんぱつ》したが、この駐屯部隊のおかげで北京、天津は平穏で、商業都市、文化都市として繁栄したのである。

各国の兵士にとって満州事変はまだ完全に他人事《ひとごと》だった。日本の衛兵にだけ緊張の色がうかがわれる。街の風景もいつもと変りなかった。煉瓦《れんが》づくりの民家。広い通り。同じく煉瓦づくりの三階建て、四階建ての建物のひしめく街並。ぜんたいに赤土の埃《ほこり》をかぶったような汚れた感じのする光景である。

東京では円タクがさかんに利用されていたが、北京はまだ馬車と人力車の時代だった。荷車を曳《ひ》く男も目についた。人々がいそがしげにゆききしている。日本にくらべて人々の身なりはまずしい。労働者はほとんどボロを着ている。たまに見かける白人や日本人は、みんな良い服装をしていた。広場へ出ると中国人の群衆は影のようにうごめき、白人と日本人にだけ陽光が注《そそ》いでいるようだった。

中国の新聞社の横に人だかりがしていた。まだ活字になっていないニュースが掲示板に貼《は》り出されている。長は車をおり、助手席にいた当番兵をつれて速報を見にいった。集まっていた三十人ばかりの中国人が長に気づいて左右に分かれ、空間をつくった。怯《おび》えた冷たい目で長を注視する。黙殺して長は速報を読んだ。

本日早朝、日本軍は奉天を占領した。長春、営口、鳳凰城、安東など満鉄沿線各都市にも日本軍は侵入しつつあると書いてあった。戦闘には触れていない。満州の中心都市奉天に関しては、日本軍はほとんど抵抗をうけずに占領を達成した模様だった。

「順調のようだな。このぶんだと二、三日で吉林を奪《と》れるかも――」

当番兵に話しかけたとき、右後方にすさまじい殺気を長は感じた。

ふりむいた瞬間、こちらを目がけて飛んでくる手榴弾《しゆりゆうだん》が目に入った。とっさに身を引き、両手をさしだす。ついで両手を引き、飛んでくる弾の勢いを殺しながら受けとめる。

「このばか者。こんなもので――」

やられてたまるかと念じながら、飛んできたほうへ手榴弾を投げ返した。

爆発は起らない。若い男が一人、泣き声をあげて逃げだしていった。手榴弾ではなく男は石を投げたのだ。

「止《とま》れ。止らぬと射《う》つぞ」

当番兵が銃をかまえてさけんだ。

長は制止する。掌に痛みがあった。手袋をしていなければ傷を負ったはずだ。

「いこう。あんなザコに構うな」

長は自動車にもどった。

速報板のまえの中国人たちが度肝《どぎも》をぬかれた顔で注視している。横合の民家の塀《へい》に、『打倒日本帝国主義』と墨で大書してあった。

夕刻、武官事務所へ公使館経由でニュース電報が入った。若槻内閣はけさ緊急閣議をひらき、事件不拡大の方針をきめた。参謀総長金谷大将はただちに関東軍にたいして軍事行動の停止、朝鮮軍にたいして独断出兵禁止の訓令を発したという内容だった。予想どおりである。日本の繁栄を願って関東軍は空前の大事業に着手したのだが、軟弱な政府は臆面《おくめん》もなく足を引っぱろうとする。

「南次郎陸相はなにをしておるのか。不拡大方針に異《い》を唱《とな》えなかったのか」

永津中佐は電報を机に叩きつけた。

「いいんです中佐どの。けさ申しあげたとおり国家改造の好機なのです。事変解決のためわれらは断固として立ちますぞ」

長はむしろ意気高く自室へもどった。

参謀本部橋本欣五郎中佐にあてて暗号で電文を書いた。関東軍の参謀と橋本らが秘密連絡用に使っている暗号だった。

「ことここに至っては、クーデターを決行する以外に事変完遂《かんすい》の道なしと考えます。必要ならばすぐ帰国します。ご指示を待つ」

電信室へそれをとどけると、晴れ晴れした気持になった。

永津中佐の部屋へいって、今夜一杯やろうともちかけた。クーデターのため近く無断で帰国することになるだろう。それとなく了解をとっておかねばならない。

その夜、永津中佐と長は故宮《こきゅう》のそばのホテルで夕食をとった。ついで建国門《けんこくもん》付近のキャバレーに自動車を乗りつけた。

運転の兵士が車をおりるよりさきに、七、八人の乞食が駈け寄って扉にとりついた。大人《おとな》は扉の上部に、子供は扉の下部に手をかけてひらいた。長と永津中佐がおり立つと、いっせいに手を出して謝々《シエシエ》をいう。チップの要求である。汗と垢《あか》の匂いがただよった。

キャバレーの扉をあけようとして、ボーイに張り倒される乞食もいた。自分たちのチップ収入を奪われてはたまらないので、ボーイたちも必死である。適当に小銭を彼らにやって、永津と長はなかへ入った。店内は暗く、赤い照明がテーブル席の男女の顔を妖《あや》しくうかびあがらせている。

女たちの待機している一角があった。中国人が十数人、白人も五人いた。革命に追われて逃げてきたロシア人の娘らしい。

ボーイにチップを払って、長は丸顔のロシア娘を呼んでもらった。永津中佐は中国娘である。肌の色のちがう女性にはどうも馴染みにくいということだった。

ロシア娘はソフィアと名乗った。ことばは中国語である。二十歳《はたち》だった。父は電気技師だったが、革命で母とともに奉天へ逃げてきた。ソフィアはそこで生れた。三年まえ父が病死し、最近母とともに北京へやってきた。

「奉天ではいまに日本と中国が戦争をはじめるという噂だったのよ。危いから逃げてきたの。北京は外国の軍隊がいて安全でしょ」

目をくるくるさせてソフィアは笑った。

あどけない顔立ちだが、胸の盛りあがりはすばらしい。ドレスの胸もとから覗《のぞ》く白いふくらみの一部を見て、長は甘い目まいを感じた。

長と永津中佐はビールを注文する。女たちはコーヒーとチョコレートをたのんだ。

注文した品が運ばれてきた。現金払いである。おそろしく高価《たか》い。伝票を見るとビールは世間なみだが、コーヒーが一杯五円、チョコレートは一皿十円となっている。大学卒の初任給が日本で六十円の時代である。

「知らんのか長少佐。コーヒーとチョコレートは愛の暗号というわけさ」

永津中佐は立って、中国娘をつれて手近な階段をのぼっていった。

二階はコンパートメントになっている。なかでなにをやろうと自由なのだ。

長もソフィアとともにコンパートメント席へ移った。ボーイが飲物などを運んでくる。

腰をおろすと、ソフィアはすぐ体をあずけてきた。キスしてから、長は乳房をさぐってみる。

「ソフィアは利口だったんだな。満州ではほんとうに戦争が始まったじゃないか」

「ほんと。北京へきて良かったわ。こうして少佐ドノにも会えた。チョー少佐ドノ、新任の武官ね。今後もかわいがって」

「くたびれたらソフィアのおっぱい吸いにくるよ。きみは年下のお母さんだ」

「いいですよ。いつでもおっぱいあげる。いい子いい子してあげる。だから、かならずソフィアを呼んでね」

今後数年間は長が北京に勤務するものとソフィアは思っている。じつをいえば、指令がありしだい明日にでも帰国するかもしれない身の上なのだ。あまりいいかげんな約束はできない。

コンパートメントにヴァイオリンをかかえた楽士が入ってきた。いそいで長はソフィアから離れる。楽士はロシア人である。離れた二人に済まなそうに首をふってみせて、ヴァイオリンの演奏を始めた。

「チャイコフスキーの曲よ。〝感傷的なワルツ〟っていうの」

ソフィアが抱きついてきた。

満足そうに楽士はうなずいた。ヴァイオリンの詠嘆《えいたん》がいっそう深くなった。

楽士が去ってから、長は尿意をおぼえて便所に向った。うす暗い便所のなかで一人、朝顔のまえに立った。

足もとになにかがまとわりついた。長は飛びのいて、まとわりついたものを蹴った。それは吹っ飛んだ。中国人の子供だった。彼のもっていた紙箱からブラシや靴墨のケースがこぼれ出た。客が用を足しているひまに靴をみがく商売だったのだ。

七、八歳の子供だった。血の出ているひたいに手をあてて上体を起した。泣かない。傷をおさえたまま長を睨みつける。黒い目が憎悪で暗く光っていた。

「靴みがきだったのか。済まん。知らんかった。ほら、これをやる。怪我《けが》は大丈夫か」

一円ばかりの金を長は手わたした。

子供は金を床に叩きつけた。靴みがきの道具をひろって便所から走り去った。

舌打ちして長は放尿をはじめた。酔いもさめはてた気分である。

うしろになにかの気配がした。ふり返るといまの子供が床に落ちた金をひろって、あらためて外へ走り去った。

ガラにもなく長は深いため息をついた。早く帰って眠ろうと思った。

6

九月下旬の雨の夜、陸軍少佐長勇は築地、内田《うちだ》歯科医院の呼鈴を押した。

玄関の戸をあけた女中がおどろいて大きな声をあげた。

「長少佐どの。どうしたんですか。まさか幽霊ではないでしょうね」

冗談ではなく女中は長の足をみつめた。

無理もない。ほんの一カ月半まえ、長はこの家で内輪の壮行会をひらいてもらった。女中にも別れを告げて北京へ赴任したのだ。

「どうしたもこうしたもない。橋本親分に呼ばれたんだ。こっそり帰ってきた」

悠然と長は玄関へ足を踏み入れる。橋本は親分に呼ばれ通された。

がらんとした待合室のそばを通って奥の住居へ通される。庭に面した六畳間で待っていると、院長の内田絹子《きぬこ》がやってきた。

「橋本さんから話はきいているわ。今夜ここで会うんでしょう。急な帰国で大変だったわねえ。とりあえずお風呂へ入りなさいよ」

気さくに絹子はすすめてくれた。

風呂の沸《わ》くまで、ビールを飲みながら近況を語りあった。橋本中佐らのクーデター計画はいよいよ実行段階にきたらしい。

内田絹子は久留米《くるめ》の出身である。父は富裕な米穀商だった。久留米の連隊の若い将校を以前から自宅に下宿させていた。

少尉に任官してまもないころ、橋本欣五郎も内田家の世話になった。絹子とはそれ以来の知合いである。絹子はしっかり者で頭もよく、アメリカに留学して小児歯科を専攻、病院勤務をへて帰国した。現在は慶応病院に勤務するかたわら、開業しているのだ。

日本の政治、経済の現状に絹子は強い不満を抱いていた。アメリカ帰りの彼女の目には日本の政治家、官僚の腐敗堕落ぶりが救い難い後進性のあらわれと映るようだった。このままではいまに日本は破綻《はたん》する。貧困な東洋の一小国に甘んじなければならないだろう。

橋本中佐や長勇の国家改造計画に絹子は熱い期待を寄せていた。物心ともに支援してくれている。橋本を中心とするごく一部の同志が、築地署からわずか五十メートルの位置にあるこの内田歯科医院を極秘のアジトにしてしばしば利用していた。

内田絹子は三十四、五歳のはずである。国家改造計画に手を貸す女傑だとはとても思えない、さわやかで知的な女性だった。女好きの橋本も長も、絹子だけは性のちがいを越えた、対等の仲間としてつきあっている。

「五日ばかりまえに橋本親分から至急帰国せよという電報がきたんだ。なにが起るのか、おおよそ見当はついているよ。翌日北京を発って天津で一泊、塘沽《トンクー》で乗船した。けさ神戸《こうべ》へ着いて特急列車に乗ったんだ」

「大変だったんですねえ。でも、満州事変がうまくいって良かったわ。橋本さんたち、大張り切りよ。この機会に国家改造をやって日本を変えるといってる。つぎに満州を領土にして日本を英仏なみの大国にするんだって」

「おたがい、この時代に生きていてよかったな。働き甲斐があるよ。われわれの手で日本は大発展するんじゃから」

話しあってから長は一風呂あびた。

日本ふうの五右衛門《ごえもん》風呂に入ると、しみじみ帰国の実感が湧いた。数年ぶりに帰ってきたような心地《ここち》がする。家へ帰って子供たちの顔を見たかったが、もちろんそんなことはできない。

内田絹子のいったとおり満州事変は大成功だった。関東軍はほとんど抵抗をうけず長春以南の満鉄沿線諸都市を占領した。さらに兵を北上させ、吉林まで支配下にいれた。一気にハルビンまで進撃しようとの意見も関東軍にはあったのだが、ソ連を刺戟するおそれがあると中央に制止され、しばらく休息するかたちになった。

林銑十郎大将のひきいる朝鮮軍は関東軍との約束どおり国境を越えて満州へ入った。事変は関東軍だけの紛争ではなく、全陸軍にかかわる問題となった。政府はついに朝鮮軍の行動を追認、経費支出を承認した。

これまで関東軍は正規の命令なしに軍事行動を起したので、その費用を自前で調達しなければならなかった。東京にいる橋本欣五郎が右翼系の実業家などを説いて、十万円を調達して関東軍へ送ったのだ。だが、今後は予算の裏づけを得て関東軍はのびのびと行動できるようになった。満州の中心地区をほぼ占領したいま、関東軍と中央は満州を日本の領土にするか独立国家を建設するかについて、連日のように協議をかさねている。

二十万の大軍を擁《よう》しながら中国東北防備軍はなぜ日本軍に抵抗しなかったのか。司令長官張学良が参謀長にそれを命じたためだった。張学良将軍は国際連盟に代表される国際平和主義を信奉していて、武力抗争を好まなかった。日本も国連加盟国である以上、日中間の外交交渉で問題はかたづくはずだと判断したのだ。張自身が中国北部のいくつかの軍閥と緊張関係にあって日本と戦う余裕がないという事情もあった。

蔣介石は在満州の国民政府正規軍と傘下《さんか》の地方軍閥の将兵にたいして、無抵抗主義を命じた。戦って勝つ見込みがなかったのと、彼もまた共産軍との内戦中に日本と事をかまえたくなかったためである。

さらに蔣は国連保健部長、ライヒマンの献策をいれて、国連の圧力に強い期待を寄せていた。「国連が和平実現に乗りだせば、日本軍はすぐ撤退するだろう」とライヒマンは助言したのだ。さっそく蔣は国連に平和実現のための措置をとってほしいと提訴した。だが、イギリス、フランスなどは満州の権益を守り、同地をソ連にたいする防壁にしたいという日本の立場に理解をしめした。出兵は一時の軍事行動にすぎないという日本の声明を理事会が承認したのである。

中国軍の弱気に乗じて関東軍、朝鮮軍は南満州の主要地域をほぼ占領してしまった。国民は喝采《かっさい》を送っている。断じて決行すればわれわれに不可能はない。軍部も自信を抱いた。あとはこの勢いで政府や官界の権力者を追放し、清新な軍事政権を樹立してアジアの盟主の位置を確保すればよいのだ。

じっさいいまの政府は救いようがなかった。事態がここにいたっても、満州をこのさきどうするかの方針も立てられず、ひたすら事変の不拡大を唱えている。占領地をひろげようとする関東軍の足を引っぱる指令ばかり発する。要人の首をすげ替えるときがきていた。

なるべく早くクーデターが決行されなければならない。

内田歯科医院の門前に自動車の停まる音がきこえた。二、三台のようだ。

玄関へ長は出ていった。橋本欣五郎中佐をはじめ小原重孝《おはらしげたか》大尉、長と同時期に進級した田中弥大尉、天野勇《あまのいさむ》大尉など『桜会』の同志たちがやってくる。あとに隊付の中尉、少尉数名がつづいていた。

「きたか長少佐、良かった、これで千人力だ。いやはや雑用が多くて目がまわったぜ」

凄《すご》みのある顔で橋本は笑った。

やってきた一行は十二名だった。一同、奥座敷に集合した。みんな腹が減っている。酒なしで雑談しながら鰻《うなぎ》弁当をたべた。

食事しながら長は、橋本から事変勃発からきょうまでのいきさつをきいた。

柳条溝《りゅうじょうこう》で満鉄線が爆破されたのは九月十八日だった。その三日まえに奉天領事館から関東軍に不穏な動きありとの通報が外務省へ入っていた。幣原外相に詰問された南陸相、金谷参謀総長は、参謀本部の建川第二部長を満州に派遣することにきめた。動乱の計画があるかどうかをたしかめ、もし事実なら制止するのが建川の任務だった。

建川は事変推進派だった。命令なので、仕方なく奉天へ向けて出発した。すかさず橋本中佐は関東軍の板垣、石原参謀にあてて、暗号文で電報を打った。

「計画ばれた。至急決行せよ」

これを受けて関東軍は行動を起し、建川の到着まえに線路を爆破したのだ。

以後、橋本は政府や陸軍首脳部の動きを逐一《ちくいち》関東軍へ電報で知らせた。

「政府は即時停戦を表明したが、体裁《ていさい》をとりつくろったにすぎない。国民は関東軍を支持している。さらに進撃せよ」

「朝鮮軍の越境に首相は反対である。当方から朝鮮軍に独断出兵を督促《とくそく》するが、そちらからも要請ありたし。国境近くの満州内に騒乱を起させれば、その鎮圧を名目に朝鮮軍は出兵できるであろう」

「吉林から撤退して、海外にたいして軍の公正さを示せという指令が参謀本部から発せられる。しかし関東軍は逆に吉林へ兵を集中し、ハルビンに騒乱を起して同市に進撃するべきである」

「南陸相、閣議で孤軍奮闘す。近く関東軍の軍事行動は承認され、費用も出る見込み。後《こう》顧《こ》の憂《うれ》いなく奮戦ありたし」

このほか、大小の情報を橋本は暗号で関東軍に送りつづけた。参謀本部の立場から作戦についての助言もおこなった。

暗号電報があまりにたびかさなるので、郵便局が不審を抱くようになった。電信係のロシア班天野大尉は東京駅、浅草、新橋、品川《しながわ》などいちいち発信局を変えねばならなかった。

関東軍からもつぎつぎに橋本あての暗号電報が入った。送信文、受信文の翻訳に小原大尉、田中弥大尉は忙殺された。正規のルートよりも橋本のもとへ入る情報が多い。橋本のいる第二部欧米課ロシア班には『桜会』のメンバーが大勢つめかけて、事実上の参謀本部の様相を呈した。

「そうですか。参謀本部で実質的にこの事変を取り仕切っておられるのは橋本中佐どのだったのですね。いや、おみごとでした。満州はほぼ日本軍の手中に帰しました」

長は感嘆して首をふった。

羨《うらや》ましくてならなかった。よりによってこの時期に北京勤務とは——。天を呪《のろ》いたくなるほどの身の不運である。

「いや、まだ軍事の第一段階を終えたにすぎない。錦州《きんしゅう》の張学良を叩きつぶし、ハルビンも占領する必要がある。あとは満州を領有するか、独立国家にするか、明確に方針をきめて行動しなければならない」

目をつりあげ、尖った耳を振って橋本は説いた。

隊付の中少尉は目をかがやかせてきいっている。大変革の時代に生れあわせたよろこびが、彼らの表情にあふれていた。

「満州の今後ですが、私は独立国家のかたちをとるべきだと思います。領有するとなると、満州内のさまざまな軍閥が反抗する。おさえるのが一仕事です。米英にも文句をいわれる。それよりは日、満、漢、鮮、蒙の五民族がたがいに共存共栄できる独立国家とするほうが見栄《みば》えがよろしい」

長は胸を張って意見をのべた。

五民族が平等に共存共栄できる理想国家の建設――「五族協和による王道楽土」の建設――は長ら若手将校のなかに以前からあった議論だった。満州事変の首謀者石原莞爾中佐はのちにこれを満州国建国のスローガンとした。彼は最初、中国人には国家運営の能力がないと見なしていたが、事変後満州の漢人、満人らの中に有為《ゆうい》の人材が数多くいるのを知って「五族協和」に考えをあらためたといわれる。

長は最初満州領有論者だったが、北京で中国人の惨《みじ》めな姿を見て、白人の搾取《さくしゅ》を排したアジア人だけの理想国家を夢見るようになった。

「満州を日本軍が占領したので、あの一帯の地方軍閥は動揺している。彼らをそそのかして、国民政府からの独立運動を起させるんだ。そのエネルギーをまっすぐ独立国家の建設にもってゆく。そのほうが合理的だ。新国家の大臣にしてやるとでもいえば、地方の殿さまたちはよろこんで協力するよ」

謀略家の橋本らしい意見だった。

中少尉たちはひたすら傾聴している。度肝をぬかれていた。彼らもふだんは国家改造を論じあっているはずだが、それがこれほどの具体性をもって語られる場にいあわせたのは初めてなのだろう。

「だが、満州を領有するにしろ独立国家にするにしろ、政府の強力な指導なしには実現不可能です。米英の顔色ばかりうかがっている現政府では、とても満州事変は完遂できない。われわれは決起せねばならぬ」

小原大尉が重々しく発言した。

「そうなのだ。だから長少佐にもわざわざ北京からきてもらった。断わっておくが、長少佐は一方的に休暇届を出して内密に帰国した。彼がここに滞在していることは、絶対に口外してはならん」

橋本中佐がギョロ目で一同を見まわして念をおした。

ついで彼は鞄《かばん》から書類をとりだした。

「クーデターの実行計画書だ。ことの性質上複写はできない。いまから読みあげるから、各自関係ある部分をしっかり頭にいれておいてもらいたい。筆記も禁止だ」

部屋はしずまり返った。凄みのある低音で橋本中佐は実行計画書を読みあげた。

一つ　決行日時　十月二十日前後。

実行前日に参加者へ通知する。日中決行か払暁《ふつぎょう》決行かは前日に決定する。

一つ　参加将校　在京者のみで百二十名。

一つ　参加兵力　近衛各歩兵連隊より十中隊。機関銃一中隊。歩兵第一連隊、第三連隊より各一中隊。計千八百名。

一つ　外部よりの参加者、大川周明博士および門下生。西田税《にしだみつぐ》、北一輝《きたいっき》の一派。海軍抜刀隊十名。海軍爆撃機十六、七機。

「つぎに襲撃の目標と、各襲撃隊の指揮官を発表する。第一襲撃隊、指揮官長勇少佐。目標は首相官邸。閣議の席を急襲し、若槻首相以下の閣僚を斬撃する。ただし、陸相と海相は除外する」

橋本の声で、長は会心の笑みをうかべた。

クーデターの成否は第一襲撃隊の攻撃の成否にかかっている。その隊長をつとめるのだ。これにまさる男子の本懐《ほんかい》はない。

「第二襲撃隊は警視庁を襲撃、占領する。隊長は小原大尉。第三襲撃隊は参謀本部を包囲し、外部との連絡を絶つ。革命軍に同意せざる将官、佐官は逮捕し、以後は革命軍が全陸軍にたいする命令を発する。同時に東郷《とうごう》元帥を擁して宮中に参内《さんだい》し、荒木中将に大命を降下させるよう奏上する」

予定される新政府の首脳はつぎのとおり。

首相兼陸相　荒木貞夫中将
内務大臣　橋本欣五郎中佐
外務大臣　建川美次少将
大蔵大臣　大川周明
警視総監　長勇少佐
海軍大臣　小林省三郎少将

自分の名が呼ばれたとき、長の背中をくすぐったい電流が駈けおりた。

努力して長は厳粛な表情を保った。小原大尉、田中大尉らはすでに荒木内閣の閣僚の顔ぶれを知っていたので、平然としていたが、中少尉たちは唖然としていた。まだ四十代の橋本、三十代の長の重用はだれの目にも意外である。

「不肖橋本は当日、田中弥大尉、天野大尉とともに秘密の連絡所にあって、情報の蒐《しゅう》集《しゅう》と各地の襲撃の指揮をとる。参謀本部を占領したあかつきにはただちに同所へ入り、建川少将らとともに全軍を指揮する。満州事件は急速な進展を見せることになるだろう」

説明を終えて橋本は茶を飲みほした。

一同は沈黙してそれぞれの思いにひたった。やっとここまできたかというのが長や小原、田中の実感である。隊付将校たちは早くも武者ぶるいする面持だった。日本陸軍の首脳部は陸大卒業生で占められる。とくに卒業席次が五位以内の者は恩賜《おんし》の軍刀組と呼ばれ、将来の大将昇進が約束されていた。かならずしも有能でなくとも大将になれる。せいぜい大佐止りの士官学校卒業組（隊付将校）にとってはいまいましい仕組みである。

「第一襲撃隊の指揮官として申しあげるが、閣議の場を襲うのには数多くの困難が予想される。護衛警官と交戦中に反革命の部隊が救援に駆けつける可能性もある。また、計画した当日、閣議がおこなわれない場合もあり得る。やはり明け方、手分けして要人たちの寝込みを襲うほうが成功の確率が高いのではないだろうか」

しばらくして長は発言した。

千八百名もの兵士を動員するのである。二十組に分けたとしても、一組九十名が一人の要人を襲撃できる計算になる。寝込みを襲えばまず失敗はないはずだ。

「たしかにそうだな。首相官邸襲撃と要人の各個襲撃は二段構えで計画するほうがよい。まず斬撃する要人の名簿を作成する。それから要人の邸《やしき》の下見をする。出入りの大工とか植木屋に化けてそれぞれの邸へ入りこみ、家の間取りを調べるのだ」

橋本中佐は乗り気になった。

首相官邸とその警護の模様はいまからくわしく調べる。もし警戒が厳重で仕損じるおそれがあるようなら、長の提案した払暁攻撃に切り替えることにしたいという。

「大工や植木屋に化けて要人の邸へ入りこむんですか。そいつはいいや。まるで赤穂《あこう》浪士じゃないですか」

「どこか傷《いた》んだ場所がないか拝見しますといって邸へ入るわけだな。植木屋は庭木の様子を見にきたといえばいい。庭師に化ける手もある。便所の汲《く》みとりも面白い」

「汲みとりはいやだよ。ピアノの調律師はどうだ。上品だろう。もっともらしく分解してポロン、ポロンと弾《ひ》いていればいいんだ」

「そうか。おれは調律師になろう。きさま、汲みとりをやれ」

「いや、汲みとりにはおれは似合わないよ。そうだ、電気工事の職人という手もあるぞ。あれなら屋根裏まで覗けるはずだ」

中尉、少尉たちは大いに勢いづいた。

襲撃目標の要人がきまりしだい、それぞれ担当の隊を編成することになった。要人の邸の探索は担当の隊が責任をもって実施する。総指揮官は長勇である。以後は同志の約百名の将校をつぎつぎに築地の金龍亭へ呼んで、きょうの決定事項を伝達してゆくのである。

「これできょうの打合せは終りだ。ではいまから懇親の席にしよう」

内田絹子がすでに料理をとり寄せてくれていた。

すぐに酒とかんたんな料理が運ばれて宴会になった。酒がまわり、談笑の声が大きくなったころ、芸者が六、七人入ってきた。橋本の愛人である信千代、長と曰《いわ》くのある駒野もまじっている。二人は橋本と長にそれぞれ型どおりの挨拶をしたあと、若い将校たちの酌《しゃく》にまわった。そのあたりは心得たものだった。

遼陽《りょうよう》城東夜は闌《た》けて
有明《ありあけ》月の影凄く

隊付将校たちが手拍子で歌いはじめてから、駒野は長のそばへやってきた。

「こんなに早く会えるなんて思わなかったわ。今夜は帰しませんからね、この浮気者」

長に酌をさせながら駒野は身悶《みもだ》えた。

「そうはいかん。今夜は自宅へ帰る。おふくろがおれを待っているんだ」

長はいいきかせた。さっきまでここへ泊る気でいたのだが、駒野にさそわれたとたん、母に一目会いに帰りたくなった。

先日、妻からの手紙で、母があれからずっと東京に滞在していることを知った。神経痛が出て東京の病院へ通《かよ》っているらしい。田の草とりは腰痛やひざ痛に直結する重労働である。

こんどの帰国は妻にも内緒にしている。帰宅する予定はなかった。だが、今夜だけ帰ろうと気が変った。同じ東京にいながら、母の顔を見ずに芸妓と一夜をすごすのがわるいことであるように思えてくる。

なぜだかよくわからない。口うるさい、おしつけがましい母である。一時間もいっしょにいると、うっとうしくて逃げだしたくなる。

それでも会わずにいられない。魔法にかかっているようなものだ。みだりに外泊するのは良くない。女と浮気なんてもってのほかだ。親を大切にしなければならない。なぜなら勇のことを親は世界中で一番大事に思っているからだ——。子供のころさんざん押しつけられたそんな母親の価値観が心の底にまでしみついてしまって、いまもことあるごとに頭をもたげる。

「そうふくれ面《つら》をするな。家に帰るのは今夜だけだ。あすから当分ここに滞在する」

駒野に長はささやいた。

クーデターのため勤務をすっぽかしてきた身だ。行動の自由はない。

「そうなの。じゃ安心ね。あしたはいつもの旅館に泊ろうよ。ね、約束したわよ」

駒野はたちまち上機嫌になった。ぴたりと寄り添って酌をする。

信千代も橋本にしなだれかかっている。橋本のほうも枕絵《まくらえ》の殿さまのようなだらしのない笑顔でぐいぐいと酒をあおっていた。

芸者たちが三味線を鳴らし、踊りをはじめた。一同はしばらく歌と踊りを鑑賞した。日本はすばらしい。北京などくらべものにならない。しみじみと長は感慨にひたった。

「さあ、わしも一曲舞うぞ。鬼の内務大臣も、ちゃんとイキは心得ておる」

橋本が立って、三味線にあわせて踊りはじめた。

本格的な花柳《はなやぎ》流である。中少尉たちが目を丸くして見入っている。

7

その夜、長は帰宅して母と妻子に会った。クーデターが失敗すれば生命《いのち》を失うかもしれない。それとなく別れを告げておきたかった。

全員、急な帰宅におどろいていた。とくに長男の行連《ゆきつら》がうれしそうだった。

「北京でも毎晩飲んじょるんじゃろう。酔うて喧嘩《けんか》しちゃいけんぞ。そげな無茶がもうゆるされる年齢《とし》ではないんじゃから」

朝、母は例によってわかりきったことをくどくどといいきかせた。

ともに語りあえる話題がなに一つない。別れを告げにきたのが長はばからしくなった。

帰宅したことを後悔した。帰ったことは秘密だぞといい残して家を出た。

内田歯科医院へもどり、クーデターの準備にとりかかった。橋本中佐と連絡をとり、暗殺する要人のリストを作成した。

若槻礼次郎、幣原喜重郎、犬養毅《いぬかいつよし》、斎藤実《さいとうまこと》、岡田啓介《おかだけいすけ》、西園寺公望《さいおんじきんもち》、牧野伸顕《まきののぶあき》――。

宇垣一成も名簿に入った。この三月のクーデター計画で長らに首相に推されながら裏切った罪をゆるすわけにはいかない。

要人ごとに襲撃の分担をきめた。襲撃相手のきまった将校は毎日、十名ずつ金龍亭に呼ばれ、計画の全容を知らされ、激励された。

もちろんあとは宴会になる。連日のように芸妓を呼んで、国家改造や世界情勢を論じあった。さらに放歌高吟《ほうかこうぎん》である。明治維新の志士たちが京都の島原《しまばら》や祇園《ぎおん》で美妓をはべらせ、国政を論じたのと様相が似ていた。

長らもその気でいた。酒と女は男の活力の証《あかし》である。つつましい晩酌のあと女房を抱いて寝るだけの男に、国家改造の大事をはたせるわけがない。酒と女も革命の一部だった。

橋本は信千代と、長は駒野とそれぞれ仲の良いことをかくさなかった。

要人たちの邸の探索は始まっていた。若い隊付将校が植木屋、庭師、大工、掃除夫などに化けて要人たちの邸に潜入し、要人たちの寝所のありかをさぐった。

幣原外相暗殺の担当者は近衛師団の野田又男《のだまたお》中尉だった。野田は植木屋に化けて注文をとり、三日がかりで幣原邸の庭木の手入れをすることになった。

「面白い。おれもつれていけ」

長は勇躍して申し出た。

五人の将校がハッピ姿になって出かけた。長は親方ということになった。幣原の邸宅は湯島天神《ゆしまてんじん》の坂道にあった。敷地三千坪はあるだろう、イギリスふうの豪壮な邸宅である。

長らは庭へ入り、木々に適当にハサミをいれた。ついでというわけで、広い芝生の庭の手入れも請負《うけお》った。芝を刈《か》るのは意外に重労働である。だが、昼間から料亭に引きこもっているのよりは気分が良かった。

「大臣のお邸ともなると、大したものだねえ。あすこが食堂かい。向うがホールと応接間か。大臣の書斎は二階なんだな。なるほど、となりが寝室か」

たちまち女中から訊きだした。

一日で邸の見取図ができた。もう用はないのだが、あやしまれてはならないので、長以外の将校たちはつづけて二日幣原邸の庭の手入れにいそしんだ。

牧野伸顕の邸は湯河原《ゆがわら》にあった。襲撃隊長に任命された海軍の武田《たけだ》中尉が庭師となって三人の仲間とともに牧野邸へ乗りこんだ。愛らしい女中に武田は好意を抱かれ、東京へ映画見物にいくから案内してほしいとたのまれた。応じられないのを武田は大いに残念がっていた。

十日ばかりで探索はほぼ終了した。

長は昼間、内田歯科医院か金龍亭にこもって同志と連絡をとりあった。情報を交換し、決行当日のことを念入りに打合せた。数名の右翼の大物のほか、大本教《おおもときょう》教祖の出口王仁三郎《でぐちおにさぶろう》からも協力の申し入れがあった。出口は橋本の国家改造論に共鳴し、橋本中佐の護衛を買って出た。信者のうちから十名の武道の達人をえらんで派遣し、陰に陽に橋本の身辺を護《まも》ってくれるようになった。

会合と宴会はほぼ連夜おこなわれた。

同志たちは天下国家を痛論し、酔って放歌高吟した。橋本と長は一日も欠かさず彼らとつきあった。酔って肝胆相照《かんたんあいて》らすことで同志の結束は強固になる――。二人ともそう信じきっていた。

橋本は三日に一度は金龍亭に泊った。いつも信千代といっしょだった。

長は内田歯科医院を引払って金龍亭に滞在した。毎晩駒野が置屋へ帰って着替えをし、あらためて長の部屋へ忍んでくる。酔って寝息を立てている長の横へ、薄物一枚でするりとすべりこんできた。

熟睡していても長は起された。揺り起されるわけではなく、男のものがとろけるほど甘い感触に包まれてきて、眠りの底から引っぱりあげられてしまうのだった。

掛布団のなかへ駒野はもぐりこんで、長の男のものを口にふくんでいた。長の体に力がみなぎると、掛布団をはぎとって馬乗りになってくる。

「眠っててもいいのよ。大事なところだけ起きててくれればいいの」

最初はゆっくりと、しだいに激しく駒野は揺れ動いた。

果てるときは大きな声をあげた。だれにきかれても平気、といった様子が水田妙子に似ている。奔放である。そんな女の下にいると、長は深い安堵にかられた。肩肘《かたひじ》張って生きていると、女にはなによりも安らぎと憩《いこ》いを求めたくなるもののようだ。

水田妙子に逢《あ》いたかった。だが、潜伏中の身の上である。いつも人目にさらされている妙子のそばに姿をあらわすわけにはいかなかった。もしも長の行動が問題になり、クーデターの妨《さまた》げになったりしては、それこそ腹を切って詫《わ》びなければならなくなる。

ある晩、長は水田妙子と性のたわむれをしている夢を見ていた。場所はいつかいっしょにすごした熱海の旅館の庭だった。二人は草いきれと土の匂いにひたって抱きあっていた。

近くに人の気配がした。長は目をあけてそちらを見た。ぼんやり女の姿がうかんだ。あわてて長は妙子を突きはなして身づくろいをする。軍服を着た。

「ばか者。いいかげんにしんさい」

母の声がきこえた。

「なんだよ。おれはなにもしていないぞ。わるいことはしていない」

目をとじて昼寝のふりをした。

母はまだこちらを見ている。照れくさいので、長は帽子を顔に載せて表情をかくした。

全身がさむくなった。ふるえがくる。恐怖がおそってきた。長は息を呑んだ。さっき母のいたあたりにソ連の兵士が銃をかまえて立っている。

長が死んでいると思っているらしい。だから射たない。歩哨《ほしょう》のように立っている。

長は決死の覚悟をきめた。殺されるにしても一太刀《たち》あびせてからだ。刀をとった。跳ね起きてソ連兵に飛びかかろうとする。

だめだった。体が金縛《かなしば》りになっている。ソ連兵がこちらへ近づいてきた。殺されるのだ。ついにクーデターは成らなかった。

「どうしたの。うなされて。寒いから変な夢を見てしまったのね」

駒野が長の体を揺さぶっていた。

二人とも全裸である。秋の夜の冷気で長はふるえていたのだ。

「やっぱり疲れている。戦争の夢を見ちまったよ」

照れかくしに長は駒野を抱き寄せた。

しばらくして長は寝間衣をきて手洗いに立った。済ませてから、台所に水を飲みにいった。なんだってあんな妙な夢を見たのだろう。気になって仕方がなかった。座敷の戸があいた。若い将校が三人、よろめきながら、出てきた。

宴会で酔いつぶれて座敷で眠っていたらしい。三人とも歩兵連隊の隊付将校である。

一人は素面《しらふ》に近かったが、二人は泥酔していた。彼らは立ちどまり、酔眼をこらして長をみつめた。

「おお、長少佐どの。今夜も芸者を抱いてお泊りですか。参謀どのの国家改造は酒と女によって成るわけですな。うらやましいなあ、われらやりくり中尉には叶わぬ夢だ」

「こら川口《かわぐち》中尉。そんな口をきいてはならぬぞ。こちらは長警視総監どのだ。橋本内務大臣閣下の一の子分でおられる。二人とも国家改造でご出世なされたのだ」

素面に近い少尉が必死でとめようとした。

が、酒の勢いは怖い。二人の中尉は少尉を振り切っていいたいことをいってしまった。

しかも、おまけをつけた。よろめく足をふみしめて二人の中尉は直立不動の姿勢をとり、

「失礼いたしましたあ。長警視総監どの」

と挙手の礼をしたのである。

目がくらむほどの憤怒に長はかられた。狼狽してもいた。いまのが二人の中尉の本音であり、ほかの隊付将校も大なり小なり似たような心境でいるのがわかったからだ。

「無礼者。なにをほざくか」

長は二人を撲《なぐ》りつけた。

泥酔しているので、ひとたまりもなく中尉たちは吹っ飛んだ。

しまった。クーデターは失敗かもしれぬ。狼狽して長は部屋へもどった。

8

決行の同志を代る代る金龍亭などに招いての打合せ会は、連夜のようにつづいた。

橋本欣五郎中佐と長勇は毎晩金龍亭に泊りこんだ。田中弥大尉、小原重孝大尉ら橋本の側近も、会合に欠席することはなかった。

在京の将校だけで百二十名の将校がいる。地方師団にもほぼ同数の同志がいた。海軍の同志、民間の右翼の同志も金龍亭にあらわれる。順番に全員と顔をあわせなければならない。決行の直前まで、会合は毎晩つづく見込みだった。

打合せが済むと酒宴である。芸者を呼んで、大酒を飲んで気炎をあげる。橋本などは酔うとおおっぴらに信千代を抱き寄せて、たわむれたりする。

「なんだ参謀本部のお偉がたは、国家改造をダシにして毎晩豪遊していやがる」

「成功のあかつきには橋欣は内務大臣、長は警視総監だというじゃないか。あいつら、おれたちをけしかけて、結局自分たちの栄達しか頭にないんだぞ」

幹部にそんな目を向ける同志が出てきた。

陸大出ではない、隊付将校が多かった。先夜酔って長にからんだ中尉たちと同じ思いを抱いていた。その中尉たちを長が撲ったことも知れわたっている。

豪遊にたいする妬《ねた》みが、隊付将校らの正義感をかり立てていた。橋本も長も福岡の出身である。男どうし遠慮なく酒を酌《く》みかわして結束を固める黒田《くろだ》武士の気風《きふう》が万人に受けいれられるものと信じていたのだ。

それが裏目に出た。長に撲られた中尉たちがまっさきにクーデター不参加を申し出てきた。彼らは右翼国粋主義の指導者北一輝、西田税につらなる皇道派の将校たちだった。

会合に出てくる同志の数も日に日に減りはじめた。二人、三人、五人と日を追って不参加の通知が多くなる。純真な中尉、少尉が橋本や長の流連荒亡《りゅうれんこうぼう》ぶりに度肝をぬかれ、さまざまな疑問にかられて離脱してゆくのだった。

いまさら引っこみがつかない。橋本も長も相変らず豪快に酒宴を張った。

ある夜、橋本は意気さかんに報告した。

「小林少将に爆弾の調達をお願いしておいたんだが、うまくいかねえんだ。霞ヶ浦《かすみがうら》には擬似弾しか在庫がないんだとよ。決行の日が近いから、こっちも弱っていた。ところがうれしいじゃねえか。若い将校を二十名ばかり手伝いに出すから、爆弾代りに使ってくれといってきた。まだまだやる気のある者は大勢いるのだ」

霞ヶ浦航空隊司令の小林省三郎少将は、桜会の有力な後援者だった。爆弾の調達を一度引受けたクーデター成功のあかつきには海軍大臣に就任の予定である。

「ではその二十名の海軍将校には、牧野伸顕をやってもらいましょう。湯河原の牧野邸を偵察したのは海軍の武田中尉です。ちょうどいいではありませんか」

よろこんで長は進言した。

牧野は明治の元勲大久保利通《おおくぼとしみち》の次男で、最初は外交官だった。第一次大戦後のパリ講和会議では事実上の首席全権をつとめ、人種差別撤廃を強硬に主張して世界の注目をあつめた。

のちに宮内大臣、いまは内大臣となって天皇の政治上の相談役である。外交官出身だけに親英米派だった。この男を生かしておくと、天皇に入れ知恵して、満州から撤兵せよなどという命令を出させかねない。

「その二十名に旅費その他を支給しなくてはならぬ。武田中尉にこれをわたしてくれ」

橋本は財布から無造作に二千円とりだして、同席の田中弥大尉に手わたした。

平成の水準でいえば五、六百万円に相当する金である。同席の芸妓たちがため息をついた。橋本の愛人である信千代が、とろりとした顔で橋本ににじり寄る。

満州進出を狙っている右翼系の実業家から潤沢《じゅんたく》な資金が出ている。芸妓には橋本が金の生《な》る木のように見えるらしい。

だが、張り切っているのは橋本以下、ほんの数名にすぎなくなった。

十月十二日夜の会合には皇道派の隊付将校が十数名出席するはずだった。ところが夕刻、全員欠席の連絡が金龍亭に入った。

長は激怒して代表の中尉に電話をいれた。

「決行にそなえた最後の打合せではないか。万障《ばんしょう》くりあわせて出てこい」

怒鳴りつけて電話を切ろうとした。

待ってください。中尉はあわてて制止し、いいにくそうに申し出た。

「じつはわれわれ西田先生の門下にある者は全員、こんどの計画に参加するのを見合せることになりました。長少佐どのや橋本中佐どのは、目ざすところがわれわれとはちがうという結論に達したのであります。そのようにご認識ください」

「なんだと。目的がちがう。どうちがうのだ。怖気《おじけ》づいたな、きさま」

反問したが、長は狼狽していた。

西田門下の将校は天皇親政、反共、反財閥の農本主義を唱える皇道派に属している。東京在勤だけで五十名はいるはずだった。彼らが脱落するとなると、計画達成は難しい。

「われわれは清潔な国家を目ざしております。腐敗堕落した政治家や財閥を排除し、一般大衆が希望をもって暮せるような国家を建設したいのであります」

「当然のことだ。おれや橋本中佐どのも大衆の生活向上を願っている。だからこそ万難を排して満州を囲いこまねばならぬのだ」

「長少佐どのたちはちがいます。腐敗堕落した政治家や実業家と同じことをしておられる。毎晩芸者をあげて豪遊しておられるではありませんか。あのようなことでは国家の腐敗があらたまるはずはありません」

電話だから話しやすかったのだろう。

それにしても豪傑で鳴る長勇を相手によくもここまでいえたものだ。むしろ長はさわやかな感じをうけた。クーデターが成功したら登用してやりたい人材である。

「腐敗などしてはおらん。われわれは酒席を共にすることで同志の結束を固めるつもりだったのだ。だが、いまとなって弁解しても始まるまい。わかったぞ、もうきさまらの手は借りぬ。われわれのみで革命を断行する。成功のあかつきにはあらためてきさまらの手伝いをたのむかもしれん。そのときはよろしくたのむぞ」

長は受話器をおいた。われながら大人物の応答であった。

やはり不安は当っていた。若い隊付将校たちの心は橋本や長から離れていた。

だが、それで気落ちしないのが長勇の長勇たるところだった。見ていろ、意地でも維新を断行する。腰ぬけの手は借りずにやってのけてやる。どんな困難があろうと完遂する。革命がやすやすと成就《じょうじゅ》するはずがないのは、最初からわかっていたことだ。

周囲に反対されればされるほど、意地っ張りになる性分だった。大勢に反撥することにゾクゾクする快感があった。みんなの反対を押し切って我《が》を通すのがなによりも愉快だった。その快感を味わうため、ことさら長は他人との対立を求めるようなところがある。負けることはめったにない。

子供のころから餓鬼《がき》大将だった。弱い者いじめをすると母に叱《しか》られたが、同じ年の子供や年上の子との喧嘩に勝つと、母のナミはとてもうれしそうな顔になった。

「乱暴しちゃいけんよ。だれも勇とあそんでくれんようになるけん」

口ではたしなめながら、表情はよろこびでかがやいていた。ナミも博多《はかた》の女である。強い男にあこがれていたらしい。勇の父親は温厚篤実《とくじつ》な人物だった。争いを好まず、無法者の無理難題を通してしまうことがあった。ナミにはそれが物足りなかったようだ。

しばしば勇は母の見ているまえで喧嘩するようになった。やめなさい、とナミはいうが、けっして止めようとしなかった。相手をやっつけておいて勇は、どうだ勝ったぞ、と得意になって母を見る。

乱暴しちゃいけん。満足そうに母は小言《こごと》をいって去ってゆく。そのうしろ姿を見て勇は幸福だった。喧嘩の相手をいつもさがすようになった。母の目のとどくところで相手をやっつける。相手が恐れて戦うまえに詫びをいれると、それはそれで勝利のよろこびが大きかった。

不愉快な電話のあと、長は金龍亭の自室へ酒を運ばせて飲みはじめた。午後七時ごろ橋本がやってくる予定である。皇道派の脱落を踏まえて計画を練りなおす必要がある。

橋本欣五郎中佐は七時すこしまえにあらわれた。田中弥大尉がいっしょだった。さっそく三人は奥座敷で夕食をとった。

長は皇道派将校の脱退を告げた。

「そうか。容易ならんことになったな。桜会の将校も何人かが怖気づいて、決行は見合せようといってきている」

橋本は苦虫《にがむし》を嚙みつぶした顔になった。

参謀本部支那班長の根本博中佐、その下の影佐禎昭《かげささだあき》少佐、ロシア班の藤塚止戈夫《ふじつかしかお》少佐などが橋本に翻意を求めたという。

「冗談じゃない。ここまできて中止だなんて、物笑いですよ。一人になってもやる。いや、脱落者は捨てても、首相や元老を襲撃する程度の兵力ならととのえられます」

「そうですよ。すでに骰《さい》は投じられた。前進あるのみです。だれが脱落しようと、もう知ったことではない」

長と田中弥大尉がこもごも断じた。

女中を呼んでいないので、田中が飯《めし》をよそっている。飯櫃《びつ》がたちまち空《から》になった。腹が立つと食がすすむ。

「もちろんわしは断行する。兵力が減少しても、気にする必要はない。クーデターに成功すれば、全員がわれわれの支援にまわる。われわれには国家改造の大義があるのだ」

橋本も応じた。だが、表情にはかすかに弱気がちらついている。

「もう逡巡《しゅんじゅん》している余裕はない。一日も早く決行すべきです。中佐どの、日取りを発表してください。確定しているんでしょう」

「そうです。明示してください。日取りが確定しないと計画的な行動ができない」

長と田中は詰め寄った。

革命は日程を遅らせては絶対に成功しない。日程を早めて不意打ちに決行せねばならないとレーニンの著作にある。また一カ月ばかりまえに会った北一輝からも、決行期日は絶対に秘密にするよう橋本は忠告されていた。

それらにしたがって橋本は長や田中弥にも期日を知らせていないのだ。以前から長はそれを不満に思っていた。

「そうだな。きさまらには知らせるべきだろう。十月二十四日が適当と思っている」

橋本はこともなげに告げた。その様子にかえって事柄の重大さがあらわれている。

「二十四日。遅すぎます。まだ十二日もある。さらに脱落者が出るかもしれません」

「いや長少佐、じつは二十一日と考えていたんだ。ところがその日は小原大尉の教育した砲工学校の学生たちが群馬《ぐんま》の火薬工場へ見学にいくことになった。二百名ばかりだが、有能な者が多い。なんとかして革命に参加させてやりたいと思ってな」

「だったら二十一日まえに決行しましょう。十八日でどうです。東京の部隊がぜんぶ在営している。同志の田中信男《たなかのぶお》少佐は、十八日ならありがたいといっていました。彼はその日宮城《きゅうじょう》の衛兵司令の当番なんです」

「そうか。では十八日にするか」

橋本中佐の顔が紅潮し、目が吊《つ》りあがってギラギラかがやきはじめた。

鬼の形相だった。同志の結束がくずれて動揺していたのが、やっと決心がついたらしい。田中信男少佐は近衛歩兵連隊の大隊長である。十八日には宮城衛兵の司令をつとめる。クーデター実行部隊は首相、閣僚らを斬殺したあと、東郷元帥と閑院宮《かんいんのみや》を使者に立てて宮城へ入り、荒木貞夫中将に組閣の大命をくだされるよう天皇に奏上する計画だった。田中少佐が衛兵司令なら、問題なく使者を皇居に入れてくれるだろう。その意味でも十八日早朝決行が有利である。

「こうなると、クーデター成功後の政策をはっきりさせておかなくてはならんな。池田《いけだ》に催促《さいそく》しておこう」

橋本はいって立ちあがった。長と田中もいっしょに帳場へ向った。

池田純久《すみひさ》少佐は参謀本部から派遣されて東京帝大経済学部に学んでいる。桜会会員ではないが、橋本や同志の田中清《たなかきよし》大尉とは親しい仲だった。橋本はこの池田に荒木内閣の政策立案を依頼しておいたのだ。

帳場から女将や亭主を追いだして、橋本は電話のハンドルをまわした。東大経済学部の研究室にまだ池田少佐は居残っていた。

「いよいよ決行日がきまった。あと十日以内にやる。ついては例の政策立案はすすんでいるのか。なんだって。まだ着手してない」

橋本の声が高くなった。

田中弥大尉が橋本の腕をつかんで制止する。だれか第三者の耳に入るとまずい。

「なにをいうか。現政府を転覆させないかぎり、満州はわが国のものにはならぬ。強力な軍事政権が必要なのだ」

「絶対におれはやる。成功させてみせる。政策立案をぜひたのむ。こっちは多忙すぎて、そこまで手が回らんのだ」

強引に押しつけて橋本は電話を切った。

満州事変は成功しつつある。クーデターはもう必要なかろうと池田はいったらしい。目を吊りあげたまま橋本は座敷へ帰った。

鬼のようなその形相が、障子《しょうじ》をあけたとたん、まのびした笑顔に一変した。馴染みの芸者信千代が部屋へきていたのだ。

9

その後も脱落者はあいついだ。

佐官で残った者はわずか数名になった。とくに憲兵科の将校が全員脱退したのは大きな痛手だった。

十四日の昼、橋本は参謀本部第二部長の建川美次少将に呼ばれて叱責され、計画の中止を命じられた。

　二時間近く話しあったすえ、橋本はいちおう中止に同意した。最大の後援者である建川に正面から逆《さか》らうわけにいかなかったのだ。だが、本心から中止を決意したわけではなかった。

　建川が計画を知ったのは、東大派遣学生の池田少佐が参謀本部作戦課長今村均《いまむらひとし》大佐を世田谷豪徳寺《せたがやごうとくじ》の私邸に訪問して橋本から依頼された事柄を報告したからだった。

　陸軍省調査班田中清大尉がいっしょだった。田中清は桜会のメンバーだが、橋本や長とは一線を引く間柄で、こんどの計画にも批判的だった。

　池田はもともと桜会会員ではない。派遣学生はヒマだろうと勝手に推察されて、橋本にクーデター成功後の政策立案を押しつけられてしまったのだ。決行近しと督促されて、困って田中清に相談にいった。二人で今村大佐の指示をあおごうということになった。

　今村大佐は最近陸軍省から参謀本部へ異動したばかりである。田中清は陸軍省時代の部下だった。参本内の事情をよく知らなかった今村は計画を知って仰天し、上司の建川少将に説得を依頼したわけである。

　その夜、参謀本部支那班長の根本博中佐が金龍亭へやってきた。橋本が折れたと建川からきいて、賛意をあらわしにきたのだ。

「満州事変はもう成功まちがいない。政府も所要の経費支出をみとめた。もういまからクーデターを起す必要はない。よかったよ。無用の混乱を起さずに済んだ」

上機嫌で根本は盃を手にもった。

橋本はだまりこんでいた。長と田中弥が同席している。内心は中止に賛成でも、はっきり口に出すのは難しかっただろう。

「無用の混乱ですと。なにをいうのですか根本中佐どの。クーデターは必要です」

顔を紅潮させて田中弥がさけんだ。

「そのとおり。満州事変は成功だとおっしゃるが、その保証はない。せっかく満州を占領しても、英米は第二の三国干渉をやってくるでしょう。そうなったら、いまの政府にはとうてい撥《は》ねつける度胸はない」

長も拳骨《げんこつ》で食膳を叩いた。

派手な音を立てて茶碗や皿が飛び散った。

今世紀の初め、日清《にっしん》戦争の講和条約で、わが国は遼東半島の領有を清国にみとめさせた。ところが露、仏、独の三国はこの条約を非難し、半島を清国に返還せよと強要してきた。

口惜し涙にくれながら日本は返還に応じた。三国と対決する軍事力がなかったからそうせざるを得なくなったのだ。その後ロシアは清国に圧力をかけ、日本からとりあげた遼東半島の旅順、大連の租借に成功した。

以後、日本国民は臥薪嘗胆《がしんしょうたん》を合言葉に国力の充実にはげんだ。そして十年後、日露戦争に勝って旅順、大連を奪還したのだ。

英米とくにアメリカは、日露戦争当時から満州進出の機会をうかがってきた。だから、日本の満州支配には断固反対の姿勢をとっている。長のいうとおり英米による三国干渉の再現は、あり得ないことではなかった。

「だからといって非合法の手段による政権奪取がゆるされるものではない。諸外国の信用を失ってしまう。へたをすると英米ソ三国を敵にまわすことになるかもしれんぞ」

「いいではありませんか。わが陸海軍は日清戦争当時とは比較にならぬほど強化されておる。反してソ連はまだ建国中。アメリカは孤立主義に引きこもっている。イギリスは本国から遠く離れている。恐るるに足りません。虎穴《こけつ》に入らずんば虎児《こじ》を得ずです」

根本と長の論戦がつづいた。

橋本はだまってきいている。ついにしびれを切らせて根本はさけんだ。

「橋本中佐、この連中をなんとかおさえられぬのか。無駄な血を流すことになるのだぞ。クーデターに成功すれば良し、鎮圧されたらかえって現政府を強化する結果になる」

しばらく橋本は考えこんでいた。

やがて、顔をあげて答えた。

「いまとなっては退《ひ》くわけにいかん。失敗成功は二の次だ。だらしのない高官どもを斬ってすてれば、もう軍の行動に難くせをつけるやつはおらんようになるじゃろう」

「そうよ。義のためにやらにゃいけん。われわれはやりますぞ。千万人といえどもわれ行かん、だ」

昂奮して長はさけんだ。

あきれはてた面持で根本は首を振った。

好きにするがいい。いい捨てて彼は去っていった。

クーデター計画は完全に発覚したものと見なければならなくなった。中止すると建川少将に橋本は告げたが、あれは嘘だと根本が注進するにちがいない。

やけくその勇気を橋本中佐はふるい起した。十五日の夜杉山陸軍次官を訪問し、近く決起するから同意してほしいとせまったのだ。杉山次官はおどろいて反対し、翻意するよう説得した。橋本はきかずに退出した。

翌十六日、橋本は教育総監部を訪問し、本部長の荒木貞夫中将に面会した。ここでも計画を打ち明け、協力を求めた。

荒木もおどろいて、八の字ひげをふるわせて反対した。クーデター成功後の首班に自分が推されていると知って、いっそうおどろいた様子だった。だが、以後は橋本を見る目がやさしくなったのは人情というものだ。

「非合法はいかん。国を思う貴公らの気持はわかるが、早まってはならぬ」

荒木はくり返した。

「将官はだれ一人頼りにならん。ともかく決行しよう。事を起せば情勢も変る」

金龍亭にいる長へ橋本は電話をよこした。

夕刻から彼は、武器の分配場所の設定のため何軒かの料理屋を巡回し、最後はそちらへゆくということだった。

決行二日まえである。料理屋で同志に武器をわたすあたり、いかにも橋本流である。

金龍亭には夜、田中弥大尉と小原重孝大尉がやってきた。長は二人と酒を飲みながら、詳細にクーデターの打合せをした。四谷《よつや》の料理屋でも、いま数名の同志が会合をひらいている。

午後八時半ごろ、玄関まえに車が停まり、女たちが出迎える声がきこえた。橋本中佐がきたのかと思っていると、襖《ふすま》をあけて参本ドイツ班長の馬奈木敬信少佐があらわれた。

「みんな、荒木閣下をご案内してきたぞ」

おどろいて長らは背すじをのばした。

八の字ひげの荒木中将が入ってきた。立とうとする長らを制止して上座にすわった。

「夕方から省部の部局長会議がひらかれてのう。南陸相、杉山次官、二宮次長ら十四名で話しあった。議題は貴公らの処分をどうするかということだった」

盃を干して荒木は話しはじめた。

今村均大佐がクーデターの内容と発覚のいきさつを説明した。首謀者は憲兵隊へ拘束するべしと彼は主張した。

ほとんどの出席者が今村に賛成した。荒木中将だけが反対だった。橋本中佐らを説得して計画を放棄させれば良い。愛国心あふれる青年たちの名誉を拘束などで傷つけるべきではないと主張した。

クーデター計画に荒木は内心賛成なのだ。首相に色気があるのか否かわからないが、擬《ぎ》せられてわるい気がするはずはない。

荒木のがんばりで部局長会議は収拾がつかなくなった。ついに今村均大佐が提案した。荒木中将に過激将校らを説得してもらおう、説得をいれて将校らがクーデターを中止すれば罪は不問にする、いうことをきかなければ拘留、処罰、というのである。これには荒木も反対できなかった。橋本や長の盟友である馬奈木少佐に案内されて金龍亭へやってきたのだ。

「非合法はいかん。貴公らの愛国心は多とするが、早まってはならん」

荒木はきのう橋本中佐にいったのとおなじことをくり返した。

「しかし閣下、この行き詰りを打破する方法がほかにありますか。現政府が健在では、満州は日本のものになりませんぞ」

長が嚙みついた。

論争になった。だが、『若い将校の愛国心』に荒木が好意的なので、さほど切迫した議論にはならなかった。やがて歓談になった。

荒木は中尉、少尉らと気さくに話す人柄なので、隊付将校らに人気がある。陸大在学中日露戦争に出征したさいの経験談には、長もきき惚れるほどの味わいがあった。

「荒木閣下、こうなったら腹を割ってお話しします。われわれは十八日決行の予定でした。とりあえず四日延期します。その間に同志の意見を再調整して、さらに長期の延期にもっていけると思います」

やがて、決心して長は発言した。

指揮官橋本欣五郎中佐が留守なので、計画中止とは答えられない。だが、四日の延期については橋本も了承するはずだ。とりあえずその条件でお引取りください。

そうつけ加えると、荒木は愁眉《しゅうび》をひらいた面持になった。

「そうか。四日の猶予があるか。その間、各直属の上官に貴公らを説得させるぞ。くれぐれも軽挙妄動《けいきょもうどう》はつつしめ」

荒木中将は満足して、馬奈木少佐を残して帰っていった。

もちろん四日間の延期は嘘である。決行は予定どおり十八日だった。長ら三人は酒を飲みながら橋本を待った。だが、なかなかあらわれない。中佐どのがきたら起してくれ。女中にたのんで長と田中は一眠りし、馬奈木は帰っていった。

午前三時に橋本は帰ってきた。長と田中は起きて、荒木中将がきたことを報告した。

「四日のあいだに直属上官から説得させるだと。気楽なことをいってやがる」

橋本は笑いだした。

もちろん予定どおり十八日決行である。武器配付《はいふ》の打合せを三人は始めた。

女中が眠そうに電話を取次ぎにきた。大木《おおき》憲兵少佐からだという。時間からいってただごとではなさそうだ。三人はそろって帳場の電話のそばへいった。

田中弥大尉が受話器をとった。

「なんだと。下士官が逮捕にくる」

短い電話のあと田中はさけんだ。

南陸相から外山《とやま》憲兵司令官に命令がくだった。橋本欣五郎中佐以下、逮捕予定者は十二名だという。荒木中将が部局長会議の席へもどり、四日間の延期の件をのべたが、クーデターを断念しないかぎり即刻拘留すべしという意見が大勢を占《し》めたのだろう。

まずいことになった。長は全身から酔いのさめるのを感じた。拘留などされたらおふくろが歎《なげ》くだろう。親きょうだいや郷里の親戚の者たちにも示《しめ》しがつかない！　まっさきに意識にのぼったのは、そんな思いだった。

「大木少佐。将校を逮捕するのに下士官をよこすのか。無礼ではないか」

田中から受話器を奪って橋本がさけんだ。

やはり動揺しているのだ。どうでも良いことに文句をつけている。

大木少佐は同志である。逮捕の打合せ会議からそっと抜け出して電話してくれたのだ。無礼を責められる理由はなかった。

「仕様がねえ。世の中えてしてこのようなものだ。泰山鳴動《たいざんめいどう》して鼠《ねずみ》も出やしねえ」

受話器をおいて橋本はつぶやいた。

「ちくしょう。せっかく捨て石になろうとしたのに、それもさせないのか」

長は歯ぎしりした。

追いつめられてクーデターを強行しても、成功の見込みは十に一つもないはずである。鎮圧にきた部隊と交戦して射殺される運命だったにちがいない。

それでも良い、と長は思っていた。要人の一人でも二人でもぶった斬ってみせれば日本の指導者層も目がさめるはずだ。真の愛国者である中堅将校の目ざす方向へ国を動かさなければ、自分たちもどうなるかわからないとさとるだろう。その効果さえあれば、射殺されても悔《く》いはないと思っていた。おふくろは悲しむだろうが、仕方のないことだった。

「ここはおとなしく、縛《ばく》について裁《さば》きを受けてやろう。まさか銃殺にはなるまい。まだ事を起していないのだから」

「軍の高官も半分は共犯でしたからな。どんな裁きをするか、ちょっとした見ものだ」

座敷に帰って三人は飲みはじめた。

午前四時近くなった。酒と疲労で三人とも眠気におそわれた。

金龍亭のまえに自動車が停まった。曹長以下七、八名の憲兵が玄関にあらわれ、橋本、長、田中弥に同行を求めた。三人はすでに寝間衣に着替えていて、玄関へ突っ立った。長は女中を内田歯科医院にいかせて、自分の袴《はかま》をとってきてもらった。

「われわれは国家改造のため疲れておる。一眠りして、夜が明けてから同道する。きさまらはそれまで待て」

橋本中佐が吼《ほ》えた。

「待てぬというのか。それなら腕ずくで連行しろ」

長は手にした短刀を抜いてみせた。

名だたる暴れ者の将校が相手である。憲兵たちはしたがう以外になかった。

午前六時、夜が明けたといって憲兵曹長が起しにきた。橋本、長、田中弥の三人は起きて身支度をした。長は憲兵隊の雑用係に名刺をもたせて内田歯科医院へ行かせ、タオル、歯ブラシ、石鹼を三人前とどけてくれといってやった。内田絹子は気丈にもみずから持参してくれた。

外へ出ると、数十台の自動車が付近に並んでいた。警視庁と新聞社の車である。巡査と記者たちが遠巻きにしてこちらを見ている。近づいて質問することを、記者たちはゆるされていなかった。写真も禁止である。三人は肩を揺すり、巡査や記者を睨《ね》めまわして憲兵隊の自動車に乗った。傲然《ごうぜん》と座席にふんぞり返る。軍の威信にかかわるこんな事件は、報道禁止になるにきまっていた。母親や郷里の人たちに伝わるのを心配した自分は馬鹿だったと、ひそかに長は笑った。

三人は東京憲兵隊長の官舎につれていかれた。処分がきまるまで軟禁するという。二階座敷で朝食をふるまわれた。

ほかの九名の同志将校も東京市内のいくつかの憲兵分隊長官舎に軟禁された。逮捕者全員、なすこともなく一日をすごした。

翌日、長は馬奈木少佐とともに市川《いちかわ》の市柳《いちやなぎ》旅館へ送りだされた。橋本は千葉《ちば》県稲毛《いなげ》の旅館、田中弥は静岡《しずおか》県畑毛《はたけ》の旅館へそれぞれ一名の同志とともに送られた。すべて数名の憲兵が付添った。新聞記者の目を避《さ》けて各地に分散、待機させるという説明だった。

市川の旅館へ長と馬奈木は着いた。下にもおかぬもてなしだった。憲兵隊にも多くの同志がいて、数日まえまではクーデターに参加する予定でいたのだ。粗略にあつかうなと旅館に命じてあったらしい。

夜は当然酒と豪華な料理が出た。長と馬奈木は丹前《たんぜん》に着替えて、座敷で女中の酌で飲みはじめた。

「やっぱり芸者がおらぬと物足りないな。わしは馴染みの女を呼ぶぞ」

長は帳場へいって、駒野のいる置屋《おきや》へ電話をかけた。

市川まで駒野は電車で駈けつけてくることになった。

長は水田妙子に会いたかった。妙子はいま明治座に出演している。開演後は連絡がとれない。電話をくれと伝言しようかと思った。

だが、軟禁中の旅館へ有名女優を呼び寄せるわけにはいかない。長のほうから東京のまんなかへ出向くこともできないのだから、逢う機会はなさそうだった。

馬奈木少佐も長に見習って馴染みの芸者を呼びつけた。一時間ばかり、二人は世界情勢を論じながら酒を酌みかわした。

駒野がさきに到着した。満足して長は玄関へ迎えに出た。監視の憲兵たちの目のまえで、華《はな》やかな座敷着姿の駒野を抱きかかえるようにして座敷へ案内した。

「休暇をもらったのさ。お国のためによう働いたいうてな」

旅館にいる理由を長はそう説明した。

二人で飲んでいると、馬奈木の馴染みの芸者もやってきた。三十分ばかり懇親したあと、二組の男女はそれぞれの部屋に別れた。すでに布団が敷いてある。

「心配したのよオ。長さんも橋本さんも憲兵につれていかれたっていうんだもの」

布団にすわった長のひざのうえに、駒野はくずれ落ちてきた。

口を吸われて、たちまち息を荒くした。長は駒野の乳房を揉み、着物をぬがせようとする。その手を駒野はおさえた。長のひざのうえに顔を寄せて丹前を左右に分ける。

「さきに私にさせて」

駒野は正座して、横合から長の下腹部に顔を伏せた。島田《しまだ》がせっせと上下に動きだした。

「おまえたちのおかげでクーデターは失敗したんだぞ。隊付将校らが焼餅《やきもち》をやいて」

つぶやいて長は駒野の襟足《えりあし》に口づけする。

快楽が色濃くなってきた。維新断行の失敗が、もうさほど残念ではなかった。

二週間にわたって軟禁はつづいた。

その間、陸軍の首脳部は逮捕された十二名の処遇について何度も討議したらしい。荒木貞夫中将が強力に彼らを弁護した。軍の威信のため事を荒立てるな、という彼の主張を陸相ら高官も憲兵司令官もはね返すことができなかった。首脳部自体、もともと革命には無縁ではなかったからだ。

十二月十一日、満州事変の処理に手をやいて若槻内閣が総辞職した。どさくさにまぎれて十二名の過激派将校の処分がいいわたされた。

全員が参謀本部へ呼びだされ、総長執務室へ集合した。金谷総長が一人ずつ処分を読みあげ、命令書を手わたした。

橋本欣五郎中佐重謹慎《じゅうきんしん》二十五日、長勇少佐、田中弥大尉同じく十日、ほかの九名は譴責《けんせき》だった。信じられないほど軽い処分である。

「長勇少佐、重謹慎十日を命じる」

参謀総長に呼ばれたとき、長は六方《ろっぽう》を踏む歌舞伎《かぶき》役者のように大きく両手を振り、ひざを高くあげてドシン、ドシンとすすみ出た。バカにしきった態度である。

「ありがたくお受けつかまつる」

命令書をおしいただいて列にもどった。

下剋上《げこくじょう》の時代の始まりだった。

辞職した第二次若槻礼次郎内閣の若槻首相、幣原喜重郎外相、井上準之助《いのうえじゅんのすけ》蔵相らは満州事変の拡大をふせごうと懸命の努力をした。

南次郎陸相の積極論をおさえて、閣議で不拡大方針を打ちだした。天皇も不拡大に賛成の意向だった。

参謀本部は関東軍にこれを伝え、三個師団増援の要求を握りつぶした。また関東軍の満州北部への進出を禁止した。

さらに参謀本部は関東軍の応援のため満州との国境を越えようとした朝鮮軍の行動を差し止めた。関東軍と朝鮮軍のあいだには事前に越境進撃の密約があった。満州における中国軍の兵力は約二十万名である。対する関東軍は二万弱だった。朝鮮軍が満州の南部、中部に入ってくれないと、関東軍としては安心して北部へ進撃するわけにいかないのだ。

だが、国外への出兵は閣議での予算の承認と天皇の命令が必要だと定められている。当時、朝鮮半島は日本の領土だったから、朝鮮軍が満州へ出てゆくためには、それらの手つづきを踏まねばならなかった。

密約にもとづいて国境へ向ったものの、停止命令が出て、林銑十郎朝鮮軍司令官は一時進撃をためらった。天皇の命令によらず行動を起す——統帥権《とうすいけん》の干犯《かんぱん》は、軍人にとって最大の罪とされていたからだ。

しかし、結局、林軍司令官は強硬派の部下や参謀本部の橋本欣五郎中佐らの突きあげをおさえきれなかった。軍をひきいて独断で国境を越え、満州南部の奉天へたっした。おかげで関東軍は北上を開始し、たちまちのうちに満州のほぼ全土を制圧したのである。

すべての政府決定を無視されて、若槻首相はすっかり無気力になった。緊急時の出兵という朝鮮軍の主張を容《い》れて、進撃の予算を計上せざるを得なくなった。報告をきいた天皇はきわめて不機嫌になり、不拡大の努力をつづけよと若槻に念をおした。

事情説明にきた金谷参謀総長を天皇は叱責した。金谷は恐縮して引きさがったが、これをきいた橋本欣五郎中佐や長勇少佐は、

「側近がよけいなことを陛下のお耳にいれるからいかん。君側《くんそく》の奸《かん》は除くべきだ」

とますますクーデター決行の一念に燃えたものだった。

政府決定や天皇の意向をあざ笑うように、関東軍は十月八日、奉天の西南三百キロの錦州を爆撃した。満州の軍閥、張学良はここを拠点に反攻の準備をしていたのだ。

錦州は中国北部に近い。しかもイギリス資本の鉄道の沿線にある。ここを攻撃することは、日本軍の野心が満州だけでなく中国侵略にあるのを表明するのと同じだった。事変後、政府の発表した「鉄道爆破事件が解決すればすぐ撤兵する」という声明を反故《ほご》にすることでもあった。中国の求めに応じて招集された国際連盟の緊急理事会は、日本のいいぶんをしりぞけて期限つき撤兵案を十三対一で可決した。日本は国際世論を敵にまわしたのである。

「連盟なんか脱退したっていいじゃないか。世界を相手に戦争をする肚《はら》さえあれば、なにも遠慮することはない」

閣議で南陸相はそううそぶいた。若槻首相も幣原外相も疲れはててしまった。

加えて若槻内閣は井上蔵相の金解禁政策が行き詰って苦境に立たされていた。円の切下げをせずに金本位制をとったため、為替相場が上昇、輸出が不振におちいった。国内経済はデフレとなり、緊縮財政がそれに拍車をかけた。あわせて昭和四年（一九二九年）十月のニューヨーク株式市場に始まる世界恐慌の影響がかさなり、倒産が続出、都市の失業者は三百万人にたっしている。金の輸出禁止を見越したドル買いが殺到して日銀の正貨準備は解禁まえの半分に落ちこみ、金本位制の維持は難しくなった。銀行のドル買いにより市中の資金が不足、不景気が進行するとして、左翼の行動隊が主要銀行や財閥首脳の邸宅に何度もデモをかける。

若槻は十月革命の構想を軍の幹部から漏れきいて、軍に逆らうと生命《いのち》が危ないという恐怖感にかられてもいた。杉山元《はじめ》次官、小磯国昭《こいそくにあき》軍務局長、二宮参謀次長、建川第一部長（昭和六年八月より）らにとってそれこそが狙いだった。橋本や長がなにもじっさいに暴発してくれなくとも、政治家や財界人への脅《おど》しの材料になってくれれば充分なのだ。その意をうけて軍事課支那班長の鈴木貞一中佐が、政府首脳へこっそりと革命のことを洩らしたのである。

若槻首相はもう辞職するより道がなかった。後継には犬養毅政友会総裁が指名され、陸軍大臣には青年将校に人気があり、橋本や長に首班に擬せられた荒木貞夫中将が就任した。

十月革命が失敗したので、桜会は解散せざるを得なかった。会員の多くは永田鉄山大佐を中心とする統制派に吸収された。軍部を一糸乱れぬ体制に統一し、産業界と協力して挙国一致《きよこくいっち》、きたるべき中国との戦いにそなえようとするグループである。荒木貞夫、真崎甚三郎《じんざぶろう》、柳川平助《やながわへいすけ》らの皇道派とは対立する派閥だった。皇道派は天皇親政、農本主義、対ソ強硬主義をとなえ、おもに隊付将校たちから支持されている。

橋本欣五郎、重藤千秋、根本博、小原重孝、田中弥それに長勇の志すところは、統制派とほぼ同じである。革命により性急に国家改造をとげようとした点だけがちがっていた。統制派は豪傑肌どうしで、仲間意識も強固だった。統制派と一線を画して、並はずれたエネルギーを発散する機会を待つことにする。清軍《せいぐん》派と彼らは呼ばれるようになった。

荒木新陸相は露骨な派閥人事をおこなった。杉山中将、二宮中将、建川少将、川島《かわしま》中将、今村均大佐、橋本虎之助《はしもととらのすけ》中将ら中央の要職にあった者のほとんどが地方の師団長や司令官、参謀長などに追いだされた。永田鉄山大佐と小磯国昭中将（昭和六年八月より）がそれぞれ参本第二部長、陸軍次官として残っただけだった。

清軍派も全員が地方に追われた。橋本欣五郎中佐は姫路の野砲連隊付、重藤大佐は朝鮮の第七十六連隊長、小原大尉は満州里特務機関長に、田中弥大尉はやや間《ま》をおいて翌年四月、ポーランド、ソ連駐在を命じられた。根本中佐だけが中央に残ったが、これは十月革命がとうてい成功できまいと見て上層部に計画を打ちあけたからのようだ。

長勇はもともと北京駐在である。重謹慎の十日を済ませて北京へ帰任した。満州占領によって中国北部の情報蒐集はいっそう必要性を増した。やがて日本軍は中国に進攻するだろう。いよいよ軍人の時代がくる。以前にも増して胸を張って長は暮すようになった。

昇り竜

1

昭和十二年（一九三七年）八月十四日の朝、荻窪《おぎくぼ》にある長《ちょう》勇《いさむ》の家へ陸軍省人事課長から電話が入った。

妻と二人の子供たちとともに朝食をとっているところだった。飯《めし》を呑《の》みこんで、ゆっくり立って長は受話器をとった。

「長中佐。貴官はこのたび編成される上海派遣軍の参謀第二課長に任じられました。発令はあすになります。健康その他、任官に支障はありませんか」

事務的な口調で人事課長が告げた。

派遣軍司令官は松井《まつい》石根《いわね》大将。司令部の顔合せをおこなうので、午前十時までに参謀本部へ出仕されたいという。

「承知した。出陣は望むところ。なに一つ支障などはありません」

長は答えて受話器をおいた。

妻と子供たちのいる食膳へもどった。

「お父さんも出征するぞ。場所は上海だ」

明るく告げて箸《はし》と茶碗を手にとった。

「上海。そうか、陸軍も出兵するのか。海軍だけでは心配だと配属将校がいってたよ」

「上海かあ。お父さんは中佐だから連隊長になるんだろう。連隊はこれより総攻撃を開始する。全軍、突撃に前へ、と軍刀をぬいて号令をかけるんだ。すごいなあ」

長男の行連《ゆきつら》と次男の弘連《ひろつら》がいいかわした。

行連は中学四年生。陸軍士官学校を目ざして勉学にはげんでいる。弘連はまだ小学生で、将来は海軍兵学校にすすむ気でいた。

「いや、お父さんは連隊長じゃない。参謀に任命された。軍司令官のそばにいて作戦を立てるのが仕事なんだ。頭が良くなくてはつとまらないんだぞ」

笑って長は弘連にいいきかせる。

この息子たちのためにも、かえりみて恥ずかしからぬ武勲をあげなければならない。

「こんどは中国ですか。親子四人いっしょに暮せなくとも、お父さんが内地におられれば安心なんだけど。戦争はいつまでつづくんでしょうか」

妻の春江《はるえ》は気落ちした表情だった。

長勇は北京駐在のあと漢口《かんこう》駐在武官となり、さらに台湾《たいわん》歩兵第一連隊の大隊長をつとめた。昭和九年一月に帰国、参謀本部付のあと京都《きょうと》第十六師団留守参謀となり、一年後東京へもどって中佐に進級、参謀本部支那課に勤務、現在は陸軍大学校教官を兼ねている。京都へは家族づれで赴任したので、春江も子供たちもここ三年はさびしい思いをしていなかった。

「長びきはせんよ。政府も参謀本部も戦争を拡大しない方針のようだからな。中国北部はすぐしずかになるし、上海も一カ月でおさまる。中国軍なんて問題じゃない」

長は食事を終えてお茶を飲みほした。

平静を装っているが、内心は昂《たかぶ》っている。実戦にのぞむのは今回が初めてなのだ。北京駐在のころ、かつての中村震太郎《なかむらしんたろう》大尉のように中国人に変装して中国北部の地勢などを見てまわり、張学良《ちょうがくりょう》軍の訊問をうけて肝《きも》を冷やしたことはあるが、砲弾、弾丸が飛びかう戦場へ出陣した経験はなかった。

「大川村へ電報で知らせておきます。向うへお寄りになる時間はありますか」

「わからん。きょう出仕すれば日程が知れるじゃろう。とりあえず出征がきまったとだけ知らせてやってくれ」

長は立って出勤の支度《したく》をした。

じつのところ時間があろうとなかろうと故郷の福岡県大川村には顔を出すつもりである。父母の顔の見おさめになるかもしれないのだ。

ラジオのニュースが華北《かほく》の戦況を伝えている。日本軍の進撃は順調のようだ。

家を出て長は電車で参謀本部へ向った。暑い日である。乗客の男は開襟《かいきん》シャツ、女も半袖《そで》シャツが多い。夏用とはいえカーキ色の軍服に長靴《ちょうか》をはいた将校の姿は、いかにも暑苦しく映《うつ》るはずだった。それでも人々は傲然《ごうぜん》と窓辺《まどべ》に立って風をうける中佐の姿に敬意のこもった目を向けた。ご苦労さまです。挨拶《あいさつ》して電車をおりる者もいる。軍服で外出するのが肩身のせまかった大正末期、昭和初頭とは大変なちがいである。満州事変のころから国民は軍人を尊敬するように変った。こんどの事変の勃発以来さらにそれが顕著となった。

七月七日、北京郊外の蘆溝橋《ろこうきょう》で日中戦争が始まった。いまの段階で日本政府はこの交戦状態を北支《ほくし》事変と呼んでいる。

明治三十三年（一九〇〇年）の北清事変以来、英、米、仏、露、独、伊、日本など先進十一カ国は北京に自国の公使館防衛のため軍隊を駐留させるようになった。各国はしだいに兵を増加させた。日本もそれにならって現在は北支那駐屯軍五千六百名を駐留させている。

この北支那駐屯軍の一中隊が蘆溝橋付近で演習中、付近にいた中国軍に発砲されて戦闘になった。中国側は日本軍がさきに射《う》ってきたと主張している。両者を戦わせようとする中国共産党軍の発砲だとする説がのちに有力となったが、むろん当時は不明である。

満州国の建国以来、中国国民の反日感情、排日運動は盛りあがりの頂点にたっしていた。日本の軍部が華北の地方軍閥を援助して中国からの独立運動を起させたりしていたから、なおさらである。昨年中国は内戦状態にあった蔣介石《しょうかいせき》の国民政府と中国共産党が手を結び、共同の敵日本と戦う決意を表明して国民の強い支持を得たところである。この情勢を見て参謀本部はことし一月、いままでの対中国強圧政策をあらため、対等の関係で共存共栄をはかる方針を打ちだしたが、すでに手遅れだった。

　蘆溝橋で戦闘が起ったあと、参謀本部の意見はまっ二つに分れた。一つは参謀本部第一部長石原莞爾《いしはらかんじ》少将を中心とする不拡大派である。石原少将は満州国建設の立役者であり、日本の最大の敵はソ連と見なしていた。満州国を充実させ、同地の防備を増強するのが急務である。いま中国と戦争を始め、長期戦に引きずりこまれたら、ソ連の進攻にそなえるすべがなくなる。こんどの戦闘はあくまで局地紛争にとどめよというわけだ。

　もう一つは参謀本部作戦課長の武藤章《むとうあきら》中佐に代表される積極派だった。彼らはソ連の参戦は当分あり得ないと観察していた。中国軍は数は多くとも弱体である。強硬姿勢をとって見せればすぐ腰砕けになるだろう。たとえ全面戦争になっても二、三カ月でかたがつく。対ソ戦備はそれからでも遅くないと武藤らは主張していた。やすやすと目的を達成した満州事変の経験と中国の現状にたいする認識不足が彼らの強気を支えていた。

　開戦直後、近衛《このえ》内閣は事件の不拡大、局地解決を決定した。参謀本部はただちに北支駐屯軍へそのむねを指令する。現地の歩兵第一連隊はこれをきいて、蘆溝橋付近の敵を撃退したあと兵営にもどった。

　駐屯軍の幹部はただちに中国側と停戦交渉に入った。日本側はかなりの譲歩をして、七月十一日夜、停戦協定が調印された。

ところがその日の午後、近衛内閣は関東軍、朝鮮軍による北支那駐屯軍の増強と内地からの三個師団、一飛行中隊の派遣を発表した。威力の誇示を目的とする決定だった。これが中国側の主戦派を激怒させた。おまけに十一日の深夜、陸軍省の強硬派が中国向けのラジオ放送で、中国は信用できない、停戦協定は反古《ほご》になるだろうと見解をのべた。中国軍の戦意はこれで燃えあがった。蔣介石はじめ国民政府は慎重な対処を目ざしていたが、中国の軍部、世論は強硬であり、中共軍がそれを煽《あお》り立てた。およそ四十万の中国軍が北京を目ざして北上を開始し、北京市内では邦人が迫害される事件があいついだ。

日本側でも強硬派の勢いが強くなった。圧倒的な中国軍の兵力にたいして、支那駐屯軍はあまりに少数である。関東軍、朝鮮軍と合流させても劣勢は否《いな》めない。駐屯軍の安全と居留民の保護のため増援が必要だとの意見が強くなった。石原少将および同調者の戦争指導課長河辺虎四郎《かわべとらしろう》大佐は孤立していった。

停戦協定成立後も蘆溝橋事件の処理をめぐる日中両軍の交渉はつづいていた。だが、双方ともすでに引くに引けないところへきていた。七月十七日、蔣介石総統は「最後の関頭《かんとう》演説」により徹底抗戦を国民へ呼びかけ、日本軍もそれを受けて武力行使を決断した。参謀本部と陸軍省は内地三個師団と在朝鮮第二十師団の動員をあらためて正式に下令した。

二十七日に第二十師団と支那駐屯歩兵第二連隊は中国軍と戦闘を開始し、それぞれ当面する敵を撃退した。翌日から戦闘は激化した。北京周辺各地で日本軍は中国軍を撃破し、二十九日には北京一帯を制圧した。天津でも歩兵五個小隊の守備隊が五千名の中国兵の攻撃を撃退し、塘沽《タンクー》、大沽《タークー》でも勝利をおさめた。

通州《つうしゅう》では親日派のはずの保安隊三千名が反乱を起し、百十名の日本守備隊に攻撃を加えてきた。守備隊は奮戦して兵営を死守したが、在留邦人三百八十五名を守る余力がなかった。邦人のうち二百二十三名が虐殺された。まもなく反乱軍は救援部隊に一掃されたが、この事件は日本国民の憤激を呼び、全面戦争待望の声が全国に湧《わ》きあがるようになった。

北京、天津地区を制圧した日本軍は北の察哈爾《チャハル》へ進軍、各地で万里の長城を突破した。内地からの増援師団はまだ到着していない。石原少将は増援師団を戦闘に投入すれば底なしの全面戦争になるとして、むしろ全日本軍の中国からの撤退を提唱した。中国におけるすべての権益を放棄する代りに満州国を承認させ、日本、満州国、中国の共存共栄をはかるべきだとの考えだったのである。

だが、参謀本部の強硬派は戦線の拡大を主張した。蔣介石に敗北感を味わわせて屈服させる、そのほうが戦争終結の早道だというわけである。中国北部に日本主導の行政院を設置する、排日運動を根絶する、中国軍を撤退させ親日の保安隊を治安維持にあたらせる、などの条件を南京政府が呑まないかぎり彼らは戦争をつづける気でいた。停戦交渉は成立せず、南京政府中央軍の大部隊は北上をつづけ、日本軍と対峙して各地で陣地の構築にとりかかっていた。

かつて満州事変のさなか、上海では日中両軍が交戦した。こんどの北支事変も当然上海へ波及するものと見られていた。国民政府は中央軍を非武装地帯に送りこみ、陣地を築きつつあった。これら中央軍は親日の「保安隊」を詐称《さしょう》していた。八月九日、彼らは日本の海軍陸戦隊将校を射殺するなど公然と挑戦してきた。

上海は揚子江《ようすこう》の支流黄浦江《こうほこう》に沿って各国公使館の建ち並ぶ国際都市である。フランスが独自の租界《そかい》をもち、日本と米英仏伊などの列国は共同租界を維持してきた。うち日本人街のある東部地域が事実上の日本租界で、五千名弱の海軍陸戦隊が警備にあたっている。

蘆溝橋の戦闘が始まって以来、上海はきわめて不穏な情勢となった。揚子江流域に住む日本人約三万名は七月末、上海から船で帰国していった。日本人街ではさらに約三万人の人々が不安な暮しをつづけていた。

八月十三日、中国軍は上海の海軍陸戦隊を攻撃してきた。十四日から戦闘は本格化した。中国軍の兵力は約五万名である。いそぎ救援せねばならない。上海派遣軍が編成され、長勇は情報担当の第二課長に任じられたのだ。

参謀本部に長は出仕した。十時から会議室で上海派遣軍司令部の顔合せがおこなわれた。軍司令官松井石根大将は、やせて日焼けした古武士然とした将軍である。参謀長は飯《い》沼守《ぬまもる》少将、副長はまだきまっていなかった。参謀は作戦、情報、後方の三課に分れ、それぞれ四名で編成されていた。

飯沼参謀長がまず派兵についての説明をおこなった。上海派遣部隊は第三師団（名古屋）および第十一師団（善通寺《ぜんつうじ》）を基幹とし、軍を編成する。動員第一日は明日。各連隊はそれぞれ最寄りの港から十九日より二十一日に出航して上海付近の馬鞍《マアン》群島に向かう。司令部はとりあえず十九日夜、熱田《あつた》港において巡洋艦那智《なち》に乗艦するということだった。

「十九日夜、熱田か。それなら大川村へ寄る時間は充分ある」

安心して長はうなずいた。やっておきたい仕事が一つあるのだ。

石原莞爾第一部長が会議に出席していた。彼は立って作戦命令を告げた。上海派遣軍は海軍と協力して上海付近の敵を掃滅し、在留邦人を保護すべしというのである。

「全面戦争へ引きずりこまれる愚はなんとしても避けねばならぬ。作戦の目的は居留邦人の保護。行動範囲は上海地区に限定する。あくまでこの方針を遵守《じゅんしゅ》してもらいたい」

松井軍司令官はあきらかに不満な顔で石原部長の話をきいていた。

いうだけいって石原部長は部屋を去った。松井大将とはさんざん議論をした。蒸し返してもつまらぬと思ったのだろう。

松井はすぐに口をひらいた。

「政府は不拡大を放棄したはずだ。作戦も積極策をとるべきである。上海の騒乱は一時的に鎮圧しても、南京政府が健全であるかぎりまた同じことがくり返されるだけだ。中国北部に兵力を用いるよりも大部隊をもって南京を陥《おと》し、蔣を下野《げや》に追いこめば、中国問題はすべて解決する。ソ連対策はそれから立てても遅くはないのだ」

長もほかの参謀たちも、おどろいて松井を見まもった。

出陣以前から中央と軍司令官の意見が食いちがって、良い戦《いくさ》ができるわけがない。

「軍司令官のお考えは、いま申されたとおり南京攻略である。だが、参本の方針を無視してまで突っ走るお気持はない。第一、南京攻略は二個師団ではとても無理だ。われわれは作戦命令どおり上海から敵を駆逐し、在留邦人の安全を確保することにする」

飯沼参謀長が補足説明をしたので、座の空気はいくぶんやわらいだ。

上海周辺の中国軍は十四、五個師団に増強されたらしい。はたして彼らを駆逐できるか否かさえわからない。南京攻略どころではないというのが参謀長の本音《ほんね》のようだった。

作戦会議をひらくことになった。参謀長は一同に厖大《ぼうだい》な資料を配布した。

「よく案を練《ね》っておいてくれ。わしは杉山《すぎやま》陸相に会って、南京進攻の線で陸軍をまとめてくれとたのんでおく」

松井軍司令官は部屋を出ていった。

「長参謀はどう考えるかね。石原主義でいくのと松井主義でいくのとどっちを採《と》る」

飯沼参謀長が訊《き》いた。この男なら当然南京進攻をいうだろうと思っているらしい。

「長は不拡大が適当と考えます。上海を制圧して兵力を一日も早く満州へまわすべきです。中国は怖くないが、ソ連は怖い」

人の意表をつきたいくせが出た。本心は南京へ突撃したいのである。

「ほう、意外だな、消極策か。それなら貴公、気持よく働いてくれるな」

「長参謀どの、自分は大軍を出して一気に南京を陥すのが良策と思います。おおせのとおり中国は怖くありません。さっさとかたをつけて後顧《こうこ》の憂《うれ》いなくソ連と対決するべきです」

若い参謀が緊張して発言した。長に怒鳴《どな》られるのを怖がっている。

「しかし、南京を攻略しても蔣が音をあげるとはかぎらんぞ。漢口に首都を移して抵抗するかもしれん。漢口を陥せばこんどは西安《せいあん》、西安を失えば重慶《じゅうけい》、さらに成都《せいと》もある。中国は広いぞ。太平洋で一頭の鯨《くじら》を追いまわすようなものだ。捕《と》えるのに十年はかかる」

「それは思いすごしではありませんか。南京を失えば、蔣の権威は失墜します。民衆は彼についていかなくなります」

「そうかもしれん。だが、そうでない可能性もある。作戦は悪いほうへころんだ場合を念頭において立てにゃいけん。わしは蔣がそうたやすく落ちぶれるとは思えんのだ」

「作戦は消極にすぎると、大魚を逃がすことが多いのではないでしょうか」

「バカ者。本音をいえばわしも南京を攻め陥したいワ。しかし、中央の方針が不拡大なら仕方なかろう。なにしろ兵が足らんのだ。二個師団しかくれんのじゃから、泣く泣く不拡大じゃと自分にいいきかせよるのに」

「なんだそうか。貴公も本音は松井主義か。安心したよ。長勇が分別くさくなったら、こんなに気味のわるいものはない」

飯沼参謀長がいって、一同は笑った。

参謀はとかく秀才官僚となりがちである。粗暴で使いにくいが、長ならなにか変った発想をするかもしれない。そう考えて飯沼は長を引抜いたらしかった。

一同は会議に入った。夕刻までそれはつづいた。夜、赤坂の料亭で司令部の懇親会をやって解散した。しずかな宴会だった。

あくる日の夜、長勇は寝台車で東京を発《た》った。まる一日近くかかって博多に着き、福岡連隊に出してもらった自動車で大川村の生家へ向った。村へ入ると、盆地を見わたす円《まる》い山影が夕闇のなかに浮かんでいた。江辻《えつじ》山である。帰ってきた、という感慨を山影を見て長は噛みしめていた。

自動車が生家の門前に着くと、家を継《つ》いだ次弟と甥《おい》が迎えに出てきた。玄関に肉親や親戚があつまってこちらを見ている。

「志賀《しが》さんはきておられるか」

まっさきに長は次弟に訊いた。

志賀というのは江辻山の持主である。純朴な老人が長を待っていた。父母への挨拶をあとまわしにして長は志賀と二人きりで客間へ入った。江辻山の頂上の土地五百坪を千円で買う約束になっている。長は現金を手わたし、権利書と領収書を受けとった。江辻山は子供のころからよくあそんだ、長の気に入りの山である。戦死したら頂上に墓を立ててもらうつもりだった。

「でかい墓を立ててくれや。でかい手柄を立ててみせるけんな」

父やきょうだいたちの待っている座敷へ入るなり長は大声でいった。

「縁起でもなか。出征まえに」

「勇兄さんは参謀じゃろう。後方におるんじゃけ、めったに弾《たま》も飛んで来まいに」

きょうだいたちがいいかわした。

「いや、上に立つ者ほどいざというときの覚悟はきめておかにゃいけん。勇は立派じゃ。良か軍人になってくれた」

母のナミがうなずいて賞《ほ》めてくれる。

相変らず面白味《おもしろみ》のない婆さんだ。苦笑して長は父母のまえにあぐらをかいた。

とりあえず父母に酒を注《つ》いだ。気のせいか父の顔に精気がない。やせてもいる。どこか工合《ぐあい》が悪いのかと訊いてみると、

「べつにどこも悪うはないが、もう年齢《とし》じゃけん。田圃《たんぼ》は疲れる」

と父は照れ笑いをした。

「江辻山に墓地を買うたからいうて、お父さん、なにもいそぐことはなかですよ。勇がこれから大手柄を立てるんじゃから、しっかり見てからお墓に入りましょう」

母は相変らずいいにくいことを平気で口に出した。

「そうじゃ。大将はどうか知らんが、生きていればわしは中将になる。死ぬなら武勲をとどろかせて死ぬ。いずれにしろ父上母上にはあと十年生きてもらわにゃ困る」

もう一杯ずつ父母に酒を注いで、長は自分の席にもどった。

あとは宴会になった。きょうだいや叔父らを相手に、したたかに飲んだ。夜汽車の疲れが残っていて、早目に寝床に入った。

夜中に長は小用に起きた。そのあと水が飲みたくて、庭へ出て井戸へ向った。

ざあっと水の落ちる音がきこえた。井戸ばたに人影がうずくまっている。となりの八幡《はちまん》神社に向ってなにかを念じながら、人影は水を汲《く》んで頭からかぶった。水の音とともに低い祈りの声がきこえる。白衣一枚になって母が祈っているのだ。

「なにとぞなにとぞ——お願い申します」

ことばがよくききとれなかった。

「どうした母上、なにを願っているのだ」

声をかけて長は近づいた。

冬ならともかく夏に水垢離《みずごり》をして効《き》き目があるわけがない。笑いをこらえていた。

「なんだ勇、起きてたのか」

バツの悪そうに母は立った。やせた体に濡れた白衣が貼《は》りついている。

「出征じゃいうけん。おとといから八幡さまにおまえの武運長久《ぶうんちょうきゅう》をお祈りしてたんよ。ところがおまえは墓地を買うた。なにもいわんでおくと、武運長久はもう要《い》らんのじゃろうと八幡さまが考えなさる思うてな」

夜中に目がさめると、そのことが気になって眠れなくなってしまった。墓地を買っても勇の無事を願う心に変りはないと神さまに説明したのだという。

「つまらん心配をするな。願《がん》をかけても死ぬもんは死ぬ。軍人じゃけんな。母上はとうに覚悟ができとる思うたが」

長はいって冷たい井戸水を飲んだ。

「いや、できちゃおらん。子供に先立たれるほど辛《つら》いことは母親にはなかよ。戦死しちゃいけん。手柄だけ立てんさい」

母屋《おもや》のほうへ母は歩きだした。

「なにをいうか。それこそ横紙《よこがみ》やぶりじゃ。わしの母親として恥ずかしうないわ」

長は天をあおいで哄笑《こうしょう》した。ガラにもなく目じりから涙がこぼれた。

八月二十二日の未明、松井軍司令官以下の上海派遣軍首脳の乗った巡洋艦那智は、上海の東南百二十キロの海上にある馬鞍群島の泊地へ到着した。群島の中心の島は文字どおり馬の鞍《くら》に似たかたちをしている。

三隻の巡洋艦と十数隻の水雷艇が同行した。四隻の巡洋艦には第三師団の先遣隊の将兵三千五百名が分乗している。二十日朝九時に熱田港を出航、二日たらずの旅だった。

第十一師団の第一梯《てい》団約四千名を乗せた巡洋艦主体の艦隊も未明のうちに到着した。二十日午後多度津《たどつ》を出航したということだ。

海軍航空部隊と緊密に連絡をとるため、上海派遣軍の司令部は揚子江の河口に碇泊中の空母龍驤《りゅうじょう》へ移ることになった。同艦は空母鳳翔《ほうしょう》とともに十三日、馬鞍泊地に来航したが、台風で動きがとれず、十六日以降ようやく中国軍の要塞や陣地の爆撃にあたっていた。

司令部の一行は夜明けに大発（大型発動機艇）で龍驤へ移った。艦橋《かんきょう》の後方の会議室を司令部にあてることになった。

ただちに海軍側と協議に入った。上海の陸戦隊は中国軍の大軍を相手に苦戦中である。一刻も早く上陸作戦を実施して、中国軍を多方面から攻撃しなければならない。

第十一師団は揚子江沿岸、上海の北東約二十キロの川沙鎮《せんさちん》へ上陸する予定だった。上海を攻撃する中国軍の背後をつく戦闘になる。堅固な要塞がない一帯なので、さほど苦戦せず上陸できる見込みだった。

問題は第三師団の上陸する呉淞鎮《ウースン》だった。そこは西北から南東へ流れる広大な揚子江と、枝分れして南へ下る黄浦江の交叉点の北角にある。この黄浦江を一時間ばかり南下すると、上海の中心部の船着場にいたる。

中国軍は呉淞に巨大な砲台を築いて黄浦江と揚子江の双方を睨《にら》んでいた。しかも黄浦江の西岸に沿って何十もの防禦《ぼうぎょ》陣地を設《もう》けている。数多くのトーチカがあるらしい。五年まえの第一次上海事変でも日本軍は呉淞砲台になやまされたが、いまは当時と比較にならぬほど堅固な要塞になっているようだ。

「兵力も七、八個師団が配備されているようです。上陸予定地点には高さ十メートルのコンクリートの岸壁があります。あれを乗り越えて地表に出ると、身をかくすものは何一つありません。トーチカ群の一斉射撃を食うと、かなりの損害が出るでしょう」

先遣の作戦参謀が帰ってきて報告した。

地図で見ると、たしかに困難な上陸作戦になりそうである。だが、上海救援のため、呉淞はどうしても突破しなければならない。明二十三日未明、第三師団先遣隊、第十一師団の第一梯団はそれぞれの地点で敵前上陸を敢行することになった。橋頭堡《きょうとうほ》を確保し、二十三日午後から二十四日にかけて到着する両師団主力の上陸を容易にするのが任務である。

「苦戦覚悟でやってもらわなくてはならん。深夜を期して上陸部隊は呉淞の沖合まで進出すること。上海の海軍援護部隊も黄浦江を下って呉淞付近に進出し、上陸開始まで待機してもらいたい」

松井軍令官の指示を海軍側は了承した。

上海の海軍陸戦隊からは、激戦の模様がしばしば通信されてくる。日本人街はまだ死守されているようだ。

龍驤および鳳翔の甲板《かんぱん》からはつぎつぎに戦闘機、爆撃機が飛び立って敵陣を空襲しにゆく。碇地に集合した約十隻の巡洋艦の甲板には上陸部隊の将兵がまだ略装のままひしめきあって、海風で涼をとったり、航空隊に声援を送ったりしている。双眼鏡で見ると、兵士たちの顔は明るく、生気にあふれていた。どんなに苛酷《かこく》な局面が自分たちを待っているか、彼らは考えもしていない。

あすのいまごろ、このうち何名が生きているのだろう。双眼鏡を目から離して長はつぶやいた。感慨はなかった。一人一人の安否《あんぴ》に思いをはせては気がくじけるだけである。それでは勝てない。作戦の遂行《すいこう》以外、なにも考えないことにする。子供のころから喧嘩《けんか》のときはそうしてきた。勝つことだけを考えて戦う。戦う機械になる。そうすれば勝てる。敗北を思っても、なにも良いことはない。

その日の深夜、先遣隊の将兵を乗せた艦隊は呉淞に向けて出発していった。将兵は完全武装して甲板に整列しているのだろう。時刻がくれば何百隻もの大発に乗りかえて、岸壁めざして突進するのだ。上陸用の資材などは上海からの援護部隊が供給してくれる。あすにそなえて長らは一眠りした。睡眠薬代りにやはり酒が必要だった。

午前二時半ごろ、砲声がきこえた。上陸部隊がおびただしい大発に分乗して陸地へ攻め寄せ、援護のため巡洋艦、駆逐艦が砲撃を開始したのである。上海からの援護艦船も奮戦中であるにちがいない。長ら派遣軍の首脳部は龍驤の艦橋に集合して、砲声のするほうを注視して上陸部隊からの通信を待った。

空母龍驤は揚子江の河口へ進出していた。呉淞まで七、八十キロの位置である。ときおり上陸地点の空が砲火で明るくなった。敵の曳光弾《えいこうだん》のあかりもあるようだ。砲声は激しく、いつまでもつづく。中国軍の大砲の音もまじっているのかもしれない。

「艦砲が岸壁を破壊してくれるといいんだが。垂直の岸壁をよじのぼるのは大変だよ」

「岸壁さえ越えれば壕《ごう》が掘れる。中国兵は岸壁の上からわが軍を射つ度胸はない。やれるよ。きっと上陸できる」

手に汗を握って待機するうち、午前三時すぎ、第三師団先遣隊から一報が入った。呉淞鎮南一キロ半の地点に上陸に成功した。しかし中国軍の火力が予想以上にすさまじく、死傷者が続出。将兵は地に伏せたまま身動きもできない状態だという。

「全滅だけはさせるな。艦砲と飛行機にがんばってもらうしかない。後続の主力部隊はいまどのあたりまできているのだ」

司令部は督励《とくれい》と連絡に忙殺された。

午前五時すぎ、第十一師団先遣隊から連絡が入った。揚子江上流の川沙鎮上陸に成功。敵と交戦しつつ戦線を拡大中だという。長ら司令部は一安心《ひと》した。昨夜からなにも食べずにいたが、やっと握り飯に手を出す余裕ができた。

第三師団主力も午後呉淞に到着し、ただちに先遣隊のあとを追って上陸した。すさまじい砲火にばたばたと将兵が薙《な》ぎ倒されてゆく様子である。それでも徐々に戦線を拡大し、上海方面へ五百メートル、内陸部へ千五百メートルにわたる地域を確保していた。だが、それ以上は進撃できない。中国軍がたびたび逆襲してくるので、現在の戦線を保つのが精一杯ということだった。

あくる日、第十一師団の第二梯団が川沙鎮に上陸、第一梯団とともに三方面に別れて進撃を開始した。だが、敵の火力は圧倒的に優勢で、進撃は思うにまかせないようだ。

第三師団は約半数の将兵がいま内地で動員中だった。三十一日には呉淞砲台攻略戦に参加できるはずである。艦砲射撃や空襲により敵もかなりの被害をうけている。増援部隊がくればなんとかなる。呉淞付近に上陸した部隊には、それまで石にかじりついてでも奮戦してもらわねばならなかった。

損害はきわめて大きい。三個連隊の約半数が死傷した。それでも陣地は死守している。増援をお願いする。呉淞上陸部隊からは悲痛な通信があいついだ。

「どうにもならんのだ。後続部隊が着くのを待つしかない。情《なさけ》ないが、ほかに道はない」

松井軍司令官が涙を流した。

「参本第二部はいったい何をしておったのだ。これほど堅固な陣地が構築されたなど全然きいていなかったぞ」

自分の出身部門だけに、情報担当の第二部が長は呪《のろ》わしかった。

石原第一部長の不拡大方針に第二部は激しく反対した。無知ゆえの強気だったのだ。

呉淞砲台砲撃に向う軽巡神通《じんつう》に移乗して長は前線を視察することにした。同艦には第三師団が司令部をおいていた。

早朝、神通を旗艦とする十数隻の艦隊は呉淞沖へ着いた。長は艦橋へのぼって双眼鏡を目にあてた。砲台がななめ右手にあり、一・五キロ南の上陸地点は正面に位置している。

長は息を呑んだ。岩壁の向うは一面に死体の山だった。完全軍装の日本兵が折りかさなって倒れている。岸に沿っておよそ三百メートル、奥ゆき五、六十メートルの範囲は土を完全に死体が覆《おお》っている。数百、いや一千は優に越えているだろう。巡洋艦の甲板で楽しそうに海風に吹かれていた男たちが、いまは汚れた臘《ろう》人形となって身動きもしない。屍臭が押しよせてくるような気がする。もう腐乱してふくれあがり、眼球の流れ出ている死体もあるだろう。全身にウジが湧いた死体もあるはずだった。海上からの遠景であることがせめてもの救いである。

なかったよ」

「縄梯子《なわばしご》で岩壁をよじのぼった直後に集中射撃を喰《く》った。大部分の者が、なにがなんだかわからんうちに死んだはずだ。中国軍の火力があれほどすさまじいとは、だれも考えていなかったよ」

そばにいる第三師団長の藤田進《ふじたすすむ》中将が、沈痛な面持《おももち》で話しかけてきた。

生き残りの兵士たちは、占領地域を保持するだけで手いっぱいである。砲台も攻撃できず、上海へ進撃もできない。死体の処理にあたる「戦場掃除隊」も任命したが、上陸部隊とともにほぼ全滅したということである。

「日露戦争の二百三高地《にひゃくさんこうち》以上ですな、これは。うしろが岸壁だから後退もできない。しかし、そんな背水の陣だからこそ曲りなりにも呉淞にとりつくことができたわけです」

長はいって大きくうなずいてみせた。

参謀たるもの、この程度の惨事で動揺してはいられない。作戦は軍単位、師団単位で考えなければならないのだ。

「そのとおりだ。彼らの犠牲のおかげで血路がひらけた。後続部隊が着いたら、かならずあの砲台を奪ってみせるぞ。そして上海を救援する。彼らももって瞑《めい》してくれるだろう」

「やらなくてはなりませんな。艦砲射撃はまだですか。海軍はなにをしておるのか」

「午前八時砲撃開始だ。毎日のことだよ。だから漁船も八時までは操業する」

海とも河ともつかぬ広大な泥水の流れに点々と漁船が浮かんでいた。

戦争が他人事であるかのようだ。危険防止のため彼らは英、米、仏などの国旗を船に掲《かか》げて釣ったり網を打ったりしている。もちろん中国人ばかりである。近くを通る漁船の男が笑顔でこちらへ手を振っている。

長はとつぜん憤怒にかられた。機関銃で漁船を射ちまくりたかった。肉眼では一筋の黒い線としか見えない呉淞の岸壁。その向うにはおびただしい日本兵が折りかさなって死んでいるのだ。彼らにくらべて漁民はあまりにあっけらかんとしていた。日中両軍の兵士が死闘をくり返しているのに、この涼しい顔はなんということだ。度しがたい愚民である。こんなやつらがのうのうと生きて、まだ若い兵士たちが死ぬのはおかしい。こいつらこそ射殺されるべきではないのか。

さすがに実行にはいたらない。近くの椅子《いす》を蹴とばして気をしずめた。

「後続部隊が着いたらどう砲台を攻めるか、いっしょに研究しましょう」

無理に長は藤田師団長を艦橋からつれだして、司令部室へ引っぱっていった。

八月末、第三師団の後続部隊がようやく馬鞍泊地に到着した。藤田師団長は新戦力の歩兵第六十八連隊を海軍の協力のもと呉淞の町と砲台の中間地点に上陸させ、まず町のほうを占領した。松井軍司令官の指示で、第十一師団も作戦に参加した。九月二日、ついに上陸軍は呉淞砲台を占領し、六日には揚子江沿岸の宝山台《ほうざんだい》も手中にした。揚子江、黄浦江、上海の通行はほぼ自由になった。

後続部隊の歩兵第十八連隊から抽出《ちゅうしゅつ》された飯田《いいだ》大隊は黄浦江をさかのぼり、上海飛行場北方の敵と戦闘に入った。九月三日から攻撃を開始し、大隊長が戦死する悪戦苦闘のすえ敵を駆逐した。おかげで陸軍航空隊は八日から飛行場を利用できるようになった。

青島へ上陸する予定で急遽《きゅうきょ》上海へ回航した第十一師団の天谷《あまや》支隊（旅団）は九月三日呉淞へ上陸、内陸部で中国軍に包囲された親師団の救援に向った。敵の抵抗は頑強で、支隊は大損害を受け、わずか二十キロの道を踏破するのに十日もかかった。それでも親師団と合流して危機を脱することができた。

中国軍は大兵力であり、装備も近代化されていた。なによりもこれまでとちがって国民政府軍、中共軍、地方軍閥が抗日統一戦線を結成し、戦意がきわめて旺盛《おうせい》だった。しかも上海周辺の地形は道路がせまく、水濠（クリーク）が縦横《じゅうおう》に走り、日本軍の移動は困難をきわめた。村落はクリークに囲まれていて、トーチカなしでも堅固な陣地になる。湿地が多く、日本軍の旧式の手榴弾《しゅりゅうだん》は発火が遅れ、投げ返されて逆に損害を出す始末だった。

制空権、制海（河）権は日本軍にあった。戦車の数も多かった。これらのおかげで日本軍は莫大《ばくだい》な戦死者を出しながら、一進一退の上海攻防戦をつづけていた。

第三師団の後続部隊が到着するのとほぼ同時に、松井軍司令官は参謀本部にたいして最低三個師団の増援を要請した。石原第一部長はこれを拒否したが、本部内では増派すべしの声が高まり、参謀総長以下の会議の結果、第九（金沢《かなざわ》）、第十三（仙台《せんだい》）、第百一（東京）の各師団の上海派遣を決定した。野戦重砲兵の二つの旅団もあわせて動員されることになった。

増派が決定すると、石原第一部長は辞表を提出した。彼の親中国、満州強化政策はすでに実行不可能だった。九月二十七日付で石原は関東軍参謀副長に任命された。

九月下旬から十月一日にかけて第九、第十三、第百一の各師団は上海攻防戦に投入された。戦局はようやく好転した。三つの新師団は呉淞北の揚子江沿岸に上陸、第三、第十一師団と協力しつつ上海北郊の大場鎮《だいじょうちん》目ざして進撃した。そこは中国軍最大の拠点だった。激戦がつづき、十月二十六日、五つの師団はようやく大場鎮を攻略した。

それでも中国軍は上海の北約二十キロを東西に流れる蘇州河《そしゅうが》を防衛線に抵抗をつづけた。砲爆撃で退却すれば銃殺刑に処せられるので、兵は必死である。日本の歩兵に近づいて手榴弾と迫撃砲で攻撃する。だが、日本軍のように銃剣突撃はおこなわず、手榴弾を投げては後退する戦法だった。日本軍は数カ所で蘇州河を越えたが、反撃され多数の死者を出して後退する部隊もあった。一つ陣地を奪ったり奪われたりのくり返しがつづいた。退却を余儀なくされる部隊も出てきた。

正面からの力攻だけでは中国軍の壁を突きくずせないと参謀本部は判断した。有力な兵団を上海の南部にあたる杭州《こうしゅう》湾の北岸に上陸させ、上海派遣軍と協力して中国軍を南北から挟撃《きょうげき》しようという作戦が立てられ、認可された。柳川平助《やながわへいすけ》中将を司令官とする第六

（熊本）、第十八（久留米《くるめ》）、第百十四（弘前《ひろさき》）を基幹とする第十軍がこの作戦のため編成された。ほかに中国北部で活動中の第十六師団（京都）が抽出され、呉淞の北西部へ上陸して上海派遣軍を強化することがきまった。

十一月五日、上陸作戦は決行された。上陸点の金山衛《きんざんこう》付近は潮の動きが早く、湿地帯で道路らしい道路もなかった。大きな作戦は不可能と見たらしく、中国軍の陣地はわずかだった。第十軍は精強の第六師団を先頭に怒濤のように北上し、三日後には黄浦江の上流にたっした。

上海方面では第十六師団の応援を得て日本軍がようやく優位に立ったところだった。そこへ第十軍の上陸、北上である。側背《そくはい》からの包囲を恐れた中国統帥《とうすい》部は西方への退却を自軍に命じた。雪崩《なだれ》を打って大軍の退却が始まった。十一月九日、上海派遣軍は上海全域の占領を発表、以後は市内の治安維持につとめた。上海の共同租界には列国の公使館が建ち並んでいる。日本の名誉のためにも、軍紀は厳正でなければならなかった。

2

「上海派遣軍はどの部隊も疲れきっています。ろくに食料の補給もなく二カ月半も戦ったのだから当然です。損害も大きい。いますぐ中国軍を急追するのは難しい。しばらく休息して南京へ向うのが至当であります」

上海派遣軍の作戦課長、西原一策《にしはらいっさく》大佐が、しずかだが断固とした口調で発言した。

彼と並んで腰をおろした長勇ら五名の参謀はうなずいて賛意をしめした。

会議室には長テーブルがコの字形に並べられている。正面の席に松井大将と参謀本部作戦課長の河辺虎四郎大佐が並んでいた。

西原大佐、長勇ら六名の上海派遣軍参謀と向いあわせの席に、新設された中支派遣軍の八名の参謀が顔をそろえている。参謀長塚田攻《つかだおさむ》少将、参謀副長はつい最近まで参謀本部の作戦課長だった武藤章大佐である。

この十一月七日、上海派遣軍と第十軍を傘下《さんか》におく中支那方面軍が編成された。同格である両軍を統一指揮のもとにおくための組織づくりだった。

中支方面軍の司令官には松井大将が任命された。後任の上海派遣軍司令官には朝香宮鳩彦《あさかのみやひこ》王が発令され、近く着任予定である。塚田少将以下八名の方面軍参謀は、上海攻防戦が終ってから出張のかたちで赴任してきた。だが、現地の事情を知らぬ高級参謀がとつぜん上海へ舞いおりてきても、松井方面軍司令官の手足になれるはずがない。西原、長ら計五名の上海派遣軍参謀は方面軍参謀の兼務となって、新任の塚田、武藤らを補佐することになった。

この会議は中支方面軍の司令部会議である。したがって上海派遣軍、第十軍の軍司令官はともに出席せず、兼務である長ら五名の参謀だけが招集されたのである。組織上は上位にあっても、方面軍参謀は新入りなので、言動に多少の遠慮が感じられた。

会議のテーマは上海から南京へ敗走する中国軍をただちに追撃するべきか否かだった。

石原少将が去って、参謀本部は対中国強硬派が主導権を握った。敗軍を追撃し、南京を陥落させれば事変は終る。敵に立直りの時期をあたえず、ただちに南京攻略戦に入るべしとさけぶ者が多い。現地軍の意見をきくために河辺課長は出張してきたのである。

「河辺課長、上海派遣軍の死傷者の数はもちろんご存知ですね。戦死九千、負傷三万一千です。しかし、数字だけで実状が把握できるものではありません。ぜひ一度、各部隊に足を運ばれるよう希望いたします」

「とくに第三師団の損害が深刻です。軽傷者は病院に入れず、兵舎で療養しています。負傷しなくとも、兵は幽鬼のようにやせおとろえた者が多い。自分で小さな怪我をつくって後方へさがりたがる者もいます」

長ともう一人の兼任参謀が西原を支持した。

たしかにいま南京へ攻めのぼれば、勝機をつかみやすいだろう。だが、将兵は疲れきっている。人員の損耗《そんもう》もひどい。つぎの作戦まで約二カ月の猶予《ゆうよ》期間がないと、戦力の回復はおぼつかないはずである。

「よくわかります。あとで各部隊を見舞わせてもらいましょう。しかし、じつをいうと柳川中将がきわめて積極的なのです。南京攻撃をしきりに中央へ具申してくる」

苦笑して河辺は答えた。

もともと河辺は石原少将の不拡大方針を支持していた。だが、最近の情勢の変化で、積極策に同調せざるを得なくなったようだ。

第十軍が杭州湾へ上陸してすぐ中国軍は退却を開始した。敵を袋のネズミにする機会を逸《いっ》して、第十軍の将兵は切歯扼腕《せっしやくわん》している。小規模な戦闘しかしていないので、疲れてもいない。南京攻略戦で手柄を立てようと柳川平助軍司令官以下勇み立っているのだ。

「柳川はわしのところへも具申にくるよ。いまが戦機だというのだ。第十軍だけで、二十日で南京を陥《おと》してみせるそうだ」

松井方面軍司令官がいって顔をしかめた。

「それなんですよ。独断で進撃しかねまじき勢いなんです。すでに準備を始めたという情報もある。もし勝手に進撃されて、結果が思わしくなければ大問題だ」

河辺は舌打ちしそうな表情だった。

「平助じいさん、越境将軍の再現を狙《ねら》っているのですな。どうもあの年代の将軍には生臭いご老体が多くて困る」

長が遠慮なくくさしたので一同は笑った。

満州事変のさい、朝鮮軍は中央の意向を無視して国境を越え、満州へ進出した。おかげで満州事変は関東軍の計画どおり進行した。朝鮮軍司令官の林銑十郎《はやしせんじゅうろう》中将（当時）は処罰されるどころか「越境将軍」と呼ばれ、のちに首相の座につくほどの国民的英雄となった。柳川軍司令官がその再現を夢見ているのは、まずまちがいない。

「いや、わしは柳川中将の意見にも一理あると思う。戦機の把握は作戦の要諦《ようてい》だ。独断進撃などもってのほかだが、慎重を期して戦機を逸するのはさらにまずい。多少の無理をしても、われわれはこの機会をつかむべきではないだろうか」

方面軍の参謀副長、武藤大佐が発言した。

いまの長の発言に彼だけが苦《にが》い顔をしていた。武藤は東条英機《とうじょうひでき》らと並んで、一糸《いっし》みだれぬ統率のもと産軍合同の実《じつ》をあげようとする陸軍統制派の重鎮である。越境将軍のような組織無視の行動はなにより嫌うところだが、長のように公然と上官をバカにする態度も我慢ならないらしかった。

「参謀副長どののお考えはどうもよくわかりませんな。第十軍の独走を認めるのですか。では軍の統制は無視して良いことになる」

長が訊くと、武藤は怒りで赤くなった。

「そんなことはいうておらん。方面軍ぜんたいが合意して南京へ向うべきなのだ。戦争だから、兵も多少の苦労は忍ばなくては」

「多少ではありません。無理です。南京までは四百キロ。鉄道は破壊され、トラックはありません。兵は歩かなくてはならんのです。しかも、糧秣《りょうまつ》の補給の見込みもなく——」

「長参謀。これは戦争なのだ。無理のない戦争などあるものではない。南京を陥せば事変が終る。早く故国へ還《かえ》れるのが、将兵にとって一番望ましいことではないのか」

「それはちがいます。南京が陥《お》ちても蔣介石は漢口で抵抗します。漢口が陥ちればこんどは重慶、成都——」

「蔣介石は最近、そのような主旨の発言をしました。上海の英字紙が報じています。長参謀のいうとおりです。南京をいそいで攻略しても、あまり意味がないのです」

西原大佐が長の主張を補足してくれた。

西原は陸大三十四期の恩賜《おんし》組である。士官学校卒業後東大政治学科へ派遣された秀才だった。フランス駐在が長く、長とは対照的な一分《いちぶ》の隙《すき》もない紳士である。性格がちがうので、かえってウマの合う間柄《あいだがら》だった。

「南京はいずれ攻略しなくてはならぬ。それでなくては上海の安全も保てない。だが、いまは時期尚早。上海派遣軍は非常に疲れているので、休養して整備に専念する。結論はそれで良いのではありませんか」

方面軍参謀長の塚田少将が、松井軍司令官へそう問いかけた。

「それで良かろう。南京攻略はかねてからわしの念願じゃった。兵備回復後かならず奪取する。そう中央へ伝えてください」

松井は河辺作戦課長に告げた。

河辺は了承した。会議は終ったと思って長は腰をあげようとした。が、武藤参謀副長に呼びとめられて思いとどまった。

「貴公は南京を陥しても事変は終らぬという意見なのだな。重慶や成都へ蔣が逃亡するとして、屈服させるのに何年かかると思う」

眼鏡を光らせて武藤は長をみつめた。

村夫子《そんぷうし》然とした風貌だが、武藤の目つきはやはりただものではない。

「戦って蔣を倒すには十年も二十年もかかるでしょう。しかし、政略で蔣政府を追込む手はあります。南京を奪取してそこに親日政権を立てる。日本はその政権を援助して力をつけさせ、中国全土を支配させれば良い」

きいて武藤は薄笑いしてうなずいた。

日本政府にもそんな考えはあるらしい。南京攻略をいそぐのはそのせいもあるのだ。

「南京が陥落しても蔣が屈服しなければ、われわれの手で新政府をつくる。それを念頭において南京戦を考えよう」

武藤の声が会議の結論となった。

長は西原と会心の笑《え》みをかわして席を立った。じつはその狙いですでに活動を始めていた。上海在住の中国人のなかで親日政権に協力しそうな者のリストをつくり、内密で接近をはかっているところだ。

同じ日、大本営の設置が公布された。天皇直属の最高の戦争指導機関で、陸軍参謀本部、海軍軍令部の主要な人員によって構成される。この設置は日本がいまの支那事変を事実上の日中戦争として捉《とら》え、国をあげて戦時体制をとることを意味していた。

それでも建て前のうえでは、現在の交戦はあくまで宣戦布告のない事変である。そう呼ぶほうが拡大意思がないようにきこえる。それに宣戦布告をすると、中立法の規制のあるアメリカなどから戦略物資を輸入できなくなるというマイナスがあった。交戦中の国へ戦略物資を輸出してはならない、と中立法にはきめてあるのだ。

数日後の夜、長は日本人街の料亭で修猷館《しゅうゆうかん》中学の後輩、許斐氏利《このみうじとし》に会った。

戦乱がしずまったばかりで街はまだ雑然としている。被弾で破壊されたあとがほうぼうにあった。人々は復興に立ちあがったところである。飲食店や料亭がまっさきに営業を再開した。在留邦人のほか、戦乱に乗じて一儲《ひともう》けしようというあやしげな日本人が大勢上海に入りこんでいる。

許斐は二十六歳。右翼の指導者清水行之助《しみずこうのすけ》の主宰する大行社に在籍した柔道五段の若者である。気性がまっすぐで、十月事件のおりは三越《みつこし》の屋上から手榴弾を投げて東京を攪乱する役割だったが、未遂に終った。

昭和十一年、二・二六事件のおりは思想家北一輝《きたいっき》の護衛をつとめた。北が逮捕されたとき、付添いの許斐は連行されずに済んだ。よろこぶよりも自分はまだ小物なのだと思い知らされて、口惜《くや》し涙を流したという。

当時、橋本欣五郎《はしもときんごろう》は大佐で、三島《みしま》の重砲兵第二連隊長だった。事件を知ると矢も楯《たて》もたまらず上京し、叛乱軍とされた革新将校らの要求実現のため奔走《ほんそう》した。かつての長の盟友田中弥《たなかわたる》大尉は陸大教官だったが、橋本の運転手役をつとめるなど協力を惜《お》しまなかった。

事件後の粛軍人事で橋本は予備役となり、田中弥は不穏分子として逮捕、起訴されてしまった。決起将校の大部分は七月に処刑されたが、田中は訴因があいまいなためもあってまだ裁判にかけられていなかった。

その田中は同年十一月十八日、獄中で自決した。革新将校が容赦なく処刑されたことへの抗議の自殺だったらしい。

そのころ長は中佐で、参謀本部支那課勤務だった。田中の自決を知り、通夜に駆けつけた。その席で許斐に初めて出会ったのだ。十月事件を通じて許斐は田中と交際があった。二人は酒を酌《く》みかわし、中学の先輩後輩ということもあって許斐はすっかり長に心酔した。

その年の末、長は駐在武官として漢口へわたった。まもなく北一輝が処刑され、許斐が仕事もなく意気消沈しているのを知った。すぐに長は許斐を漢口へ呼び、彼のために数十本の紹介状を書いて中国各地や満州、朝鮮の知己《ちき》をつぎつぎに訪問させた。「武者修行」

をさせたわけである。許斐は射撃、乗馬、中国語から密輸の実務まで身につけて上海の長のもとへもどってきた。いまは天津に住み、長の下請けとなって情報蒐集《しゅうしゅう》や謀略の実施にあたっている。

「頼みがある。この連中が暗殺されないように身辺警固をしてもらいたいのだ。国士館《こくしかん》系の壮士が十人ばかりいるから、おまえが隊長になって私設防衛隊をつくれ」

親日政権を支援すると見られる十四、五名の中国要人の名簿を長は手わたした。ついでに資金もあたえた。情報・謀略担当の参謀の機密費は潤沢《じゅんたく》である。

むろん許斐は快諾した。しばらく二人は酒を飲みながら打合せをした。

やがて長は小用に立った。廊下へ出たとたん、通りがかりの酔漢がよろめいて長にぶつかった。それだけならどうということもないのだが、酔漢は「無礼者」と一喝《いっかつ》し、長の戦闘帽をつかんでほうり投げた。軍人に喧嘩を売る以上よほど自信があるのだろう。

戦闘帽への侮辱は許せない。長は部屋においた軍刀をもって出て、去ろうとする酔漢の襟《えり》をつかんで引きもどすと、

「下郎《げろう》、そこへ直れ」

軍刀の鯉口《こいぐち》を切り、柄《つか》に手をかけた。じっさいに首を刎《は》ねるつもりだった。

許斐が飛んで出てきて長を制止した。酔漢は相手が長だと気がついたらしい。あわてて逃げだしていった。

まもなく長と許斐の座敷に七、八人の壮士が乱入してきた。さっきの男といっしょに宴会をしていた連中らしい。日本刀はもっていないが、短刀をかざす男もいた。長と許斐は受けて立った。かたはしからつかまえてほうり投げた。二階だったので、暴漢の二人は硝子《ガラス》戸をやぶって屋根に落ちた。三人は襖《ふすま》に投げつけられて襖ごと倒れる。二人が当て身を食って悶絶した。逃げた者もいる。部屋の建具や器物が滅茶滅茶《めちゃめちゃ》になった。喧嘩のもとをつくった若い壮士は右翼の巨魁頭山満《とうやまみつる》の三男だと知らされた。長は料亭の女将《おかみ》に命じて、器物破損の弁償金の請求書を頭山のもとへ送らせることにした。柳川平助将軍の指揮のもと、第十軍が無断で南京攻略に出発したのは十一月十九日朝のことだった。河辺作戦課長は船で帰国したので、まだ東京へ着いていなかった。

後日わかったことだが、第十軍はすでに十五日、南京進攻を決定していた。中支方面軍が不同意でもかまわない、単独で一番乗りをしようと司令部は申しあわせていたのだ。

「ついにやったか。柳川中将はよほど功をあせっているな。召集されて復帰したんだから無理もないが」

報《しら》せをうけてひらかれた会議の席で、松井方面軍司令官は苦り切っていた。

二・二六事件を起した隊付将校たちは、柳川中将や真崎甚三郎《まざきじんざぶろう》中将を日本の指導者にしたいと望んでいた。真崎中将などはしきりに彼らを煽動《せんどう》したといわれる。

柳川中将は台湾軍司令官だったが、事件後の粛軍人事で予備役に追いやられた。杭州湾上陸作戦のため召集され、第十軍司令官に返り咲いたのだ。ここで武勲をあげれば、政界官界への道がひらける。そのせいもあって彼は闘志満々だった。杭州湾上陸にあたって、

「山川草木みな敵なり」

と将兵に訓辞したくらいである。

方面軍はどう対応するかについて論議がかわされた。無断進撃を放置しては上級機関として責任を問われる。だが、いまが南京攻略の好機でもあるので、頭から進撃中止を命じてよいものかどうか疑問だった。

方面軍司令部は参謀本部と交渉したのち、第十軍と上海派遣軍の双方を南京まで二百キロ弱の無錫《むしゃく》まで進撃させることにした。同地までなら兵をすすめても、上海防衛のため必要という名目が成り立つからだ。しかし南京進撃は中止せよと第十軍にたいして念をおした。柳川中将は命令にしたがったふりをしながら、先遣隊に進撃をつづけさせていた。

一方で松井方面軍司令官は、いまとなっては南京へ進撃すべしと参謀本部へ意見具申をおこなった。元来が南京攻略論者である。第十軍の進撃を見て、矢も楯もたまらなくなったようだ。二十二日には第十軍にたいして先遣隊による追撃の許可をあたえた。

無錫までという条件つきながら、中支方面軍の全員が動きだした。こうなるともう止めようがない。参謀本部はドイツの駐華大使トラウトマンをつうじてひそかに蔣介石と和平交渉をおこない、好感触を得ていたのだが、満州事変のときと同じように前線部隊の独走

を追認せざるを得なくなった。

十二月一日、参謀本部は中支方面軍にたいして正式に南京攻略の命令を発した。ただちに方面軍司令部は傘下の各師団の配置をきめ、進撃を命じた。八つの方角から各師団は南京目ざして進軍を開始した。

長らの予期したとおり、将兵にとっては苦しい行軍となった。雨つづきで道路はぬかるんでいる。戦車、砲車、大行李車などが街道を占領してすすむので、将兵は田畑や鉄道を歩かねばならなかった。敵の防御体制がととのわぬうち南京へ到達しなければならない。ほとんど駈足に近い一時間六キロの行軍を将兵たちは強《し》いられた。馬が数多くいる部隊の兵士は馬の尻尾《しっぽ》をつかんでよろめきながら引かれていった。

数多くの落伍《らくご》兵が出た。彼らは食料支給を受けられず、飢《う》えに苦しんだ。民家から徴発しようにも、中国軍の焦土《しょうど》作戦により米一粒も手に入らない。ところどころ田圃に骨だけになった水牛の残骸が目についた。先遣部隊の将兵が肉を食べたあとである。落伍兵たちは銃剣で骨を削《けず》って口にいれた。赤痢《せきり》やマラリアで倒れる者も数多かった。街道から離れた村落へ徴発にゆき、かくれていた敗残兵におそわれて生命《いのち》を落す兵もあった。

南京を包みこむように前進した各部隊は同市まで八十キロの圏内へ入り、各地で中国軍と戦闘をおこなった。南京近郊の小都へ重砲兵隊がすさまじい砲撃を加えた。近郊に陣を敷いていた中国兵はつぎつぎに南京城内へ逃げこんだ。上海戦線の頑強な中国兵とは別人のように彼らは戦意を失っていた。

上海派遣軍は主として東部および東北方面から、第十軍は主に南および南西方面から南京へせまった。南京の背後は西南から東北にかけて揚子江が流れているので、城内へ逃げこんだ中国兵が脱出するには河をわたる以外に道がなかった。だが、揚子江には日本の駆逐艦が浮かび、対岸にも第十軍の一旅団が待機している。南京城内外の中国兵はすでに袋のネズミといってよかった。

十二月七日午後一時、およそ五十キロの距離で南京を包囲した日本軍は総攻撃を開始した。城外陣地に拠《よ》った中国軍の抵抗は激しかった。それでも日本軍は航空隊の援護のもと各地でトーチカ陣地を突破して前進をつづけた。弾薬も食料も補給がつづかず、火力は相変らず中国軍が優勢だったが、南京城を目前にして日本軍は士気旺盛だった。ここを陥せば戦争は終る。郷里へ帰れるのだ。ここを陥して戦死者の仇《かたき》を討たねばならない。まなじりを決して日本兵は肉弾攻撃をくり返した。じりじりと前進した。九日の夕刻には南京城外のすべての町と村落を、日本軍は占領してしまった。

中支方面軍司令部はまだ南京の東約三百キロの蘇州《そしゅう》にあった。状況報告をきいて司令部は中国軍に降伏勧告をおこなった。蔣介石はすでに南京から退去している。南京防衛軍司令官唐生智《とうせいち》は勧告状を受けとり、受諾か否かを蔣に問合せた。十日の正午、南京城の東の中山門《ちゅうざんもん》へ回答を持参せよと方面軍は指定し、当日午前十一時半、武藤参謀副長が通訳らをつれて受領に出向いた。だが、中国側の使者はあらわれなかった。

午後一時、南京城総攻撃が開始された。待機していた各部隊はそれぞれ一番乗りを目ざして果敢に突進していった。

中山門のそばの紫金山《しきんざん》、南側の中華門《ちゆうかもん》近くの雨花台《うかだい》などで中国軍は猛烈に抵抗した。三日間で日本軍はそれら陣地を制圧し、南京城内へ突入した。十二日午後から中国軍は総くずれになり、それぞれ脱出口を求めて大混乱におちいった。城外へ出た中国軍はいずれも日本軍と遭遇し、一部をのぞいて全滅に近い損害を受けた。夜、南京市街に大火災が起り、中国人兵士や市民は焼死、圧死に加え射撃されて多くの死者を出した。生き残った兵士は翌朝、武器や制服をすてて、国際委員会の管理する安全区へ逃げこんだ。

第六師団が中華門から城内へ一番乗りをはたした。中山門から突入した第十六師団は午後四時、中心部の国民政府庁舎に日の丸を立て、南京占領を誇示した。第十六師団の佐々木《ささき》支隊は南京北部の下関《シアカン》波止場で敗残兵の大群を全滅させた。また南京城の西側でも、この日の朝、第六師団の一部が数万の敗残兵と交戦してほぼみな殺しにした。

第十三師団の山田《やまだ》支隊はあくる十四日、南京東北部、揚子江岸の幕府山《ばくふざん》砲台を攻略した。中国軍の捕虜がつぎつぎに投降して、その数は一万五千名にたっした。

同支隊は上海戦で多数の死傷者を出し、人員は二千名前後だった。そこへ一万五千名の捕虜を背負いこんだのだ。武装解除し、近くの中国軍兵舎へ収容した。二十二棟の兵舎はすし詰めになった。日本兵さえ飢えているのに食料の支給のすべがない。食物をあたえずに放置するより仕方がなかった。

各地で敗残兵が捕えられた。五百、千という数で連行されてくる。抵抗する者、逃亡をはかる者は容赦なく射殺された。反抗しないのに、数百名の捕虜を刺殺した部隊もある。堯化門《ぎょうかもん》付近では約七千名が投降してきた。

十四日からは掃蕩《そうとう》がおこなわれた。便衣《べんい》に着替えて安全区にひそむ中国兵約六百人を捕えた。ほかにも捕虜は増えるばかりである。南京城の東三十キロの湯水鎮《とうすいちん》に前進してきた方面軍司令部につぎつぎに報告が入った。

「捕虜にあたえる食料がありません。解放すれば中国軍に復帰して敵対するでしょう。いかがいたしましょうか」

「収容所が満員です。食料もない。射殺するには数が多すぎます。如何しますか」

報告と同時に問合わせてくる。

こんな事態は予想もしていなかった。方面軍司令部は返事のしようもない。大本営へ問合せても、適宜《てきぎ》処置せよというだけである。

敗残兵狩りにあわせて、市内では掠奪《りゃくだつ》、強姦がくり返されたということだった。分隊単位で兵士たちは街を見まわり、女を見つけると数人で犯した。あげく殺してしまう者も出た。補給がないため兵士たちは掠奪で食料をまかなって戦ってきた。掠奪が暴力の行使、強姦へつながるのは自然のなりゆきである。ましてや戦場では、獣《けもの》になることが美徳とされてきた。多くの戦友を失った恨《うら》みもある。一銭五厘の赤紙で召集され、地獄の戦場へ投げこまれた、やり場のない憤懣《ふんまん》もあった。

なによりも日本兵は中国人を侮蔑していた。日清戦争に勝って以来のうぬぼれた教育で、日本人は他のアジア人よりも一段すぐれた民族だと信じこむようになっていた。中国のまずしい現状がその優越感を助長させる。こんな連中、人間の屑《くず》だ。牛馬ほどの値打もない。多くの日本人がそう感じていた。上官からそれこそ牛馬のようにあつかわれた心の傷をいやすために、兵士たちは自分たち以下の存在を見つけなければならなかった。

「軍紀がみだれています。兵はあまりに見さかいなく殺しすぎます。是正が必要です」

キリスト教徒である憲兵将校が第十六師団長中島今朝吾《なかじまけさご》中将へ忠告にいった。

「なあに、中国人など何人殺してもかまわん。絶滅したっていいんだ。放っておけ」

中島師団長はそう答えて、憲兵将校を暗然とさせた。

中島中将は陸大二十五期。フランス駐在武官をつとめた秀才である。フランスの文化に傾倒し、ひとかどの芸術論も吐く男だった。

この種の男は無意識のうちに自分をフランス人と同格に見ている。自分が黄色人種であることをわすれている。みじめな中国人を見ると、自分が彼らと同じ黄色人種であることを否応《いやおう》なく思い出させられてしまう。だから中国人を憎悪する。おれはあいつらとはちがうのだ。心のなかに一線を引き、それを確認するために好んで中国人を痛めつける。

「わしはやつらが好かん。見るだけで胸くそが悪うなる」

中国人の俘虜《ふりょ》を眺めて中島がいうのを、長はきいたことがあった。

建川美次《たてかわよしつぐ》中将を長はそのとき思い出した。建川もイギリス駐在が長かった。イギリス製の背広をきてパイプをふかしていた。彼もまた中国人には容赦がなかった。

十七日に全軍の入城式がおこなわれた。この日に間にあわせるため、城内の掃蕩が拙速かつ乱暴になった向きがある。捕虜の選別、処刑などが市街を巡回する兵士たちの手で勝手におこなわれた。

十七日午後一時半、中山門で入城式は開始された。松井大将は乗馬して先頭に立ち、同じく乗馬の朝香宮、柳川中将、それに幕僚たちをしたがえて、中山路に整列した各部隊の選抜兵を閲兵《えっぺい》した。長も乗馬で参加した。

行列の先頭のほうにいれば、晴れ姿の写真が新聞に出て父母や妻子をよろこばせるだろう。だが、一中佐である長の位置は先頭から十番目ぐらいで、新聞に載《の》る気づかいはない。ニュース映画の画面には登場すると思われるので、馬上で肩をそびやかせた。いつの日か先頭に立たねばならない。決意して松井大将のうしろ姿を見まもった。

あくる日の朝、第十三師団の山田支隊副官から方面軍司令部の長へ電話が入った。

「一万五千の捕虜の処置に困惑しています。師団に問合せると、方面軍に訊けというだけです。明確な指示をいただきたい」

きいて長は怒りにかられた。

きのうも第六師団と第百十四師団から同じ問合せがあった。使者を飛ばして直接訊いてくる連隊もいくつかある。答えられるわけがない。殺す以外にどんな手段があるというのだ。捕虜の人道的なあつかいをきめたジュネーブ協定など、貧乏国どうしの戦争の現実のまえではカラ念仏にもならないのだ。

とっさに長は肚《はら》をくった。だれかが責めを負わねばならない。逃げまわっても解決にはならないのだ。おれが責任をとってやる。おれが悪者になる。長勇が非情の決断をすることで方面軍司令部も第一線部隊も救われるのだから、もって瞑すべしである。

呉淞の岸壁の向うにあった日本兵の死体の山を長は思いうかべた。土に杭《くい》を突き刺し、戦死者の鉄かぶとを杭にかぶせただけの、日本兵の即席の墓を、上海付近でいったい何百見たことだろう。蘇州河の近くにも、呉淞に負けないほど多数の日本兵の死体の山を見てきた。これが戦争なのだ。上に立つ者は、地獄に堕《お》ちる覚悟のうえで、戦場にふさわしい悪鬼の決断をしなければならない。

「やってしまえ。かたづけるのだ」

はっきりと長は告げた。

近くにいた松井軍司令官の副官角良晴《すみよしはる》少佐がおどろいて駈け寄り、長を制止した。

軍司令官室へ角は駈けこんだ。まもなく長は呼ばれてその部屋へ入った。

「いかんぞ。捕虜を殺してはならぬ。人道にもとるまねは禁止する」

顔を赤くして松井大将は命令した。

「わかりました。でも捕虜はどうしますか。明確な指示をくれと第一線部隊はいっています」

松井を睨みつけて長は訊いた。

何秒か松井は沈黙した。やがて苦しそうに顔をあげ、解放しろ、武装解除して故郷へ帰してやるのだ、と答えた。

「解放すれば捕虜は中国軍に復帰します。彼らによってわが将兵が何百、いや何千と殺されることになる。それでも良いのですか」

「わかっておる。それでも解放だ。仕方がない。受入れの能力がないのだから」

わかりました。答えて長は退去した。

事務所へ帰って受話器をとり、さっきの指示は一時取消しだと電話の相手に告げた。

三十分後、長の席の近くに人がいなくなった。彼は山田支隊へ電話をいれ、捕虜を射殺せよとあらためて命じた。報告は不要、とつけ加えた。松井に知らせずに処分するのが、松井にとっても最良の方法なのだ。

相手は困惑していた。ほかに手段がないか考えてみます。そう答えて電話を切った。

その日、午後二時から南京城内飛行場で全軍の慰霊祭がおこなわれた。

風の強い、寒い日だった。式のあいだ中、飛行場には小雪が舞っていた。陸海軍合せて一万以上の将兵がえらばれて参列した。残りの将兵は、同時におこなわれた中隊ごとの慰霊祭で従軍僧の読経をきいた。

飛行場では、祭主の松井軍司令官が霊前に出て祭文を読みあげた。簡素ではあるが、きわめて厳粛な式典だった。

式のあと、松井は少佐以上の幹部将校を集合させ、軍紀の粛正、中国人軽侮の排除、国際的評価の重要性について声涙《せいるい》ともにくだる訓示をあたえた。一昨日あたりから兵士たちの掠奪、殺戮《さつりく》、婦女暴行の事実が耳に入り始めた様子だった。

「せっかく南京を攻略して皇威をかがやかせたのに、一部の兵の暴行により一挙に皇威が失墜した。なんということだ。陛下に大変なご迷惑をかけてしまった」

日本兵の非行の実態をよく調査し、厳重に処罰するよう松井は命じた。

だまって幹部将校はきいていた。老将軍の涙に共鳴する者はすくなかった。もともと食料の徴発を前提に兵を苛酷な追撃戦に駆り立てたから、兵はすさんでしまったのだ。掠奪、強姦を黙認されたおかげでここまで進撃がはかどった向きもある。衣食の足らざる者たちへ、礼節だけ求めるわけにはいかないのだ。

大将というのは結構なご身分だ。自分は手を汚さずに説法だけしていれば良い。

胸のうちで長はつぶやいた。けさ出した中国兵捕虜処分の指示がやはり気になる。

「なにをいっているか。戦争に古来、掠奪強姦はつきものだぞ」

第十六師団長の中島少将がつぶやいた。

中島師団は十四日から十六日にかけて城内外の掃蕩をおこなった。七、八千名の捕虜を処分し、掠奪、強姦もひどかったという噂である。このあと中島師団は当分南京に駐屯して、難民のあふれる安全区で便衣兵狩りをやる日程になっている。さぞ苛酷な選別、処刑をやるのだろう。中島師団にそれを担当させること自体に、長は松井大将の理想主義の限界を見る思いだった。

「寺垣《てらがき》中佐。こう強姦が多くてはたしかにまずい。慰安所の設置が必要ではないか」

訓辞のあと宿舎へ引揚げる途中、後方担当の参謀へ長は話しかけた。

「おれもそう思っていた。業者をあつめて研究してみよう。飢餓の解消があって初めて軍紀の粛正を望めるわけだからな」

寺垣参謀はそう答えた。協力して慰安所をつくろうと二人で約束しあった。

3

歩兵第七十四連隊の兵舎の背後に、広さ一万坪ばかりの練兵場があった。

北側が射撃場になっている。約九百名の兵士が九つの中隊別に西側に控《ひか》えていた。東側の土手に九つの標的が並んでいた。背後には歩兵砲隊と通信隊の兵士が点数標示のプラカードを手に待機している。

射撃場の東側にテーブルと椅子がおかれ、連隊長の長勇大佐が副官とともに腰をおろしていた。となりのテーブルのまえには三人の大隊長が各副官とともに待機している。彼らのまえには各大隊の選手名を書きだした得点表があった。それぞれの選手の得点を大隊副官が記録するのである。

「用意はいいな。では開始だ」

長にいわれて副官が立ちあがった。

「第七十四連隊中隊対抗射撃大会をこれより開始する。優勝中隊には連隊長より日本酒一《ひと》樽《たる》がくだしおかれる。動員を控えたいま、日ごろの鍛錬の成果を存分に発揮されよ」

拡声機で副官はさけんだ。兵士たちが歓声をあげて景気をつける。

「第一番射手、第一中隊鈴木《すずき》一等兵、第二中隊加藤《かとう》上等兵、第三中隊――」

当番の小隊長が選手の名を呼びあげる。

第一中隊から第九中隊まで九人の選手が銃を手に前へ出て、所定の位置についた。

「第一弾用意。狙《ねら》え。撃《う》て」

号令とともに射撃音がはじける。

音がやむと検査係の兵たちが土手のうしろから出てきて標的を調べ、あとで混乱のないよう弾痕《だんこん》へ鉛筆で印をつける。

ついで彼らはプラカードをあげる。5、3、0、4などの数字がならんだ。標的の五枚重ねの同心円の中心に着弾すれば5、あとは外へゆくにしたがって点数が減る。すべての円を外《はず》せば0である。

5を出した選手の中隊の兵士たちから歓声が湧き、拍手が起る。記録が済むと、選手たちはただちに第二弾の発射用意に入る。

各中隊から五名の選手が出て、十発ずつ射って総得点をあらそうのだ。第二弾のかわいた射撃音が一斉にはじけた。得点が掲示され、歓声と拍手が湧き立った。

「第七中隊の選手は初年兵だろう。二発とも5だ。こりゃたのもしい。なにィ、あの兵は猟師の息子なのか」

「今月の剣道大会の優勝は第二中隊だったな。射撃でもさぞ勝ちたかろう。見ろ、第二中隊長が血眼《ちまなこ》で檄《げき》をとばしてるぞ」

副官や大隊長と談笑しながら、長は上機嫌で射撃大会を見まもっていた。

大隊長も副官も遠慮なく長に声をかける。豪快で気さくな連隊長だとして、長は部下たちに人気があった。

訓練法も戦術も工夫を凝《こ》らしてつぎつぎに新しく変えてゆく。全陸軍にさきがけて夜間演習期間を設けたり、新しい対戦車戦法を編《あ》みだしたりした。大隊長、中隊長が先頭に立っての匍匐《ほふく》前進の反復訓練などは大いに兵士たちの士気を高めた。

疑いもなく長勇は将の器《うつわ》だった。参謀時代は秩序の無視、横紙《よこがみ》やぶりが目立ったが、組織の窮屈さ、繁雑さにいらいらしてのことだった。連隊の頂点に立つと、よく人心を掌《しょう》握《あく》し、見ちがえるほど連隊の士気を高めた。頂点に立ち、自由に行動してこそ、長勇の才能はかがやきを発するようだった。

昭和十三年（一九三八年）七月の下旬である。歩兵第七十四連隊は朝鮮東北部の咸興《かんこう》という人口三、四万の街に駐留していた。ソ連と朝鮮の短い国境線の西約二十キロの地点である。

日中戦争は中国北部から中部、南部に拡大していた。日本軍は上海から首都南京へ進撃し、十二月にそこを陥落させた。南京を占領すれば戦争は日本の勝利で終ると多くの将兵は考えていたのだが、国民政府の蔣介石総統は南京から内陸部の武漢《ぶかん》地区に政府を移して抗戦をつづけた。日本軍はことし六月に武漢三鎮（武昌《ぶしょう》、漢口、漢陽《かんよう》）攻略作戦、広東《カントン》攻略作戦の実施を決定、いま両地区で激戦がつづいている。

長勇は昭和十三年三月、歩兵第七十四連隊長を命じられて咸興へやってきた。中佐の連隊長は異例だったが、七月に大佐に進級した。赴任地は中央からも主戦場からもはるかに遠い朝鮮北部の僻地《へきち》である。連隊の士気は沈滞していた。長は生れて初めて一部隊をひきいる身となって、張り切って連隊に活気をあたえてきた。

「競技終了。ただいまから各中隊の得点を集計する。各員その場で待機せよ」

当番少尉の声がきこえた。開始から一時間たらずである。

大隊副官が懸命に集計にとりかかる。各中隊にも集計係の兵がいて、発表された得点に疑問があればすぐ申し出る仕組みだった。

やがて、当番少尉の声が拡声機からひびきわたった。

「発表。第一位第二中隊。合計得点２０３」

第二中隊から歓声があがる。中隊長は上気して満面に笑《え》みをうかべていた。

つぎつぎに中隊の成績発表がある。最下位となった第五中隊長は、あおざめて背後の盤《ばん》龍《りゅうさん》山を睨《にら》んでいた。

個人成績の第一位は例の猟師の息子の初年兵だった。得点は50点満点の49点。猟師の息子であるにしろ、栄誉に変りはない。

表彰式になった。第二中隊長が長のまえで直立不動の姿勢をとる。長は表彰状を読みあげたあと、それを副官の差しだす長さ二メートルばかりの赤塗りの標柱に添えて第二中隊長へ手わたした。

月々の射撃競技に優勝した中隊の兵舎のまえにはこの赤棒を立てる。剣道競技に優勝した中隊の兵舎まえには青棒が立つのだ。赤青の双方を獲得した中隊の隊長には連隊長からとくべつの賞品が出る約束だった。

「第二中隊は今月、たしか剣道競技でも優勝したんだったな、田村《たむら》大尉」

訊《き》かれて田村第二中隊長は破顔一笑《はがんいっしょう》した。

「さようであります。連隊長どのからなにを拝領できるか、楽しみにしております」

「よし、あとでわしの部屋へこい。ほんとうによろこぶやったな田村大尉」

赤棒、青棒の双方を獲得したのは、第二中隊が初めてだった。

胸を張って田村は隊列にもどる。

猟師の息子である森《もり》二等兵には賞品として双眼鏡があたえられた。彼の父は秋田《あきた》の阿仁《あに》の出身だが、より多くの獲物《えもの》を求めて朝鮮北部の長白山《ちょうはくさん》付近に移住したという。

第七十四連隊は現地召集部隊である。朝鮮に住む邦人の子弟が多かった。

副官の合図で第二中隊の五名の選手が前へ進み出た。長のテーブルのまえに飾ってある四斗樽をかかえて隊列にもどる。

それで解散になった。暑い日だった。汗を拭《ふ》きながら長は副官とともに連隊本部へ向って歩いた。

ザッザッと駈《か》け足の足音がきこえた。第五中隊の兵士たちが隊伍を組んで走っている。最下位になった罰で、練兵場を何周かさせられるらしい。兵士たちは略帽だが、銃をもち、脚絆《きゃはん》を巻いていかにも暑そうである。

「走らせても射撃はうまくならん。兵を疲れさせるなと中隊長に伝えてこい」

長に命じられて、副官は第五中隊のところへ走っていった。

兵にたいする仏心《ほとけごころ》で長は手かげんを求めたわけではない。きょうかあすにでも連隊に出動命令が出そうなのだ。ソ連兵が朝鮮との国境内の張鼓峰《ちょうこほう》という小さな山へ入りこんで陣地を構築しているという情報がとどいている。所属の十九師団の主力部隊はすでに張鼓峰方面へ集結した模様である。兵をなるべく休息させなければならない。

連隊長室で冷たい麦茶を飲んでいると、第二中隊長の田村大尉がやってきた。

「遠慮なくやってまいりました」

敬礼する田村に椅子をすすめ、奥の畳の間へ入った。押入れから一振りの日本刀をとりだして執務室へもどる。

「新刀だが、銘《めい》は紀政広《きのまさひろ》だ。将官の軍刀にしても恥ずかしくないはずだぞ」

さし出されて田村はあわてて手を振った。

「もったいなさすぎます。私ごときに」

田村の尻ごみするのも無理はなかった。

買えば大尉の月給が十カ月ぶんは飛んでしまうだろう名刀である。

「遠慮するな。わしの実家の本家は黒田藩の上級藩士の流れだ。この程度の刀なら二、三十振りは蔵に眠っているよ。優秀な若い将校に使ってもらうほうが刀にとっても本望だ」

「そ、そうですか。ありがとうございます。田村は一生ご恩をわすれません」

「ただし、今後第二中隊が赤青の棒をとったときはべつの賞品にするぞ。田村にだけ日本刀が集中しては不公平だからな」

笑って長は田村を引きとらせた。

連隊長の辞令を受けて長は一度中国から日本へ帰った。東京で妻子に会い、朝鮮へわたるまえに福岡の実家へ立ち寄った。

「日本刀をもっていきんさい。手柄を立てた部下の褒美《ほうび》にすれば良か。侍《さむらい》は主君から刀を拝領するのがなによりうれしかもんじゃったというけん」

母がすすめてくれた。本家に先祖伝来の日本刀が数振りある。勇にくれてやってもよいと本家の当主がいっているらしい。ありがたい話だった。

十振り、長は日本刀をかかえて赴任してきた。その第一号が田村の手にわたるのだ。

気がかりなのは父が病床にあったことだった。胃ガンであと何カ月も余命がないらしい。出発時、長は襖《ふすま》の陰で両手をあわせて父に別れを告げてきた。もう二度と会うことはないだろう。

その夜、長は陸軍大学校を受験する六名の中尉、少尉を演習室にあつめて、作戦要務令の講義をした。毎週三日、夜は彼らのための教育についやした。

数冊の要務令をバラし、各ページを一連につないで長い経本《きょうほん》型のものをつくる。それを将校たちにもたせ、黒板に図解して説明してゆくのだ。ウイスキーを舐《な》めながらそれをやった。要務令は昨年の秋に制定されたばかりだが、長はすでに徹底研究を終えていた。

「こちらが一個中隊の兵力のとき、一千名以上の敵が投降してきたらどうするか——。向うはこちらが小兵力と見ると、態度を一変させて攻撃をしかけてくるかもしれん。応戦できる態勢のまま敵を付近の谷間など低地へ誘導し、武装解除するのだ」

上海、南京戦の経緯を生かした講義だった。若い将校たちは目をかがやかせて話にきいっていた。

講義が終ってから、長は連隊の全将校に呼集をかけた。

「師団司令部から出動命令が出た。張鼓峰を占領したソ連兵との戦闘にそなえて、明朝六時を期して豆満江《とまんこう》方面へ進撃を開始する。各自中隊へ帰って兵に伝達し、就寝まえに出撃準備をととのえること」

凜《りん》として長は命令した。

夕刻に出動命令は入っていた。講義を受ける若い将校たちが動揺しないように、これまで発表をおさえていたのである。

連隊は騒然となった。創設以来、初めての出動である。準備はすぐにできたが、兵士たちは昂奮して眠れそうもない。長は特例として酒の飲用をみとめた。街の酒屋から大量の焼酎《しょうちゅう》や高粱酒《コーリャン》が運びこまれた。

あくる日、第七十四連隊は咸興を出て豆満江へ向った。

豆満江は北から南へ蛇行《だこう》しながら流れている。張鼓峰は豆満江の東にあり、さらに東を、ソ連と朝鮮の国境が豆満江と並行して流れていた。張鼓峰は高さ二百メートルばかりの小さな山にすぎない。

だが、この国境線の解釈が日本とソ連ではちがっていた。ソ連側は国境線を張鼓峰の西、ほぼ豆満江の上においている。当然、張鼓峰はソ連領だと解釈していた。日本側の考えている国境線は張鼓峰の東側だから、当然そこは朝鮮領だと見ているのだ。

第七十四連隊は豆満江の西五キロの地点に到着した。戦闘はまだ始まっていない。河と張鼓峰をま近に見ながら、モスクワで継続中の外交交渉の結果を待つことになった。

第十九師団の士気は旺盛だった。張鼓峰を攻撃、奪取すべきだと尾高《すえたか》師団長は参謀本部に意見具申していた。一カ所で侵略をゆるすと、つぎつぎに各地で国境線をやぶられるだろう。最初の一撃が肝心《かんじん》だというわけだ。

日本軍はいま武漢、広東攻略の大作戦を実施中である。参謀本部としては、いまソ連と事を構えたくなかった。天皇も張鼓峰攻撃には反対だった。ソ連軍のさらなる侵攻にそなえよと第十九師団に命じる。

七月三十日、張鼓峰の北方二キロの地点でソ連兵が日本側から見れば明らかに越境した。小競合《こぜりあい》が起った。夜になって第十九師団の主力部隊は張鼓峰を攻撃、占領してしまった。第七十四連隊は予備隊とされ、攻撃に参加できなかった。

八月早々からソ連軍の反撃が始まった。戦車、長距離砲、飛行機が共同して猛烈な攻撃を加えてきた。対する第十九師団は戦火の拡大を避けるため、飛行機の応援を受けられなかった。すさまじい砲火のなかで身をひそめるだけの局面になった。

八月五日、参謀本部は第十九師団に撤退を指示した。張鼓峰をたいして重要視していなかったのだ。ソ連軍が朝鮮国境内へ深々と進撃してくる気配もなかった。日中戦争の牽制《けんせい》のための張鼓峰占領だったらしい。

だが、第十九師団にも意地がある。かんたんには撤退せず、損害が増した。ところが幸運なことにモスクワで停戦交渉が成立した。ソ連大使重光葵《しげみつまもる》がこの紛争はソ連の領土上の野心が原因で起ったとの宣伝に成功し、国際世論がソ連を非難しはじめたからである。

ソ連軍の代表と停戦ライン、警備兵の位置、員数、主力部隊の撤退期日などについて第十九師団は交渉する必要にせまられた。

「長、きさまいってこい」

尾高師団長は命令した。くそ度胸のある長が軍使には適役だと判断したのだ。

長は一晩かかって協定の細目を検討した。あくる日、通訳と副官、数名の随員をつれて張鼓峰へのぼっていった。

山頂でソ連極東軍の参謀長以下数名の代表と会談になった。基本事項についてはすぐに合意が成立した。だが、細目についてはソ連側の代表間の意見が割れ、すぐには調整のつきそうもない情勢となった。

「連日の戦《いくさ》さで私は睡眠不足なんです。ちょっと眠らせてもらいますよ。ゆっくり相談してください」

いい残して長は交渉用の天幕を出た。

近くの森のなかの草むらに横たわり、水筒の酒を飲んで、目をつぶった。ソ連軍の兵士たちが仰天《ぎょうてん》して注目している。代表団も気を呑《の》まれて、しばらく茫然《ぼうぜん》としていた。

ほんとうに長は眠った。水田妙子との逢瀬《おうせ》の夢を見た。もう三年も彼女には逢《あ》っていない。目をとじると、裸の妙子が瞼《まぶた》にうかんでくる状態がつづいている。妙子は相変らず美しく、獣《けもの》のように淫《みだ》らだった。

交渉は成立した。胸を張って長は山をおりた。師団司令部へ副官らとともに立ち寄って、新聞記者たちに交渉の経過を話した。一時間も昼寝したときかされて、記者たちはあきれたり驚嘆したりした。

「わが軍の士気がすこしもおとろえず、敵を恐れてもいないことを示すために寝たのさ。向うもすこしはひるんだはずだぜ」

長はそう解説した。大よろこびで記者たちは鉛筆を走らせていた。

『豪勇・長連隊長』の名は大きくとりあげられるだろう。目を細めて記事を読む病床の父の姿が脳裡《のうり》にあった。

つづいて母の顔が大きく浮かんできた。

咸興に帰って長は一日休みをとった。

官舎の庭木に水をやったり、座敷で義太夫《ぎだゆう》を唸《うな》ったりして夕刻までをすごした。

連隊長は家族づれで赴任するのが通例である。だが、妻の春江《はるえ》は三男を出産したばかりで、咸興にはきていなかった。

代りに姪《めい》の初子《はつこ》が長の身のまわりの世話をしに官舎に滞在していた。まだ十九歳だが、初子は朝鮮人の女中や下男を使ってよく主婦代りをつとめてくれている。

初子にも気晴しをさせてやらなくては、と長は思った。朝鮮北部の田舎《いなか》町で若い女にふさわしい娯楽は映画見物くらいのものだ。

「長連隊長、敵の目前で高鼾《たかいびき》」の見出しの目立つ新聞をとりあげて、映画欄に長は目をやった。高峰三枝子《たかみねみえこ》主演の『暖流』が咸興の映画館で上映中だった。

「初子、今夜は映画を見にいこう。晩めしを早めにしてくれ」

いわれて初子はよろこんで、午後六時まえに夕食を出してくれた。

初子をつれて長は和服姿で出かけた。ニンニクの匂いのこもった古ぼけた映画館だった。内地の風物が映画には満載されている。しかも、若い女向きのメロドラマである。熱心に初子は見ていた。だが、長にとってはあまりに子供じみた恋物語にすぎなかった。いつのまにか長は寝込んでいた。

「おじさん、いびきをかかないでよ。まわりの人が笑っているわ」

初子に揺さぶられて長は目がさめた。

「すまん。張鼓峰以来寝ぐせがついたよ」

詫《わ》びをいいながら、長はあくびをした。

陸軍大使

1

昭和十五年（一九四〇年）九月、陸軍大佐長《ちょう》勇《いさむ》は仏印《ふついん》派遣軍参謀長に任命された。
・朝鮮軍第七十四連隊長をへて第二十六師団参謀長をつとめたあと、台湾《たいわん》で一カ月の準備を終えての仏印ゆきだった。

『軍』はふつう二、三個師団で編成される。だが、仏印派遣軍は一個連隊に砲兵一部隊が加わっただけの規模だった。

北部仏印（北ベトナム）の中国との国境地帯へ送りこまれるべく、仏印派遣軍は編成された。そこから中国雲南《うんなん》省、重慶《じゅうけい》へ道路が通じていて、イギリスなどからの援助物資が重慶の蔣介石《しょうかいせき》政府へ送られていた。長びく日中戦争にうんざりしていた日本軍としては、重慶への補給路をなんとか閉鎖しなければならなかったのだ。

道路をとじるのだけが目的だから、さほど大きな兵力は要《い》らない。だが、中国の領土以外の地域へ単独で乗りこんでゆく独立部隊なのである。権威づけのため『軍』の名称は不可欠であった。

同じ参謀長でも師団や連隊ではなく、れっきとした軍の参謀長である。関東軍、北支那派遣軍、南支那派遣軍などの参謀長とかたちのうえでは同格なのだ。大威張《いば》りで長は仏印派遣軍が待機している海南島《かいなん》の海口《かいこう》へ赴任した。

「よう、きたな長。きさまが相棒とは心づよい。われわれ黒田藩の末裔《まつえい》が南方開拓の尖兵《せんぺい》をつとめることになるとは愉快じゃ」

軍司令官の西村琢磨《にしむらたくま》少将は長と同じ福岡県の出身で、陸大の八期先輩である。性格は豪放、頭脳は緻密《ちみつ》な快男児だった。西村のもとでなら縦横《じゅうおう》に腕がふるえるだろうと長は期待している。

「よろしくお願いいたします。九月二十四日にハイホン（海防）上陸の予定とききましたが、計画に変りはありませんか」

汗をふきながら長は椅子に腰をおろした。

接収したホテルに仏印派遣軍は司令部をおいている。白塗りの天井で鉄製の扇風機がゆっくり回転していた。

ハイホンは仏印北部の主要都市ハノイの東約百キロの港である。トンキン湾をはさんで海南島とは目と鼻のさきにあった。一日あれば船で優に到着できる。

「いまのところ変りはない。しかしハノイのフランス人総督もなかなかしたたかな男だからな。表面は親日だが、イギリスや中国ともけっこう気脈をつうじている。そのうちなにか支障をいい立ててくるかもしれぬ」

「その場合はどうしますか。参謀本部も意見が一本化しておらぬとききますが」

「いや、富永《とみなが》第一部長は一カ月以上もまえに進駐命令を出したんだ。松岡《まつおか》外相とフランス大使のあいだで話はついたんだからな。西原《にしはら》機関がモタモタしておるのじゃ。西原少将はフランスかぶれで、どうも押しが弱い」

西村少将は苦笑《にが》いした。

西村と西原。姓は一字ちがいだが、両者の性格はまるでちがう。ともに南京で戦ったので、長は西原をよく知っている。紳士であることはたしかだが、西村少将のいうような軟弱の徒ではない。慎重にことを運んでいるのだろう。

フランスは十九世紀の後半アジアへ進出し、ベトナム、カンボジア、ラオスを植民地とした。それら三国は仏領インドシナ（仏印）と呼ばれている。だが、昨年始まった第二次欧州大戦でフランスはドイツに敗れ、この六月、降伏してしまった。仏印を領有する能力も、ほとんどなくなった。

日中戦争が始まって以後、ソ連、アメリカ、イギリス、フランスの四国は一貫して蔣介石政府に援助をつづけてきた。

蔣介石政府は最初首都だった南京を日本軍に攻略され、漢口に拠点を移した。その漢口も失うと、遠く重慶に移って抵抗をつづけている。各方面の戦線で敗北をかさねながら屈服せずに済んだのは、それら連合国の援助に支えられてのことだった。

昭和十四年（一九三九年）九月、ヨーロッパで大戦が始まってからも、四国の蔣政権援助はむしろ強化された。早く中国軍を打倒したい日本にとっては、なんとも迷惑な列国の介入だった。援助物資を運ぶ道路を閉鎖する以外、事態を改善する方法がない。

蔣介石政権に援助物資を運ぶ道路、いわゆる援蔣《えんしょう》ルートは四つあった。ソ連から中国へ通じる西北ルート、英・米・仏の物資が送られるビルマルートおよび仏印ルート、さらに中国の中・南部沿岸にたいする密輸ルートである。このうち最大規模の物資が運ばれるのは仏印ルートだった。昭和十五年六月現在、重慶にたいする援助物資の総量三万一千トンのうち約二万トンが仏印経由で送られている。第二位はビルマルート経由の約一万トンであった。

フランスの降伏は、この仏印経由の蔣介石援助を停止させる絶好の機会だった。

日本は仏印の総督府と軍事協定を結び、まず蔣介石政府へ援助物資を送る道路の閉鎖を約束させた。西原監視団はこの約束がやぶられないよう見張る目的で派遣されたのである。日本としてはもちろん、最後は仏印を事実上の領土としてマレー半島のゴム、オランダ領インドシナ（蘭印《らんいん》・いまのインドネシア）の石油などの資源を手にいれる根拠地にしたい考えだった。

さらに日本は松岡外相とアンリ駐日フランス大使との話合いで、ハノイなど仏印北部への日本軍の駐留とそこを軍隊が通過する権利を承認させた。敗戦国の悲しさで、アンリ大使は領土保全のみを条件に日本の要求を呑まざるを得なかった。

参謀本部の作戦部長富永恭次《きょうじ》少将は南支那方面軍にたいして仏印進駐命令を出した。この命令にもとづいて、西村少将を司令官とする仏印派遣軍が南支派遣軍のなかから抽《ちゅう》出《しゅつ》、編成されたのである。

中国料理にはもう倦《あ》き倦きした、仏印へいけばうまいフランス料理が食える。西村兵団の将校たちは舌なめずりして進駐の日を待ちかまえている。

ハノイでは西原少将が進駐に関する具体的な打合せを総督とおこなっていた。兵の配備、宿舎、使用通貨、日本兵の行動範囲、飛行場の管理・使用についてなど打合せを要する事項はきわめて多かった。仏印側はもちろん日本軍を歓迎しない。あれこれ理由をつけて進駐を引き延ばそうとする。もう二度ばかり西村兵団の上陸は延期になっていた。

フランスは降伏後、ペタン元帥が北フランスのヴィシーに政府をおき、ドイツの意向にしたがう政治をつづけている。近く日本はドイツ、イタリアと軍事同盟を結ぶ予定である。つまり降伏後のフランスはドイツの属国であり、日本にとっては友邦《ゆうほう》だった。すくなくとも形式上はそうなる。

だから、日本軍もフランスの植民地である仏印へ大挙して進入するわけにはいかないのだ。アメリカ、イギリスの反撥《はんぱつ》にも配慮しなければならない。イギリスは香港《ホンコン》やシンガポール、ビルマ、マレーなど東南アジアに巨大な権益や植民地を保有している。すこし西にはインドもある。アメリカはフィリピンを領有し、中国大陸へ拠点を欲しがっている。もし日本が仏印へ進出したら、断固たる報復措置をとると両国は公言していた。日本側の観測では、仏印南部（南ベトナム）に派兵すれば米英と衝突になるだろうが、北部ならさほどの反撥もあるまいという意見が大勢を占《し》めていた。早く北部仏印を占領し、援蔣ルートを閉鎖する。それ以外に蔣介石を屈服させる道はない。日中戦争が意外に長びいたので、日本政府も軍部も内心はかなり狼狽《ろうばい》していた。

「早く蔣介石の息の根をとめなくてはなりませんな。イギリスはいまビルマルートからの蔣援助を停《と》めています。たしか三ヵ月の約束でした。仏印ルートからの援助も停めて平和交渉をやれば向うも応じると思いますが」

　イギリスはいま国力のすべてをあげてドイツと戦争している。蔣介石への援助など正直いって重荷なのだ。張鼓峰事件のさいの駐ソ大使、いまは駐英大使となった重光葵はそこへつけこんでイギリス政府と交渉をかさね、この七月から三ヵ月間、ビルマ経由の重慶援助を停止させることに成功した。日本は東洋におけるイギリスの植民地を侵略したり権益をおかしたりはしない。代りに蔣介石援助をやめてほしい。三ヵ月のうちに蔣と休戦交渉を始めるから。そうした説得にチャーチルは応じたのだ。長らは一日も早く仏印と中国を結ぶ道路を閉鎖しなければならない。

「仏印はいまのところ友邦だからな。問答無用で押し入るわけにもゆかぬ。まあしばらくこの海口で鋭気を養え。ここにもちゃんと日本の芸者がいる。お茶屋もあるぞ」

「わかりました。しかし、長もすでに四十五であります。かつてほど脂粉《しふん》の香りには迷わされなくなりました。いまは戦国の武士にならって茶の湯にいそしんでおります」

長がいうと、西村少将は笑いだした。

「わかったわかった。貞明《ていめい》皇太后の一件じゃろう。自慢するのも無理はない。見せてくれぬか、拝領の茶碗を」

いわれて長はトランクを引き寄せた。

袱紗《ふくさ》に包んだ桐箱《きりばこ》をひらいた。カンナ屑《くず》のなかから厳重な布の包みをとりだした。ていねいに包みをとり去る。明治天皇が愛用された志野《しの》の湯呑みである。

一昨年、長は張鼓峰事件の停戦交渉に出向いたさい、ソ連側が内部調整に手間どるので、近くの草原で昼寝をしてソ連側をあきれさせた。そのせいでもないだろうが、交渉は無事に成立した。

「豪勇長大佐、敵中で高鼾《たかいびき》」

新聞に書き立てられて、長勇の名は日本中に知られるようになった。

調印を済ませたあと、長は用意の野立《のだ》ての茶を沸《わ》かし、菓子をそえてソ連側の一行にふるまった。気を静め、友として語ろうと申し入れて、なごやかに歓談して別れた。

この話が貞明皇太后の耳に入った。

「ゆかしい武人がいるものですね。どういう人物か一度会ってみたい」

皇太后はいいだした。

転任上京したとき、長は宮中に招かれた。皇太后に拝謁《はいえつ》し、明治帝愛用の茶碗を頂戴《ちょうだい》して退去したのだ。

「――なるほど、これが明治帝ご愛用の茶碗なのか」

西村少将は茶碗をおしいただき、両掌《て》に載《の》せてじっとみつめた。

「おそれ多い。維新の先人たちにたいするご慈愛の念がしみこんでいるようだ」

少将はつぶやいた。感動のあまり表情も手もこわばっている。

長はこの茶碗を拝領してから、師匠について茶道を習うようになった。宮中御歌所の千葉《ち ば》胤明《たねあき》について和歌も習いはじめた。

義太夫、長唄《ながうた》、端唄《はうた》、踊りは若いころから心得がある。書もかなりのものだ。喧嘩《けんか》っ早く、横紙やぶりの面ばかり宣伝されているが、自分はそれだけの人間ではないという自負があった。だからこそ遠慮なく横紙もやぶれるということもある。

「軍司令官。一服お立ていたしましょう。野立てがよろしい。ホテルの裏庭に眺めのよい場所はありませぬか」

「あるとも。トンキン湾が一望できる。しかし良いのか。わしのような朴念仁《ぼくねんじん》に拝領の茶碗を使う資格があるじゃろうか」

「もちろんです。陛下のために生命《いのち》をすてる覚悟の者と明治帝は一人一人茶を汲《く》みかわしたいと念じておられたはずです。もったいなくも御身《おんみ》代りにこの茶碗がある。そうだな、大隊長と参謀にも声をかけましょう」

長は西村少将の副官を呼んでもらった。

茶釜の代りに大鍋、毛氈《もうせん》の代りに毛布を数枚用意してもらった。杓子《しゃくし》は手づくりのがある。こまかな道具は持参していた。

司令部にいあわせた大隊長二人と参謀三人が呼びあつめられた。初対面の挨拶《あいさつ》もそこそこにホテルの裏庭へ出た。コバルト色の海が正面にひろがり、沖に駆逐艦が二隻碇泊《ていはく》している。港の桟橋《さんばし》には仏印派遣軍を運ぶ輸送船が二隻横づけされていた。港の外には点々と漁船や貨物船が浮んでいる。

芝生に毛布を敷いた。石油ランプで大鍋に湯を沸かした。一同、神妙に支度《したく》のととのうのを待った。長は亭主をつとめ、一人一人に明治帝の茶碗で抹茶《まっちゃ》を味わわせてやる。

茶道の心得のある者はいない。それでも茶碗をおしいただき、掌《てのひら》のうえで茶碗を回す姿がさまになっている。明治帝の茶碗のせいだ。純粋な忠誠心が茶の形をつくっている。

あらためて長は、万世一系《ばんせいいっけい》の天皇の慈愛にふれた気持になる。

「きさまらを見て安心したぞ。茶の心は無私だ。いっさいを捨て、そうすることで無窮《むきゅう》の世界へ入ることだ。きさまらが茶を喫《きっ》する姿には、私《わたくし》を捨て悠久《ゆうきゅう》の大義に生きる心構えがうかがわれた。きさまらは武人だ。よろこんでおれは生死をともにできる」

重々しく、愛情をこめて長は語った。

一同の表情が明るくなった。西村少将はおどろいた顔で長を見ていた。横紙やぶりの長
勇しか彼は知らなかったのだ。

「なぜこんなことをいうかというと、おれは張鼓峰の停戦交渉のあと、ロシア軍の代表に野立ての茶をふるまった。どいつもこいつもニガーイとロシア語でさけんで顔をしかめた。茶菓子の饅頭《まんじゅう》にあわてて食いついていた。ロスケは私心を捨てることができぬ。もう一つ次元の上の世界が理解できぬのだ。武士としては二流三流の者ばかりだな」

ますます将校たちの顔は明るくなった。

「ニガーイといいましたか、ロシア語で」

少佐参謀がいった。一同は笑った。

「交渉の途中で大佐どのは昼寝をなさいましたね。あれはほんとうに眠かったのですか。それとも帝国軍人の豪勇ぶりを見せつけるための演技だったのですか」

大尉の参謀が訊いた。陸大を出たばかりの若い男である。

「両方ある。交渉の細目を徹夜で検討して、眠くて仕方がなかった。もちろんロスケを煙《けむ》に巻いてやろうという気もあった。だが、真の理由は別にあった。何かわかるか」

長は西村司令官を除く一同を見わたした。

一同は緊張して長をみつめた。が、長と視線が合うと、たじろいだ目になった。

「井上《いのうえ》参謀。どうだ、わかるか」

少佐参謀に長は訊いた。

わかりません。少佐参謀は目を伏せた。

残りの二人の参謀、二人の大隊長にも長は訊いた。みんな答えられなかった。

「わしにもわからんな。教えてくれ。おぬし、なんで昼寝などしたんか」

西村少将が一同をとりなすように訊いた。

「宣伝のためです。豪傑長勇中佐という話題をつくりたかった」

長がいうと、みんな拍子ぬけの表情になった。失笑する者もいた。

「会田《あいだ》少佐。かんたんに笑うな。なぜわしが話題をつくりたいと思ったか考えてみろ」

一転して長は声を荒くした。

会田大隊長は顔がこわばった。懸命に思案を始める。なにも出てこない。

「わかりません。申しわけなくあります」

会田はかすれた声で答えた。

「ほかの者はどうだ。考えてみろ。わしは話題がつくりたかった。なぜなのか。新聞に名前が出て有名になりたかったためか」

長は大隊長と参謀を見まわした。

彼らは目を伏せた。海の風が快《こころよ》く吹きあげる。純真な将校たちだ。つくづくと長は思った。将校とくに参謀たる者は物事の裏をもっと見通さねばならない。

「正確な情報がきさまらに伝わっていないから仕方がないかもしれぬ。しかし、張鼓峰は負け戦さだった。大本営は第十九師団に専守防衛を命じた。飛行機の応援も出さなかった。中国戦線で手一杯だったのだ」

「――――」

「第十九師団は壊滅的な打撃をうけた。しかも、張鼓峰を放棄した。わが軍は負けたんだ。大本営は嘘《うそ》の発表をしたが、現地にいる記者には隠しきれぬ。だいたいの実状を記者たちは察していた。だから、景気のよいニュースが必要だったんだ。そこでわしは昼寝をしたのだよ。それだけのことさ。さ、これで終りにしよう」

茫然《ぼうぜん》としている一同を尻目に長は立ちあがった。

庭のすみで待機している司令官の当番兵を手招きして、あとかたづけを命じた。

「参謀長。ノモンハンの実状はどうだったのでありますか。張鼓峰と同様ですか」

若い参謀の声が追いかけてきた。

昨年五月、満州と外蒙古の国境地帯ノモンハンで日ソ両軍が衝突した。最初は小競合《こぜりあい》にすぎなかったが、両軍ともしだいに兵力を増強し、飛行機、戦車を動員した師団単位の戦闘になった。事態の早期収拾をはかる参謀本部を無視して、関東軍は独断で総攻撃を敢行した。だが、ソ連側の装甲力、火力に歯が立たず、大損害をこうむった。

八月にはソ連軍が大兵力で猛攻撃をしかけてきた。日本の三個師団はほとんど全滅した。おりから突然独ソ不可侵条約が締結され、ドイツと組んでソ連の侵攻にそなえる気でいた日本政府は大混乱におちいった。

平沼騏一郎《ひらぬまきいちろう》内閣は茫然自失のまま総辞職した。後継の阿部信行《あべのぶゆき》内閣はノモンハンの紛争に決着をつけざるを得なかった。しかも、九月に入るとヨーロッパではドイツ軍がポーランドに侵入、第二次大戦が始まった。世界情勢の激変に対処するためにも、この事件は早く処理されねばならなかった。

停戦時の日ソ両軍の位置の中央を国境線とすることで、九月十五日、ようやく話合いがまとまった。ドイツに呼応してソ連はポーランドに侵攻する予定だったので、早く日本との和平を達成したかったのである。

日本軍は大敗したのだ。それでも大本営はまるで勝利をおさめたような発表をした。あれは負け戦さだったという噂が、日本軍のほうぼうでささやかれていた。

「張鼓峰と同じじゃった。ボロ負けじゃ」

ふり返って長は答えた。

長年参謀本部に勤務しただけ、本部には知合いが多い。いつでも正確な情報をとることができる。

「そうか。やっぱりのう。非公式にはきいておったが」

西村司令官が沈痛な顔でつぶやいた。

ほかの将校たちも暗澹《あんたん》となった。自分たちが思っているほど日本軍は強くないのか。

「しかし関東軍はこれから本格的な反攻に出る計画じゃった。三個師団を新たに投入してな。だが、そのまえに停戦になった。もし戦闘がつづいていれば勝機はあったぞ」

いい残して長はホテルへもどった。

若い将校たちをあまり失望させてはならない。

2

九月二十一日、約三千名の西村兵団は輸送船に乗って仏印の沿岸へ向った。

さきに成立した仏印との軍事協定によって二十四日午前零《れい》時、ハノイの東百キロにあるハイホン港へ入り、そこから上陸する予定である。

駆逐艦の護衛のもと、輸送船はハイホンの南百キロの海上に二十三日朝到着した。そこに碇泊して夜を待つことになった。

ところが午前十時、ハノイのフランス総督府から連絡が入った。日本軍の第五師団が中国・仏印の国境を越えて侵入、仏印軍と戦闘になった。混乱がおさまるまで西村兵団の上陸は待ってほしいというのだ。

第五師団の進駐は松岡外相と駐日フランス大使のあいだですでに話がついていた。二十三日に第五師団は国境を越え、仏印側は平和裡《り》にこれを受け入れるはずだった。ところが仏印側になにか事情が生じ、ハノイの西原機関から進駐延期の要請が第五師団に発せられた。そのとき第五師団はすでに国境を越えて出発の用意を終えていた。いまさら中止などできない。中村《なかむら》師団長の決断で第五師団は進撃を開始、仏印軍と戦闘になったのである。

西村少将はさっそく大本営陸軍部の意向を問いあわせた。上陸は延期するべきだろうか。折り返して、仏印側の申し入れは無視してもよい、という返事がきた。

「予定どおり二十四日午前零時に上陸する。仏印側は抵抗するだろう。敵前奇襲上陸になるかもしれないから、用意を頼む」

西村司令官に長は命令された。

さっそく長は作戦室に五名の参謀を集合させた。地図や海図を参照して、三千名をどの地点へ、どの順番で上陸させるかの計画を立てた。仏印軍はフランス兵とインドシナ兵の混合軍である。本国が降伏したフランス兵といい、被支配者であるインドシナ兵といい、士気が高いとは思われない。それでも油断は禁物である。

最初、護衛の駆逐艦にハイホン市街を砲撃してもらう。ついで、ランチに乗せた日本兵をハイホン南部の海岸へつぎつぎに送りこむ。市街砲撃は陽動作戦である。上陸中は、駆逐艦に援護砲撃をつづけてもらうことにする。

ところが午後十時になってから、強行上陸は中止するよう海軍から申し入れがあった。国境地帯の戦闘はもう終りかけている。できれば平和裡に仏印進駐をはたしたい。大本営海軍部から、そのような指示があったというのだ。

長も参謀たちも困惑した。海軍の護衛なしに上陸作戦はできない。

「陸海軍の首脳部の意見が食いちがうんだから話にならんよ。どうなっているんだ。われわれだけで上陸しろというのか」

「ばかばかしいが、そう無鉄砲なまねをするわけにもいかんでしょう。とりあえず午前零時の上陸は中止するしかありませんね」

西村少将と長は顔をしかめて話しあった。

船内放送で中止が告げられた。戦闘準備をととのえて待機していた将兵は、うんざりして武装を解《と》いた。海軍は日本が仏印を武力侵略したと国際世論に非難されるのを極端に恐れている。歯痒《はがゆ》いくらいである。

3

あくる日の午後、長勇は参謀一人と当番兵をつれて、ランチでハイホンに上陸した。

フランスふうの家屋やビルが建ち並ぶ美しい街である。家々の白壁と赤屋根、街路樹の緑がどれもあざやかだった。人々はおだやかな顔で道路をゆききしている。だが、街のところどころにバリケードが築かれ、武装した仏印軍兵士が立っていて、それなりに緊迫した空気であった。

総督府からの迎えの自動車に乗ってハノイに向った。道路の左右は田園地帯で、黄色の稲穂が波打って日本の田舎《いなか》を思わせた。

ヤシやマンゴーの木立があるのが日本とちがっている。水牛がスキを曳《ひ》き、ヤギがのんびりあそんでいた。板とニッパヤシの葉を組みあわせた涼しげな家があつまって村落を形成している。村人たちが路傍《ろぼう》の椅子に腰かけて談笑しながら自動車を眺めている。あくせく働く人の姿は見かけない。

「呑気《のんき》で良いのう。米も魚も果物も豊富なんじゃろう。ベトナム人は倖《しあわ》せだな」

片言の英語で長は運転手に話しかけた。

「でも、北部は貧しいよ。南部はとてもリッチ。稲は勝手に育つし、ザルを川につけておくだけで魚もとれるんだ」

運転手も片言の英語で答えた。

メコン河の近くの一帯がどんなに豊かかと熱心に運転手は語りつづけた。

ハノイの総督府に着いた。

ドクー総督と西原一策少将が長を待っていた。まもなく護衛艦隊指揮官の藤田類太郎《ふじたるいたろう》少将も到着するということである。平和進駐について話しあうのが目的だった。

ドクーは事実上仏印の首相である。彼の下にフランス人や現地人の閣僚がいて、広くゆたかなインドシナ三国を統括していた。

五十歳前後。見るからにフランス人らしい洗練された紳士である。総督府はいま親ドイツのヴィシー政府の傘下《さんか》にあるが、イギリスのドゴール亡命政権や中国とも関係を保っている。いつどちらかへ転ぶかもわからない。長は仏印総督府に日本の南進を援助させる任務もあたえられていた。

まもなく藤田少将も到着した。西原少将の通訳で、平和進駐について話しあった。

日本軍がハノイその他北部仏印に進駐することでは、すでに日本、フランスのあいだで合意ができていた。問題は日本軍の兵力である。参謀本部は二万五千人を要求し、仏印のマルタン軍司令官は五、六千名を主張してゆずらない。使用する飛行場も日本軍は五カ所を要求しているが、仏印側は三カ所と答えている。

二万五千名を進駐させるということは、南寧《なんねい》など中・仏印国境に駐留中の第五師団を中国から仏印へ送りこむことを意味していた。仏印側の承認が得られなくとも日本側は強行突破する肚《はら》でいる。だから、国境でいま仏印軍が第五師団に抵抗し、戦闘がおこなわれているのだ。

西原少将はマルタン司令官と交渉をくり返してきた。東京から参謀本部作戦部長富永恭次少将が飛んできて、交渉に加わった。

富永は強硬だった。二万五千名案をゆずらない。五千名では居留民の保護がおぼつかないし、駐留軍自身の安全が保証できないというのである。話合いがつかないまま、富永少将はハノイから去った。参謀本部の上司も、海軍も、外務省も仏印側に妥協しろといっているのに、彼は折れようとしなかった。富永作戦部長は東条英機《とうじょうひでき》陸相の懐刀《ふところがたな》といわれる男である。のちに第四航空軍司令官としてフィリピンにあったが、昭和十九年（一九四四年）米軍の上陸がせまると、部下をおいてまっさきに台湾へ逃亡した。そんな男がしばしば外交交渉には横暴な態度をとる。

「進駐兵力は六千。ただし第五師団の仏印内通過はみとめてもらうという条件を私は出したんだ。第五師団のつぎの任地は上海だ。陸路をとるより、ハイホンから船に乗るほうがずっとらくだからな」

西原少将は疲れきった面持《おももち》だった。

マルタン司令官はだいたい承諾の返事をよこした。ハイホン港の使用はみとめる、ただしハノイ市内への日本軍の進駐はみとめないというただし書きつきである。

この案を参謀本部は承諾した。ところがこんどはマルタンのほうが修正をいいだした。再交渉のすえ、ようやく二十二日に、交渉は妥結した。予定どおり長ら西村兵団は二十四日午前零時に上陸する予定だったが、国境方面の戦闘で中止せざるを得なくなった。

「つまり日本側は二万五千名の進駐を引っこめたわけでしょう。あなたがたに文句はないはずだ。命令がとどけば、第五師団はいったん国境外に引揚げます。そうなりしだい、西村兵団は上陸したいのですがね。われわれの上陸後、第五師団はハノイを通過してハイホンから船に乗る」

ドクー総督に長は申し入れた。

「それは構いません。でも、日本側の方針が一定しないので困ります。第五師団長はハノイに入るといっているらしい」

困惑した顔でドクーは答えた。

まったく日本陸軍の現地部隊は、関東軍をはじめとして、中央の意向を無視して勝手な行動をとりたがる。こんどの場合、作戦部長が現地へ出てきてけしかけたりするから、さらに始末がわるかった。

「では大本営に強く申し入れて、第五師団を撤退させましょう。お約束します。われわれは早く上陸して飛行場を使う用意をしたい。ここからなら中国奥地を爆撃できる」

「西村兵団が上陸したあと、第五師団はほんとうに乗船するのですか。仏印領内を通過するだけ、という名目で、ハノイやハイホンに居すわられても困る」

「そんなことはしません。日本軍は協定をまもります。進駐するのはわが西村兵団のみです」

「そういわれるが、現実に日本軍は国境を越えています。明白に協定違反ですよ」

「だから、あれは大本営の命令が不徹底だからというとるでしょうが」

長は腹が立ってきた。降参した国の人間のくせにフランス人は偉そうな顔をする。

まあまあ。西原少将、藤田少将が長をとりなした。

「大本営に強く申し入れて、明日の夕刻までに第五師団をいったん中国内に撤退させます。入れ代りに西村兵団が上陸する。この案でいいでしょう」

西原少将が申し出た。

ドクーはうなずいた。あす午後五時に西村兵団は上陸することになった。

夕食に招待するとドクーにいわれたが、長ら三人は謝絶して総督府を辞去した。日本側だけで打合せをしたい。西原の滞在するホテルのレストランへ入った。

コース料理を注文した。ワインリストを西原は見て、ブルゴーニュの名品をえらんでくれた。一口飲んで長は感嘆した。こんなにうまいワインは飲んだことがない。

「ドクーというのは生意気なやつだな。マルタンとかいう司令官もあれこれ注文をつける。仏印なんて日本がその気になれば一週間で占領できる。力もないくせに、やつらはどうしてあんな偉そうな顔ができるのかな」

長が訊いた。じっさい、若いころの長ならドクーをぶん撲《なぐ》っていただろう。

「国際世論に彼らは信をおいているのさ。無法な進駐を日本がやれば、アメリカやイギリスが絶対だまっていない。絶対日本に好きなようにさせておかないと思っている」

西原少将が説明した。

白人先進国のシンジケートさ。西原はつけ加えた。有色人種を彼らは見くびっている。

「イギリスはいまは怖くない。対独戦で手一杯だからな。しかし、アメリカを怒らせるとまずい。なにをやってくるかわからない。仏印に進駐するにしても、できるだけ穏便にやらざるを得ない。ドクーはこっちの足もとを見て強気なんだろう」

藤田少将もいまいましげだった。

海軍軍令部はとくにアメリカの意向に神経質である。もし陸軍が仏印との協定をやぶり、敵前上陸を強行するなら、援護をやめて引揚げてこいとまでいっているらしい。アメリカを怒らせるのが怖くて仕方ないのだ。

「わが国は南方の資源を必要としている。オランダもドイツに降伏したことだし、蘭印にも進駐したいところだ。だが、それではアメリカがだまっているまい。いつかはアメリカと衝突せざるを得んだろうな」

長はつぶやいた。

愉快な想像ではなかった。陸軍はノモンハンでソ連に完敗した。そのソ連よりも、アメリカの装備はすぐれている。飛行機も軍艦も大量に保有している。

「だから、日中戦争を早く終らせなくてはならんのだよ。そのための北部仏印進駐なんだ。補給路を断ち、爆撃を強化し、なんとか蔣介石を追いこむ必要がある」

西原のことばに長と藤田はうなずいた。

ドクーに蔣介石との和平を仲介させたらどうだろうか。仏印の領土保全を約束すれば、案外彼は動くかもしれない。総督という支配者の座を、いつまでも彼は維持したいはずだから。ふっと長はそう考えた。

やってみる気になった。そうかんたんに物事がすすむものか。他人がきいたら、一笑に付されそうな大風呂敷のアイデアを、本気で実現させようとするのが長勇である。なにしろ若いころはクーデターを決行する気だったのだ。

日本はせますぎる。尻の穴の小さな人間ばかりだ。だれもが汲々《きゅうきゅう》としてポストにしがみつき、世の仕組みを一挙に改革する情熱に身を灼《や》こうという気迫がない。

だが、ここは仏印である。だれにも邪魔《じゃま》されず、のびのびと動ける。それも、日本と中国との戦さをやめさせるといった大仕事に取組むのだ。クーデターは破壊だった。自分は破壊に向いた男だと長は思っていた。が、停戦工作は建設である。日本にとってはるかに意味のある作業だった。長勇も四十五歳である。破壊を夢見た時代から一皮むけて、建設を目ざすようになった。

「もう蔣介石など相手にしていられる時代じゃないんだ。アメリカがいる。ソ連もいる。

早く国力を貯《たくわ》えて、どこから攻められてもビクともせぬ国をつくらなくては」

あらためて長はワインを味わった。フランスふうのレストランの光景が心もちぼやけて目に映《うつ》る。

快く酔いがまわってきた。フランス人の男女二組がすみのテーブルを囲んでいる。

あ、と長は声をあげて立ちあがった。

現地人の老婦人が娘らしい若い女といっしょにレストランへ入ってきた。アオザイを着たその老婦人を一瞬母のナミと見まちがえたのだ。お母さんどうしてここへ。いいかけて長はかろうじて口をつぐんだ。

植民地国家の例にもれず、仏印の人々も大多数はまずしい。こんなレストランへ入れるのはよほどめぐまれた階層にかぎられる。

よく見るとその老婦人はナミよりも若かった。表情もゆったりしている。ボーイに案内されて、長のななめ右前方のテーブルのまえに腰をおろした。長と視線が合ったが、表情には当然なんの変化もなかった。

「どうした長大佐。知っている女か」

西原と藤田がおどろいて長をみつめる。

「いや、見まちがえたよ。仏印人は日本人によく似ているな。知合いの婆さんにそっくりだ」

笑って長は腰をおろした。母に似ているとは照れくさくていえなかった。

一昨年に父が亡《な》くなった。母は未亡人になった。家を継《つ》いだ弟や孫といっしょに暮しているから、さびしくはないはずである。相変らず農作業にはげんでいるらしい。田のなかで身をかがめて草をとる母を思いうかべると、長は辛《つら》い気持になる。無意識のうちにいつも母のことを考えている。おかげでベトナムの老婦人を母と見誤まったりする。

4

国境方面の情勢に変化があったとかで、二十五日の早朝、仏印側はまた西村兵団へ上陸延期を要求してきた。

西村司令官は申し入れを無視して二十六日早朝に上陸を敢行することにきめた。ところが海軍が同調を拒《こば》んだ。西村と長は相談して、海軍の協力がなくても上陸は可能と判断した。決定どおり二十六日の早朝より上陸を開始した。

藤田少将は上からの命令があるので、援護できない。だが、西村兵団が万一敵の攻撃を受けるようなら、命令違反をおかしてでも援護砲撃をする気でいた。上陸が無事に進行するのをたしかめて海口へ引揚げていった。

仏印軍の抵抗がないので、西村兵団の将兵は拍子ぬけしていた。

「達者なのは口だけだな、フランス人は。本国でも植民地でもすぐに降伏しよる」

西村司令官はあきれていた。

上陸してわかったのだが、国境方面の仏印軍はすでに第五師団へ降伏していた。西村兵団を迎え撃つどころではなかったのだ。

「玉砕《ぎょくさい》覚悟で戦いぬくなどバカバカしくてできないというわけでしょう。個人主義で合理主義なのです。しかし、そのぶん腹黒い。すなおに日本に協力はせんでしょう」

ドクーと会った印象がそうだった。

これからの長は、戦争よりもフランス総督との折衝《せっしょう》で骨が折れそうである。張鼓峰などで見せた交渉の腕を見込まれて、仏印へ派遣されてきたのだ。

上陸後、西村兵団はハイホンへ入り、大きな寺院に司令部をおいた。寺院や学校が兵士たちの宿舎になった。

仏印軍のマルタン司令官と長は何度か会談をかさねた。ハノイの飛行場の使用にはマルタンはすぐに応じたが、国境方面の飛行場はあれこれ口実をつけて貸すのを拒んだ。相手がフランス人なので、長はつとめて紳士的にふるまった。だが、マルタンがあまりに抜け目なく、言い逃れするので、一撃を加える必要を感じた。

「飛行場の使用は協定で決まったことではないか。貴官はそれを無視するのか。文明国の軍人のやることではないな。貴官が未開国の軍人であるのなら、当方もそれに応じた措置をとるが、それで良いのか」

固太りの体軀《たいく》の胸を振り、相手を睨みつけて長はドスのきいた声を発した。

中国人相手の交渉は、威嚇《いかく》すればたいてい成功した。フランス人にたいしても、たまには脅《おど》しあげる必要があるようだ。

マルタンの青い目に怯《おび》えの色があらわれた。つとめて威厳を保って彼はいい返した。

「威嚇によって貴官は要求を通そうとするのか。それこそ未開国の態度だ。私はそのような野蛮な人間とは話しあいたくない」

「なんだと。威嚇によって要求を通したのはフランスのほうが先ではないか。十九世紀の末、わが国が清国と戦って得た領土を、フランス、ドイツ、ロシアが威嚇によって清国に返還させた。音頭《おんど》をとったのはフランスだった。そんな前歴がある国の男が、他国を野蛮だというのは片腹痛いわい」

「ともかく話合いは断わる。貴官は交渉に適した人間とは思われない」

「決裂とあらば、われわれはただちに行動に移る。北部仏印の全飛行場を占領、仏印軍には武装解除を命じるぞ。わしは日本陸軍の代表として交渉にきておる。それを相手にせぬというのは、友好関係の破棄ということだ。いいのだな、それでも」

凄《すご》みのきいた声で長は告げた。

通訳の終るのを待って、つけ加えた。

「いいか。われわれはサムライだ。戦闘にのぞむときはもちろんのこと、敵との交渉にも生命《いのち》がけで当っておる。誠意のない話合いは赦《ゆる》せぬ。飛行場の使用を断わるのなら、生命がけで断わってもらおうか」

長は姿勢を正し、両手をひざにおいた。顔をあげて朗々《ろうろう》と吟《ぎん》じはじめた。

　祁山《ぎさん》悲秋の風更《ふ》けて
　陣雲暗し五丈原《ごじょうげん》
　零露《れいろ》の文《あや》は繁くして

土井晩翠《どいばんすい》作詞の『天地有情』のなかの一節である。星落秋風五丈原のくだりだ。古代中国の三国時代、諸葛孔明《しょかつこうめい》が五丈原に没したときをうたってある。だが、詩の心は日本人そのものといってよいだろう。

目を丸くして、マルタン司令官はきいていた。付添いの参謀も恐怖の表情をうかべている。

耳馴《な》れない東洋の旋律に感動するわけがない。だが、度肝《どぎも》をぬかれたのはたしかである。自分たちの手の内に入らぬ、一筋縄《ひとすじなわ》ではいかぬ相手だと認識したにちがいない。

えんえんと長勇は吟じた。五丈原のくだりだけで七節まである。恐ろしい形相《ぎょうそう》で長は吟じつづける。ほんとうは義太夫をきかせてやりたかったが、戦記ものをとっさに思いつかなかったので、晩翠にしたのだ。

ようやく長は吟じ終えた。マルタン司令官は妙に元気をなくしていた。これまで拒んでいた国境の大飛行場の使用をみとめて、逃げるように引揚げていった。

西村兵団が仏印に上陸した翌日、日独伊三国同盟が締結された。日独両国は、アジアおよびヨーロッパにおいて両国が指導的地位に立つことを確認しあった。さらに三国のうちいずれか一国が現在戦争に参加していない国によって攻撃された場合、政治、経済、軍事の三面で協力しあう約束をした。三国同盟を推進した松岡洋右《ようすけ》外相は、

「いまのままで時代がすすめば日米戦争は不可避である。これを避けるためにはドイツと結んでアメリカと対抗する以外にない」

と議会で答弁をおこなった。

北部仏印進駐について、アメリカは強い不快感を表明していた。そこへ三国同盟である。はっきりと日本はアメリカ、イギリスと対立する道をえらんだのだ。ただちにアメリカは屑鉄《くずてつ》および鋼鉄の東洋への輸出禁止に踏み切った。またイギリスは七月以来閉鎖していた援蔣ビルマルートの再開を通告してきた。

これまで中国は日本との戦争で疲弊《ひへい》しきっていた。国民の抗日意欲もうすらぎ、米英からの援助が停止すれば、日本に降伏を余儀なくされるところへ追い込まれている。

だが、米英がはっきりと日本敵視の方針を固めたので、中国の民衆の戦闘意欲は回復した。各戦線で中国軍の動きは活発になった。

屑鉄、鋼鉄の輸出禁止の影響はすぐに日本の兵器産業にあらわれた。前者は弾丸、後者は大砲や銃器、戦車、船舶の製造に欠かせぬ資材だったのだ。ますます日本には南方の資源が必要となった。西村兵団が北部仏印進駐を終えたころには、大本営はすでに南部仏印進駐を計画しはじめていたのだ。

長勇は毎日のようにハノイの総督府へ顔を出した。この時期の長は、軍服を着た外交官の役どころだった。ドクー総督以下のフランス官憲、軍部らを日本に協力させるため苦心をかさねた。

食料は湧《わ》いて出るかと思われるほど豊富である。米、野菜、果物、肉、魚。なんでもたやすく手に入る。飛行場を守備する将兵が食料に困る心配はなかった。畑に種《たね》を蒔《ま》けばあっというまに野菜がとれるし、川にはエビや川魚がふんだんにいるのだ。兵士たちは水牛や山羊を飼《か》って自活をはじめた。

工業用の資材の調達は難しかった。仏印はガソリンを輸入に頼っている。工業製品の生産もほとんどない。米のほかはゴム、それに鉄鉱石、タングステン、スズが産物だった。これらの物資を軍用に買いつけ、日本へ船積みするのに奔走《ほんそう》させられた。

郷里の後輩である許斐氏利《このみうじとし》をハノイに呼び、物資の調達機関をつくらせた。ヤミ物資を軍用に調達する機関である。ゴムも鉱物資源も海軍と奪いあいだった。軍需物資は中国にはもちろん、他国にもいっさい流出を停めて日本軍が回収した。

許斐機関には七、八名の在留邦人が加入した。

「物資調達だけでは物足りない。長先輩の護衛もやります」

許斐はいってくれた。将官なみの護衛が長につくことになった。

飛行場からの中国内陸部にたいする爆撃はつづいた。仏印経由の援蔣物資の流れは完全に停止した。豊富な米が中国戦線の日本軍へ送られていった。中部の山岳地帯で民衆の反乱が起ったときは日本軍と仏印軍が協力して鎮圧した。

三日にあげず長はドクー総督と面談した。やがて南部仏印からマレー半島、ボルネオ、スマトラ、ジャワなど資源の豊富な英、蘭の植民地へ出兵を意図《いと》している日本にとって、仏印は重要な拠点となる。総督府を親日政府にしておかねばならない。

総督府が必要とする事柄に長はできるだけ便宜《べんぎ》をはかった。日本製品の輸入なども公正におこなわれるようにつとめた。仏印とタイはしばしば国境紛争を起すので、仏印側に有利に解決するよう東京へ働きかけをした。東京をつうじて現在フランスを占領中のドイツに交渉し、ワインや自動車などフランス製品をハノイへ送る便宜もはかった。

ドクー総督と長はすっかり親しくなった。交渉にあたっては威圧的な態度をとらず、計算を基礎にして理づめで話した。髪をのばして背広で彼と会うことが多くなった。

フランス語も勉強して、日常会話ぐらいなら話せるようになった。長年イギリス駐在武官をつとめた建川美次《たてかわよしつぐ》中将に似てきたと思って、われながら可笑《おか》しくなる。ゴルフも教わり、トランプもおぼえてドクーやその部下の高官たちの相手をつとめた。

弟分の許斐がしみじみ長を見て、

「長大佐どの。すっかりスマートになられましたな。まさか日本精神はおわすれになっておらんでしょうな」

と、活《かつ》をいれるほどだった。

ドクー総督ら高官たちとしばしば晩餐《ばんさん》をともにした。食事のあとはフランスふうのキャバレーであそんだ。

ドクーも高官たちもほとんどの者が家族づれで赴任している。一方でベトナム人ホステスとよろしくやっていた。ベトナム女性は日本娘と顔が似ている。体型はすっきりして、しなやかである。

性については開放的だった。あっけらかんとデートを楽しむ。まずしさゆえに苦界《くがい》に身を沈めたという雰囲気がない。食料の豊富なベトナムは、性にもおおらかである。

総督府の高官たちの愛用する最高級のナイトクラブへ長も出入りするようになった。セシルというフランス名を名乗っている娘が気にいった。水田妙子《みずたたえこ》に似た、おだやかな顔立ちの娘だった。

軍関係の外交官としてはダンスもおぼえなければならなかった。セシルを抱いて、馴れないステップを踏んだ。三度目ぐらいから彼女は下半身を押しつけて挑発してきた。

「フランス人は威張るから好きになれない。中国人は下品でいや。日本人がセシルは好き。とくに長大佐、たのもしい」

その夜、長はハノイで一番のメトロポールホテルに泊った。

さきに部屋でシャワーをあびて待っていると、セシルがやってきた。抱きついて、しなやかな体をからみつかせてくる。くちづけして長は陶然となった。セシルの舌が長の口腔《こうこう》を淫《みだ》らにかきまわし、吸いついたり離れたりして濃厚な快感を送ってくる。

頭がぼんやりし、全身が熱くなった。フランス人から教わったのだろう。さすがにフランスはキスの国である。東洋人にくらべて愛撫がずっと濃厚なようだ。

すぐにセシルはシャワーをあびた。うすい夜着をまとって出てきた。

長は椅子に腰かけて、窓の外の夜景を眺めながらビールを飲んでいた。その足もとにセシルはうずくまった。男のものを指でもてあそび、口にふくんだ。

長は息を呑んだ。これまで寝たどの女よりもセシルは巧《たく》みだった。快楽をしぼりあげるように刺戟《しげき》してくる。やわらかな口腔がぴたりと男のものにまとわりつき、力をこめて前後に動く。指が長のうしろへすべりこんできた。初めての経験だった。

「固い。固いよ。鉄の棒みたいだ」

セシルは休ませなかった。

長のひざのうえに乗ってきた。鉄の棒を体内に受け入れて、激しく動きだした。長の背中に爪《つめ》を立てて泣きさけんだ。

何度か頂上に達したあと、セシルはケロリとした顔で床へおり立った。こんどは背中を向けて長のふとももの上に乗った。結合して、また動きだした。

頰《ほお》をすり寄せて二人は楽しんだ。揺れながらセシルはふりむいてキスしにくる。セシルの尻が長の腹に快い圧力を加えてきた。懸命に長は持続をはかった。

爆音がきこえた。ハノイ空港を日本の爆撃機が飛び立ったらしい。昆明《こんめい》を早朝爆撃にゆくのだろう。中国軍の対空砲火でときおり未帰還機が出る。無事に還《かえ》ってこいよ。セシルの乳房を抱き寄せつつ彼は祈った。

航空兵が爆撃に出かけるのに、自分は女とあそんでいる。べつにうしろめたさは感じない。自分たちもいずれ最前線へ出なければならなくなる。対米戦が始まれば、きっとそうなる。軍人はみんな五十歩百歩なのだ。いまのうちに人生を楽しんでおきたい。

「仏印では色好みのことを『バー・ムイ・ラム』というんです。三十五という意味です。三十五は中国のカルタでヤギをあらわす符牒《ふちょう》らしい。よくわからんが、当地ではヤギが好色の代名詞のようですな」

ドクーからの受け売りで、長は西村琢磨少将へ教えてやった。

「ヤギがスケべの代名詞か。ヤギの目というやつをみんな使うとるんじゃろうか」

西村司令官もまだけっこう盛んだった。

ナイトクラブで働いていた女を現地妻のようにして官舎に出入りさせている。

将兵もこの点ではそれなりに楽しんでいるらしい。水商売の女はたくさんいる。素人《しろうと》の娘も、多少ことばが通じさえすれば友達になってくれる。飲食店などの娘と逢引きしている兵士もいるらしい。

仏印派遣軍は他に類《るい》を見ないほどのどかな駐留生活を送っていた。演習はきびしかったが、休日にはなんの危険もなく街で息ぬきができる。軍隊の安い給料でも、うまいものをけっこう食べられる。

だが、それは表面だけの現象だった。長ら参謀は対英米戦の研究にいそしんでいた。対英米戦がはじまったら、香港、シンガポールをまず叩かなければならない。それには南部仏印に航空基地をもつことが絶対に必要である。タイ国内にも基地は必要だった。

十月にタイと仏印のあいだでまた国境紛争が発生した。小規模ながら戦闘になった。対応を長らは考えねばならなかった。

「タイをイギリスが支援すると厄介《やっかい》だな。英軍の基地がタイ国内にできる恐れがある」

「両者を調停するべきだろう。日本、タイ、仏印の共同防衛網をつくる必要がある。ともかく仏印とタイは、英米から引離しておかねばならない。このさい両者を仲直りさせて、大いに恩を売っておく必要がある」

仏印派遣軍の参謀部の意見は、そんなところで一致した。

さっそく大本営に意見具申する。新しい作戦部長田中新一《たなかしんいち》少将からすぐに指示が返ってきた。

「タイ・仏印の調停は外務省をつうじておこなうが、ハノイ総督府にも強く働きかけてもらいたい。調停の代償としてはサイゴンへの航空路の延長、航空基地の設定、寄港港湾の整備、兵力の駐屯である。これを仏印総督府に承認させるべく努力されたい」

「――これは難しい。事実上南仏印へ進駐させろということじゃないか。中央は欲張りだ。そんなことなら調停など要らぬとドクーにいわれるかもしれない」

「国際世論も心配ですね。南仏印に進駐したらアメリカが激怒しますよ。通商条約はもう廃棄された。屑鉄と鉄鋼の輸出も停められた。残るところは石油ですね」

「石油を停められたらわが国は致命傷だ。政府はどうする気なのか。あくまで南仏印へ出て蘭印へ中央突破をはかるのか。蘭印を奪《と》ればもう石油の心配はいらんからな。政府はその気なのだろう。なにしろ東条陸相が強気だ。皇軍の忠誠心をもってすれば、米英といえども恐るるに足らんと考えている」

長は部下の参謀たちと話しあった。

いずれにしろ仏印総督府との難しい交渉をなんとかまとめあげなければならない。

5

昭和十六年七月二十二日の朝、陸軍大佐長勇はいつものようにフランス総督府を訪問した。

ハノイの空は快晴であった。底なしの青空のところどころに白雲が浮かんでいる。その雲間を日本の爆撃機が六機、編隊を組んで遠ざかっていった。近郊の飛行場を発進して、中国雲南省の昆明あたりを攻撃にゆくのだろう。

仏印派遣軍が駐留したおかげで、雲南省の諸都市への爆撃が可能になった。中国軍にたいする仏印北部からの援助ルートも閉鎖された。満足感をもって長は公用車のなかから編隊を見送った。

中国側から見れば、日本の爆撃機は殺戮《さつりく》と破壊をもたらす悪魔の鳥だろう。だが、こちらから見たかぎりでは、カモメのように美しくさわやかな飛行体だった。眺めていると、戦争よりもむしろ平和を感じさせる。日本という国にかぎりなく広々とした前途がひらけているような気持になる。

「ボンジュール・ムッシュウ・ドクー」

長はドクー総督の部屋へ入った。

フランス語を猛勉強して、日常会話はこなせるようになった。だが、こみいった交渉はまだ無理である。総督府を訪問するときは、いつも通訳の田中《たなか》を同伴する。

「やあ長大佐。やっと本国から通知がきました。お国の要求を認めるそうです」

ドクー総督は長と田中に来客用の椅子をすすめた。

自分も立って、数枚の書類を長に手わたしてから向いあわせに腰をおろした。

長は書類に目を通した。南仏印に進駐を求める日本政府への回答文がタイプしてある。

昨夜、本国政府から知らせてきたのだ。

「日本政府の強要により、フランス政府は左の条件のもとに、南部仏印への日本軍の進駐を認めるものである」

前文につづいて四条件が列記されていた。

フランスの領土の主権の尊重、日本軍の対外軍事行動にたいする仏印軍の不参加、日本政府による領土保全の宣言、駐屯の目的達成後の撤兵、の四条件である。

日本政府はこの北部仏印につづいて南部仏印にも軍隊を進駐させる必要にせまられていた。加藤《かとう》駐仏大使が一週間まえ、フランスのヴィシー政府に進駐を申し入れていた。その回答がとどいたのだ。参謀本部はすでに南仏印駐留を予定されている第二十五軍に動員令を出したにちがいない。

「やっと受諾してくれましたか。しかし、日本政府の強要によりとは、はっきり書いてくれたものですなあ」

長は苦笑した。こんな文章を公表されたのでは、また日本の評判が悪くなる。

「でも、事実なんだから仕方ないでしょう。駐留を認めなければ、軍事占領されるだけなんだから。哀《あわ》れ敗戦国フランスは強盗のまえでホールドアップだ」

笑いながらドクーはいった。

目は笑っていない。有色人種に屈服を強《し》いられる白人の恨《うら》みが光っている。

「強盗はないでしょう。それをいうならフランスのほうが先輩だ。この仏領インドシナ――ベトナム、ラオス、カンボジア――はそもそもあなたがたが征服し、植民地にした」

「たしかにそうです。でも、そのわれわれに進駐を承諾させたんだから、日本はさらに上《うわ》手《て》の強盗ということになりますな。天皇は東洋のナポレオンだ」

「総督閣下、天皇陛下を引合いに出すのはおよしなさい。ただごとでは済まなくなる」

長は笑いながら凄みをきかせた。

ドクーはあわてて、いや天皇ではない、東洋のナポレオンはコノエだと現首相の名前をあげた。

近衛文麿《このえふみまろ》は文官である。軍部の暴走をおさえるのに苦慮している。だが、外国人から見れば日中戦争開戦時の首相であり、日独伊三国同盟締結時の首相でもある。好戦的な人物と映るのだろう。

「駐留の件はよくわかりました。近いうち私もサイゴンへ様子を見にいきます。ところできょうは、私のほうからも総督閣下へお伝えしたいことがあります」

　こわばった雰囲気を解きほぐすよう、長は明るく話題を変えた。

　ドクー総督とはうまくやっている。きょうのようにとげとげしい空気になったのは初めてである。仏印を軍事占領してしまえば、ドクーなど追放してこの国を好きなように利用できる。だが、それでは国際世論がうるさくなる。できるだけ友好的な態度をとり、フランス側の対日協力を得なければならないから厄介である。

「大佐どのから私に。なんでしょうか」

　ドクーは警戒的な表情だった。

　日本側の申し入れは事実上の押しつけが多い。

「まだ公式には発表されておりませんが、政府は近く仏印に日本大使館を開設する予定です。いや、大使府というほうが適切かもしれません。陸海軍の機関や外務省の総領事を合同してその上に大使をおくのですから」

　日本では第二次近衛内閣が総辞職し、第三次近衛内閣が成立した直後だった。

　総辞職はアメリカに評判のわるい松岡洋右外相を排除する目的でおこなわれた。新しい外相には豊田貞次郎《とよだていじろう》海軍大将が就任した。この豊田が大使府構想を打ち出したらしい。蘭印の石油を海軍はのどから手が出るほど欲しがっている。将来その蘭印、さらにマレー半島などへ進出するために、南仏印に強固な軍事基地を設けなければならない。仏印に大使府をおくのは、仏印を一流国としてあつかって、日本に協力させる意図からだった。

「大使府が――。おどろきましたな。まるで独立国待遇ではありませんか」

ドクーは目を丸くした。もちろんわるい気持はしないようだ。

「わが国はそれほど仏印を重要視しているのです。南仏印に進駐となれば、いよいよわれわれの関係は緊密になります。将来はフランス本国から独立されてはいかがですかな。初代大統領はもちろんドクー総督閣下だ」

「なにをおっしゃるか。しかし、仏印をそれほど重要視されるということは、日本がいよいよ本格的に南進を決意されたということですな。狙いはまずジャワ、スマトラ。それにシンガポールですか」

ドクーは目を光らせて長をみつめた。

明敏な男である。うまい話がただでころがっているはずがないのを知りつくしている。

「私のような下《した》っ端《ぱ》にはわからないことですが、政府はそこまで考えていないと思いますよ。反撥が大きすぎる。シンガポール、蘭印、フィリピンは立入禁止区域だと前外相もいっていました。アメリカと戦争する決意がないと、とてもそこまでは」

「新外相は軍人なのでしょう。アメリカとやる気なのではありませんか」

「豊田外相は海軍軍人です。イギリス駐在が長かった。アメリカやイギリスをよく知っています。まさかそんな考えはないでしょう」

駐在武官といえば――。思いだして長はつけ加えた。

「仏印大使付の駐在武官に私は就任します。総督閣下とはまた長いおつきあいになりそうです。よろしくお願い申しあげます」

「長大佐が武官ならありがたい。気心が知れていますから、なんでも腹蔵《ふくぞう》なく話せる。こちらこそよろしくお願いします。近いうちまた食事をごいっしょに」

たちまち雰囲気は温かくなった。

握手して長は田中通訳とともに総督室をあとにした。

南仏印進駐――。世界各国にとってそれがどんなに大事件であるかが、きょうのドクー総督の動揺ぶりを見てよくわかった。

この北仏印への進駐は日中戦争を有利に戦うための軍事行動だった。中国の補給路を断ち、内陸部爆撃のための基地をつくった。アジアに植民地をもつ諸外国にとって、さほど脅威とはならない。

ところが南仏印はマレー半島、ボルネオ、フィリピンに睨みをきかす位置に突出している。石油が豊富なスマトラ、ジャワにも手のとどきそうな距離にある。

それらを植民地とするイギリス、オランダ、アメリカが不安にかられて当然である。なかでも東洋の大拠点シンガポールをマレー半島の尖端《せんたん》に保有するイギリスはとくに神経を尖《とが》らせるはずだ。なにしろ同国はいま対独戦争で手一杯で、日本にシンガポールを攻められても報復ができない。

「日本政府の強要により、か。そう書いたフランス政府の気持がようわかるよ。英米と協同歩調をとりとうてもできんのじゃから」

「戦争に負けると惨《みじ》めですねえ。絶対に負けてはいけませんな。子孫にたいする義務です」

通訳の田中と話しながら、長は総督府の玄関のロビーへ出た。

ふっと尿意をもよおした。通訳を待たせて長はロビーのすみにある手洗いへ入った。

用を済ませて手洗いを出ようとした。ロビーに入ってきたアオザイを着た一人の女に目をとめて、いそいで扉《とびら》の陰にかくれた。キャバレー『ブルーシャトー』のダンサー、セシルである。何度か長とベッドをともにしたベトナム娘だ。

「セシルが総督府に。これは変だ」

長は手洗いを出て、玄関の横にいる田中を手招きした。

「いまエレベーターのほうへいった女がいるだろう。尾行してみてくれ」

うなずいて田中は去っていった。

セシルがエレベーターに乗ったのをたしかめてから長は玄関へ出た。建物の横にいた公用車のなかで田中を待った。

しばらくして田中がもどってきた。すぐに長は車を発進させた。

「あの女、総督室へ入っていきました。顔パスのようでしたよ。何者なのですか」

総督室のまえに秘書デスクがある。フランス人の女性秘書が受付をしていた。

セシルは女性秘書にアローと親しげに声をかけて総督室へ入っていった。キャバレーのダンサーにはあり得ないふるまいである。

「しまった。あの女、スパイか」

いささか狼狽して長は腕組みした。

フランス総督府が日本軍の情報を欲しがるのは当然である。セシルは総督府の要員なのだろう。なにか軍の機密を彼女に洩《も》らしはしなかったか、いそいで長は記憶をたどった。大事な話はしていないはずである。それでも不安は残る。酔いにまぎれてなにを口走ったかわかったものではない。

「スパイにしてはあまりに無警戒ですよ。大佐どのともうすこしで鉢《はち》合せするところだったんだから。大佐どのが毎日のように総督府へおいでになることを、スパイなら知らないはずはない」

田中が力づけてくれた。だが、長にとっては逆効果だった。

前回、セシルと会ったのは三日まえの夜だった。そのとき、あすから一週間ばかり海南島へ出張だとセシルに話した。海南島の三亜《さんあ》に南仏印へ進駐予定の第二十五軍が集結している。もしフランス側と話がつかず、強行上陸が必要となったときのために、司令官らと打合せするつもりだったのだ。

だが、出張はとりやめになった。平和進駐の合意が成立しそうだと東京から知らせてきたからである。セシルはいま長がハノイにいないつもりで総督府にやってきたのだ。

「それはまずいですね。でも、機密事項を打ちあけてなどいないんでしょう」

事情をきいて田中もやや不安そうだった。

「なにもいうとらんとは思うんじゃが。しかし、女スパイいうものはどの程度のことまで依頼主に報告するんじゃろうか。わしの尻の穴に指をいれてきよったが、そんなことまでドクーは知っとるんかのう」

「尻の穴。まさかそんな」

田中は吹きだした。

かぎりなく憂鬱《ゆううつ》な気持で、長は自動車の揺れに身をまかせた。

6

七月三十日に第二十五軍の将兵は南仏印に進駐することがきまった。

仏印派遣軍の司令官の西村少将、参謀長の長勇大佐は当日までにサイゴンへ飛び、第二十五軍を出迎えることになった。司令官飯田祥二郎《いいだしょうじろう》中将との打合せも必要である。

一つ心配な点があった。日本軍の南仏印進駐に時期をあわせて、国境付近に待機している中国軍が北仏印へ侵入してくるとの情報が入ったのだ。

もしそうなった場合、仏印派遣軍を増援できるのは広東にいる台湾歩兵第一連隊だけだった。これでは心細い。長は参謀本部へ意見具申し、もし中国軍が侵攻してきたら、台歩一連隊のほか広東の第十八師団を送りこんでもらう約束をとりつけた。

二十八日の夜、長はキャバレー『ブルーシャトー』へ一人で出かけた。

テーブルのまえに腰をおろすと、すぐにセシルがやってきた。先日昼間見たときは知識階級らしくひきしまった顔立ちに見えたが、夜のセシルはゆったりした、目の大きな、淫《いん》蕩《とう》な印象に変っている。身をくねらせて長のとなりに腰をおろした。

「お帰りなさい。会いたかったわ。海南島どうだった。きれいな女性がいたんでしょ」

セシルは寄りかかってきた。

出張が流れたことをほんとうに知らないのかどうかわからない。いや、先日総督府で長と一足ちがいだったことをドクーからきかなかったはずはなかった。やはりシラを切っているのだろう。

「海南島ゆきは中止になったんだ。代りにあしたからサイゴン出張さ。大変だよ」

長はくたびれた顔をしてみせた。

「そうなの。何日ぐらい」

「まだはっきりしないが、一週間はかかるだろうな。サイゴンへ日本軍が上陸するのは知ってるだろう。いろいろ準備が要る」

「いやだ。久しぶりでお会いできたと思ったら、また留守になってしまうの。セシルさびしいよ。冷たいんだもの長大佐」

でも今夜はいいんでしょ。ささやいてセシルは長の手を握った。

「いいよ。メトロポールホテルで待っている。仕事が終ったらすぐにおいで」

二人はシャンパンで乾杯しあった。

六人編成のバンドがシャンソンを演奏している。フロアへ出て長はセシルと踊った。練習のおかげで足捌《さば》きが軽くなった。

セシルは下半身を押しつけて挑発してくる。内ももを長の内ももへ貼《は》りつかせてきた。切なそうにため息をついた。目が濡れて妖《あや》しくかがやいている。

「きみがいま仲良くしているお客は何人ぐらいいるんだ」

セシルの耳へ顔を寄せて長は訊いた。

「いないよ。恋人は長大佐だけよ。以前いったでしょ。フランス人は威張るからいや。中国人は下品できらいだって」

「日本人も何人か知っているんだろう」

「でも近づいてこないわ。長大佐が私のお友達だと知ったらみんな怖がるもの。セシルを口説《くど》いたら長大佐に斬られるって」

「それは済まないな。営業妨害だ」

「いいの。私、長大佐ひとりで充分。強くてやさしいから大好き」

またセシルは下半身を押しつけてくる。

否応《いやおう》なしに長はしまりのない気持にさせられる。この調子では、酔っていればなにを口走るかわかったものではない。

「あしたの晩、海軍の偉い人たちがサイゴンへくるんだ。四、五日滞在するはずだから、きみのことを話しておこう」

しばらくして長はささやいた。

ダンスのお相手をしてあげろ。ただしベッドはだめだぞ。つけ加えると、セシルは長を睨みつけて指で顔を突っついた。

「どうして海軍の人がくるの。軍艦がハイホン港へ入るの」

「その予定だ。中国軍が越境してくるという情報があるので、いつでも救援できるよう艦隊がやってくる。陸軍部隊も輸送船に乗ってトンキン湾で待機しておる」

もちろん嘘である。

セシルがドクーとつながっているのはわかっている。知りたいのはドクーと中国軍、あるいはセシルと中国軍の関係である。いま長が流した偽《にせ》情報が伝われば、中国軍は越境をやめるだろう。二人のうちどちらかが中国軍と連絡をとりあっていることになる。

「そうなの。私、ダンスのお相手なら毎晩でもするわ。艦長さんたちにセシルはいい娘だって伝えておいてね」

二人は踊りを終えて席にもどった。

「私、ベトナムは日本に占領されたほうがいいと思うの。だって日本はベトナムを独立させてくれるでしょ。同じ東洋人だから」

急にセシルはそんなことをいった。したたかな女のようだった。

二時間ばかりあそんで、長はメトロポールホテルの一室に入った。

暑い夜だった。シャワーをあび、夜風を部屋へ招き入れる。天井で大きな扇風機が回っている。ベッドは蚊帳《かや》のなかだった。ビールを運ばせて長は飲んだ。枕の下に拳銃をしのばせた。セシルには油断できない。

一時間ばかりして扉を叩く音がした。立っていって長は扉をあけてやる。セシルが飛びこみ、抱きついてきた。くちづけにくる。セシルの舌は生き物のように長の口のなかをかきまわした。陶然とさせられる。

セシルはアオザイをぬぎすてた。全裸になり、小走りにシャワールームへ向う。セシルが身をくねらせて歩くのは、意識しない自然の動作のようだった。揺れる尻が息を呑むほど美しい。彼女がシャワールームへ消えてからも、尻の映像が長の瞼《まぶた》に残った。

ベッドに横たわって長は待った。やがてセシルがやってきた。蚊帳をまくって長の足もとからベッドに乗ってくる。

男のものを口にふくんで頭を動かしはじめた。快楽をしぼりあげてくる。かたちの良い乳房が頭といっしょに揺れ動いた。ひどく真剣な表情でセシルは奉仕をつづける。眺めていると、長は快楽が二倍に増幅してくる。

何分か長はセシルの奉仕におぼれた。限界へきてセシルを制止する。起きあがってセシルをベッドの上に這《は》わせた。美しい尻に見惚れたあと、後方から侵入してゆく。セシルは枕に顔を伏せて大声をあげた。

その拍子に枕がベッドから落ち、拳銃があらわれた。

なにかセシルはさけんだ。拳銃に飛びつき、両手で支えて長に向ける。安全装置を外《はず》した。長は息を吞んだ。とっさに拳銃を足蹴《あしげ》にしたが、空《から》振りだった。

「動かないで。動くと射つわよ」

セシルはいった。手をうしろにまわせと命じる。

仕方なく長はしたがった。セシルの目が笑っているので、恐怖感はなかった。フランスふうの性のあそびなのだろう。

ガウンの帯でセシルは長をうしろ手に縛り、目かくしをする。あおむけに押し倒した。

胸に拳銃を押しつける。長は恐怖にかられてきた。目が見えず、手の自由がきかず、拳銃が胸にある。恐怖は通常の数倍になった。引金《ひきがね》をひかれれば生命《いのち》はない。まっ裸で死ななければならない。

「セシル、冗談はよせ。まさかきみ——」

さしもの長も深刻であった。

この女はスパイなのだ。本気で射ってくることもあり得る。

「フフフ、怖いか長大佐。いくら暴れん坊の大佐でも私が射てば死ぬんだぞ」

拳銃がのどへ押しつけられた。

長は背中に汗がにじんできた。同時に奇妙な安堵《あんど》をおぼえた。手も足も出ない。快男児長勇もまったく無力である。生死をセシルに握られている。美しくて淫らなセシル。どうにでもしてくれ。わしはおまえの玩具であり、奴隷であってもよい。

完全に長は降参していた。そこにいい知れぬ安堵があった。この気持にはおぼえがある。子供のころ、おふくろに抱かれているときにこんな状態だった。なにもかもまかせきって、安心していた。おふくろはまだ若く、かがやくほど美しい肌をしていた。

「怖いだろ大佐。助けてほしいか」

声とともに長の下腹部へ快感が流れこんできた。

拳銃を長ののどに圧《お》しつけたまま、セシルは男のものをまさぐっている。異様にあざやかな快感が送りこまれてきた。恐怖を背景にしているので感覚が鋭敏になっている。目が見えないせいもあるようだ。

長はひとりでに体が波打った。なんというみっともない恰好《かっこう》なのだ。自分の姿を思い描いて、ひどく気が楽になった。日本男児の面目《めんぼく》もない。陸軍大佐の権威もない。赤ん坊のようなすっ裸のイサムが横たわってもがいている。安楽だった。こんな境地を以前から求めていたような気がする。

「どうだ参ったか。まだ行くなよ大佐。行っては駄目。辛抱《しんぼう》なさい」

セシルは激しく手を動かしたり止めたりして楽しんでいる。声に優越感があふれていた。

やがてセシルは馬乗りになってきた。男のものを体内に迎え入れる。激しく動きだした。大声をあげて幾度も快楽の頂上を越える。スパイ女の気持が長はわからなくなった。これほどのよろこびをともにした男にたいして、よくも敵対行為がとれるものだ。あるいは逆に、敵である男とよくもこれほどの快楽を共有できるものだ。恐怖心が快楽を異常に鮮明にするように、敵愾《てきがい》心も性のよろこびをかえって強くするのだろうか。

「ああ愉《たの》しかった。すばらしかった。こんなの初めて。長大佐はどうなの」

さんざん満ちたりてから、セシルは長の目かくしをとり、縛《ばく》をほどいた。

「初めてにきまっておる。おい、早く拳銃を返せ」

長はいつもの長にもどりつつあった。

予定どおり三十日に、第二十五軍の四万名の将兵は南仏印に進駐した。海南島の三亜から五十隻の輸送船に分乗してメコン河口にいたり、あくる日河をさかのぼって軍は無事サイゴンに上陸を終えた。

仏印軍は同盟国軍として、広場に整列して日本軍を迎えた。フランス人、ベトナム人の混成部隊だったが、数においても装備においても日本軍がはるかにまさっていた。カーキ色の軍服が広場を埋めつくし、日の丸が太陽そのままにかがやいてみえた。

長は仏印派遣軍司令官、西村少将とともにサイゴンへ飛び、第二十五軍を出迎えた。式典のあと第二十五軍司令官飯田祥二郎中将や幕僚たちと会議をひらいた。

「南仏印へきたおかげで世界の風当りが強くなったよ。こうなったらもう世界中を相手に戦う覚悟をきめなくてはならぬな」

飯田中将は意気さかんだった。

南仏印進駐を日本政府が発表したあと、イギリス、フィリピンが日本資産の凍結令を公布した。あわせてイギリスは日英通商航海条約、日印通商条約、日本ビルマ間通商条約の廃棄を通告してきた。ニュージーランドとオランダもこれにつづいた。

アメリカはすでに昨年、日米通商航海条約を廃棄している。戦略物資である屑鉄、鋼鉄の対日輸出を差し止めた。あとは石油である。日本の石油はすべてアメリカ、オランダなどからの輸入に頼っている。これを停められたら、日本の軍艦も飛行機も、ものの数カ月で動けなくなってしまうだろう。

石油の禁輸をちらつかせながら、アメリカは日本に無理難題を押しつけてくる。日米の国交調整をテーマに昨年十一月から両国の交渉がつづいているが、アメリカは日本にたいして、外国の領土保全、内政不干渉、通商の機会均等、太平洋の平和維持の四原則をまもれといってゆずらない。要するに中国から全面的に手を引けということだ。

「アメリカは早晩石油の輸出禁止に踏みきるでしょう。そうなるとわが国は、蘭印あたりへ進出せざるを得んではないですか。そのためのサイゴン進駐なのです。文句をいわれる筋合ではない」

長がいうと、一同はうなずいた。

石油の輸入を停められるような乱暴な仕打ちをされた国はこれまで世界史上どこにもない。黄色人種の一流国を列国がいじめにかかっているとしか思えない。

「悪循環なのだよ。資源もなく市場もないわが国が海外へそれを求めようとすると、諸外国の反撥を買う。石油などの資源を停められる。それではたまらないから、別の方面の海外を目ざす。また叩かれるというわけだ」

「出遅れたのがいけなかった。日本が近代国家となったとき、目ぼしい地帯はすでに列国の植民地となっていましたからな。こっちは強引に割りこんでゆくよりは仕方がなかった。いまもそれがつづいている」

「もとをただせば、徳川幕府の鎖国政策がわるかったということになる。ポルトガルやオランダからもっと新知識を吸収していれば、わが国も海洋国家になってとうにこの国あたりへ進出していただろうからな」

陸海軍の司令官、参謀長の話がはずんだ。

ここまできた以上、対米戦はもうやむを得ない。国の生き残りをかけて、なによりもまず石油資源を確保しなければならない。

あくる日から長ら陸海軍の参謀は、南方進出の具体案の検討に入った。

大本営陸軍部の案では、日本軍は開戦と同時に香港、フィリピンへ上陸する。さらにボルネオ、ジャワを攻略する。

一方では海南島を根拠にマレー半島へ上陸、シンガポールを経て、スマトラ、ジャワを占領、フィリピン攻略部隊と合流する。ジャワを目標に東西から南下するかたちをとる。

一方、大本営海軍部による案はフィリピン、ボルネオ、セレベス、チモール、ジャワ、スマトラの順に左回りに進撃することになっている。仏印の日本軍はマレー半島を攻略すれば良い。

「要するに陸軍は主力をもってまずマレー半島、シンガポールを攻略する計画でいます。

以後は東西からジャワを目ざす。これに対して海軍は最初にフィリピンを落とし、シンガポールは最後に東西から挟撃《きょうげき》しようというわけです。かなり両者の思想がちがいますな」

「陸軍は南方の資源地帯の確保を第一の目標としている。海軍のほうは、アメリカ海軍といかに戦うかを主眼においた考えだ。大本営内の調整が必要だな」

参謀たちは日本軍の南方進攻にあたり、南北仏印駐留軍がどのような連携をとるのか討議に入った。

同じ仏印でも北と南は北海道と九州ぐらい離れている。北にいる長らはたえず中国軍を念頭におかねばならないが、南の第二十五軍はマレーやジャワに意識を集中できる。だからこそ四万名の大軍でもあるのだ。

「ま、われわれ北の部隊だけで全仏印の守りを固める気でいるよ。きみたちは後顧《こうこ》の憂《うれ》いなく石油を奪りにいってくれ」

長の言葉に、第二十五軍の参謀たちは会心の笑顔でうなずいた。

作戦会議ほど楽しいものはない。自分たちの生命の心配なしに大所高所《たいしょこうしょ》に立っていくつもの部隊を将棋の駒《こま》のように動かしてあれこれ検討する。全能の神の側《がわ》に立ったような気分である。

よくぞ参謀になりにけり。しみじみ長は幸福だった。小さな視野しかあたえられず、血と汗にまみれて戦わねばならぬ第一線の将兵にくらべてどんなにめぐまれているか計《はか》り知れない。それだけに責任も重い。自分たちの判断の是非《ぜひ》に多くの将兵の生命がかかっていると思うと、地図に書きこむ丸一つ、線一本もおろそかにできない。

討議が白熱したとき、ニュースが入った。アメリカが石油の対日輸出の完全停止を決定したというのだ。正式発表はあす八月一日になるらしい。戦争を辞さない決意のもと、経済のすでにアメリカは日本資産の凍結を実施している。戦争を辞さない決意のもと、経済の圧迫で日本を屈服させにきたのだ。

「いよいよだな。この会議の意味はきわめて重要になってきた。号令一下どの方面へも飛びだせる準備をしておかねばならん」

緊張の面持で参謀たちはいいかわした。

長はそっと部屋をぬけだし、司令部の電話室へいってみた。

ハノイの司令部からなにか連絡が入っていないか訊いてみる。入電はなかった。

中国軍の侵攻はなかったらしい。応援の大部隊がトンキン湾で待機中という長の流した偽情報が効《き》いたのだろうか。ドクー総督もセシルもやはり蔣介石政府と気脈を通じているようだ。

ともかく一安心だった。これでゆっくり第二十五軍の参謀たちと会議できる。

気がゆるんだとたん、セシルとすごした一昨夜の記憶がふっと頭をかすめた。いそいで長は頭を振って、なやましいセシルの裸身のイメージを追い払った。

胸を張り、威張った歩きかたで会議室へもどった。アメリカと戦うのは大いに不安である。不安であるほど長は態度が元気になる。

7

十月十六日に近衛内閣が総辞職した。

日米交渉のゆきづまりが原因だった。アメリカはあくまでハル国務長官の外交四原則に固執《こしつ》する。中国からの撤兵を日本に要求してゆずらなかった。

近衛は対米戦争をなんとか回避しようとした。撤兵に応じるよう軍部に求めた。

だが、東条英機陸相が頑《がん》として拒否した。日中戦争に日本は多大の犠牲を払った。数十万の戦死者、数十万の負傷者を出し、数百億の戦費を費《つい》やした。撤兵はこれだけの犠牲を払って得た成果をゼロにするものである。国民感情からしても応諾はできない。

さらに撤兵は満州国と朝鮮の安定を揺さぶる。アメリカの要求に屈すれば、日本は結局江戸時代の小さな島国に回帰することになる。駐兵は日本の心臓である。これを譲ることは降伏と同じだと閣議で彼は説いた。

九月の御前《ごぜん》会議で政府は「十月上旬になっても日米交渉が合意を見ない場合は対米英蘭戦の準備に入る」という決定をしていた。それにもとづいて陸軍は行動を開始する。

陸軍が折れなければ、対米戦争は避けられない。近衛はついに内閣を投げだした。

後継首相は東条英機中将だった。大将に昇進し、陸相を兼務して彼は組閣に着手した。海相は嶋田繁太郎《しまだしげたろう》。東条の使い走りといわれたほど新首相と仲の良い人物である。外務大臣東郷茂徳《とうごうしげのり》を除くほぼ全閣僚が戦争推進派の人物であった。

「ついに完璧な軍部内閣ができたなあ。若いころはクーデターをやってまで宇垣《うがき》内閣や荒木《あらき》内閣をつくろうとしたものだが」

ハノイの司令部で長は閣僚名簿を見て感無量だった。

半面、不安が残った。強力な軍部主導内閣はできた。だが、やろうとしているのは対米戦である。アメリカの国力は日本をはるかにしのいでいる。たぶん世界一である。その国を向うにまわして戦おうとしているのだ。冷静に考えるとゾッと身ぶるいが出る。勝てる要素があまりにもすくないのだ。

だが、戦争の勝敗は数字で測《はか》り切れるものではない。かつて小国日本が大国ロシアを打ち負かしたのがその証拠だ。いざとなると大和《やまと》民族は能力以上の能力を出す。その『理外の理』に信をおいて戦えば、かならず道がひらけるにちがいない。

ハノイ駐在の仏印派遣軍を中国国境近くにあつめて活発に演習させよ、場合によっては国境を越え、中国軍と小競合をやってもよいとの指令が参謀本部からとどいた。

陽動作戦だった。南仏印には陸海軍の航空部隊が着々集結しつつあった。対米開戦となれば、それら航空部隊は南仏印を飛び立ってマレー半島、フィリピン、香港に先制攻撃をしかけることになる。

南仏印に進駐した第二十五軍は先遣隊がマレー半島へ、主力が南タイに上陸し、シンガポール攻略を目ざすことになっていた。四万の将兵が上陸演習をくり返している。

日本軍としては、第二十五軍の動きをなるべく隠しておきたかった。だから長らの北仏印派遣軍へ派手《はで》な演習を命じてきたのだ。その動きを見れば各国の記者もスパイも日本軍が中国へ攻め入り、雲南省の昆明攻略に向うものと思うにちがいなかった。

長は大隊長を呼んで、演習の強化を申しわたした。とくに山岳戦と夜襲の訓練に重点をおくように指示した。

「昆明を奪うためには山岳戦が不可欠だ。夜間演習を派手にドンパチやれば、いかにも大軍がいるように見える。木曽義仲《きそよしなか》の倶利伽羅《くりから》峠の故事にならうわけではないが」

二人の大隊長は納得して去っていった。

敵をあざむくにはまず味方からだ。部隊は本気で昆明攻略を目ざすにちがいない。

十一月中旬の夜おそく、長はキャバレー『ブルーシャトー』に出向いた。十日ぶりだった。

セシルが例によってしなやかな身のこなしでやってきて席に着いた。花の香りがする。長の贈ったシャネルを使っているらしい。

「大佐、今夜私、燃えているの。もうおそいから最後までいっしょにいてね」

いきなりセシルは長の右手を両手で包んで自分の顔へもっていった。

指に歯をあてた。かなり痛かったが、情熱のあらわれのように長には感じられた。

シャンパンで乾杯したあと、しばらく世間話をした。いまハノイで上映中の映画『望郷』についてセシルは熱心に語った。主演のジャン・ギャバンのファンだという。長に似ているのだそうだ。

「三日まえに日本の大使が着任したよ。知っているだろう。大使府は総督府のすぐ近くだ。そのうちきみに大使を紹介しよう」

「ありがとう。大使府ってどのくらいの規模になるの。二、三十人ぐらい？」

「コックや運転手までいれてそんなものだろうな。大使は芳沢謙吉《よしざわけんきち》。中国大使や外務大臣をやったことのある大物だよ。日本はそれだけ仏印を重視している」

重要でもない情報を長は流してやる。

セシルはスパイである。ドクー総督と中国軍の双方と連絡を保っている。許斐《このみ》氏利の機関や憲兵隊の調査でそれがわかった。

セシルは本名曽桂霞《ツエンカエシア》。中国人である。広東で暮していたが、貿易商だった父が日本軍に反乱容疑で殺害された。桂霞はハノイに逃れ、大学で心理学をおさめて教員になった。

ハノイのフランス軍中尉と結婚した。が、結婚二年目に第二次大戦が勃発、夫は部隊とともに祖国防衛に動員され、戦死してしまった。以後、桂霞は総督府の要員となり、ハノイで情報蒐集《しゅうしゅう》にあたっている。

『ブルーシャトー』をしばしば桂霞は休む。中国軍の要員などと連絡をとりあっているらしい。父を日本軍に、夫をドイツ軍に彼女は殺された。日本とドイツには深い恨みを抱いているはずである。

「大佐どの。あの女は危険です。寄せつけないほうがいいと思いますが」

許斐は心配そうだった。

「大丈夫だよ。こっちが利用してやる。別れるのが惜しい女でもあるんでのう」

後半のほうが本音だった。

以前ほどしばしば会っていない。いまはせいぜい十日に一度である。

シャンパンを飲んで話したり、ダンスしたりしていると午前零時になった。店はまだ営業しているが、ダンサーはもう帰宅してもかまわない。長は曽桂霞のセシルといっしょに『ブルーシャトー』を出た。

タクシーは数がすくなくて拾えない。近づいてきた洋車《ヤンチョ》に二人は乗った。自転車に乗った人間の曳く人力車である。

メトロポールホテルへ二人は向った。遠くで砲声がきこえ、夜空を絶え間《たま》なく銃火が飛び交《か》う。仏印派遣軍が夜間演習をつづけているのだ。

「怖いわ。近いうち戦争があるの」

身を寄せてきてセシルが訊いた。

花の香りのなかからセシルの肌のぬくもりが伝わってくる。

「だれにもいわないなら教えてやる。進撃命令が出ているんだ。きょうあすではない。二、三週間先のことだが」

「進撃。どこへ。昆明」

「いくらセシルにでもそれはいえないよ。ともかくわが軍は猛訓練に入った。最近ハノイは平和だったから鍛《きた》えておかなくては」

暗い街路を洋車は左折した。メトロポールへゆく近道のようだ。ほかに人影はない。

洋車が停まった。車夫が自転車からおりる。反射的に長は軍刀の鯉口《こいぐち》を切った。

「カエシア。死んでしまえ」

車夫はさけんだ。両手に拳銃をかまえてセシルを狙う。

長は洋車を飛びおりた。足が地につく寸前、抜打ちに斬り払った。発射音と悲鳴が同時にきこえた。車夫は右手をおさえて倒れ、ころげまわっている。手首が皮一枚でつながっているらしい。

「大丈夫ですか、大佐どの」

二人の日本人が駈け寄ってきた。

許斐機関の二人の若者である。長の身辺を警護していたのだ。

若者が懐中電灯で車夫の顔を照らした。セシルが洋車からおりて車夫を眺め、

「李紈《リファン》。やっぱり」

とつぶやいた。

何者、と長は訊いた。だまってセシルはかぶりをふってみせる。

長はちり紙で軍刀の血糊《ちのり》を拭《ふ》きとり、鞘《さや》におさめた。足で車夫を指《さ》して
「この男を憲兵に引きわたして手当てさせてくれ。訊問すればなにか吐くだろう」

二人の若者に命じた。

「憲兵にはわたさないで。病院へ」

セシルがすがるように長を見上げる。

「なぜだ。こいつはきみを殺そうとしたんだぞ」

「事情があるの。プライベートなことなのよ。憲兵には用はないわ」

「病院へ運んでも警察の訊問を受けなくてはならんだろう。それでも病院のほうがいいのか。わかった。では警察だ」

二人の若者は手拭《てぬぐ》いで車夫の手首を縛り、洋車に乗せた。

一人が自転車を漕《こ》いで去っていった。

ホテルのほうへ長とセシルは歩きだした。

「私のこと、もうわかったんでしょう。憲兵隊に引き渡さないの」

「渡したくないね。愛しているから」

こんな台詞《せりふ》は日本語ではいえない。フランス語だから口に出せる。

「でも私、長大佐を殺さなくてはならないのよ。身分を知られたら殺せといわれてる」

「きみは殺さないさ。このあいだベッドでおれを射たなかったじゃないか」

「ああ、あれ。あれは別よ。あそびだもの」

セシルは肘《ひじ》で長を突いた。

暗くて表情は見えない。だが、不意をつかれて照れているのはわかる。

「今後のことを相談しよう。きみは危険な立場にいるようだからな」

そのまま二人はホテルへ入った。

部屋の窓ぎわのテーブルをはさんで椅子に腰をおろした。郊外で日本軍の演習がまだつづいている。砲火が夜空を飛び交っていた。

「さっきの男、中国軍のスパイなんだろう。われわれの会話をきいてきみを射とうとした。情報を中国軍へとどけて、自分の手柄《てがら》にしたかったんじゃないのか」

「そうだと思う。それにプライベートな事情もあるわ。李紈に私、結婚を申しこまれていた。陰気な男なので、嫌いだったの」

李紈はベトナム語の新聞の記者である。

まさか洋車を漕《こ》いでいるとセシルは思わなかった。眼鏡《めがね》をかけて変装してもいた。彼が近づいてきたとき、どこかで見た男だと思ったが、とくに気にもせず洋車に乗ってしまった。

長に右手を斬られなかったら、李紈はセシルのあと長にも発砲したはずである。仕損じても逃げれば済むと思っていたのだろう。

また砲声がきこえた。サーチライトが夜空に延びている。高射砲の訓練のようだ。

「きみは総督府の情報要員なんだろう。中国側とも連絡できるようだな」

いわれてセシルはうなずいた。総督府と重慶政府の連絡係でもあるらしい。

「きみに頼みがある。日本軍のためではなく平和のために力を貸してくれないか」

長はセシルをみつめた。

断わられれば憲兵隊へ引き渡すしかない。日本のためにならない女なのだ。

「長大佐に情報を流せっていうの。無理よ。いくらあなたのためでもできない。すぐにばれて私、殺されてしまうわ」

「情報がほしいわけではない。重慶政府の然《しか》るべき人物と話がしたいんだ。日本と中国の停戦について交渉したい」

「政府の偉い人を長大佐に——。無理よ。私、重慶へいったこともないんだから」

「情報機関をつうじて伝えてくれればよい。下から話を始めて、だんだん上へもちあげてゆけばいいんだ。おれはどこへでもいくよ。一人で重慶へいってもいい」

セシルがスパイだとわかってから、ずっと考えていたことだった。

日中戦争は底なしの泥沼である。きりもなく戦費をつかう。人命の損傷も大きい。一日も早くケリをつける必要がある。

まして近いうち対米戦が始まるのだ。いまのままでは日本は背中の敵を追い払いながら正面の敵と戦うようなことになる。なんとか蔣介石と手を結んで、背後の不安なしに戦わなければならない。

もちろん日本側もさまざまなルートを通じて重慶政府と和平工作をおこなってきた。ドイツ公使に仲介させたり、イギリス公使を動かしたり、蔣介石に関係あるさまざまな中国人を通じたり工夫を凝《こ》らしてきた。蔣介石も話合いに応じようとしたことがある。日本以上に中国は戦争で疲弊している。

だが、どの場合も正式の交渉には至らなかった。なまじ戦局が有利なだけに、日本側の要求が過大すぎたのである。占領地からわずかしか撤兵しなかったり、経済権益をゆずらなかったり、中国の内政に干渉する条件をつけたりした。蔣介石の辞職を要求したこともあった。いずれも中国側の呑むわけにいかぬ条件提示だった。

だが、最近は重慶も日本軍の空襲で気息奄々《きそくえんえん》の状態である。イギリスやアメリカの援助でようやく息をついている。

日本が米英に宣戦し、タイ、ビルマ方面へ進出すれば、完全に援蔣ルートはとざされる。米英にしても日本、ドイツとの戦争で手一杯で、中国支援の余力がなくなる。蔣介石は孤立無援となるわけである。

重慶へ日本軍が進撃すれば、蔣介石はさらに奥地へ逃げるしかない。こんどこそゆきづまって降伏する可能性も高い。だが、正直いって日本にも広大な中国の奥地にまで攻めこむ力はなかった。対米英戦が始まればなおさらである。いまは相当の譲歩をしても中国と和平を達成するべきである。

蔣介石もしたたかである。日本が息切れしかけていると知れば、足もとを見て和平条件を高く吹っかけてくるだろう。絶対に弱味は見せられない。充分に余力のあるふりをして和平を呼びかけなければならない。

中国のほうが停戦を望んでいるのはたしかである。『名誉ある停戦』の道をひらけば、乗ってこないものでもない。長はやってみるつもりだった。中国との和平交渉に成功すれば、アメリカの空母、戦艦を全滅させるのに匹敵する功績になる。

「どうだろう。力を貸してくれないか。重慶政府の然るべき人と、和平の下交渉をやりたいのだ。なんとか向うに連絡してくれ」

テーブルの上で長は両手でセシルの右手を握りしめた。

彼女の手を自分の口へもっていって指を嚙《か》んだ。店でセシルがしたことの真似《まね》である。

セシルは照れ笑いをした。

「日本と中国の和平のために働いても、べつに総督府から処罰されることもないだろう。なんならわしからドクー総督へ話をしてみてもよい。総督がわしにスパイをつけたことは不問に付して――」

「そうね。それなら私も動きやすいわ」

しばらく考えてセシルは答えた。暗かった表情が明るくなった。

「そうだ。話が煮つまったら、ドクーに和平交渉の仲介をさせよう。日本側からは芳沢大使や軍司令官にも出馬してもらう。なんとかなるかもしれないな。うん、これは面白《おもしろ》い」

長は立ってセシルを抱きしめた。

くちづけをかわした。セシルがいとしくてたまらなくなる。この女はものすごく大きな利益を日本にもたらすかもしれないのだ。

情熱にまかせて長はセシルのドレスをぬがせにかかった。肩や背中があらわになり、ドレスはやがて床に落ちる。

下着類を剝《は》ぎとる。たちまちまぶしい裸身があらわになった。彼女は長の巨体にとりつき、軍服を脱がせてゆく。ベルトを外し、軍刀と拳銃をテーブルにおく。

あらためて二人は抱きあった。かわいたすべすべした肌が、快くおたがいを刺激しあった。シャワーをあびたあとの湿った肌よりも、かわいた肌のほうが親密な感じがする。触れあうとかすかにくすぐったいからだ。

長はセシルを横抱きにかかえあげた。高い声で笑って、セシルは両手で長の首にすがりついた。子供に帰った気分らしい。

「セシルは憲兵隊に渡さんぞ。愛しているんだからな」

横抱きにしたまま、長はシャワールームへセシルを運んでいった。

高射砲音がきこえる。祝砲のようだった。

「長大佐と私、今夜初めて恋人どうしになるのよ。ほんとうの恋人どうし」

セシルが首をのばしてくちづけにくる。


あくる日の朝、長はいつものように総督府を訪問した。総督室でドクーと挨拶をかわし、いきなり切りだした。

「曽桂霞に日中和平の仲介を頼みたいのです。許可をいただけるでしょうな」

肩を怒《いか》らせて長はドクーを睨みつけた。

こんな場合、よけいなことをいわないのが軍人の交渉術である。長は練達している。

「曽桂霞――。ああ、あの女」

ドクーは狼狽した。一瞬シラを切りかけて思いとどまった様子である。

「日中和平に総督はまさか反対はなさらんでしょうな。曽桂霞に協力を命じてください。

ゆくゆくは総督閣下にも和平への口添えをお願いすることになる」

「わ、わかりました。異存ありません。和平万歳《ばんざい》です。達成したいものです」

それで話がついた。総督からも中国側へ連絡をとってくれることになった。

『ブルーシャトー』からセシルの姿が消えた。十日の休みをとったという。中国へ入ったらしい。うまくいけば重慶政府へ直接接触できるかもしれない。

毎日、長は待ちわびた。十日間をすぎてもセシルは店に姿をあらわさなかった。心配になってくる。セシルの曽桂霞は日本のスパイの疑いをかけられたのではないか。

彼女を射とうとした李紈は傷害未遂で拘置所に入れられたままらしい。痴話《ちわ》喧嘩のはての犯行と供述しているということだ。

曽桂霞から連絡が入るまえ、参謀本部から十二月六日、極秘の電報がとどいた。

明後八日午前零時を期して日本はアメリカ、イギリス、中国に宣戦を布告する。同時に作戦を開始するというのだ。中国とは戦争状態にありながらまだ正式に宣戦布告をしていなかった。

「ついに始まるのか。海軍はパールハーバーをやるらしいが、その成否が大きな意味をもつだろうな」

長は武者ぶるいして空を見上げた。

8

太平洋戦争の開始があと二日にせまった。ハノイの陸軍武官事務所には、午後から夕刻にかけてつぎつぎに暗号電報が入った。

日本時間の十二月八日午前零時をもって第二十五軍はマレー半島シンゴラ、コタバルなどへ上陸作戦を開始する。一部はタイ国へ入り、ビルマ目ざして進軍する予定である。ハノイ周辺は新しく進駐してきた第十五軍が防衛にあたる。

南中国にいる第二十三軍は香港へ進攻を開始する。各地の陸軍航空部隊はマレー半島上陸部隊を支援するかたわら、フィリピンを爆撃してあとの上陸作戦にそなえる。

一方の海軍機動部隊は千島《ちしま》列島の基地を出撃してハワイへ向っている。真珠湾《しんじゅわん》に碇泊中のアメリカ太平洋艦隊へ、総力をあげて奇襲作戦をかけるのである。

作戦の全貌がほぼ明らかになった。黒板に貼られた大きな白地図を眺めて、長勇は感嘆の唸り声をあげた。まったく大規模な作戦である。大日本帝国の存亡を賭《か》けた戦争であることが一目でわかる。

全作戦の推移が刻々と把握できる参謀本部に身をおいていないのが、長は残念でならなかった。各戦場の状況の変化に応じて策を練り、指令を発する部署にいたら、どんなに張合いがあるだろう。自分の手で国の運命を切りひらいている喜びと責任感で全身がふるえるにちがいない。

長のそんな思いを察《さっ》したように、そばにいる花井《はない》少佐が話しかけてきた。

「長閣下、自分は口惜《くや》しいです。せめて軍司令官といっしょにマレーに上陸したいです。国運を賭けた戦争が始まろうという日に、ハノイでフランス人のお守《も》りだなんて」

花井少佐はため息をついた。

この十月、長は少将に進級した。四十六歳で閣下と呼ばれる身分になったのだ。

ほぼ同時に印度支那派遣軍は解体され、主力は第二十五軍に吸収された。長は第二十五軍参謀副長を命じられたが、任務は以前と同じ仏印総督府との外交交渉である。三カ月まえ赴任してきた芳沢謙吉大使の補佐役を、海軍武官とともにつとめることになった。

第二十五軍司令官は新任の山下奉文《やましたともゆき》中将である。のちに『マレーの虎』の異名《いみょう》をとった巨漢の将軍だった。青年将校に信望の厚い皇道派の大物だったが、二・二六事件で青年将校を裏切って信用を落とした。東条首相に嫌われ、力量のわりに不遇といわれている。

山下中将はいま将兵とともにシンゴラへ向う船のなかにいる。困難な敵前上陸を指揮することになるのだろう。

「口惜しいか。わしはちがうな。ハノイにいられてもっけのさいわいじゃと思うとるぞ」

回転椅子の背に体をあずけて長は答えた。

口惜しいのはたぶん花井以上である。だが、正直にそれを表明はしない。

「は。どういうことでありますか。そりゃドクー総督との大事な交渉を控えておられるのは知っていますが、軍人たる者、直接戦さにかかわるほうがやはり本望では」

「戦さにもいろいろあるぜ。ドンパチやるだけが能ではない。後方にいてとほうもない勲《くん》功《こう》をあげるすべもある」

「わかりませぬ。諜報戦のことですか」

「まあそんなところだ。戦場ではみんなが勲功を競《きそ》う。一番槍《やり》を狙う男がひしめいている。そんなところで働いても、抜きん出るのは難しい。しかし、後方ではみんなのんびりしている。その隙《すき》に大砲をぶっ放す」

近くにいた二、三の武官も、興味ありげに長の話にきき入っていた。

種明かしを長はしない。いや、まだ胸を張って公表できる段階ではなかった。重慶政府との和平交渉の糸口をさぐっている曽桂霞からまだなんの連絡もないのだ。彼女の所属機関と重慶政府の要人のあいだには何重もの壁があって容易に連絡がつかないのだろう。

だが、この計画がうまくすすめば、まさに回天の大事業である。日本はもう背後の中国を問題にせず、対米英戦に全力を投入できるのだ。陸軍少将長勇は日中戦争の泥沼から国を救いあげた大功労者ということになる。

もちろん和平交渉の下打合せがそんなに順調にすすむはずはなかった。日中戦争が始まってまもなくのころから、日本軍はさまざまなルートをたどって中国政府に和平交渉を呼びかけている。そのルートの数は十七もあると、大本営の将校がいっていた。

ドイツやイギリスの中国公使を通じての交渉が一時成功しそうになった。三年まえ、四年まえのことだった。だが、いずれも日本側の要求が過大で、中国に拒否された。

日本の情報将校と重慶政府の関係者が話しあったことも、何度もあった。香港や上海がその舞台になった。だが、中国側の代表がくだらないブローカーのような男だったり、日本側の様子をさぐるのを目的にしていたり、いずれも途中で話がつぶれた。

しかし、こんどは事情がちがう。日本との戦争が始まれば、アメリカもイギリスもこれまでのように中国を援助できなくなる。重慶政府は孤立し、戦意を失うはずだ。上海、南京、杭州《こうしゅう》の三角地帯と中国北部の一部を除くすべての地域から日本兵を引揚げるという条件を出せば、蔣介石も首をたてに振るにちがいない。

「くわしいことはまだいえんが、そのうちあっとおどろかせてやるぞ。貴公ら、身辺をきれいにしておけよ。いまにとほうもなく危険な任務につかせるかもしれん」

長は笑って武官たちを見まわした。

いずれ中国内へ入って重慶政府の要人と交渉する日がくるかもしれない。その場合、三、四人は随員が必要である。一つまちがうと生きて還《かえ》れぬ任務になる。

武官たちはまじめな顔でうなずいた。駄法螺《だぼら》だと受けとる者はいない。長が口さきだけの人間でないのをみんな知っているのだ。

無駄話をやめて、長はあさってドクー総督へ提出する予定の書類の点検にとりかかった。戦争中、全面的に日本へ協力させるための協定を、仏印総督府と結ばねばならない。細部までよく研究しておく必要がある。

「閣下。ずいぶん楽しそうなお顔ですね。われわれは緊張で胃がひきつる思いなのに、閣下だけわくわくされておられる」

花井にいわれて長はわれに返った。

たしかに笑《え》みが顔にあふれている。だが、戦争を面白がっているわけではなかった。全軍がまなじりを決して大戦争に臨《のぞ》もうとしているとき、たった一人自分は和平工作に着手した――そう思うと愉快でたまらなかったのだ。先頭に立って突撃するのとはまたちがった充実した気分である。涼風を全身に受けながら大陽に向って歩いている心地だった。

「そりゃ愉快じゃよ。多年の臥薪嘗胆《がしんしょうたん》が報《むく》われようとしておるのだから。しかし、貴公らそんなに青ざめておっては防諜上も良くないな。スパイの目をくらますために、今夜はキャバレーへくりだすか」

若い将校たちはたちまち相好《そうごう》をくずした。いっせいに机に向って仕事を始めた。

夜、長は約束どおり武官事務所の七名の将校をつれて盛り場へ出た。中華料理を食べたあと『ブルーシャトー』へくりこんだ。

曽桂霞のセシルは店に出ていない。ずっと休みがつづいているという。やはり中国へ入っているのだ。

かえって長は気が楽だった。将校たちが酔って開戦のことを口に出さないかという心配をしないで済む。

「きょうはおれの愛人が休んでいる。こっそり浮気するからいい娘を頼むぜマダム」

客にホステスを紹介する役目のやとわれマダムに、長は機嫌よく声をかけた。

バンドが季節外れの『巴里《パリ》祭』の演奏を始めた。大戦争の前兆はまだどこにも見あたらなかった。

あくる日の朝十時、長勇は海軍武官堀内茂忠《ほりうちしげただ》大佐とともに駐仏印大使府を訪問した。重大なお報《しら》せがある、と予告したので、芳沢謙吉大使は緊張の面持で待っていた。

芳沢は一見間《ま》のびした顔立ちの好々爺《こうこうや》だが、眼光はするどく、小柄な体に気迫と闘志をみなぎらせた老人である。一度国粋主義者の巨魁内田良平《うちだりょうへい》をめぐって長と激論になり、怒って長が声を荒らげたところ、芳沢は、

「わしは陛下の命《めい》をおびて赴任してきた大使であるぞ。無礼であろう」

と一喝してきた。

陛下の一言《ひとこと》に軍人は弱い。失礼した、と長も詫《わ》びざるを得なかった。文官にしては肝《きも》の

すわった爺《じい》さんだ、と長はそれ以来芳沢大使に一目おくようになった。

いつもとちがって長も堀内大佐も厳粛な面持だった。並んで芳沢大使の机のまえに立ち、うやうやしく敬礼する。芳沢も立って、だまって会釈《えしやく》を返した。

「大本営よりの伝達事項を申しあげます。帝国陸海軍は、日本時間の十二月八日午前零時を期《き》して米英両国ならびに中国へ宣戦いたします」

低い声で長は告げた。

「八日午前零時——。きょうの真夜中か」

芳沢大使の顔が紅潮した。

とうとうやるのか。彼はつぶやいた。失意の色が目にあらわれた。

芳沢は「あわてずさわがず」をモットーに粘り強い交渉をやる外交官である。辛抱づよく対米交渉をつづけて、なんとか戦争を回避したかったにちがいない。

「仏印とのあいだにかわす軍事協定案を持参しました。細部をご説明いたします。明朝、総督府へ出向いてドクーに調印させます。大使からもお口添えをお願いします」

長は協定案の文書をとりだした。

応接用のテーブルを囲んで三人は腰をおろし、文案の検討にとりかかった。

仏印側は仏印防衛のため、いっさいの機関をあげて日本軍に協力すること。仏印側は国内の治安を確保し、日本軍の後方を安全に保つこと。必要なら日本軍は仏印側に協力する。また日本軍はおもに南部仏印の、仏印軍はおもに北部仏印の防衛を担当する——。

要するに有無《うむ》をいわせず仏印に戦争協力をさせようという内容だった。軍事施設や交通、移動の手段、軍需物資の調達などについても一つ一つこまかな規定がある。大本営と連絡をとりあって作成したのだ。これらについてはあすたっぷりと時間をかけて仏印側と協議する予定である。

「かなり強圧的な内容だな。ドクー総督はすんなり呑むだろうか」

芳沢大使は首をかしげた。外交交渉はつねに長びくものときめこんでいる。

「すぐかたづきます。もう戦争なんだ。ぐずぐずいわせないであす中に調印させますよ」

銃口を突きつけてでも長はドクーに協定を承認させるつもりである。

検討を終えて長と堀内大佐はそれぞれの武官事務所へもどった。重大な連絡がとどいていた。広東の近くの中国軍支配地域で、中国の民間航空機が墜落した、その飛行機には広東の第二十三軍へ香港攻略命令を伝達にいった参謀本部の杉坂共之《すぎさかともゆき》少佐が搭乗していた。したがって、八日午前零時開戦の命令書が中国軍に押収され、米英へ通報されたかもしれないというのだ。

いまさら開戦は延期できない。わるくすると日本軍は手ぐすね引いて待っている敵に攻撃を仕掛ける羽目《はめ》になるかもしれない。いや、最悪の場合、米英側から先制攻撃をうけないともかぎらない。厳重注意せよと大本営からいってきたのだ。

「まずいことになりましたね。閣下は杉坂少佐をご存知でしょうか」

花井少佐らが心配そうに長を頼んだ。

「知っているよ。陸大の恩賜《おんし》組で、たしか剣道五段だ。あいつなら命令書を奪われるようなへマはやるまい。絶対に始末するよ」

目の澄《す》んだ、さわやかな印象の杉坂少佐を長は思いうかべた。

墜落した飛行機がたとえ炎上しなくとも、杉坂なら手ぬかりはないはずだ。命令書を敵にわたさず死んだにちがいない。

それにしても惜しいことをした。開戦直前の戦死では本人もさぞ無念だったろう。

広東のほうを向いて長は黙禱《もくとう》をささげた。若い武官たちもそれにならった。いまにいち黙禱しきれないほど戦死者が出る。いや自分自身があすは戦場で生命《いのち》を落す運命なのかもしれないのだが、そのことはなるべく考えたくなかった。

9

夕刻、武官事務所の受付にいた兵士が、一枚の紙きれを長へ手わたした。

街であそんでいた少年が通りがかりの女性に頼まれてとどけにきたのだという。

曾桂霞からの伝言メモだった。チュドー通り二丁目のＬ・ロイ・ホテルで待っている。

すぐきてほしいとフランス語で書いてあった。

総督府や中国のスパイの目がほうぼうで光っている。武官事務所を訪問するのは危険なのだろう。

長はすぐに出かけることにした。チュドー通りといえば貧民窟に近い下町である。少尉と上等兵一人ずつに同行を命じた。ほかに許斐《このみ》機関の見張りもつくはずである。まず危険はないだろう。

公用車で長らは出かけた。ふり返ると許斐機関のルノーが見えかくれについてくる。

西の空が燃えるような夕焼けだった。積乱雲がそびえ立ち、裾野が赤く焼けている。住宅のフェンスや通りのまんなかの花壇のブーゲンビリアの赤色が急に褪《あ》せた感じになった。反対に、ところどころ目につく火焔樹《かえんじゅ》は夕陽をあびてかえって勢いづいて見える。

やがて午後七時なのに、ひどく暑い。通りをゆききする人々は一様に憂鬱そうに顔をしかめている。肌をさらすには昼間の日光が強すぎるので、長袖《そで》の色シャツを着た人々が多い。日本とちがって白シャツの市民はすくなかった。白い衣服は葬式のとき着るものだそうだ。

チュドー通りに入った。煉瓦《れんが》づくりの長屋が通りに面して並んでいる。

自転車、シクロ、牛車がまじりあって車道をゆききしている。歩道には人がうじゃうじゃいた。新聞、花、アイスクリーム売りがそれぞれ布を敷いて商品を並べている。歩道にじかに腰をおろして談笑したり、しゃがんでタンメンを食べたり、バクチをする者もいた。子供たちが駈けまわっている。いそいで通りぬけようとしても、そうはいかないのが下町の通りだ。

ロイ・ホテルのまえに車を停めた。くすんだ三階建てのホテルである。猫のひたいほどのロビーへ入ると、異様な匂いがした。暑い国なので、下町ではどこへいってもなにかのくさった匂いがする。

受付で訊くと、204号室が曽桂霞の部屋だった。少尉と上等兵をつれて、せまくて暗い階段を長はのぼった。その部屋のドアは三〇センチばかり開《あ》いていた。声をかけると、曽桂霞が顔を出した。

「ようこそ。わるいけど一人で入って」

硬い表情で桂霞は告げた。

少尉と上等兵を待たせて長は部屋へ入った。四十歳ぐらいの、くたびれた褐《かっ》色の半袖シャツの男が椅子から腰をあげた。やせた貧相な男だが、目つきはするどい。

傳立夫と桂霞は彼を紹介した。中国の諜報機関の一員だという。きのうまで桂霞は中国国境近くの老開《ラオカイ》という町にいて、中国側と連絡をとりあったのだ。

「大佐ときいたが、長大人は少将なのか」

長の夏服の襟章《えりしょう》を傳はみつめていた。

ベタ金の少将の階級章がついている。桂霞がおどろきの声をあげた。

「つい最近昇進したばかりなのだ。わしは第二十五軍の参謀副長で、駐在武官でもある。責任をもって交渉できる身分なので、どうか信用してもらいたい」

いわれて傅は長に椅子をすすめた。

うす汚れたマットが載った鉄製のシングルベッドが一つと、粗末な椅子テーブルがあるだけの部屋だった。椅子が二つしかないので、桂霞はベッドに腰をおろした。スプリングが苦しげな呻き声をあげる。

「少将が誠意をもって交渉にのぞむ証拠に情報が一つほしい。日本は対米英戦に踏み切るのだろう。宣戦布告はいつなのだ」

まっすぐ長をみつめて傅立夫は訊いた。

何秒か長は沈黙した。日本とハノイの時差は二時間である。日本時間の八日午前零時は、当地では七日午後十時にあたる。開戦まであと三時間あまりだ。陸海軍ともすでに攻撃準備を終えているだろう。当地時刻で午後十時と教えてやっても、支障はないはずである。だが、ただで情報をやるわけにはいかない。

「わかった。教えよう。しかし、こっちも知りたいことがある。三日ばかりまえ、広東付近で中華航空機が墜落した。日本軍の将校や下士官が数名乗っていたはずだが、生きているかどうかわからないか」

さきにそれを知りたい。教えてくれれば開戦の時期を明かそう。長は腕組みをした。

「ああ、その件なら知っている。旅客機にはパイロットをふくめて十八名が乗っていた。うち日本の軍人は八名。ほかの者はみんな死んだが、軍人三名が逃亡した。その三人のうち一人は翌日発見され、射合いのすえ白刃をふるって突撃して射殺された」

逃亡者を探索せよという布告が広東付近の中国軍に発せられたらしい。

「そうか。三名が脱出したのか」

長は安堵の息をついた。

全員が即死しないかぎり、機密文書を焼くひまはあったはずだ。翌日、勇敢な斬込みをやったのがたぶん杉坂少佐なのだろう。

「これでいいだろう。さ、教えてくれ。宣戦布告はいつなのだ」

傳立夫は食いつくような表情になった。

「教えよう。七日午後十時。あと三時間と少々というわけだ」

いわれて傳も桂霞も顔色を変えた。

「あと三時間。そんなに早いの」

「七日午後十時。まちがいないな。攻撃の場所はどこだ、香港か、フィリピンか」

ふるえながら傳は訊いた。

無理もない。いまこの情報を重慶へ打電できたら、二階級特進ものの大殊勲だ。

「それは教えられないよ。開戦時刻を洩《も》らしただけで、こっちは銃殺ものだ。それだけ真剣に和平交渉を考えている」

「言え。午後十時。どこを攻撃するのか」

傳はさけび、ズボンのポケットから拳銃をとりだした。

充分に長は間合をはかっていた。机のうえの灰皿をつかみ、傳の右手を一撃する。不発のまま拳銃は床に落ちた。桂霞が寝台から飛びおりてそれを拾う。

横っ飛びに傳は窓に飛びついた。この事態を予想していたらしく、窓はあけ放されていた。窓枠に這いあがったところを、肩をつかんで長は室内へ引きずり倒した。物音をきいて少尉と上等兵が駈けこんでくる。少尉に拳銃を向けられて傳はおとなしくなった。

上等兵に命じて長は傳立夫に捕縄をかけさせた。武官事務所へ拘束し、午後十時に釈放するよう少尉に指示する。

「きみも拘束する。いっしょにくるんだ」

桂霞に声をかけて、さきに立って部屋を出た。少尉が傳の拳銃を受けとった。

大型の公用車なので、六人乗りが可能だった。上等兵と傳が助手席にすわる。長と少尉は桂霞をはさんで後部座席に腰をおろした。

「なあ傳立夫。早く重慶へ電信を打って手柄を立てたいのはわかる。しかし、そんなのは小さな個人の功名心《こうみょうしん》だ。それよりもっと大きな仕事をやろうじゃないか。日中の和平が実現したらきみの名は歴史に残るんだぞ」

中国語で長はいいきかせた。

傅はうなずいた。済みませんでした。小声で詫びをいった。かならず重慶政府の要人と連絡をつけますと約束する。

武官事務所で二人の部下と傅立夫を公用車からおろした。運転手に命じてメトロポールホテルへまわってもらう。

「私、寄り道するひまはないんだけど。総督府の調査部門のミーティングがあるの」

「それならなおさら解放できんぞ。きみは極秘情報を握ったんだから。十時まで拘束する。その時刻になれば、どこへ通報しようとも手遅れだからな」

「私なにもいわないわ。絶対に洩らさない。だから行かせて。出席しないとまずいの」

「だめだセシル。きみを信じないわけではないが、きみの意志に反して情報が洩れることはある。結果、何百何千という日本兵の生命が失われるかもしれないんだ。祖国にたいしてそんな裏切りをするわけにはいかん」

愛情よりも束縛の意をこめて、長は曾桂霞の手を握りしめた。

本名は曾桂霞だとわかったが、呼ぶときはやはりセシルのほうが自然である。

あきらめたように桂霞は長の胸に頭を寄せてきた。いつのまにか日が暮れて、街には灯《ひ》がともっている。はるか国境方面の夜空がぱっと曳光弾《えいこうだん》で明るくなった。第二十三軍が、開戦擬装のための夜間演習をしているのだ。

ホテルの部屋へ二人は入った。桂霞のいたみすぼらしいホテルにくらべると、天と地ほど舞台が異なっている。

「きみには感謝しているぞ、中国の機関とよく連絡をつけてくれた。傳立夫はきっと働いてくれるだろう。ほんとうに日中の和平が実現するかもしれない」

窓ぎわの椅子に長は腰をおろし、桂霞にも椅子をすすめた。

あと三時間で開戦である。そう思うと、さすがに性の欲望が湧いてこない。十時まで桂霞といっしょにいて、あとは武官事務所にもどり、戦況報告を待つ予定である。

「私、日本軍を憎んでいたわ。父を殺されたんだから。日本軍に復讐するつもりだった。でも、いまはちがう。復讐よりも大切なのは和平だと思うようになった。平和になれば殺しあいはなくなるんだから」

「それはそうだ。平和に越したことはない。日本だって好んで戦争をするわけではない。このままでは国が発展できないから」

「アメリカやイギリスとなら、日本はどんどん戦争すれば良いのよ。アジアの利益になる面もあるんだから。でも、中国とは止《や》めてほしい。これ以上中国人を殺さないで」

「セシル。だから和平工作をやろう。早晩米英の援助が止まって、重慶政府はやっていけなくなる。どうせそうなるなら、早く手打ちを済ませるほうがいいんだ。蔣介石だって、肚《はら》ではそう思っているよ」

話しながら長はボーイの呼鈴を押した。

ボーイがやってきた。ビールを二本だけ注文する。祖国が大戦争に突入しようとしている現在、飲むのはいかにも不謹慎だが、そう考えれば考えるほど飲まずにいられない。

部屋を出てゆくボーイを追うようにして、桂霞は洋服簞笥《だんす》のまえに立った。着ていた粗末な中国服をぬぎすてた。若さと成熟がみごとに釣合った裸身がかがやき出る。

「ミーティングはあきらめたわ。服をぬいだら、はっきり決心がついた」

バスルームに桂霞は消えた。

会合に出席せず、長といっしょにいたことがばれたら、桂霞は総督府の調査機関から睨まれるにちがいない。ひょっとすると生命《いのち》を狙われるかもしれない。

あすドクー総督に桂霞を保護するように頼んでやることにした。彼女は日本へ寝返ったわけではない。日中和平のため働いてくれているのだ。

バスルームから桂霞が出てきた。一糸まとわぬ姿のまま白い蚊帳《かや》に覆《おお》われたベッドへ倒れこんだ。目をとじて、右手で自慰を始めた。一刻も早く性の世界へ逃げこもうとしている。ミーティングのことがやはり気になるのだ。

いそいで長も軍服をぬいだ。拳銃だけもってバスルームへ入り、シャワーをあびた。体を洗っていると、扉をノックする音がきこえた。ボーイの声がした。長はガウンを着て扉をあけ、盆に載せたビールを受けとり、チップを支払った。あおむけに寝て、快楽をまさぐる指の動きを見せつけていた。桂霞は自慰をつづけている。ぼんやりとその姿が見てとれた。蚊帳のなかに立って、長は桂霞を見おろした。孤独な気持にかられていた。一人で桂霞は楽しんでいる。長少将など不要ですといわんばかりである。長には、桂霞がだれか目に見えない男に愛撫されているように思われてきた。激しい嫉《しっ》妬《と》に彼はかられた。

桂霞の腕をつかんでうつぶせにひっくり返した。腕をねじあげ、ガウンの帯でうしろ手に縛りあげる。目かくしをした。軍服のズボンからベルトを抜きとってくる。

「おれは用なしだというのかセシル。バカにしやがって。おれをだれだと思っていやがる。舐《な》めるんじゃないぞ、この野郎」

ベルトで力まかせに桂霞の尻を叩いた。

桂霞は悲鳴をあげ、身悶える。縛られているのでいかにも苦しそうだ。また長はベルトを振りおろした。桂霞は声をあげて悶えながら両ひざをつき、尻をもちあげる。鞭《むち》をむしろ待ち望んでいるのである。

いつもなら長が責められる側に身をおくのだが、きょうは逆だった。兇暴《きょうぼう》な衝動に長は揺さぶられていた。開戦に直接関係のない部署に身をおいて、やはり苛立《いらだ》っている。数百万の将兵が生命をかけて戦おうとしているとき、この長勇がフランス人のお守り役とは。身の焦《こ》げるほど口惜しい。

「きょうこの夜、女を抱いてなにが悪い。そうさせたほうに非があるのだ」

さらに長は鞭をふるった。

大本営はもちろんどの前線部隊の司令部に身をおいても、いまこの時間に女を抱くひまなどなかっただろう。たまらなく残念である。重慶政府への和平工作も、こうしてみると不遇の身からなんとか脱出したい、切ない足掻《あが》きなのかもしれなかった。

豊満な桂霞の尻に、赤い鞭のあとが何条も並んだ。それでも桂霞は尻を突き出したままだった。長は欲望をおさえきれなくなった。ベッドへ這いあがり、位置をきめて、後方から荒々しく突き入れる。桂霞は大声をあげて揺れた。いつもよりずっと速く頂上へたどりついた。

午後九時すぎまで二人は性のよろこびをむさぼりあった。疲れきって、抱きあったまま一眠りした。起きだして、ビールを飲んだ。最初とり寄せた二本では足りない。もう二本、追加を注文した。

午後十時になった。桂霞は帰り支度をして、椅子に腰かけた長により添った。

「帰ります長少将。これから調査機関のアジトへいくわ。いままでかかって開戦時刻をさぐったことにするの。いいでしょ」

「了解する。手柄を立てさせてやれなくて済まんかったな。代りに日中和平の方面で大手柄を立ててくれ」

長の頬にキスして桂霞は去っていった。

一人になると、長もおちついていられなくなった。身支度《みじたく》をととのえ、ボーイを呼んで公用車を迎えにこさせた。こんな晩に女を抱いた自分にかすかな嫌悪をおぼえている。

武官事務所のまえで車をおりたとき、夜空に爆音がきこえた。目をこらすと、暗い空に何十もの黒点が散って一様に南のほうへ移動してゆく。国境付近の基地を発進した航空部隊がマレー半島へ上陸する山下兵団の援護に向うのだろう。

長は空に向って直立不動の姿勢をとり、航空部隊の勝利と武運長久を祈って挙手の礼を送った。爆音をきいて事務所から出てきた武官たちも、同じように敬礼した。この戦争には勝てる、と長はなんとなく信じた。

10

午前五時ごろ、大本営から海軍航空部隊ハワイ急襲成功の公電が入った。

陸軍武官事務所は歓声で沸き立った。長以下全員一睡もせず報せを待っていたのだ。

三十分ばかりのち、こんどは山下兵団マレー半島上陸成功の電報が入った。

また歓声があがった。一同は肩の荷をおろして、日本酒で乾盃しあった。あとは部下たちにまかせて長は事務所と同じ建物のなかにある居室へ入り、仮眠をとった。

朝七時半に起された。海軍武官の堀内大佐が事務所で待っているという。長は大いそぎで顔を洗い、堀内とともに総督府へ向った。日本のラジオ放送はすでに午前七時のニュースで、「帝国陸海軍は本八日未明西太平洋において米英軍と戦闘状態に入れり」の大本営発表を流していた。

総督府ではドクー総督が眠そうな顔で待っていた。六時に武官事務所からの電話で叩き起され、午前八時に長少将と堀内大佐が訪問する、待機するようにと告げられたのだ。開戦のことは昨夜、曽桂霞から伝えられたらしく、さほどおどろいていなかった。

「大変なことになりましたな。世界中が戦争を始めた。文明の危機だ」

長と堀内に椅子をすすめながら、昂奮した声でドクーはいった。

高見の見物、といった気分らしい。敗戦国はこんな場合気楽である。

長は軍事協定案の書類を出してドクーに読ませた。一方的な協力の強要だが、いまの仏印総督は拒否できる立場にはない。それでもドクーは仏印の負担をなるべく小さくしようとして、ところどころ異議をのべたり、質問したりした。寝不足もあって長はいらいらしたが、午後大筋で合意することができた。

細目の交渉を若い武官たちにまかせて、長と堀内は総督府をあとにした。

ハノイの街はいつもと同じだった。自転車、シクロ、牛車がのんびりと通りをゆききしている。めったに自動車には出合わない。歩道に並べた椅子に腰をおろして、市民がタンメンを食べたりチャダー(氷入りのお茶)を飲んだりしている。広場のすみの露店に人が群れていた。銀行や商社、旅行代理店などの並んでいるあたりはさすがに人がすくないが、歩道にはいつも何人かの乞食がすわって、外国人がやってくるのを待ちうける。

仏印軍の兵士が数名、パトロールしているのに出会った。みんなベトナム人である。一様にやせていて、半袖、半ズボンのフランス軍の制服がダブダブに見えるのだが、背負った銃だけが立派である。日本軍の三八式歩兵銃よりも彼らの銃のほうが性能が良い。

「呑気なものだな。アジアを代表して日本が米英と戦っているのに、みんな他人事《ひとごと》だ」

「仏印とか蘭印のように植民地国家に甘んじてしまうと、国民はかえって気楽なのかもしれませんな。とくに南方の国は食物が豊富だから、人心はだらける一方だ」

車のなかで長と堀内は話しあった。

日本国民に生れたことをむろん誇りに思っているが、仏印にいると、ときおり仏印人が羨《うらや》ましくなる。理想と誇りさえなければ、さらに貧乏さえ気にしなければ、人間はずいぶん気楽に生きられるのである。

ハワイ急襲の成功、マレー半島への上陸のほか、その日は山下兵団のなかの近衛《このえ》師団がタイへ平和裡《り》に進駐したことが伝えられた。同師団はタイを通って英領ビルマへ攻めこみ、将来はインドへ進攻する計画である。

フィリピン、シンガポール、グアム島なども航空部隊が空襲したはずだったが、具体的な戦果はまだ伝わってこない。中国国境や仏印国内に不穏な動きはないか、警戒して長らは時をすごした。

夜中、花井少佐に長は叩き起された。

「ハワイ空襲の戦果が発表になりました。戦艦二隻撃沈、四隻大破、空母一隻撃沈、大型巡洋艦四隻大破であります。米太平洋艦隊は全滅いたしました。

ベッドのそばでメモを読みあげる花井少佐の声は感激でふるえていた。

「そうか。やったか。日露戦争の緒戦の勝利と同じだ。これはえらいことになった」

長は起きてガウンを羽織《はお》った。

ドクー総督から贈られたシャンパンのボトルを三本、事務所へ運びこんだ。まだ居残っていた武官たちと乾盃する。今夜も空には爆音がきこえた。一波二波三波とそれはつづき、しばらく途絶《とだ》えてまた一波二波三波と夜空がふるえる。マレー半島方面を航空隊が空襲するのだろう。上陸部隊も順調に進撃をつづけているにちがいない。

開戦三日目には、戦局の大勢が判明した。日本軍の先制攻撃はどの方面でも大成功をおさめていた。勝報があいついだ。海軍の奮戦ばかり目立つようで、長らはすこし不満だったが、勝利の歓喜に変りはなかった。

航空部隊の爆撃によりフィリピンの米航空兵力は壊滅した。第十四軍の先遣隊はほとんど無血でルソン島に上陸、飛行場を占領した。第五飛行集団がそこへ集結、本隊の上陸を待つばかりとなった。

マレー半島の数地点に上陸した第二十五軍山下兵団はいずれも交戦してコタバル、シンゴラ、パタニの各都市を占領、シンガポール目ざして進撃を開始した。

十日、海軍航空部隊はシンガポールを発進して北上中のイギリス東洋艦隊を発見、陸攻七十五機をもって攻撃を加え、同艦隊の主力である戦艦プリンス・オブ・ウエールズとレパルスを撃沈した。ハワイ奇襲に匹敵する大戦果だった。これによってアメリカ、イギリスとも西太平洋における海軍戦力をほぼ失ったことになる。

中部太平洋では海軍部隊がグアム島を空襲のあと占領、さらにギルバート諸島のマキン島、タラワ島を占領した。ウェーキ島の占領には失敗したが、他方面の華々《はなばな》しい戦果にかくれて問題にはならなかった。

香港の攻撃は第二十三軍が担当した。大きな包囲網を敷き、周到な組織攻撃をおこなって一週間で陥落させる計画だった。が、歩兵二百二十八連隊の第三大隊がイギリス軍の隙をついて独断突撃を敢行、主要陣地を占領してしまった。おかげで十三日には香港は完全に日本軍のものとなった。

ヨーロッパの東部戦線ではドイツ軍が厳寒になやまされ、ロシア進攻を断念したところだった。対米戦には参加したくないのがドイツの本音のようだったが、日本の要請によりイタリアとともに対米宣戦を布告した。アメリカは英仏をはじめとする二十六カ国の単独不講和宣言に加盟、戦争は世界を二分する規模となった。十九世紀に植民地を確保した米英仏と、これから確保したい日独伊との衝突というべき大戦であった。

陸海軍の予想を上回る快進撃で、軍人の士気は大いにあがった。ハノイ周辺の駐留部隊はもちろんのこと、長勇ら駐在武官も勇んで職務に邁進《まいしん》した。

総督府に交渉し、日本商社を督励《とくれい》して軍需物資の調達にあたった。必要とする通貨を、印度支那銀行に大量に発行させなければならなかった。目ぼしい工業がほとんどないので、造船所や機械工場を建設しなければならない。航空燃料の備蓄基地も必要である。いずれも仏印当局の協力がないと、順調に事業がすすまなかった。毎日のように長はドクーや総督府の局長たち、銀行の幹部らと折衝をかさねた。通貨発行の要求がきびしすぎると芳沢大使にたしなめられ、二度目の大喧嘩になったこともあった。

年が明けて一月二日、本間雅晴《ほんままさはる》中将指揮の第十四軍はマニラを占領した。米比軍はコレヒドール島にこもって抵抗をつづけたが、西太平洋の戦局に大きな影響をおよぼす存在ではなくなった。

十日には今村均《いまむらひとし》中将指揮の第十六軍が蘭領インドシナのボルネオに上陸、二十一日に海軍部隊が同じ蘭印のセレベスに上陸した。なお同日、海軍落下傘部隊もメナドに降下をはたした。ボルネオは日本本土と同じくらい、セレベスは四国九州を合わせたほどの大島だが、ともに人口密度は低く、戦略拠点はすくない。両島とも近く日本軍の制圧下におかれるのは確実だった。

山下兵団は自転車部隊を先頭にマレー半島を南下した。開戦早々航空部隊がイギリス空軍に大損害をあたえたうえ、東洋艦隊を撃滅したので、抵抗は意外に小さかった。イギリス軍は敗走し、半島南端のシンガポール島にこもって抵抗せざるを得なくなった。同島は堅固に要塞化されているが、南側の海に向けての防禦《ぼうぎょ》が固いだけで、北の半島側にたいする防衛力はさほどでもない。しかも日本軍がシンガポール市街の生活、工業用水の三分の二を供給する貯水池をおさえたので、イギリス軍の長期抵抗は不可能になった。

二月八日未明、山下兵団は舟艇でジョホール水道をわたり、シンガポール島へ上陸した。イギリス軍の抵抗は頑強だったが、兵団は十五日、海岸地帯を除いてシンガポール市街の包囲を完成し、英軍司令官パーシバル中将に無条件降伏を決意させるにいたった。

「開戦劈頭《へきとう》わが陸海軍はたちまちにして米英艦隊を屠《ほふ》り、わずか二旬《じゅん》にして香港を、三旬にしてマニラを、しかして七旬を出《い》でずしてシンガポールを攻略し、ここに米英の多年にわたる東亜《とうあ》侵略の三大拠点はあげてわが占領するところとなったのであります」

シンガポール陥落により招集された議会で、東条英機首相は演説した。

日本本土はもちろん、外地も戦勝のよろこびで沸き立った。長ら陸軍軍人にとってシンガポール攻略は最大の快事だった。海軍にさきを越された引け目は吹っ飛んだ。同地は十九世紀以来、東洋におけるイギリス最大の基地だったのである。

「これで海軍にデカい顔をされんで済みます。軍需物資の分配などで陸軍は少々肩身がせまい思いだったですからなあ」

花井少佐らは意気さかんだった。

総督府の担当幹部を脅しあげるようにして燃料などの確保につとめていた。

シンガポール陥落の一日まえ、正午、陸軍第一挺進団（落下傘部隊）はスマトラ島パレンバンに降下、飛行場を占領して同地における連合軍航空兵力の活動を封じた。あわせて第一挺進団はパレンバン精油所をほとんど無傷で占領した。通常の上陸、進攻作戦では成功しても精油所を敵に破壊されてしまう。精油所を破壊されぬうちに占領する目的で落下傘部隊が投入されたのである。酒井《さかい》隆《たかし》中将指揮の第十六軍一個師団があとを追って上陸、二十日にはパレンバンに到着した。

シンガポール陥落のニュースのあと落下傘部隊の活躍が報道された。日本国民は熱狂した。落下傘部隊をたたえる歌『空の神兵』が制作され、テノール歌手藤原義江《ふじわらよしえ》が歌って、いっそうの戦意をかき立てた。

飯田祥二郎中将指揮の第十五軍はさらにビルマへ進撃、ラングーンを占領した。タイ国は日本と軍事協定を結び、連合国へ宣戦した。日本軍は順風満帆《じゅんぷうまんぱん》であった。将官から一兵卒までひたすら前進、敵撃滅しか念頭にない時期だった。

長勇だけが妙に醒《さ》めていた。重慶政府との和平交渉を急がねばならない。なにごとによらず人の意表をつき、人の裏を行きたがる並外れた自己顕示欲でむずむずしていた。曽桂霞からの連絡を待つかたわら、調査担当の武官の尻を叩いて、重慶政府に顔のきく人物がいないかを探しつづけた。

開戦後、さすがに『ブルーシャトー』からは足が遠のいた。曽桂霞のセシルはときおり店に出ているようだが、部下の手まえ、訪問するのは工合《ぐあい》がわるかった。重慶側と連絡がつけば桂霞のほうから連絡してくるだろう。当分、静観するより仕方がなかった。

三月中旬のある晩、長のもとへドクー総督から電話が入った。重大な用件がある、至急役所へお越し願いたいという。

通訳の田中をつれて長は出かけた。午後八時だった。日本大使府も武官事務所もまだ大勢の者が働いているが、仏印総督府はすでに真夜中のようにしずまり返っている。

総督室へ入って、長はおどろきの声をあげた。応接用の椅子に曽桂霞が腰をおろしている。会釈して桂霞は長を迎えた。

「長閣下、お呼び立てして申しわけありません。曽桂霞が良いニュースをとどけてくれたので、ぜひお知らせしたいと思って」

ドクー総督は机を離れ、応接用テーブルの正面に腰をおろした。

長と田中もそれにならった。ドクーにうながされて桂霞は話しはじめた。

「中国の諜報機関から連絡がありました。例の傳立夫がきょう訪ねてきて――」

開戦後まもなく傳は中国へ帰った。

重慶へゆき、諜報機関の上層部へ長からの申し入れを伝えた。長の身分や経歴についての調査書をあわせて提出した。

高官のあいだで討議がかわされたらしい。結論は、いますぐこの話には乗らない、太平洋の戦局を眺めようということになった。

二つ返事で和平交渉に応じては、開戦により米英の援助が途切れるのを重慶政府が恐れおののいているようにみえる、足もとを見られる、と高官たちは考えたのだ。だが、長の申し入れを即座に蹴とばす勇気もない。模様眺めをするより仕方がなかった。

日本軍の破竹の進撃を見て、高官たちは動揺した。ほんとうに補給路を遮断され、重慶が孤立しそうな状態になったからだ。ともかく日本側の話をきいてみようということになったらしい。重慶政府外交部（外務省）の高官が、ドクー総督立会いのもとで長少将と話しあいたいといってきたのである。

「日本側の申し入れが責任あるものだと私が保証するなら会談に応じる。その場合は交渉の場に私も同席せよということだ。オブザーバー兼証人として利用するつもりらしい」

ドクー総督は苦笑していた。

「中国人らしい要求ですな。総督が一肌ぬがなければならない義理はないのに」

長も苦笑いした。

実力がとぼしいわりに中国人は高圧的なものいいかたをする。日中戦争が本格化する以前、中国の各地で起った日本軍との小さな紛争の後始末の交渉のときなど、軍事的には負けているのに、まるで勝っているような主張ばかりくり返した。国際会議でも同様である。第一次大戦後のパリ講和会議のおり、中国はドイツと戦う能力も実績もなく、労働者をフランスに送って使役させただけだったのに、連合国の勝利に大きく貢献したような要求をもちだして列国をあきれさせた。伝統的な中華思想の働きなのだろう。

「しかも先方の要求する会談の場所をきいておどろいたよ。昆明だというのだ。中国軍の支配地域のまっただなかじゃないか。私が承諾したとしても、長少将はとても応じられないだろう。生命《いのち》がいくつあっても足りない」

「いや、私は行きますよ。虎穴《こけつ》に入らずんば虎児《こじ》を得ずという格言が日本にはあります。和平のチャンスを逃すわけにはいかない」

長は身を乗り出した。

どうか昆明へ同行してください。総督の安全は責任をもってお守りします。頭をさげて頼みこんだ。必要なら土下座しても良い。

「いや、お断わりだ。長少将の誠実さを保証できないわけではないが、私には立場がある。これでも私は仏印の最高責任者なのですよ。正式な外交交渉でもない会談の場にかるがるしく顔を出すわけにはいかない」

「では代理を派遣してください。ゴーチェ総務長官なら賛同してくれると思います。総督閣下、これはいまの戦争のゆくえを左右するかもしれない大事業なのですよ。協力しておかれたほうが閣下ご自身のためにも――」

長はかるく凄みをきかせた。

総務長官のゴーチェとはよくポーカーをやる。双方とも『ブルーシャトー』の常連だという縁もある。官僚には似合わぬ豪快な男だから、きっと同意してくれるだろう。

「しかし、代理派遣で中国側が了承しますかな。それにゴーチェの意志も無視できない。重慶とゴーチェ自身がともにOKというのなら、派遣をみとめましょう」

「――中国側はたぶん了承します。この話には乗り気なんです。会談の場所に昆明を指定してきたのも、有望な証拠だと私は思います。長少将が生命《いのち》がけで交渉にのぞまれる覚悟なのを確認できたら、自分たちも誠意で答えようという決意なのです」

曽桂霞が熱っぽく口を添えた。

すこしうるさそうにドクーはうなずいた。ともかくゴーチェに相談してみることだ。独《ひと》り言《ごと》のようにいって腰をあげ、執務用の机のまえに腰をおろした。もういいだろう、出ていってくれという合図だった。

長は桂霞と通訳の田中をつれて総督室を出た。いまからゴーチェ邸を訪問するのだ。

「ドクーには謝礼を払う必要があります。そうすれば熱心に支援してくれるはずです」

階段をおりながら桂霞はささやいた。

「そうだったのか。気がつかなかった。敗戦国の官僚はそんなものだろうな」

一本とられた思いで長は苦笑いした。

敗戦国フランスの植民地国家の総督。表面は威厳を保っていても、実状は吹けば飛ぶような存在である。あすはどんな境遇になるかわからない。金だけが頼りである。

「あす然るべき金をわたそう。しかしドルもフランも手に入らないから、円かこの国のピアストルで払うしかないな」

「ピアストルでいいでしょう。お金がたまったら、彼らは必死でインフレを防止します。仏印のためにも良いことです」

桂霞はしのび笑った。

抱きしめたい衝動に長はかられた。田中がいるので実行はできなかった。

総務長官の官舎の応接間で、長ら三人はゴーチェと面会した。

事情を長は説明した。昆明へ同行してくれれば然るべき謝礼をお払いする。親しい仲なので、遠慮なく長は申し出た。

「長閣下にはポーカーで五千ピアストルばかり借りがありますからな。それを棒引きという条件でけっこうですよ」

ゴーチェはあっさりしたものだった。

しかし、と彼は表情をひきしめた。金はともかく生命の保証が必要だという。

「それは大丈夫だと思います。中国には仏印を敵視する理由はありません。それに仏印高官の立会いは中国側からの要求ですから、オブザーバーの安全には責任をもつはずです」

曽桂霞が口をはさんだ。

彼女も懸命である。ここでゴーチェの引出しに失敗すれば、中国側の諜報機関の信用をうしなうからだろう。

「重慶政府としてはそうだろう。だが、中国の国境内で匪賊《ひぞく》におそわれるようなケースも考えておかねばならぬ。捕《とら》えられてべらぼうな身代金を要求されたりしたら、総督府に迷惑がかかる。それだけならまだいいが、交渉が決裂したらみな殺しにされる恐れもある。長少将は祖国のため死ぬのだから良いだろう。だが、私はたまったものじゃない」

「わかった。人質をとろう。ゴーチェ長官に匹敵する人質を中国側に出してもらう。それで長官の安全は保証される。セシル、さっそく中国側にそう申し入れてくれ」

いわれて桂霞は困った顔になった。

が、すぐに承諾した。いまから傅立夫と連絡をとるという。彼女を送りがてら、長も官舎へ帰ることにした。

チュドー通りへ桂霞を送ったあと、田中とともに長は武官事務所へもどった。

自室にこもってウイスキーを飲んだ。今夜も夜空に爆音がとどろいている。フィリピンの残敵を攻撃にゆく編隊である。

近く敵地のまっただなかへ乗りこむことになるのだ。考えると、長は身ぶるいが出た。生きて還《かえ》れないかもしれない。中学生の息子や妻の顔が目に浮かんだ。

遺言を書こう。思い立って長は便箋《びんせん》をとりだした。が、ほんとうに書きたいのは遺書でなく、母への手紙だと気がついた。万年筆をもって達筆で書き始めた。

「すでにご承知のとおり、開戦以来、帝国陸海軍は各地で赫々《かくかく》たる大戦果をあげております。不肖《ふしょう》勇も某国に勤務、皇軍の栄光の一翼を担《にな》っております。近い将来、皇国の勝利に直接関与する一大事業を達成——」

書きながら長は不満をおぼえた。

母に告げたいのは、こんなことではないという気がする。だが、ほかに何を書いてよいのかわからない。

仕方なく、型どおりの決意表明を書きつらねた。妙に悲しくなった。いい年齢《とし》をして、老母のことがなぜこんなに気になるのか。

11

ゴーチェ総務長官の生命を保証する人質を派遣しろという長勇の要求には、中国側からなかなか返事がこなかった。

当然の話である。仏印総務長官と釣合いのとれる人質といえば、相当の高官でなければならない。

そんな人物がたやすく日本側に生命をあずけるはずがない。和平交渉に関心があったとしても、人質になる役目はたがいにゆずりあって埒《らち》があかないのだろう。

曽桂霞もあれ以来、姿を消した。『ブルーシャトー』にも出勤しないし、連絡もない。中国へ潜入してあちこち折衝してまわっているにちがいない。

じりじりしながら長は待った。といっても武官事務所でただ首を長くしていたわけではない。軍需物資の調達、造船所、機械工場、石油備蓄基地の建設など総督府の尻を叩いて協力させねばならぬ事業は山ほどある。陸海軍から総督府に対する要求が、つぎつぎにもちこまれる。長も海軍武官の堀内大佐も両者のあいだに立って、調整に一日中汗をかかねばならなかった。

曽桂霞のことが気になるのは、夕刻、仕事に一区切りついてからである。桂霞はどうしたのだろう。まさか殺されたわけではあるまい。だが、なんといっても女である。日本軍のスパイだという容疑をかけられたら、どんな残虐な拷問《ごうもん》にかけられるかわからない。曽桂霞は中国側に知られて困るような軍の秘密をもっているわけではない。その点は安心である。だが、女としての誇りを滅茶滅茶《めちゃめちゃ》にされるような目に遭《あ》わされて、生きてゆく気力をうしなう恐れがある。

そうなってはかわいそうだ。なんとか無事に還ってほしい。彼女が無事だったら、もう危険な仕事に従事しなくとも一生暮してゆける手立てをこうじてやりたいと思う。

いつのまにか長は、曽桂霞を青年のような情熱をこめて想《おも》うようになっていた。新派女優の水田妙子と愛しあって以来のことだ。

妙子はいまや大女優である。同じ新派の名優と結婚して充実した人生を歩んでいる。新聞でときおり妙子の消息を知って、彼女の活躍に心からの祝福を送ってきた。同時に自分も妙子に負けない働きをしなければ、と焦燥《しょうそう》にかられた。現在、陸軍少将長勇よりも水田妙子のほうがはるかに著名である。長としては、負けてはいられないのだ。なんとしても重慶政府との和平を成功させ、歴史に名の残る軍人にならねばならない。

その間にも日本軍の快進撃はつづいていた。伝わるニュースは勝報ばかりだった。

三月一日、今村均中将の指揮する第十六軍はジャワ島へ上陸した。同軍はすでに空挺部隊などと協力して南部スマトラ、蘭領ボルネオ、さらにアンボン、チモール、バリ島などを占領してジャワ島の包囲を完成していた。

同島には蘭印軍六万五千名、米英豪軍一万六千名が配備されていたが、戦意はとぼしかった。第十六軍は住民の歓呼をあびて行進し、九日、同島の守備軍を降伏させた。

タイを経由しビルマに進入した第十五軍は一月末に南部の主要都市モールメインを攻略し、さらに進撃して三月八日、首都ラングーンを占領した。ここを基点としていた連合国の援蔣ルートは遮断された。第十五軍の兵力はさらに増強され、ビルマ内陸部からインドへ進攻する準備を着々とすすめていた。

海軍も各地で勝利をかさねた。一月下旬には陸軍部隊と協力のもと、ソロモン諸島の中心地ラバウルを攻略した。同地にはオーストラリア軍の基地があり、日本海軍の重要基地トラック島の一千キロ南に位置していて同島に脅威をあたえていた。ラバウル占領によって日本軍はソロモン諸島、ニューギニアの制空・制海権を手中におさめ、オーストラリア進攻も視野に入るようになった。

ジャワ島沖、バリ島沖、スラバヤ沖でそれぞれ二月中に海戦がおこなわれた。ジャワ島沖ではさほど戦果があがらなかったが、バリ島沖、スラバヤ沖では日本海軍は勝利をおさめた。とくにスラバヤ沖海戦では巡洋艦三隻、駆逐艦二隻を撃沈、巡洋艦一隻を大破する大勝利だった。

バタビヤ沖でも海戦があった。西部ジャワへの上陸部隊を援護する海軍部隊と、アメリカ、オーストラリア巡洋艦が激突した。
日本海軍は敵巡洋艦を二隻とも撃沈した。だが、味方魚雷の誤射で輸送船一隻が沈んだほか、二隻がかなりの損害を受けた。それでも、第十六軍の大部隊を乗せた輸送船団をジャワへ送りとどける任務は立派にはたしたといってよい。

日本海軍の優勢は世界一の性能をもつ酸素魚雷の威力によるところが大きかった。速度五〇ノット。射程二万二千メートル。アメリカの雷撃機から発射される魚雷を日本の軍艦はたやすく回避したが、日本の艦艇の発射する魚雷からアメリカの軍艦は逃げきれなかった。

『月月火水木金金』の猛訓練と兵器性能の優位が相乗効果をあげて、この時期の帝国海軍は完全に無敵だった。

「長閣下、老開《ラオカイ》方面で中国軍のスパイが捕えられました。曽桂霞の件でなにか知っているかもしれません。当地へ護送させましょうか」

ジャワ占領のニュースが伝わってまもなく、憲兵隊の大尉が執務室へやってきた。

日本の航空基地の近くをうろついて、航空部隊の動向をさぐっていた男を捕えた。下っ端の諜報員だったが、拷問にかけてその上司が国境近くの農場の労務者をしているのをつきとめた。さっそく逮捕して、老開で取調べているところだという。

「そうだな。つれてきてくれ。わしが直接訊問してみる」

長は進言を受けいれた。どんな些細《ささい》な情報でも手に入れたい心境だった。

老開とハノイは三百キロの距離である。スパイが護送されてきたのは翌日の午後だった。もちろん偽名だろうが陳輔三《ちんほさん》と名乗っている。農夫らしく日焼けしてボロを着ていた。それでも目つきはやはりただ者ではなかった。

憲兵隊の取調室で長は陳輔三と向いあった。陳は四十歳ぐらい。スパイ容疑を頑強に否認したが、働いている農場の納屋に無線機をかくしていたのがばれて命運がつきた。死を覚悟したらしい。縛られて土間に正座させられたまま、昂然《こうぜん》と長に向いあった。

「曽桂霞の消息を訊いたのですが、この男なにも答えません。拷問にかけましょうか」

憲兵大尉が訊いた。

陳は日本語がまったくわからないようだ。表情にすこしの変化もなかった。

中国語の通訳を介《かい》して長は訊問にとりかかった。なにも知らないと陳はいい張る。

「曽桂霞はなんのために中国へ入ったか知っているのか。和平交渉の下準備にいったのだ。彼女は捕えられているのか」

「知らぬ。私はなにもきいていない」

「おまえは和平に反対するのか。日本と中国は四年も戦ってきた。双方ともうんざりしている。戦いをやめるのが双方にとって最良の道だとは思わないのか」

「日本が中国から撤兵すれば良いのだ。それで戦争は終る。曽桂霞がなにをしようと関係がない。日本は撤兵するべきだ」

「だからそのための交渉をやろうというのだ。協力してくれ。曽桂霞を無事還してもらいたい。彼女から重慶政府の反応を訊きだしたいのだ。桂霞を還してくれたら、おまえも無事に中国へ送りとどけてやる」

「日本は米英と戦争を始めた。中国と戦う余力がなくなった。だから和平をもちかけてきたのだ。中国は応じないぞ。いまに日本はアメリカに叩きつぶされる」

「ばか者。開戦以来の戦局を見ろ。日本軍は圧倒的に優勢だ。東南アジアの資源地帯を占領したからあと何十年でも戦争ができる。反対に重慶政府は米英の援助を断たれて崩壊する運命にある。そうならぬうちに手打ちをしようというのだ。わからんのか、それが」

いわれて陳は口惜しげに身をふるわせた。

目を吊りあげ、赤くなってさけんだ。

「中国は負けないぞ。国土が広くて、とても占領しきれない。アメリカもそうだ。日本なんて中国の州一つぐらいの小国じゃないか。なにができる——」

いい終らぬうち陳は吹っ飛んだ。

横合から憲兵大尉が陳の横面へ蹴りをいれたのだ。二度、三度と大尉は長靴《ちょうか》で蹴った。

長に制止されて、ようやくやめた。陳は土間に倒れて起きあがれない。

「生意気な野郎だ。ぶっ殺してやる」

身をふるわせて大尉は怒っていた。

いまの陳のことばは日本軍の痛いところをついたのだ。大尉も長も、日本の軍人の大多数が心の底で抱いている不安を陳はぐいと鷲《わし》づかみにした。痛みのあまり、大尉は逆上した。重慶でさえ遠すぎて日本軍は攻めきれない。まして太平洋をわたり、米大陸へ上陸してワシントンを陥落させるなど、どう考えても無理な話である。

南方の資源地帯を占領して絶対不敗の態勢を築き、そのうえでアメリカと講和する。それが日本側の思惑《おもわく》である。だが、アメリカが講和に応じなければどうなるのか。ワシントン攻略という気の遠くなるような目標に向って永久に戦いつづけねばならないのか。

「その男を拘束しておけ。貴重な情報源だからあまり手荒なまねをするな」

いい残して長は憲兵隊司令部を出た。

いまの取調べの内容から推《お》して、陳は諜報機関の中級または上級の将校である。中国にとっても惜しい人材であるはずだった。利用しない手はない。

そのまま長は仏印総督府に車を走らせた。ドクー総督に面会を申し入れる。顔パス同様にしてドクーの執務室へ入った。

「総督府名で布告を出していただきたい。内容はいま書きます」

応接用のテーブルのまえに腰をおろして、長は矢立てと紙をとりだした。手早く墨《すみ》をすって、達筆で書きだした。

「一、総督府は仏印人曽桂霞の行方《ゆくえ》をさがしています。同人の消息を伝えてくれた者には謝礼二千ピアストルを進呈します。

一、総督府は中国人陳輔三の身柄を拘束しています。同人は曽桂霞の生存が保証されしだい中国へ送還されます。仏印総督府」

同じ内容を長はフランス語で、毛筆で書いてドクーに手わたした。

一読してドクーは意味を測りかねていた。

陳輔三が諜報機関の将校であること、彼を捕えたいきさつを長は説明した。公示の目的はあくまで第二項にある。身柄交換の呼びかけが無視された場合、せめて桂霞についての情報を得るために第一項を設けたのだ。

「われわれ日本軍の布告では中国側が必要以上に警戒するでしょう。そこで総督府のお名前をお借りしたいのです。曽桂霞は総督府の情報要員だから、このほうが自然でもある」

説明しながら長は小切手帳をとり出した。

一万ピアストルと記入して手わたすと、ドクーはけげんな顔で長をみつめた。

「これはなんの金ですか、長少将」

「情報提供者への謝礼ですよ。余ったら適宜おつかいください。戦争になって総督もなにかと費用がかさむでしょうから」

長がいうと、ドクーは相好をくずした。

「ありがとう。遠慮なくいただきます。公示はすぐハノイと老開に徹底させましょう」

小切手をひらりと宙に泳がせて上衣のポケットにおさめる。

もらい馴れた手つきである。ドクーに金をわたせという曽桂霞の忠告は正しかった。

そうしておいて長は待機した。三日目にドクーから武官事務所へ電話が入った。

「重慶の宋《そう》機関から連絡があった。国境において曽桂霞と陳輔三を交換したいそうだ。そのさいに和平交渉の日時と場所の打合せをしたいともいっている」

ドクーの声はきわめて好意的だった。

日時は三月二十日の正午。場所は老開郊外の両国国境検問所の中間点。交換にさいしては両国の代表者一名、兵五名が付添うものとする。曽と陳の交換を終えたのち、代表者が残って和平交渉の下打合せをする。

重慶側からの申し入れはそんな内容だった。宋機関というのは諜報組織なのだろう。

「これは仏印総督府にたいする回答なのですな。すると、当日の代表者も護衛兵も仏印人でなければならない」

「そうです。代表には総務長官のゴーチェを派遣します。長閣下、気になるだろうが、あなたは現場へいかないほうが良い」

「検問所までならかまわんでしょう。いや、ご協力ありがとうございました。ようやく事態が動きだしたようですな」

よろこんで長は電話を切った。

曽桂霞が救出できるだけではない。和平交渉の道すじがついたのだ。成功しそうな気がする。日本軍の勝利で形勢が変ったのである。蔣介石もついに抵抗をやめ、みずからの政権の温存をはからねばならなくなったのだ。

ハノイから老開までは鉄道が通っている。三月十九日の午後、長はゴーチェ総務長官とともに列車の特別車輛に乗りこんだ。花井少佐と下士官二名を同行させた。ゴーチェ長官も秘書と書記官一人をつれている。ほかに許斐機関の男たちが五、六人、護衛のため一般車輛に乗りこんだ。

「日本軍があまり強いので、蔣介石は泡を食ったんだろうな。重慶は遠いといっても、米英の援助が停止し、日本軍の爆撃がつづいたら壊滅するしかない。蔣は民心をうしなってクーデターにさらされるだろう。まちがいなくいまが日本との和平の潮どきですよ」

「わしもそう思います。これまで何度も和平のチャンスはあったが、日本側が大きな要求をしすぎて話がつぶれた。こんどはそんなことはないと先方の代表に伝えてください」

「日本はこれまで蔣の下野（げや）を要求したそうですな。それでは蔣も呑めんでしょう。今回は下野は条件ではないのですな」

「要求しません。重慶政府は南京政府と合体して中国を統治すればよろしい。首班に蔣がなろうと汪（おう）がなろうと日本は干渉しない」

中国にはいま二つの大きな政権がある。一つは重慶の蔣介石政府。もう一つは日本の傀儡《かいらい》である南京の汪兆銘《ちょうめい》政府である。人民からあまり支持されていないが、南京政府は中国の関税収入の八割を握り、日本の経済援助もあってかなり力をつけてきている。

重慶、南京の両政府が合同すれば、経緯からいって南京側が主導権を握るだろう。蔣がそれを認めれば問題はない。だが、人民の支持は蔣のほうにある。なかなか調整はつかないだろう。

「撤兵についてはどうなんです。和平が成立しだい日本は中国から全面撤兵しますか」

「上海や中国北部には守らなければならない大きな権益があります。だから、すぐに全面撤兵とはいかんでしょう。しかし、八割から九割は撤兵できる。これは約束できます。対米英戦へ一兵でも多く投入したいのだから」

話しながら列車に揺られた。

窓外にはのどかな田園風景がひらけている。ブーゲンビリアが咲き、ところどころ高い椰子《やし》の群れがある。水牛が水あびしていた。農夫の姿はめったにない。昼寝しているのかもしれない。

が、二時間もゆくと、水田が減って畑地が増えてきた。遠くにあった山がしだいに近づいて窓外を流れる。煉瓦づくりの中国風の家屋が目についた。クリークもある。仏印領だが、事実上このあたりは中国だった。

今夜は老開に一泊し、あすの正午に国境へおもむく。成果をあげられるか否《いな》か、さすがの長も胃の痛くなる思いである。

12

あくる日の午前十一時、長勇は飛行場守備隊さしまわしの自動車に乗って、宿舎のホテルを出発した。

ゴーチェ長官一行の車があとにつづく。すこしおくれて許斐機関の男たちを乗せたトラックが追ってきた。外からは見えないが機関銃で彼らは武装している。

老開は人口五十万ばかりの街である。中国との貿易の拠点だったため、表通りにはフランスふうの建物が並んでいた。洒落《しゃれ》たホテルもある。だが、裏通りは中国風の長屋がひしめき、人々が歩道で物を売ったり、飲食したり、博奕《ばくち》をする光景がひらけている。

仏印兵、日本兵が街の警備についていた。国境に近いだけ戦争の空気はハノイよりも濃厚である。街外れの兵舎には日章旗とフランスの三色旗が並んで掲《かか》げられ、下には数台の戦車が待機していた。

一行の車は東北へ向った。周辺はすでに山岳地帯である。樹木のすくない、岩肌むきだしの山間を通って鉄道と一般道路がのびていた。かつてはこの鉄道と道路を使ってアメリカ、フランスの援助物資が中国内の昆明、さらに重慶へ運ばれていた。

国境近くの町、河口《ホーコウ》を通りすぎた。鉄道はこのさきで破壊され、汽車による中国との交通は絶たれている。国境の検問所へ長らは着いた。建物に機関銃が据《す》えられ、付近には土《ど》嚢《のう》が積まれて道路をふさいでいる。後方には野戦砲もあった。

両側は山である。国境線の手前の山頂に監視所があった。日本兵と仏印兵各一個大隊がこのあたりの警備にあたっている。

正午に三十分まえだった。長は大隊長、中隊長の挨拶をうけた。ゴーチェ長官も仏印軍の隊長の挨拶をうけている。

十名ばかりの日本軍兵士を乗せたトラックが到着した。うしろ手に縛られ、捕縄をかけられた陳輔三が地上へおり立った。無表情だが顔色は良かった。虐待された形跡はなさそうである。

「陳輔三、きみは本来なら処刑されるはずだった。だが、和平の根まわしに曽桂霞が昆明へいっていたおかげで助かるのだ。これも天の意志だ。帰ったらこのさい日本と和平を結ぶよう幹部を説得してくれ」

近づいて長は中国語で話しかけた。

「いや、この大戦で日本は亡《ほろ》ぶ。われわれはあわてて和平に応じる必要はない」

長を睨みつけて、昂然と陳は答えた。

「日本が亡ぶよりさきに重慶政府は亡びるんだぞ。もう援助物資はとどかん。爆撃で重慶は廃墟になる。そうなるまえに戦争をやめるんだ。双方のためだ」

「いまになってなにをいうか。日本が始めた戦争なんだぞ。日本が和平を乞《こ》い始めたのは、われわれに勝機がまわってきた証拠だ」

陳がいい放つと、そばにいた花井少佐が二、三発拳骨《げんこつ》をくれて陳を撲《なぐ》り倒した。

「この野郎、少将どのが紳士的に話されているのに、無礼きわまる。捕虜交換でなかったら、そのへんの木に吊るしてやるんだが」

怒りのあまり花井はどもっていた。

「まあいい。敵ながら骨のある男だ。わが軍の印象を良くして帰してやれ」

長は笑ってそこを離れた。

中国側の検問所は仏印側のそれより二百メートルばかり北にある。見ていると、トラックが二台近づいてきて停まった。何人かがおり立ってこちらを見ている。

交換場所は両検問所の中間点だった。双方車でそこへ捕虜を運び、交換したあと代表が話しあうことになっている。

「向うも着いたようだな。まさか射ってはこんだろうが、援護をよろしく。もしおれが死んだら、宮城《きゅうじょう》まえに銅像を建ててくれよ」

さすがにゴーチェ長官は青ざめていた。

彼は東京で一年暮したことがあるのだ。

「わかったよ。西郷《さいごう》どんのよりも大きいのを建てる。安心していってくれ」

長が答えたとき、合図の銃声がきこえた。

中国側の二台のトラックがゆっくり動きだした。

ゴーチェも陳輔三とともに自動車に乗った。すぐに自動車は動きだした。護衛の仏印兵を乗せたトラックがあとにつづいた。

二つの検問所の中間点で双方は停まった。乗用車からゴーチェがおり立つ。ついで陳輔三がうしろ手に縛られたまま車の外へ出た。

中国側のトラックから、将官の軍服を着た男がおり立った。うしろのトラックの助手席の扉をあけて曽桂霞が出てくる。女性だからだろう、縛られてはいない。白いヘルメットにカーキ色のシャツ、スラックスという服装だった。

中国の将官はゴーチェに向って敬礼した。ゴーチェが右手をさしだし、二人は握手をかわした。二人は短く話しあったあと、それぞれの捕虜へ「行け」という身ぶりを示した。

桂霞と陳はたがいに歩きだし、すれちがって、桂霞は車に陳はトラックに収容される。

中国の将官は立ったままなにか話していた。やがて彼は封書をゴーチェへ手わたした。

二人はうなずきあい、握手をかわしてそれぞれの車にもどる。

道がせまくてトラックはターンできない。後進してそれぞれの検問所へもどる。ゴーチェらの車だけがターンしてもどってきた。中国のトラックは検問所のうしろで向きを変え、すぐに走り去った。荷台で中国兵が手を振っている。平和な光景だった。

両手をひろげて長は乗用車を迎えた。車は停まり、後部座席の扉をあけて、乗れ、とゴーチェが手招きする。曽桂霞は助手席にいて、泣き笑いの顔で手を振ってみせる。

ゴーチェのとなりに長は乗りこんだ。日本軍の国境守備大隊の司令部は、河口の町の富商の邸《やしき》におかれている。とりあえずそこへおちつくことになった。

「ご苦労だったなセシル。無事でよかった」

「ありがとう少将。それから長官。逮捕されると思わなかったので、おどろきました」

フランス語で三人は話した。

昆明の中国諜報機関に身柄をあずけて、桂霞は重慶政府と連絡をとった。三月初めに招かれて、飛行機で重慶へいった。

外交部（外務省）の高官に呼ばれてくわしく訊問された。反応は良かった。ドクー総督とともに長少将が昆明へ乗りこむときいて、この話を信用したらしい。

政府内部で討議がおこなわれた。軍部が主戦論で、なかなか決着がつかなかった。ある日、桂霞は宿舎の外交部官舎から数名の将校、兵士に拉致《らち》され、何者かの邸宅に監禁された。主戦派が桂霞を外交部から引離そうとしたらしい。和平派との対立が深まれば、桂霞を殺害する気でいたらしかった。

そこへ陳輔三逮捕の報《しら》せが入った。彼は国民政府軍の諜報将校であり、政府高官の長男でもあった。曽桂霞との交換がきまった。すぐに彼女は監禁を解かれ、飛行機で昆明へ送られたあと列車で国境へきたのである。

「陳輔三——本名じゃないんだけど——を助けたおかげで軍部は外交部に借りをつくったようです。和平の条件をきいてみることには同意しました。長閣下、願ってもないチャンスですよ。和平が実現するかもしれない」

「そうなんだ。さっき会った中国側の代表は梅伯援《ばいはくえん》という少将なんだが、長少将とはさっきの交換地点で交渉の下打合せをしたいといっていた。昆明までくる必要はない、その気持だけで充分だというのだ」

ゴーチェ長官が補足説明した。

日本側の代表が少将だときいて、重慶政府も少将を出してきた。せっかく国境まできたのだから、あらためて昆明で会談する手間をかける必要はない。さっきの交換地点で下打合せを済ませてしまおう。日本側さえ承諾するなら交換地点に天幕を張って会議場所を設営する。梅少将はそう申し出たのである。

「了解するなら三日以内に会談を始めようと向うはいっている。外交部からも責任者を呼ぶということだ」

ゴーチェは目を細くして長に告げた。

和平のためなら昆明へでも重慶へでも乗りこんでゆくという長の気迫に中国側は感銘を受けたらしい。これまで和平の下交渉といえば香港か上海の共同租界《そかい》あたりでおこなわれるのが常識だった。だが、対米英戦が始まって香港も上海も日本の支配下に入った。あとはハノイ、サイゴンあたりがえらばれるとだれもが考えるところなのだ。

国境守備大隊の司令部へ一行は入った。大隊長をまじえて、曽桂霞をねぎらいながら食事をとった。終ると長はゴーチェと別室へ入り、会談に向けての下打合せを始めた。

梅少将がゴーチェに手わたした書類には、先方が知りたがっている日本側の和平条件が、八項目にわたって書きだされてあった。

一、満州国の承認が必要か否か
二、防共協定の締結が必要か否か
三、非武装地帯の範囲
四、撤兵の規模、以後中国に駐在する兵力とその地域
五、南京政府との関係
六、賠償請求の有無
七、権益返還の範囲

八、その他

一読して長はまるで日本の全権大使になった気分だった。仮交渉とはいえ、これだけの大事を討議するのは男子の本懐《ほんかい》である。

「満州国の正式な承認は早急には要求しません。ときがくれば、中国側のほうが承認の必要にせまられるはずです。防共協定も同様。撤兵と非武装地帯については地域別にこまかい検討が必要ですが、総枠としては八割がた引揚げることになりましょうな」

悠然として長は説明をかさねた。

ゴーチェはときおり疑わしげな目を長に向けた。仏印にたいしてこそ長は日本陸軍の最高責任者である。だが、実体は一少将にすぎない。その話にどれだけ権威があるのか、ゴーチェでなくとも疑わしくなるところだ。

「長官、ご心配は要りません。私は軍の中枢に長く勤務しました。上層部に知己《ちき》が多い。私の意見は尊重されます。かならず蔣介石とわが東条首相、東郷外相らとの頂上会議を実現させますから」

自信にあふれて長は胸を張った。

たとえ自信がなくとも、なにがなんでも中国との和平は実現しなければならない。

長は国境検問所に伝令を走らせて、あすからでも会談に入れるむね、中国側に伝えさせた。あとは花井少佐と討議をかさねながら交渉の準備にかかりきった。

国境近くの河口の町にはろくな宿泊施設がない。ゴーチェ長官の一行はすでに老開へ引揚げてホテルへ入っていた。

長も花井少佐らをつれて老開の同じホテルへ入った。長と随員二人、花井少佐の四人で午後八時から夕食をとった。終ると十時すぎだった。あすにそなえて長は部屋へ入った。

一風呂あびて長はガウンに着替え、中国の地図と首っ引きで非武装地帯の構想を練っていた。控え目に部屋のドアをノックする者がいた。立っていってドアをあける。曾桂霞がいたずらっぽい笑顔で立っていた。

「セシル。ハノイへ帰ったのかと思っていたよ。よくきたよくきた」

よろこんで長は迎えいれた。

昼間とちがって桂霞は薄青いアオザイを着ている。すそをひるがえして長に飛びつき、キスしにくる。日本の女とちがって気持のよいほど奔放だった。

「昆明で逮捕されたときはもう会えないかと思った。うれしい。長さんは命の恩人よ。私、長さんのためならなんでもする」

長の首に両手ですがって、桂霞はぐいぐい体を押しつけてくる。

さわやかな化粧品の香りがした。アオザイごしに長は桂霞の体に掌《てのひら》を這わせる。しなやかな背中、ひきしまった腰、張りだした尻。桂霞の体の特徴をたしかめて、なんとなく安心した。

肌にふれたくなった。左手で桂霞を抱きよせたまま、右手をアオザイのなかへすべりこませる。桂霞は裸身を一枚の薄衣で包んだのと同じ状態にあった。長はアオザイを剝ぎとった。全裸の桂霞はあらためて長の首にすがり、飛びあがって両脚で長をはさみつける。長は両掌で桂霞の尻をかかえ、そのままベッドへ運んでいった。ベッドに桂霞をおろし、脚をひらかせ、奥まったやわらかな窪みに見入った。

見入る長の顔を桂霞はじっとみつめていた。視線が合うと、いとしくてたまらない笑顔になった。

「ねえ、どうしてそんなに見るの。長さん、私のここ好き」

「ああ好きだよ。何度見ても倦《あ》きない。セシルのそこを見ると安心するんだ」

「おかしな長さん。でも、それならもっともっと見せてあげたい。ああ、これで精一杯よ。もうかくしているものはなにもない」

見せつけたまま桂霞は目をとじた。

「セシル。おまえのその顔を見ると、おまえに惚れられているのがわかるんだ。だから安心する。おまえは素敵な女だ」

いつにない焦燥に長はかられていた。

さまざまな技巧をこらしてあそぶのがわずらわしかった。桂霞と早く体を一つにしたかった。二人の気持がとうに一つになっているのに体はまだ分かれている。きわめて不自然な状態のように感じられた。

ガウンを長はぬぎすてて、ベッドにのぼった。

消えいるような声をあげて桂霞は両脚で長をはさみつける。二人は動きだした。おたがいをみつめあっていたが、やがて桂霞は目をとじ、くしゃくしゃに顔をしかめた。長の背中に爪を立てる。肩に嚙みついてきた。好きだよう。歌うようにくり返した。

あくる朝七時に長は目がさめた。一人である。夜中のうちに桂霞は自分の部屋へ引揚げていった。

随員の下士官が中国側からの伝言をとどけにきた。きょう午後一時から会談をおこないたし、立会人のゴーチェ長官とともに検問所へ来られたし、ということである。

桂霞とすごした甘い夜の気分が吹っ飛んだ。軍服を着て長は一階の食堂へいった。花井少佐が待っていた。まんなかのテーブルでゴーチェが随員とともに食事している。

長はゴーチェのそばへ挨拶にいった。

「ドクー閣下のご意向では、長官に立会ってもらうなら人質をとれということでした。だが、話が急すぎてその余裕がなかった。人質なしでもご同席願えますか」

ゴーチェの気性から、人質にこだわるわけがないとわかっている。が、儀礼上いちおうはお伺《うかが》いを立てねばならない。

「よろこんで同席しますよ。人質云々《うんぬん》は中国の国内で交渉する場合の話です。きょうは非武装地帯で会談するのだから、まったく心配していません」

ゴーチェは笑ってうなずいてみせた。

おそろしく大きなカップで彼はカフェ・オレを飲んでいる。金色のうぶ毛の生《は》えた彼の太い腕に似合いのカップだった。それを見ると、フランスがなぜ戦争に弱いのかわからなくなってくる。

食事のあと二時間ばかり、ゴーチェをまじえてあらためて交渉の予習をした。午後一時まえに一行は国境の検問所へ着いた。

きのう捕虜を交換した地点に天幕が張ってある。青天白日旗がそばに掲げられていた。中国側の代表はもう到着している。護衛兵はほんの五、六名のようだった。

長ら日本側の一行は、ゴーチェ一行とともに検問所を出て天幕へ歩いていった。中国側の一行は起立して出迎えてくれた。

通訳がそれぞれの側の出席者を紹介する。中国側は梅少将以下佐官が二名、外交部の次長と局長が討議のメンバーだった。

コの字型に配置されたテーブルの水平部分に中国側、日本側が向いあって席をとり、ゴーチェらは縦《たて》の部分に位置をしめた。

中国茶を飲みながらしばらく歓談した。戦局の話には双方とも触れなかった。やがて、

ゴーチェが中国側の配布した議事の進行書を手にとって、

「では話合いに入ろう。和平にあたって満州国の承認が前提になるか否か、まず長少将から説明をうかがいたい」

と、指名してきた。

オブザーバーどころではない、ゴーチェは議長格で会談を取り仕切るつもりらしい。日中双方とも話のなりゆきではいきり立つ場面があるかもしれない。ゴーチェが切りまわしてくれるのはむしろ好都合だった。

「ある国が他国を承認するかどうかは完全にその国の主権に属する事項であります。あらかじめ申しあげておきたいが、日本側は中国の主権尊重を前提に、すべての交渉をすすめる所存である。したがって満州国の承認、不承認はあくまで中国政府内の決定におまかせしたい。日本としては、中国にこれを要求する意志は毛頭ありません」

力をこめて長は明言した。

日本は日中満を一つの経済圏として発展をはかる構想をもっている。したがって中国が満州国を承認してくれることをもちろん望んでいる。だが、強要はしない。中国がそのうち満州国の発展をみとめ、承認してくれるようになると信じている。

長はつけ加えた。すると、梅少将がむずかしい顔で口をひらいた。

「満州国などというのは日本の植民地にすぎない。傀儡国家でさえもない。もともと中国の領土である。承認などできるものではない。将来にわたってもだ」

「わかっておる。だから強要はせぬと申しあげておる。だが、植民地にすぎぬというおことばには一言反論しておく。満州国は皇帝に溥儀《ふぎ》をおき、れっきとした政府機構をもっている。各省があり、軍隊、警察もある。構成員は日、満、漢、朝、蒙の五族である。国家でなくしてなんであろうか。中国の領土だといわれるが、一九二〇年代までは満州は諸豪族があい争う戦国地帯であった。中国政府に統治の能力がなかったのだ。満州国が建設されて、ようよう平和な一帯となった」

長はさらに熱弁をふるった。

梅少将の顔に怒気があらわれた。彼は長の話をさえぎろうとした。

「まあいい、長少将。おたがいの国策を主張しあったら、話はすすまないよ。事務的に条件を詰めていこう。要するに日本は、中国に満州国承認を要求する気はないのだな」

ゴーチェ長官が割って入った。

「申しあげたとおりです。しかし、強く希望するのも事実であります」

「承認が前提なら、中国は和平に応じないでしょう。あくまで中国の自主的判断にまかせるのですね。梅少将、日本側はああいっている。異存はないと思いますが」

「日中満経済圏と長少将は申されたが、それは日本が満州同様、中国にも経済支配をおよぼそうとすることではありませんか。それは困る。満州国承認は、中国を満州国と同じ地位におとすことを意味している」

「いやいや梅少将、自分は何度も中国の主権尊重を約束しておる。日本代表たる者のことばをどうぞ信用していただきたい。さもないと交渉などまとまるわけがない」

冒頭から会談は荒れ模様だった。

和平にあたって日本は中国に満州国の承認を要求しない——これだけのことを確認するのに二時間近くかかってしまった。

以後は防共協定についての論議になった。

中国との和平が成った場合、日本はソ連の脅威にそなえて中国と防共協定を結びたい意向である。和平後の新中国政府も中国共産党と対抗するために、日本の協力を必要とするはずである。中国共産党は日本にとっても脅威であるから、協定があれば、日本は新中国政府に大きな援助をあたえるだろう。和平のための条件にはしないが、もし中国側が協定に応じるなら、撤兵などで日本は大きく譲歩できるにちがいない。

長はそんな説明をした。梅少将は熱心にきいたあと、考え深そうに反論した。

重慶政府はいま中国共産党と手をたずさえて日本帝国主義と戦っている。和平のためとはいえ、すぐに手を切って良いものかどうか疑問がある。蔣介石総統らの討議に待たねばならないだろう。

自分としては防共協定に反対である。協定があると日本は中国共産党討伐を口実に兵を中国内に温存するにちがいないからだ。重慶政府は自力で中共を制圧する力をつけなければならない。

論議は白熱した。ゴーチェ長官も輿に乗って意見をのべた。どちらかというと日本寄りだった。仏印が中立をまもらないなら会談はやめると梅少将がいいだし、長が懸命になだめる一幕もあった。

初日の会談はこれで終った。あすは午前九時に始める約束ができた。長とゴーチェ長官の一行は疲れて老開へもどった。

「中国人はふしぎな民族だな。日本に負けっぱなしのくせに、いやに鼻っ柱が強い。どっちが勝っているのかわからなくなるよ」

夕食のとき、ゴーチェは苦笑していた。

「日本人とちがって恥の意識がない。傲慢《ごうまん》で先進国から素直に学ぼうという気もない。顔立ちは似ていますが、日本人とは大ちがいですよ。これだけ没落してもまだ懲《こ》りずに威張っているから、あきれたものです」

長もゴーチェと同感だった。

日中の和平工作は、これまで日本側の要求が過大すぎて不成功に終ったときかされていた。だが、それだけでもなかったらしい。敗北の事実を素直に認めようとしない中国人のふしぎな神経も不成功の大きな原因ではないかと思われてくる。

食事のあと、長は自室であすの交渉の準備をした。曽桂霞の来訪をひそかに期待していた。だが、彼女の訪問はなかった。フロントへ問いあわせてみると、すでにホテルを引き払っていた。

あくる日は朝から撤兵と非武装地帯設定の話合いになった。これこそ一筋縄でいかない問題である。中国の各地区ごとに検討して地理的、時間的、政治的細目をきめてゆかねばならない。

長は詳細を本交渉にゆだね、ここは大枠《おおわく》だけきめて済ませるつもりだった。梅少将も同意見だった。だが、検討に入ってみると、梅は細部にこだわった。結局夜までかかってもこの件は合意に達しなかった。

三日目も朝からこの問題の検討に入った。複雑な対立はすべて棚上げし、夕刻、ようやく大筋の合意に達した。

国境守備大隊司令部の招待で、長ら一行はスキヤキと日本酒をごちそうになった。水牛の肉をたらふく食べて元気になった。

四日目は南京政府との関係、五日目は賠償と経済問題について討議した。六日目は中国にある日本の権益の返還について審議をかさねた。結局大まかな合意が成立したのは会談一週間目だった。

「良かった。さっそく重慶へもどって蔣総統らと協議します。私は和平の成立に明るい見通しを抱いています。なぜなら日本がこれほど中国の主権を尊重し、すべての点で譲歩してくれたのは初めてだからです」

梅少将は長に握手を求めた。

外交部次長らもうなずいた。ゴーチェも満足そうである。

会談へのすべての参加者が個別に握手をかわした。本格交渉でまた会おう。口々に約束しあった。首脳会談となれば、場所は中立国でなければならない。スイスは遠すぎる。アラブ諸国もソ連も不適当である。中国内陸の洞庭湖《どうていこ》に船を浮かべ、東条首相と蔣総統を会見させるのが一番良いだろう。

早手まわしにそんな話をする中国側の随員もいた。手を振って両国代表は別れた。

13

四月の初旬、少将長勇は日本へ帰った。

ハノイから輸送機で香港へ飛んだ。二日後飛行機を乗継いで台北《タイペイ》へ着き、さらに三日後別の輸送機で厚木《あつぎ》基地へ到着した。

飛行機は速いが、乗継ぎの手配が大変である。ハノイを出発した日から数えると、船を利用したのと大差のない日数になった。

迎えの自動車で陸軍省へ向った。東条首相兼陸相あてに、重慶政府との和平交渉につき重大な報告あり、近日帰国する、と電報を打ってある。だが、東条首相は多忙で、すぐには会ってくれないだろう。とりあえず次官か軍務局長にいきさつを報告し、首相に取継いでもらって指示を待つつもりである。

重慶と和平の道が開けるとあれば、上層部は歓喜するにちがいない。和平成立のあかつきには長は中将に進級、部長職で中央に帰任ということになるかもしれない。郷里の母がどんなによろこぶことだろう。

二年ぶりの帰国だった。東京の風景はさほど変っていなかったが、道をゆく人の服装は男は国民服、女はモンペ一色だった。四月十八日に総選挙があるとのことで、候補者名の看板がところどころ目についた。

仏印にいるときはあまり思い出しもしないが、こうして東京へ帰ってくると、急に妻子に会いたくなった。自宅にはまだ連絡していない。急に帰って妻や子供たちをびっくりさせてやるつもりである。

長男・次男ともにデキが良かった。上の子は東京陸軍幼年学校、士官学校を出て少尉に任官した。次男はことし海軍兵学校を受験する。三男はまだ小学生だが、やはり軍人志望である。次男・三男にはこの帰国中には会えるだろう。大きくなった息子と酒を酌《く》みかわしたいものだ。

陸軍省に長は到着した。陸相秘書官を訪ねたが、思ったとおり東条大将は多忙で、いつ面会できるか秘書官にも見当がつかない状態だった。下交渉の報告書と東条・蔣会談の上申書を秘書官にあずけて長はそこを辞した。

次官の木村兵太郎《きむらへいたろう》は在省していた。だが、次官は陸軍省内部の統轄が職務である。外交などは門外漢だった。

長はそこで軍務局長の佐藤賢了《さとうけんりょう》少将に面会を求めた。軍務局は陸軍省の中核であり、外交も担当している。

佐藤は貫禄《かんろく》ゆたかな体軀の、陽気な人物だった。さっぱりした気性で私利私欲に走らぬ男だという定評がある。そこを東条首相に買われたらしい。何度か面識のある佐藤に長は好意を抱いていた。

「よくきたな。ご苦労だった。大臣秘書から連絡があったよ。重慶の件だそうだな」

佐藤は快く長を迎えてくれた。

たいそう血色が良い。日本軍の快進撃のおかげで体調も絶好調なのだろう。

重慶政府代表との和平下交渉の模様を長は報告した。帰ってまた梅少将と会談し、正式交渉の打合せをする。軍務局は外務省と連絡をとり、この交渉を日本政府の正式交渉に格上げして進行させてほしい。報告書を佐藤に手わたして長はたのみこんだ。

「仮の交渉でありますので、僭越《せんえつ》ながら和平交渉は私がおおまかに見積って伝えておきました。戦局が有利でありますから、いまこそ和平の好機であります。多少の譲歩を示せば、蔣はかならず乗ってくるものと思われます」

胸を張って長は申し入れた。大戦果の報告をしている気分だった。

が、佐藤局長は答えなかった。あきれたような顔でまじまじと長をみつめる。若いころクーデター計画を打ちあけられた穏健派の上司がよくこんな顔になったものだ。

「長少将、いきなり重慶と接触したのか。どうかなそれは。中央の方針とは嚙み合っておらんぞ」

やがて佐藤はいいだした。

おどろいて長は佐藤をみつめた。

「中央の方針――。日満中の連携強化のため中国の主権をできるだけ尊重してゆくと芳沢大使からきいておりましたが」

「それはそのとおりだ。だが、重慶と直接交渉する意志は政府にはない。総理や外務大臣の考えておられるのは、傀儡の南京政府を強化して重慶政府を圧迫し、もって和平を達成する政策なのだ。譲歩は南京政府にたいしておこなう。重慶には強圧策をつづける」

嚙んでふくめるような口調だった。

中央の事情にうとい外国の駐在武官を憐《あわ》れむ表情になっている。

「南京政府を強化――。ばかな。そんな悠長なことをいうておって和平など達成できませんぞ。重慶が手をさしのべているのです。すぐ握るべきです。東条・蔣会談をやれば中国問題は一気にかたがつくのですぞ」

「重慶工作はこれまで何度も失敗している。向うは情報蒐集の手段に和平をちらつかせてくることが多かった。今回もそうではないという保証はない」

「情勢がちがいます。戦局が有利ないまこそ和平の好機です。南京政府など放っておくべきです。日本はなにも南京政府と戦争しているわけではないのだ」

「長少将。南京政府を育成しようというのは国策なのだよ。女でいえばこっちが正妻だ。いくら色気があっても、妾《めかけ》を公式の場に連れ出すわけにはいかん。重慶は妾だ」

「妾のほうが本妻よりも良い女だというのが常識でしょう。軍務局長、なにをぐずぐずしておるのですか。重慶が手を挙《あ》げかけているのに」

「国策から逸脱《いつだつ》するわけにはいかぬ。外務省もその方針で、開戦後まもなく大物の重光葵を駐華大使に任命した。重光大使はいま南京でさかんに汪政権のテコ入れをしておるはずだ。妨害するわけにはいかぬ」

「それなら外務省に方針を変えさせるだけです。四の五の理屈はいわせぬ。国家のためにこの機を逃すわけにはゆかぬ」

久しぶりで横紙やぶりの長勇の血が沸き立った。長は局長室を出て外務省へ向かった。東郷外相の執務室へ強引に押しかけていった。

「なりませぬ。いま重慶に接触したら足もとを見られるだけです。日本は負担に耐えかねて和平交渉をせっついていると見られるだけだ。いまはその時期ではない」

東郷外相はにべもなかった。

昨年十二月には、主戦論のまっただなかで最後まで開戦に反対した人物である。この元旦には外務省の全職員にたいして、戦争が始まった以上、われわれは一日も早く戦争を終らせるため努力せねばならぬと訓示した豪傑だった。長がいくら凄んでも、頑《がん》として受けつけなかった。

「大臣、重慶はわが国よりもはるかにせっぱつまっておるのですぞ。崩壊するまえに有利な条件で和平を結ぼうと必死なのだ。この機会を逃すべきではない。重光大使に訓令して南京工作は中止させなさい」

「われわれは陛下から外交大権をおあずかりしておる。軍が統帥権《とうすいけん》のもとにあるのと同じことだ。長少将は外交大権に干渉するのか。僭越にすぎる。だいたい貴公は正規の命令をうけて重慶工作にあたったのではなかろう。一人で勝手なふるまいをしただけではないか。外務省がつきあう義務はない」

「大臣、わしは国のために重慶と和平交渉をするべきだと申しあげておる。命令系統がどうのというけちな話ではない。すべてに優先して東条・蔣会談を実現させるべきだ。四年あまりの桎梏《しっこく》から日本は解放されるのです」

「なりませぬ。外交にいくつも窓口があることこそ国を亡ぼすもとです。軍部の勝手な動きのおかげで外務省はこれまでどれだけ余分な苦労をさせられてきたことか。どうしても重慶工作をやりたいなら、軍務局長、首相経由で私に建議書をまわしなさい。それなら私も検討しましょう」

一時間以上やりあったが、埒はあかない。

佐藤軍務局長が話したとおり、開戦後、政府は対中国政策を一変したところだった。

東郷外相、重光大使とも変革を提唱していた。中国を独立国として承認し、日本は内政不干渉の立場をとる。撤兵もやがて実行する。不平等条約をいっさい廃棄し、利権も返還して、あらためて完全に平等な同盟関係を両国のあいだにつくりあげようとしていた。

ただし、東郷外相らは交戦中の重慶政府ではなく、傀儡の南京政府を通じてこれを実現しようとしていた。重慶政府はヨーロッパでドイツが勝利をおさめ、米英が戦意を失うまで日本との戦いをやめないだろう。したがって日本は南京政府の強化につとめ、同政府を中国の中央政府に育成することで新しい日中関係を築くべきだと判断していたのだ。

長から見ればなんとも気の長い話である。が、政府首脳の目には、長の工作など国策を混乱させる行為としか映らないのだ。

「さあ、私はこれで失礼する。宮中でこれから連絡会議があるのでな」

東郷外相は腰をあげて秘書を呼んだ。

た。こうなったら東条首相に直訴だ。あした首相に喰《くら》いついてやる。固く決意して外務省を出

もう夕刻だった。長は杉並区大宮前《おおみやまえ》の自宅へ車を向わせた。陸軍航空部隊がインドを初空襲したニュースが流れていた。電器店のラジオのまえにむらがる人々の表情は明るい。だが、長はガラにもなく沈んだ気分で、暮色のなかの街を眺めていた。

二年ぶりに長は自宅の玄関へ入った。妻の春江がいそいそと迎えに出る。急に帰っておどろかすはずだったが、帰宅してろくな食物もなかったらつまらないので、陸軍省を出るまえに長は予告の電話をしておいたのだ。次男、三男も元気で歓迎してくれた。しばらく見ぬまに信じられないほど二人は大人《おとな》になっている。

風呂へ入り、着物姿になって長はくつろいだ。晩酌しながら春江や息子たちから留守中の話をきいた。次男は校内の水泳大会で優勝し、三男も近所では餓鬼《がき》大将らしい。長に似て健康な息子たちだ。

やがて長は立って電話口へいった。福岡の実家を呼びだした。弟としばらく話したあと、母のナミと替った。

「勇か。帰ってきちょったとね。元気か」

母の声には張りがあった。一族のだれが出征した、だれが結婚した、というような話をする。相変らずだった。

「いまはお国が大変なときじゃ。うちのことは心配せんと、ようご奉公しんさい」

「わかっておる。東京で用事が済んだらそっちへ帰る。待っとってくれ」

晴れ晴れした気持で、電話口を離れた。

「酒はどれだけある。一升か。よし、今夜は瓶《びん》をカラにするからな」

猛然と長は飲み始めた。

あす、かならず東条首相を説得する。和平交渉をまとめてみせる。それを母への土産《みやげ》にする。新しい闘志が湧いて出ていた。

あくる朝早く長勇は首相官邸を訪問した。東条首相は朝食の最中で、秘書官の赤松《あかまつ》大佐も出勤したばかりだった。予約のない面会は認められぬと赤松にいわれたが、長は、

「国家の大事を建言にまいった。貴公、邪魔するからにはそれなりの覚悟はあろうな」

と一喝《いっかつ》して邸内へ入った。

では十分だけ。赤松はしぶしぶ承諾した。

閣議室のとなりの応接室へ長は通された。やがて東条首相が入ってきた。長は何度か東条と面識がある。戦陣訓談議を長々ときかされたことがあった。くそまじめで面白くもない男だという印象を受けた。

長は挨拶し、突然の訪問の詫びをいった。

「挨拶は要らぬ。用件をいいたまえ」

不機嫌な顔で東条は椅子に腰をおろした。

長は和平交渉のいきさつを話した。たちまち東条の顔が赤くなった。

「ばか者。勝手なまねをやりおって。いま重慶になど手をのばす必要はない。ほうっておいても向うからすり寄ってくる」

東条は大喝した。すぐに腰をあげた。

「しかし総理、おことばを返すよう――」

「和平工作は禁じる。長少将、統制違反の責任はあとで問う。すぐ任地へ帰れ」

東条首相は部屋を出ていった。

さすがの長も茫然とするばかりだった。

沖《おき》縄《なわ》

1

昭和十九年（一九四四年）九月十四日、見るからに働き盛りの一人の陸軍中佐が、首里《しゆり》城の地下壕《ごう》にある第三十二軍司令部の建物へ入った。

陸軍省飛行場設定部の釜井耕輝《かまいこうき》中佐だった。飛行場づくりの名人といわれた技術将校である。来年春に予想される沖縄決戦にそなえ、航空基地の整備のため参謀として着任したところだった。

首里城は十五世紀、琉球《りゆうきゆう》王朝によって建設された。三層から成《な》る正殿と南殿、北殿の三殿より成って周囲に高さ八メートルの城壁をめぐらせている。城は丘の上にあり、三キロ離れた那覇《なは》の街と海を西方に見わたすことができた。

首里城の地下三十メートルのところに長さ千五百メートルの洞窟がある。第三十二軍はそこに司令部をおいていた。司令官以下一千名の将兵がそこで生活している。昼間も無数の電灯がともり、生活のための諸施設も完備して、地下ホテルといってよい豪華な要塞となっていた。

参謀長、長勇《ちようい さむ》少将は首を長くして釜井中佐を待っていた。釜井が部屋にあらわれると、すぐに立って着任の申告をきいた。

「一日千秋《いちじつせんしゆう》の思いで貴官を待っておったぞ。設定部長から赴任延期の要請をうけたが、急を要するといって断わった」

そう告げて、長は机のうえの書類籠《かご》から墨《すみ》で描《か》いた一通の文書をとりだした。

「命令」

長は大喝一声《だいかついっせい》した。おどろいて釜井中佐は不動の姿勢をとる。長は読み始めた。

「貴官は九月十五日より三泊四日の予定をもって第三十二軍管区内の飛行場を視察し、それらの設定を指導援助すべし。また九月末完成のため、どの程度の兵力を必要とするか、十九日正午までに意見具申すべし」

さらに工事を指導し、九月三十日までに航空基地整備を完成せよ。この職務を遂行するため、飛行機一機の使用を許可する。

命令書は以上のような内容だった。

「第三十二軍参謀長である長勇にたいして、貴官は責任をもてるか」

命令書を手わたして長は訊《き》いた。

「はい。参謀長のご期待に添《そ》えるよう、精励いたす所存であります」

釜井中佐は約束して、まるで新兵のように四角四面の敬礼をして去っていった。

「うん。まああれだけ気合をいれておけばやつも必死に働くじゃろう。たぶん無駄とは思うが、やるべきことはやっておかなくては」

腰をおろして長は一人で笑った。

万事芝居がかったことが好きである。重大な命令は墨書して手わたす習慣だった。が、すぐに長は渋面《じゅうめん》をつくった。大本営のやることがいちいち気にいらない。現地にいる長や高級参謀八原博通《やはらひろみち》大佐の作戦構想に信をおかず、よけいな干渉ばかりしてくる。釜井中佐の派遣もじつはその一つなのだ。

長勇は昭和十七年の九月末、仏印駐留の第二十五軍参謀副長の任をとかれ、南方軍司令部付となった。中央と連絡をとらず、勝手に重慶政府と和平交渉をしたかどで、東条《とうじょう》首相兼陸相に左遷されたのである。

あとは第十歩兵団長、さらに関東軍付と不遇をかこったが、この十九年六月末、参謀本部付として満州から呼びもどされた。

開戦後の約半年間の圧勝が嘘《うそ》のように戦局は悪化していた。

十八年二月、日本軍がガダルカナル島を撤退したのが転機となった。以後、反攻に転じたマッカーサー元帥指揮の連合軍によって東部ニューギニアはほぼ制圧され、ブーゲンビルを奪われ、マキン、タラワ諸島でも日本軍守備隊は全滅させられた。北洋ではニミッツ提督の太平洋艦隊の一部とアメリカ陸軍部隊の合同攻撃をうけて、日本軍は占領していたアッツ島、キスカ島を失った。

十九年の二月、中部太平洋の最大の海軍基地トラック島がアメリカ機動部隊に急襲され、日本の艦船、航空機、諸施設が大損害をこうむった。さらに六月中旬から七月上旬にかけてサイパン島の日本軍守備隊は、アメリカ機動部隊と上陸部隊の猛襲をうけ、善戦のすえ全滅してしまった。サイパン島はB29が日本本土を空襲して帰着できる距離内にあった。同島を失って以来、日本の主要都市や工業地帯は執拗なB29の爆撃にさらされ、一気に敗色が濃厚になった。

なんとしてもサイパン島を奪還しなければならない。守備隊が玉砕《ぎょくさい》するまえから、大本営は逆上陸の作戦を計画した。あの勇猛な長勇少将ならうまくやり通すかもしれない。六月末、長は参本付となって満州から呼びもどされたのである。

海軍では小沢治三郎《おざわじさぶろう》中将の指揮する第三艦隊がこの任にあたるはずだった。ところが同艦隊は六月十九日、サイパンを含むマリアナ諸島沖で敵機動部隊と対戦、空母二のほか保有飛行機約四百三十機のうち三百七十機を失う大敗を喫《きっ》した。飛行機の搭乗員の練度不足がおもな原因だった。

「兵力がない。サイパンは制海権も制空権も敵に握られている。そこへ強引に乗り入れようにもわがほうには飛行機がない」

逆上陸強行論を唱《とな》える中堅将校たちに、連合艦隊の豊田副武《とよだそえむ》長官はそう答えた。

マリアナ海戦の惨敗を知る者はほんの一握りの高官たちだけだった。若手はいきり立ち、実状を知る高官は尻込みする——最後まで海軍はこの型から抜け出せなかった。

ビルマでは日本軍がインパール作戦に失敗し、六万人の死者を出した。中部太平洋では、グアム、テニアン島が敵の手に落ちた。日本国内では東条内閣が総辞職し、小磯国昭《こいそくにあき》内閣が成立したが、悪化する一方の戦局にはなんの影響もなかった。

連合軍は今後フィリピン、台湾を制圧し、沖縄さらに日本本土へ攻め寄せてくるものと大本営は判断した。沖縄本島以下の南西諸島の防備を強化しなければならない。

沖縄の防備を担当する第三十二軍がすでに編成され、第九師団のほか独立混成連隊、戦車隊、砲兵隊などが傘下《さんか》に入った。彼らは六月の初め、沖縄に上陸した。さらに七月初めには第二十八師団のほか独混連隊、速射砲大隊などが沖縄方面に送りこまれた。

サイパン逆上陸作戦が中止になってから、長は沖縄へ視察に派遣され、防備と住民疎開の計画立案にあたった。サイパンの代りに沖縄攻防戦で長に腕をふるわせようとの上層部の意図《いと》は承知している。腹心の参謀、木村正治《きむらしょうじ》中佐がいっしょだった。

調査を終えて長は東京へ帰り、沖縄防衛には最小限六個師団と一個連隊が必要だと報告した。すでに第三十二軍参謀長を命ず、という辞令が出ていた。大本営は長の要求をほぼ容《い》れて、四個師団、五混成旅団合計約十万名の兵力を投入する約束をしてくれた。

第三十二軍の司令官は牛島満《うしじまみつる》中将だった。第十一師団長、士官学校校長の経歴がある悠揚とした風貌の将軍である。『大西郷《だいさいごう》』の渾名《あだな》を奉《たてまつ》られている。

事実上の参謀副長である八原博通大佐は陸大恩賜《おんし》組でアメリカ駐在武官、第十五軍作戦主任参謀を経てきた沈着、冷静な切れ者だった。温厚篤実《とくじつ》な牛島、放胆な長、緻密《ちみつ》な八原の組合せにかけられた期待は大きい。

長と八原大佐はほかの参謀たちとともに綿密な作戦会議をくり返した。

サイパン、グアムなどの戦闘を見ても、わが航空部隊が上陸まえの敵艦や輸送船に大損害をあたえ得るとは思えない。飛行機に頼って作戦を立てると後悔することになる。

敵は海岸地帯のせまい地域にまず上陸し、橋頭堡《きょうとうほ》を築くのが常套《じょうとう》手段である。その後、艦砲射撃と艦載機の爆撃や機銃掃射に援護されて前進を開始する。後続もつぎつぎに船から同地帯へ上陸をつづける。

敵が最初に上陸したあと、進撃を開始するまでには一、二日の準備期間をおくのが通例だった。沖縄ではそこを狙《ねら》ってわが砲兵隊が砲撃を開始することになった。保有火力は十五センチ以上の砲約百門、軽砲数百門。橋頭堡となる地帯を集中的に砲撃すれば敵は壊滅するだろう。

アメリカ軍は兵力を分散させる作戦はとらない。上陸作戦は、一カ所に集中するのが通例である。日本は大砲の位置をかくすため、敵の主力が上陸するまでいっさい砲撃は実施しない。充分に敵を射程距離に入れてから、とつぜん集中砲火をあびせるのが効果的だ。

沖縄本島にはガマと呼ばれる大小の鍾乳洞が各所にある。とくに那覇、首里をふくむ南部に多く散在している。これが絶好の要塞になる。敵は上陸にさき立って猛烈な艦砲射撃と空爆を仕掛けてくるだろうが、ガマ要塞によって日本軍の大砲は温存できるはずだ。海岸地帯で撃滅をまぬがれた敵が内陸部へ進撃してきた場合は、ガマおよび塹壕《ざんごう》に拠《よ》って抵抗する。第三十二軍は主力を南部に集めて持久戦に入り、敵の日本本土上陸を一日でも遅らせる努力をする。島の北部山岳地帯は住民の避難所に利用され、特殊部隊をおいてゲリラ活動にあたらせる。

以上が作戦の大要だった。第三十二軍の将兵はさっそく陣地の建設にとりかかった。一木一草《いちもくいっそう》までを戦力にする必要があった。すべての沖縄県民が防衛隊、学徒隊、義勇隊、救護班などに組織された。彼らも陣地づくりに動員された。ガマの出入口に大砲や機関銃が据《す》えられる。えんえんと壕が掘られ、コンクリートや掩体《えんたい》で保護された砲台が、山岳地帯や海岸のいたるところに築かれた。沖縄本島の中央部から南は、巨大な甲冑《かっちゅう》に覆《おお》われたように完璧に要塞化されていった。長や八原参謀は連日工事を見まわって、将兵を指導したり県民を激励したりした。

十九年の八月五日、大本営陸軍部から航空戦備状況の視察団がやってきた。また十五日には陸軍省の視察団が到着した。

両視察団は引揚げたのち、沖縄本島における航空基地の不備を指摘してきた。燃料、弾薬の集積に欠陥がある。格納庫、貯蔵庫などの洞窟施設化をすすめなければならない。補給廠《しょう》を設置し、自動車による連絡、補給網を整備する必要がある。航空幕僚も増員すべきである。

「今後の航空決戦は全軍の運命を左右するものであるから、航空、地上とも全軍あげて航空作戦準備をおこなうことを第一線に徹底させる必要がある」

視察団の見解はこの一文に明らかだった。

じっさい長らは飛行場の防備にあまり力をいれていなかった。沖縄本島には中部から南部にかけて北、中、南、東の四飛行場がある。もう一つ、那覇の南西に海軍の小禄《おろく》飛行場があった。また名護《なご》半島西十キロの伊江《いえ》島にも、東洋一といわれる広大な飛行場があり、さらに宮古《みやこ》島二、石垣《いしがき》島一の航空基地があった。だが、いくら飛行場を整備しても、使用する飛行機がなければなんにもならない。敵に占領されて逆に利用される恐れもある。

「近代戦は航空兵力が主体なのはよくわかっておる。しかし、サイパンやグアムではわが航空隊はほとんど戦果をあげられなかった。大本営はその事実をどう見ておるのか」

「近代戦イコール航空戦という固定観念にとらわれているんです。飛行機の数が足りないという事実に目をつぶっているとしか思えない。飛行場を整備すれば満足に飛行機をまわしてくれるとでもいうのですか」

長も八原大佐も腹を立てた。部下の参謀たちも同意見である。

司令官牛島中将の立場は苦しくなった。だが、牛島は長らをおさえようとしない。既定方針どおりの陣地設営をつづけさせた。

大本営は命令書をもった参謀を派遣してきた。いそぎ航空基地を補強せよというのだ。名にしおう長勇を説得しなければならないとあって大本営参謀は大いに緊張していた。が、長はあっさり命令を受け入れた。人格者である牛島司令官を窮地《きゅうち》に立たせたくなかったのだ。九州にはまだ千機もの戦闘機や雷撃機が温存されていて、猛訓練をつづけているという情報がとどいてもいた。

飛行場づくりの名人釜井中佐はこうして派遣されてきたのである。九月三十日までに航空基地補強を完了せよ——長が過酷な命令を出したのも、仕方のないことだった。

釜井中佐は専用の小型飛行機で本島内や伊江島、宮古島、石垣島を往復して補強工事の指揮をとった。各部隊の設営隊はもちろん徴用された県民の諸隊も、陸上陣地の構築を中止して飛行場の改修にあたった。

燃料、爆薬などの倉庫が地下壕へ入った。誘導路が設《もう》けられ、滑走路は四千メートルに延長されて、いつでも使用可能なように整備された。長い掩体壕が掘られた。兵士も県民も円匙《えんし》や十字鍬《くわ》をふるって作業にはげんだ。

八月五日から七日にかけて第二十四師団約一万名の将兵が那覇に到着した。さらに八月二日には第九師団一万四千名が那覇に上陸、さらに兵力の増強はつづいた。夏の終りには第三十二軍は長らの希望どおり約十万名の陣容となった。彼らもただちに工具を握って陣地の造営にあたった。

不眠不休の努力だった。九月十五日、アメリカ軍がモロタイ、ペリリュー両島に上陸したというニュースが作業に拍車をかけた。かならず敵は沖縄へやってくる。外地とちがってここは日本国内なのだ。絶対に彼らを寄せつけてはならない。兵士も県民も心をあわせて突貫工事に身を挺《てい》していた。

九月の末近く、長は八原ともう一人の参謀をつれて自動車で司令部を出発した。ゆくさきは那覇の三十キロ北にある中飛行場。嘉手納《かでな》の街のすぐ近くだった。工事が遅れ気味だと報告をうけて検分に出向くのである。

晴天だった。司令部のある首里城を出ると、沖縄特有の白い道がまぶしいほどまっ白に延びていた。道ばたにはバナナやパパイヤの木が茂っている。屋根に天水桶《おけ》を載《の》せ、石垣をめぐらせた家々が樹木に埋もれるように並んでいる。村落の外はひろびろとした砂糖キビ畑だった。嘉手納ゆきの軽便鉄道の玩具《おもちゃ》のような列車がのどかな汽笛とともにすれちがった。

海岸を離れ、ところどころ『墓』のある山々を眺めながらしばらく走った。『墓』は女陰を象《かたど》った漆喰《しっくい》で固めた洞穴《ほらあな》で、人間の生れた場所、還《かえ》る場所を同時にあらわしているらしい。なかにはそれぞれの家代々の骨壺がおさめてある。

自動車はやがて中飛行場へ着いた。ひろびろとした赤土の平地に散った何千人という兵士や男女の民間人が円匙や鍬で土を掘り、モッコで土を運んでいる。ローラーを引いたり、滑走路に敷く小石を積んだ馬車を曳《ひ》いたりしていた。中央に長い滑走路があり、東南の角に掘立小屋の戦闘指揮所がおかれている以外、建物はなに一つ目につかない。すべての施設が掩体壕のなかにかくれている。東側の松林のなかに戦闘機が数機ひそんでいた。戦闘指揮所のまえで長らは自動車をおりた。釜井中佐が待っていた。彼の案内で諸施設を見てまわった。資材運搬に手間どって予定より二日工事が遅れているが、九月末日には完工予定だということだった。

やがて正午になった。食事のため一同は掩体壕から指揮所へ向った。そばに三人のモンペ姿の若い女がいる。八名の兵士が木陰の草地にすわって握りめしを食べていた。そばに三人のモンペ姿の若い女がいる。共同作業していた女子挺身隊員らしい。彼女らはタピオカ粉の団子やさつまいもの弁当を食べ、兵士たちの握りめしを分けてもらっていた。

長ら一行を見て、兵士たち、挺身隊員たちは立って敬礼した。

「分隊長、分隊長はいるか」

八原大佐が声をかけた。二十五、六の下士官が緊張した面持《おももち》で走ってきた。

「いますぐ中止せよとはいわんが、今後は地方人（民間人）に食料をあたえてはならん。敵が上陸してくれば、沖縄ぜんたいに糧秣《りょうまつ》が不足する。地方人は軍に食料を求めてくるだろう。だが、分与はできない。われわれは戦わなければならぬ。食料をあたえる余裕はないのだ」

われわれの使命は敵撃滅である。地方人を助けることではない。県民に軍をあてにする習慣をつけてはならない。

しずかに八原大佐はいいきかせた。

「参謀どの。肝《きも》に銘じました。以後は軽率な交流は控《ひか》えます」

下士官は敬礼して去っていった。

「この件は県民に布告する必要がありますね。参謀長、記者会見で発表されてはいかがでしょう。各部隊にも通達を出すべきです」

八原大佐は長に提案した。

「よかろう。記者会見はやる。しかし通達は要《い》らん。兵には好きにさせておけ」

「どうしてですか。戦闘中地方人にまとわりつかれては厄介《やっかい》なことになりますが」

「戦闘になれば地獄だ。だれもが一粒の米も惜《お》しむようになる。地方人が泣いてたのんでも、兵が相手にするわけがない。わざわざ通達するまでもないことじゃ」

肩を揺すって長は戦闘指揮所へ入った。

昼食の豚汁の香りがただよっていた。

2

十月十日、沖縄本島はじめ宮古島、久米島《くめ》などの南西諸島は大空襲にさらされた。

敵機動部隊が北上中という報《しら》せは、すでに三日まえ、台湾の第十方面軍司令部から寄せられていた。第三十二軍司令部は十日から三日間那覇で兵棋《へいき》演習をおこなう計画だった。もし機動部隊が沖縄を目ざしているのなら、演習は中止しなければならない。

翌日になっても敵機動部隊の動向は不明だった。長勇参謀長は予定どおり演習を実施することにきめ、徳之島《とくのしま》、宮古島、石垣島、大東島《だいとう》から兵団長、幕僚などを招集した。

九日夜、那覇の沖縄ホテルで牛島軍司令官主催の招宴がひらかれた。一同、泡盛《あわもり》を大いに飲み、蛇皮線《じゃびせん》にあわせて放歌高吟《ほうかこうぎん》した。長は得意の浄瑠璃《じょうるり》をひとくさり語って将校や芸者から賞讃された。

「おまえたちも浄瑠璃を習え。これを唸《うな》っとりゃ弾丸の下でも怖くないぞ。いきんで声を出しとりゃ、爆弾の音もきこえん」

芸者にそんなことをいった祟《たた》りなのか、翌日の空襲は猛烈をきわめた。兵棋演習はもちろん中止になった。

翌朝七時まえ、沖縄ホテルの一室で長勇は目をさました。すぐに起きて、みごとな日の出を窓から眺めていた。

はるか北で爆発音がきこえた。見ると、読谷山《よみたん》のふもと、北飛行場のあたりから黒煙が立ちのぼっている。つづいて火花が散った。また爆発音がきこえ、こんどは大量の黒煙が舞いあがる。空襲警報のサイレンと半鐘《はんしょう》が鳴りわたった。完全に虚《きょ》をつかれた。長は大いそぎで着衣をととのえ、駈《か》けつけた副官に自動車の手配を命じた。牛島司令官も同じホテルへ泊ったはずだが、支度《したく》を待つ余裕はない。長はさきに司令部へ帰った。

城の塔へのぼり、双眼鏡で北飛行場の上空を眺めた。アメリカの艦載機グラマンF4Fとカーチスがそれぞれ四機ずつ編隊を組み、つぎつぎに飛行場へ急降下してゆく。爆弾を落し、機関砲で掃射したあと、反転して対空砲火のとどかぬ海上へ避難する。そこでまた四機編隊を組み、あらためて突っこんでゆく。

敵機はおそろしく多数である。三、四十機いるらしい。やがて中飛行場でも南飛行場でも黒煙があがりはじめた。そちらも同数の敵機におそわれているとなると、百機を上回る規模である。日本軍も機関砲その他で応戦し、一、二機は撃墜したようだ。

「各飛行中隊に伝達しろ。迎撃にはおよばず。いまは飛行機の温存に徹せよ。以上だ」

副官に長は命令を伝えた。

「飛行場の掩体は完成しています。たいした損害はないでしょう。だが、港が心配です。船や荷物がかなりやられたでしょう」

「首里には電波探知機があるんだが、電波が沖縄本島を一周するまで四時間はかかる代物《しろもの》なんです。とても敵をつかまえきれない」

参謀たちが話しあっている。

九州や台湾と連絡はとったものの、来援のあてはまったくない。各部隊それぞれの判断で高射砲や機関砲を撃ちまくる以外、応戦のすべがなかった。

一時間半ばかりで敵機は去った。北、中、南の三つの飛行場方面には、いずれも火災が発生していた。各守備隊にかなりの死傷者が出たらしい。被害の報告をうけるうち、第二次の空襲があった。およそ二百機の艦載機がまた飛行場と各港湾の船舶に攻撃を加えた。轟音《ごうおん》がとどろき火災はひろがる一方である。

第三次の空襲は港湾施設が狙いだった。第四次では那覇市が集中攻撃をうけた。百二、三十機のグラマン、カーチスが市の上空を好きなように飛び交《か》って焼夷弾《しょういだん》を落し、銃撃をあびせかけた。市内の数十カ所に火災が発生し、たちまち燃えひろがった。午後三時近くには第五次空襲があり、百七十機の敵機が那覇上空で荒れ狂った。街なみのほとんどが火を噴《ふ》きあげ、夕刻になるにつれ、焔《ほのお》は兇暴におどりつづけた。もう手のつけようがない。県庁の要請をうけて、軍司令部は第九師団に出動を命じ、消火破壊をおこなわせた。

火は翌日まで燃えつづけた。県庁や、首里城の地下壕にある司令部は無事だったが、人口六万五千の那覇は九割が焼野原になった。

被害は予想以上に大きかった。第三十二軍の百三十六名が戦死、二百七十名が戦傷を負った。那覇の南西、小禄飛行場の防備にあたった海軍部隊からも戦死八十六、戦傷十六名の被害が出た。民間人の死者は三百、負傷者は四百五十五であった。

空中戦により戦闘機五を失ったほか、十三機が地上で破壊された。船舶の被害がもっとも大きかった。陸軍関係では輸送船十隻が沈み、機帆船や舟艇はおよそ百隻が失われた。海軍関係では潜水母艦、駆潜艇、輸送艦など五隻が破壊された。

弾薬に加え食料、被服などの被害も大きかった。船から陸揚げされ、港からまだ運び出されずにいたものがやられたのだ。せっかく築いた陣地も多くが破壊された。

が、将兵や県民のうけた心理的被害はさらに大きかった。沖縄がやられ放題でいるのに、どこからも救援がなかった。制空権も制海権もすでに敵に握られているのかと疑う者が多くなったのだ。長ら司令部の高級将校にはそれがわかっていたが、将兵や県民はまだ沖縄の孤立を認識できずにいた。

「やむを得ぬ事態だったとはいえ、これだけやられては陛下に顔向けがならぬ」

長は大本営に進退伺《うかが》いを出した。

現職にとどまり奮励せよ、という返事があった。それなら、というわけで長はこんどは大本営の尻を叩いた。

「沖縄を空襲した敵機動部隊は現在台湾東方の洋上にあり。わが航空部隊の総力をあげてこの敵に鉄槌《てっつい》をくだされたし」

長の建言に触発されたわけでもないだろうが、すぐに大本営から返電がきた。

第二航空艦隊の攻撃隊が台湾沖の敵機動部隊を空襲する。よろしく協力せよという内容だった。

連合艦隊司令部は十二日、各地の基地航空隊にたいして「航空捷《しょう》一号および捷二号」作戦の実行を命じた。九州鹿屋《かのや》基地などから四日間にわたって約一千機の艦攻、艦爆を出動させ、台湾基地の陸海軍機の協力のもと、台湾沖にいる敵機動部隊を撃滅せよというのだ。

侵攻してくる連合軍との迎撃戦を、大本営は捷号作戦と呼んでいた。捷一号はフィリピン、二号は台湾・沖縄方面、三号は日本本土、四号はアリューシャン列島方面を意味している。捷一号および二号作戦の発動命令は、だから飛行機によるフィリピン、台湾、沖縄方面の敵艦隊撃滅を目的としていた。鹿屋など基地航空隊のみを対象とした命令である。陸海軍の総力をあげてフィリピンのレイテ島防衛にあたった正式の捷一号作戦は、台湾沖の航空戦のあと発動されることになる。

「台湾沖の敵機動部隊を空襲するわが攻撃機隊は、十月十四日午前に鹿屋基地を出発、午後には給油のため沖縄へ着陸する。総数五百機。給油をはじめ整備、搭乗員の休養などに関して、軍をあげて協力たまわりたい」

大本営からはそういってきたのだ。

大空襲のあと沈滞していた将兵も県民も、この報せをきいて活気をとりもどした。軍民あげて大いそぎで飛行場の修復に着手した。なまじ陸海軍の大部隊が沖縄に駐屯したおかげで大空襲にさらされた——県民のなかから出かかった不満の声も消えてしまった。

十月十三日の朝、大本営からさらに朗報がとどいた。昨夕から夜にかけて九州鹿屋基地を飛び立った海軍航空隊のT部隊を主力とする陸海軍の艦攻、重爆部隊が嵐をついて台湾沖の敵機動部隊を奇襲、空母四隻を撃沈破したというのである。先日の大空襲による損害をおぎなって余りある大戦果だった。

「さすがT部隊。きょうあすと三日つづけて追討ちをかければ、敵は壊滅するぞ」

「敵空母は十一隻いるらしい。七、八隻沈めたら、戦局は一気に有利になるじゃろう」

牛島中将以下、第三十二軍の司令部は大いに活気づいた。

T部隊のTは台風の頭文字である。荒天下の夜襲を得意とする航空隊だった。

台風などで海が荒れた夜は、空母から艦載機を発進させるのは至難である。ほとんどの機が出撃できず、母艦に残っている。だから荒天のもとで空母一隻を沈めると、通常六、七十機の艦載機を同時に葬《ほうむ》り去ることになる。しかも荒れた夜は対空砲火の命中率が低下するので、攻撃側の損害はすくない。

以上の利点を生かそうとの構想でT部隊は編成された。新型レーダーをそなえた陸攻機と飛行艇が配備され、搭乗員はベテランぞろいである。沖縄に立寄る必要もなく、一気に台湾沖へ突っこんだのだ。発案者は軍令部参謀の源田《げんだ》実《みのる》中佐だった。大戦果の報せをきいて、さぞ鼻を高くしているだろう。

十四日の朝も、T部隊の活躍が伝えられた。約三十機が石垣島南西の敵機動部隊を攻撃し、空母一、駆逐艦一を撃沈、空母二を大破炎上させたというのである。敵艦載機の台湾空襲も激しかったようだが、陸の被害など問題にしないT部隊の活躍ぶりだった。

その日の午後、牛島司令官、長参謀長以下第三十二軍の首脳たちは自動車をつらねて司令部を出た。沖縄で給油して台湾へ向う二航艦の搭乗員たちを出迎え、激励するため北飛行場へ向うのである。海軍の沖縄方面根拠地隊司令官、大田《おおた》実《みのる》少将の自動車も一行のうちにあった。きのうの大戦果の主役が海軍のT部隊だったので、大田司令官は晴れやかな表情だった。

北飛行場へ着くと、大勢の将兵や県民があつまっていた。やっぱり航空隊がきてくれた、日本の庭先を荒らして去った米機動部隊をそのままにしておくわけがないのだ。将兵の顔も県民の顔も明るかった。一団となって日の丸を振る琉球衣裳の慰安所の女たちがひどく愛らしく人目をひいた。

やがて新式陸攻『靖国《やすくに》』の大編隊があらわれた。飛行場の上空を大きく旋回し、一機また一機と着陸姿勢に入る。見あげていて長も武者ぶるいが出た。陸攻はどれも大きな砲塔をもち、目を見張るほど大きな魚雷を抱いている。彼らとともに出撃して敵空母に魚雷をぶちあてたら、どんなに愉快だろう。

搭乗員が地上へおり立って戦闘指揮所のほうへやってくる。中隊長が号令をかけて彼らを整列させ、牛島、大田両司令官ほかの高官たちに敬礼して休憩所のほうへ去ってゆく。つぎつぎに陸攻中隊が到着する。長は衝撃をうけていた。隊長以外の搭乗員はみんな若い。幼いといってよいほどである。酒の味も女の味もろくに知らず彼らは死地におもむこうとしている。見ていると、長は中年太りの自分の体が、この世の汚れのかたまりであるかのような気分になった。

つづいて戦闘機の大編隊が頭上にあらわれた。零戦が五十機ばかりである。後続がつぎつぎに接近して、上空はまるで無数のゴマを撒《ま》きちらしたような状態だった。

「戦闘編隊零式戦。つづいて彗星《すいせい》編隊。さらに後方から雷電《らいでん》編隊が参ります」

監視兵の報告が入る。長のとなりの大田司令官が満足そうにうなずいている。

飛行場隊の兵士たちがあわただしく給油や整備にあたっていた。日本にもまだこれだけの飛行機がある。米兵などに絶対に沖縄の土は踏ませないぞ。兵士たちの顔は例外なく希望にかがやいている。

搭乗員たちの休憩時間は一時間半の予定だった。時間がくると彼らは飛び立ってゆくのだ。きょう使用される三飛行場を将官が手分けして見送りに立つことになった。北飛行場は牛島中将、中飛行場は大田中将、南飛行場は長少将の担当ときまった。

一足さきに長は北飛行場をあとにした。自動車で南飛行場へ向った。那覇の北、十キロの地点にその飛行場はある。

戦闘指揮所のそばで長は自動車をおりた。集まった県民たちのまえを通って指揮所へ入ろうとすると、着陸してこちらへやってきた天山《てんざん》艦攻の搭乗員の一隊と出会った。隊長の号令で彼らは長に挙手の礼をする。神々《こうごう》しいほど純真な顔ばかりである。ていねいに答礼して長が歩きだしたとき、そばで見ていた人々のなかから声がかかった。

「長さん素敵。大好きよ」

「司令部のお座敷へ呼んでね。私たち、焼け出されてしまったんだから」

馴染《なじ》みの芸妓が五、六人手をふっている。

料亭も置屋も焼けて商売にならないのだろう。昼間からやけ酒を飲んでいたらしい。

搭乗員たちがおどろいた顔で注視している。あっけにとられた表情もある。

ふしぎなほど長は狼狽《ろうばい》した。顔が熱くなり、背中に汗がにじんだ。いたたまれなくなる。横にいる木村参謀が笑いを嚙《か》みころしているのがわかった。

「諸子《しょし》の武運長久を祈るぞ」

搭乗員に長は声をかけ、胸を張り、堂々と長靴《ちょうか》を鳴らして指揮所へ逃げこんだ。

その日出撃していった第二航艦攻撃隊のあげた戦果は翌十五日、ラジオで発表された。

空母一撃沈、空母一撃破である。沖縄から出撃した第二次攻撃隊二百二十五機が敵を発見できず全機無事に帰還したが、あと約二百機のうち半数が失われた模様だった。

十五日は台湾およびフィリピンの基地を発進したわが航空部隊が敵機動部隊を攻撃、空母二を炎上させ巡洋艦一を撃破した。翌日も九州、沖縄、台湾、フィリピンから約二百五十機のわが攻撃隊が出撃したが、この日は洋上に敵を発見できなかった。

十六日午後三時、大本営は台湾沖航空戦の総合戦果の第一回発表をおこなった。撃沈、空母十、戦艦二、巡洋艦三、駆逐艦一。撃破、空母三、戦艦一、巡洋艦一、艦種不詳《ふしょう》一である。さらに四時半のニュースでは撃沈空母一、撃破空母三の追加があった。

真珠湾奇襲以来の圧倒的勝利である。ラジオから久方ぶりに勇壮な軍艦マーチが流れ、司令部も各陣地もバンザイの声で沸き立った。これほどの大打撃を喰《く》らった以上、米軍はフィリピン侵攻を中止せざるを得ないだろう。沖縄はもちろん台湾も当分は安泰であるにちがいない。いや、いまこそ反攻の好機である。米軍が機動部隊の再建に手間どっているうちにサイパン島、グアム島、テニヤン島など太平洋の要衝《ようしょう》やニューギニア、ソロモン諸島などを奪回しなければならない。さらにすすんでハワイ、ミッドウエーを占領し、米本土進攻の足がかりをつかむべきだ。陸海軍はまだ多くの飛行機を保有している。一気に敵ののどもとへ匕首《あいくち》を突きつける態勢にもちこむのも夢ではないのだ。

長勇は司令官や参謀たちと祝い酒を酌《く》みかわして気勢をあげた。当面の危機が去って酒

なしでも夜眠れるようになり、食欲不振もなおったのだが、長勇はおくびにも出さず、

「しかし、無念でもあるな。米軍の上陸作戦を水際《みずぎわ》で挫折させれば戦史に名前が残ったはずだ。せっかくの好機を失ったわい」

と、晴れやかに豪傑笑いしていた。

「那覇市民に布告を出そう。先日の大空襲のおかげで意気消沈している者が多いからな。軍の信用を回復させなくてはいかん」

勢いに乗って長はいいだした。

矢立てを出して、毛筆で布告文を書いた。

「那覇の街の仇《かたき》はみごとに討ちはたした。日本軍は那覇の街と引換えに米軍の虎の子の機動部隊を全滅させた。安《やす》んぜよ那覇市民」

司令官も参謀たちも布告に大賛成だった。

長の文章は印刷され、ビラとポスターになった。兵士たちがそれらを那覇や首里でくばったり、壁に貼《は》りだしたりした。

「やっぱり皇軍は無敵じゃや。神国日本にアメリカを寄せつけるわけがない。信じて待てば最後の勝利はこっちのもんよ」

沖縄県民は以前に増して積極的に軍に協力するようになった。早くも那覇では市内各所で復興の工事が始まった。

十月十九日、台湾沖航空戦の第二回総合戦果発表があった。撃沈空母十一、戦艦二、巡洋艦三。対する日本機の損害は三百十二。戦史上未曽有《みぞう》の圧勝ということになる。

だが、その前日大本営は「捷一号」作戦の発動命令をくだしていた。台湾沖の敵機動部隊撃滅のための「航空捷一、二号」とちがって、全陸海軍あげての決戦命令だった。全滅したはずの機動部隊にまもられた米輸送船団がフィリピンのレイテ島沖に出現、上陸の気配を見せはじめたのである。

十月二十日早朝、米軍は猛烈な艦砲射撃の援護のもとレイテ島へ上陸を開始した。大本営はこれまで地上決戦を予定していたが、空、海、陸の三部門で決戦するよう方針を変更した。台湾沖で敵機動部隊に大打撃をあたえた以上、海上でも空でも有利に戦えると判断したのである。レイテ島を制圧すれば米軍はルソン島へ進出をはかるだろう。大本営は大いそぎでフィリピンへ増援部隊を送りこまねばならなかった。

「あれだけやられても、米軍はレイテへ上陸する余裕があるのか。まったくやつらの物量は無尽蔵《むじんぞう》だな」

「こうなると台湾、沖縄来攻も時期が早まるかもしれません。陣地構築も戦闘訓練も手をぬくわけにはいきませんな」

牛島司令官と長は話しあった。戦勝気分はわずか一週間で吹っ飛んだ。

レイテ上陸作戦を援護した敵艦隊は戦艦、巡洋艦、駆逐艦など計二十三隻の編成だったという。ほかに空母七隻を基幹とする機動部隊の存在も確認されている。無尽蔵の物量、以外にいいようがなかった。

じつは台湾沖航空戦の戦果発表がどれも誇大なのだった。アメリカ側の被害は空母二が小破、重巡、軽巡各一が大破、軽巡、駆逐艦各一が小破、喪失飛行機八十九にすぎず、レイテ上陸作戦に支障はなかった。しかも日本側はこの航空戦で八百四機を失った。一千機あまりを動員した海軍機はわずか二百五十一機を残すだけになったのだ。米国防省はほぼ正確にこの結果を発表した。

大本営が意図して誇大な戦果を発表したわけではなかった。帰還した搭乗員たちの報告を鵜呑《うの》みにしてニュースに流したのだ。

搭乗員にも悪意があったわけではなかった。台湾沖航空戦に参加した者の多くが初陣《ういじん》かそれに近い新兵だった。荒天下の夜間攻撃に参加するだけで精一杯で、とても戦果を正確に見きわめる余裕がなかった。敵艦から火の手があがればすべて撃沈と認定した。味方機の自爆炎上や敵艦の大口径砲の火焔《かえん》まで魚雷命中と信じこんだ。

報告する側も受ける側も、絶対に勝たなくては、という強迫観念にかられていた。搭乗員は知らず知らず誇大に語り、上層部もみずからの願望に負けてきびしいチェックを怠《おこた》った。こうして未曽有の大戦果ならぬ未曽有の虚報は生れたのだ。

十月二十二日に大本営はことの真相をつかんだ。だが、将兵の健闘を天皇が賞めたたえる勅語《ちよくご》まで出たあとに、発表事項の取消しはできない。大戦果に狂喜しただけ、虚報と知ったときの国民の失望と反撥《はんぱつ》も大きいはずである。大本営は最後まで頬《ほお》かむりを通さざるを得なかった。長ら第三十二軍の首脳部は海外放送によって事実をほぼ正確に把握して、暗憺《あんたん》とした気分におちいった。傘下の将兵にも県民にもむろん公表はできなかった。レイテ島はフィリピン群島で八番目の大きさの島である。中心都市タクロバンには南京攻略戦で蛮勇をふるった第十六師団が駐屯していた。

米軍のレイテ島上陸作戦を、大本営は最初たんなる陽動作戦と見なしていた。敵の真の狙いは群島最大のルソン島であり、首都マニラである。大兵力をレイテ防衛に投入しては米軍の思うつぼだという判断だった。上陸の援護にあたった二十三隻の艦隊も、台湾沖で撃沈をまぬがれた戦艦や巡洋艦などの寄せあつめにすぎないと見なしていた。

ところがレイテ島に上陸したのは四個師団の大軍だった。連合軍最高司令官マッカーサー元帥みずからがひきいていた。連合軍といってもその九割以上は米軍である。上陸作戦に加わっている艦船も約七百隻の大軍だった。陽動作戦どころではなかった。レイテ島を占領し、航空基地を建設して、フィリピン群島ぜんたいを米空軍の制圧下におく。その有利な条件のもとでルソン島へ攻め入るというのがマッカーサーの構想だった。圧倒的な兵力をもつ米軍には、陽動作戦などというけちな小細工《こざいく》に用はなかったのだ。

「捷一号」作戦はルソン島を地上決戦の場と想定していた。ところが米軍のレイテ重視の意向を知ると、たちまち同島を地上決戦の場に変更した。その時点ではまだ台湾沖の大戦果を信じきっていたからだった。思わぬ大軍が上陸したが、援護の海空軍は衰弱しているはずだ。フィリピンの制空権を敵にわたさないためレイテを死守すべきだというのである。

大本営はルソン島の二個連隊をレイテ島へ投入するよう、フィリピン防衛担当の第十四方面軍へ命令した。だが、第十四方面軍司令官の山下奉文《やましたともゆき》中将はこれを拒否した。ルソン決戦を前提にすべての兵と陣地を配備している。いまさら変更はできないというのである。すったもんだのすえ、山下中将は折れて、ルソンの三個師団をレイテへ投入することを承諾した。大本営の方針変更にもとづき、レイテ島の敵上陸地点を攻撃する任務を負って連合艦隊の主力が二十日、それぞれの基地を出発してしまったからである。

レイテ突入部隊は四つの艦隊から成っていた。主力は栗田健男《くりたたけお》中将の指揮する第一遊撃部隊である。大和《やまと》、武蔵《むさし》、長門《ながと》ら戦艦五、重巡十、軽巡二、駆逐艦十五、計三十二隻の大部隊だった。

西村祥治《にしむらしょうじ》中将指揮の第一遊撃部隊支隊（戦艦二、重巡一、駆逐艦四）と志摩清英《しまきよひで》中将指揮の第二遊撃部隊（重巡一、軽巡一、駆逐艦四）が栗田艦隊につづいてブルネイおよびコロン湾基地を離れた。この三つの艦隊はそれぞれの方角からレイテ湾へ突入、洋上にいる輸送船団を攻撃して海に沈め、レイテ島に上陸している四個師団の米軍を孤立させるのが任務だった。

小沢治三郎中将のひきいる機動部隊本隊も栗田、西村、志摩の三艦隊にあわせて行動を開始した。小沢艦隊は空母四、戦艦二、軽巡三、駆逐艦八、艦載機百八機を擁《よう》していた。同部隊はマニラ北東部へ接近し、ハルゼー提督のひきいる米第三艦隊を四百浬《カイリ》の海上へおびき出すのを任務としていた。その留守をついて栗田以下の三艦隊がレイテ島へ突入する作戦である。

十月二十四日から二十五日にかけて三艦隊はそれぞれの方向からレイテ湾突入を試みた。主力の栗田艦隊はすでに前日すさまじい空襲と潜水艦攻撃にさらされ、戦艦武蔵、重巡愛宕《あたご》などを失っていた。それでも二十五日早朝、アメリカ護衛空母群と遭遇し、撃沈空母二、重巡二、駆逐艦一などの戦果をあげた。だが、敵空母群が北方に碇泊《ていはく》中との誤報におどらされて北上し、レイテ湾突入の機を失ってしまった。何度か突入を試みたのだが、ついにはたせず帰途についた。

西村艦隊、志摩艦隊も突入をはたせず、壊滅した。小沢艦隊だけがハルゼーの機動部隊のおびきだしに成功したが、栗田艦隊の失態によってなんの収獲もなしに全空母四隻を失う悲運にさらされてしまった。

この比島沖海戦では初めて特攻機の体当り攻撃がおこなわれた。海兵七十期の関行男《せきゆきお》大尉を指揮官とする二十四名の特攻隊「神風隊」が編成され、十月二十五日から体当り攻撃を開始したのである。神風隊は「敷島隊」「大和隊」「朝日隊」「山桜隊」の四隊に分れ、五機一組となって、一日あれば四機とともに出撃した。「菊水」「若桜」「葉桜」「初桜」などの諸隊がつぎつぎに編成され、出撃した。彼らは数隻の空母を血祭にあげ、一時は米海軍の将兵を深刻な恐怖におとしいれた。

比島沖海戦の戦果を大本営は例によって誇大に発表した。撃沈空母八、巡洋艦三、駆逐艦二、輸送船四以上。撃破空母七、戦艦一、巡洋艦二、飛行機撃墜五百機という内容である。この発表を見て山下奉文第十四方面軍司令官もレイテ島で地上決戦をやることに同意した。米軍は三十五隻の空母のうち小型空母一隻とあまり役に立たぬ護衛空母二隻を失っただけなのだが、大本営発表では大打撃をうけたことになる。さきの台湾沖の「大戦果」に加えてここまで敵機動部隊を叩いた以上、レイテ決戦でも勝算ありと山下は判断したのだった。大本営、とくに海軍軍令部の姑息《こそく》な虚報主義は、国民のみでなく陸軍の首脳部さえあざむいて、拙劣な戦いに引きずりこんだのである。

レイテ地上決戦の方針確定とともに多くの陸軍兵力がフィリピンに投入されることになった。沖縄の第三十二軍はまず二つの砲兵大隊をフィリピンへ転用するよう大本営から命じられた。両大隊は敵の橋頭堡撃滅作戦の中核に予定されていた戦力である。長らの沖縄防衛作戦は実行不可能となった。

それだけでは済まなかった。十一月十三日、大本営は沖縄から第九師団、第二十四師団のどちらかを台湾に転出させると通告してきた。以前から手うすとされていた台湾の第十方面軍から一個師団がフィリピンへ転出したので、その穴埋めがどうしても必要となったのである。

「沖縄からの一個師団の抽出《ちゅうしゅつ》は、沖縄本島か宮古島本島のどちらかの放棄を意味する。第三十二軍は絶対に反対である」

牛島司令官も長も必死に抵抗した。だが、命令に逆《さか》らうすべはなかった。

結局第九師団を拠出することにした。同師団は金沢《かなざわ》で編成され、南京攻略戦で数々の武勲をあげた精鋭部隊である。沖縄防衛戦も同師団が主軸となる予定だった。抽出を避けたいのは山々である。だが、もう一つの転出候補第二十四師団は、第九師団を上まわる強力な砲兵隊を擁していた。沖縄本島の防衛に優秀な砲兵隊は不可欠である。涙を呑んで長らは第九師団を台湾へ送りだした。

「残念無念だ。米軍がきたらかならず一泡吹かせてやる気だったのに、これでまた一からやりなおさなくてはならん」

豪勇、長参謀長も気落ちしてしまった。

第九師団の後任部隊の派遣を大本営に強く申し入れてある。だが、大本営陸軍部からははっきりした返事がこない。

「仕方ありません。新配備を考えましょう。あたえられた条件で最善をつくすのみです」

八原高級参謀はさとったような顔だった。熱血漢の長とは対照的に冷静である。

「しかし、高級参謀。三個師団で固めた防備を二個師団でやらなくてはならんのだぞ。とても満足な作戦は立てられん」

「そのとおりです。しかし、道理を引っこめて無理を通さなくてはならぬのがこの戦争ですよ。アメリカと四つ相撲《ずもう》をとろうなんて、もともと無理な話なのですから」

八原大佐は陸大卒業後約五年間、ワシントンの駐在武官事務所に勤務した。

アメリカの国力の巨大さを知りつくしている。だが、日本の軍部は八原のような知米派を「アメリカかぶれ」だとして意見をとりあげようとしなかった。

「そうだな。たしかに無理な戦さだ。若い将校が爆弾を抱いて敵艦と心中せにゃいけんのだから。もう道理は通らぬ。高級参謀のいうとおり無理を承知でやるしかない」

ようやく長も気持がおさまった。新しい防衛計画の作成にとりかかった。

長も八原も日本の航空部隊の力量をあまり評価していなかった。

だが、大本営は航空力重視である。沖縄本島内の座喜味《ざきみ》（北）、嘉手納（中）、牧港《まちなと》（南）、小禄の四飛行場を確保し、ここを足場に米機動部隊や輸送船団などへ特攻をはじめとする航空攻撃を仕掛ける方針でいた。長や八原からすれば、飛行機もろくにないのに苦労して飛行場をまもっても仕方ないのである。上陸直後の敵を集中攻撃して海へ追い落す。それでも敵の進出をゆるした場合は本島南部の要塞に立てこもり、徹底的に持久戦をやるのが最良だと考えていた。

しかし、大本営の指示に正面から逆らうわけにもいかない。長らは第九師団を中心に、いちおう飛行場確保の方針で各部隊を配備していた。三個師団の兵力があったから、地上、航空の双方を重視することができた。だが、その第九師団を引抜かれてしまったのだ。長らとしてはもう大本営に気がねせず、自分たちの方針で沖縄を守らねばならない。

心細い兵力でどうやって沖縄を守りぬくか。第三十二軍司令部はさまざまに検討をかさね、防衛体制の再建にとりかかった。那覇、首里の約十キロ北を中心に、陣地を掘り、洞窟をコンクリートで固めて東西に延びる強固な防衛線をつくっていった。飛行場の防衛にはこだわらず、できるだけ長く米軍を引きつけ、いかに日本本土への上陸を遅らせるかを主眼においた作戦準備だった。

比島沖海戦のあと、レイテ島では地上戦がつづいていた。七個師団二十五万名の米軍にレイテ守備の第十六師団など二万名が立向ったが、兵員量、装備ともはるかにおよばなかった。一日で首都のタクロバンは陥《お》ち、同地の飛行場は占領された。第十六師団の三人の連隊長のうち二人はすでに戦死、将兵は山野にひそんでゲリラと化していた。

フィリピン防衛の第十四方面軍は十一月の十日ごろ、ようやく二個師団をレイテ島へ送りこんだ。だが、上陸部隊の半数、第二十八師団は武器弾薬を積んだ船が敵機に撃沈され、ほとんど装備なしで米軍と対峙《たいじ》しなければならなかった。

増強された計約七万五千の日本軍は、二十五万名の米軍と激闘をつづけた。しかし、装備の差が大きかったのと増援の機を逸《いっ》したのが祟って、戦況は不利になる一方である。十二月の中旬になると、完全に勝利の望みは消え去った。米軍はルソン島侵攻にそなえて十二月十五日、同島のすぐ南のミンドロ島へ上陸した。日本軍にはそれを阻《はば》む力はなかった。

大本営はレイテ島の放棄を決定した。同島に送りこまれ、生き残った日本軍の将兵は、山野にひそんで救援を待つか、レイテ島を脱出する以外に道がなくなった。

日本各地にたいする空襲は激化していた。東京にはB29が合計二十一回飛来した。高空からの爆撃なので、被害はまださほど大きくなかった。各地で学童疎開が始まった。沖縄からも計八万人の学童や女性、老人が九州や台湾への疎開を開始した。

昭和二十年の元旦がきた。首里城の周辺の野山にはタンポポやすみれが咲きみだれていたが、司令部の従兵がつくってくれた〆《しめ》飾りがかろうじて正月気分をかもしだした。

司令部では全員が正装して宮城《きゆうじよう》を遥拝《ようはい》した。タバコや黒砂糖が配給されたあと、将兵は泡盛と雑煮《ぞうに》で正月を祝った。昼まえから首里城の大広間で演芸大会が始まった。長も舞台へ出て剣舞を披露し、喝采《かっさい》をあびた。

だが、のどかなのは元旦だけだった。二日から沖縄本島はグラマンなど艦載機の空襲にさらされるようになった。おもに飛行場を機銃掃射して敵機は去った。大きな被害はなかったが、空襲中は全員が洞窟にとじこめられて蒸し暑い思いをさせられた。グラマンの空襲は一週間で終ったが、以後は米軍の偵察機が毎日のようにやってくるようになった。低空で沖縄本島をすみずみまで見てまわって、悠然《ゆうぜん》と偵察機は去ってゆく。海岸線と飛行場を精密に撮影しているらしい。迎え撃つ日本機は一機もなかった。きたるべき決戦にそなえて飛行機の温存をはかったからだ。ときおり高射砲が発射されたが、まったく戦果はあがらなかった。

一月九日、米軍はフィリピン最大の島、ルソン島に上陸した。圧倒的に優勢な彼らを海へ追い落すのは不可能である。沖縄へ彼らが上陸してくるのはもう避けられなかった。陣地設営と軍事演習で日々がすぎていった。

一月二十三日の昼まえ、長勇は首里城の城壁のうえに立って、近くの山腹で実施されている一個連隊の演習を見まもっていた。背後に人声がしたのでふり返ると、八原大佐が電信用紙をふりかざして階段を駈けのぼってきた。笑顔が紅潮している。なにかいい報せがあったらしい。

「参謀長、第九師団の穴埋めをうるさく要求した甲斐《かい》がありました。姫路《ひめじ》の師団をこっちへまわしてくれるそうです」

八原は電信用紙を差しだした。

在姫路第八十四師団の第三十二軍編入が決定したと書いてあった。第九師団を引抜いた服部卓四郎《はっとりたくしろう》作戦課長が責任を感じてほうぼうへ奔走《ほんそう》してくれたのだろう。

「そうか。しかしまた配備を変えなくてはならんのが厄介だな。大本営は万事に動きが鈍《どん》重《じゅう》で困らされる」

「このさいそれはいわずにおきましょう。ともかく良かった。沖縄はまだ見捨てられていなかったんです」

さっそく手続きがとられた。将兵の顔は例外なく明るくなった。ルソン島へ上陸した米軍がマニラ北部のクラーク飛行場へ接近したというニュースが流れたが、おかげでさほど気に病《や》む者はいなかった。

が、あくる日、大本営陸軍部から姫路師団の派遣は中止になったという電報が入った。長も八原も仰天《ぎょうてん》し、激怒した。ただちに理由説明を求める電報を打ったが、戦略上の事情で、という返事がきただけだった。沖縄はどうせ失陥《しっかん》する。兵力を送りこんでも玉砕兵の数が増えるだけだと大本営は考えたのだ。のちに判明したところでは、皇族竹田宮恒徳《たけだのみやつねよし》王が派兵をやめるよう陸軍部第一部長の宮崎周一《みやざきしゅういち》中将を説得したということだった。

「おのれ大本営陸軍部。きさまらの肚《はら》はようわかった。かくなるうえはきさまらの手を借りずに米軍を海へ叩き落してみせる」

宮崎中将からの電報を、丸めて投げすてて長は吼《ほ》えた。

胸のうちは荒涼としていた。国のため、天皇のため死ぬ覚悟はできている。司令官も参謀たちも同様である。その忠臣たちがなぜ国と天皇に見捨てられなくてはならないのか。長らの忠誠心、愛国心はしょせん片想《かたおも》いにすぎないということなのか。

悲痛な気持をもてあまして、長は司令部のある洞窟の外へ出た。航空参謀の神直道《じんなおみち》少佐がいっしょについてきた。

「馬にでも乗るか神参謀。むしゃくしゃするが、昼間から酒を喰うわけにもいかん」

「そうですね。運玉森《うんたまむい》のあたりまで早駈けしましょうか」

厩舎《きゅうしゃ》のほうへ二人は足を向けた。

年老いた農夫が一人、野菜を積んだ荷車を曳いて南殿横の門の外で立往生《たちおうじょう》していた。炊事所へ野菜を納入にきたものの、城の裏へまわれと衛兵にいわれて困惑しているのだ。長さ一・五キロの司令部の壕には五つの出入口がある。炊事所は城の裏にある出入口のそばにあった。ここからは二キロ近くあるだろう。さつまいも、大根、かぼちゃを満載した荷車を一人でそこまで曳いてゆくのは、老人には大仕事のはずである。

「はあ、お城の裏手ですか炊事所は」

情《なさけ》なさそうに老人は荷車へ寄りかかった。

沖縄特有の黒の衣裳が汗に濡れている。もう七十すぎだろう。どすぐろく日焼けした顔に何本も深いしわが刻《きざ》まれている。やせて小柄な老人だった。荷の野菜に埋もれてしまいそうだ。

息子が防衛隊に徴用されて、代りに働いているにちがいない。長は吸いこまれるように老人へ近づいた。

「おやじさん、がんばれ。わしが案内してやるからな」

荷車の梶棒《かじぼう》を長は握った。

老人はほとんど恐怖の表情をうかべた。神参謀と衛兵があわてて制止する。かまわずに長は歩きだした。

「参謀長、それは困ります。下の者の面目《めんぼく》が立ちません」

神参謀は衛兵に梶棒を握らせ、炊事所まで老人を案内してやれと命じた。

承諾して衛兵は荷車を曳いて歩きだした。老人はあと押ししながら何度も頭をさげて遠ざかった。妙にばかばかしくなって、苦笑して長は厩舎へ向った。

「なんだか急にあの老人が他人と思えなくなってな。わしも年齢《とし》をとったわい」

「そのお気持はわかります。しかし、補充の兵がこなくなった理由を、各部隊にどう説明すればいいのですかねえ」

話しながら二人は厩舎へ着いた。馬の顔を見て、やっとなごやかな気分になった。

その夜、長勇は子供のころの夢を見た。

父母は勇をおき去りにして親戚の婚礼に出かけていった。おれもいくと勇は駄々《だだ》をこねて、父に頭を小突かれてしまった。

夜遅くなっても父母は帰ってこなかった。勇は婚礼の家へいってみた。宴会の歌声がきこえ、玄関を人がさかんに出入りしていた。玄関へ近づいたが、だれもかまってくれない。勇は近くの寺の門前に腰をおろして父母の出てくるのを待った。歌声や笑声がきこえるたびに、身の細るほどさびしかった。

母が一度玄関へ出てきた。よろこんで勇は駈け寄ろうとしたが、母は無視してそのまま家のなかへ消えてしまった。冷たい夜だった。肩をすぼめて勇はふるえていた。

参謀長、長勇は目をさました。洞窟のなかの部屋も、冬の明け方にはけっこう冷える。毛布を蹴とばして長は下着姿で寝台に横たわっていた。寒いと夢見がよくない。苦笑して長は手をのばし、毛布をひろいあげた。

あらためて郷里の母を思った。沖縄へ出征するまえ長は大川村へ帰って肉親や親戚に出陣の挨拶をした。あす出発という夜、長は母と一つ部屋で寝た。とくにあらたまった会話はなかった。二人ともなかなか寝つけなかった。

3

昭和二十年（一九四五年）四月一日の早朝、長勇は長い地下道を通って洞窟の外へ出た。

洞窟の入口には『天岩戸《あまのいわと》戦闘司令所』と大書された木札が掲《かか》げられていた。

一週間まえ、何十隻もの輸送船団をともなった米機動部隊が嘉手納沖にあらわれた日、長自身が書いて標識としたのだ。「悲運の戦勢を回復する神風をこの地より吹かしたまえ」と伊勢《いせ》神宮に念じた命名だった。

よく晴れた日だった。さわやかな気分で長は城へ入り、塔の階段をのぼった。

「お早うございます。長中将閣下」

挨拶する歩哨《ほしょう》にうなずいてみせる。

塔の窓から北方の嘉手納方面の海を見わたした。何百隻という大小のアメリカ軍の艦船が浮かんでいる。ひしめきあう、といってもおおげさではない光景である。海岸の近くに立てば、おびただしい艦船で海が埋まって見えるにちがいない。

「まだ砲撃は始まらんようだな。哨戒機は飛んでいるようだが」

長は双眼鏡を目にあてた。

「はっ。砲撃は毎朝七時開始であります。敵は正確であります、中将閣下」

「それにしても大軍じゃのう。大小あわせて何隻浮かんどるじゃろうか」

「ひまにまかせて数えてみました、中将閣下。五百隻以上おります。ここから見えんものを加えれば優に千は越えましょう」

この三月一日、長勇は中将に進級した。

いまごろ進級しても冥土《めいど》の土産《みやげ》にしかならないとは思う。それでもいま沖縄にいる約十万の将兵のうち中将は牛島司令官と雨宮《あまみや》、藤岡《ふじおか》両師団長それに長の四人だけだと思うと、わるい気はしない。作戦の責任者である長はこの昇進によって、事実上第三十二軍の最高指揮官に起用されたといってよかった。

歩哨は上等兵である。長の気分を察《さっ》して中将閣下を連発する。召集まえはなにかの問屋の番頭ででもあったのだろう。

「それにしてもよく砲弾や爆弾がつづくものだな。あきれたものだ。一発必中どころか千発一中、いや万発一中でもやつらはかまわんのだ。それがやつらの戦争なのだな」

長は左右の山々へ目をやった。

つい数日まえまで、城のまわりの丘陵は厚い樹林に覆われていた。いま木々はところどころまばらに残っているだけだった。丘陵はすさまじい砲爆撃で掘りかえされ、灰色がかった土の山に変っている。薙《な》ぎ倒された木々の幹《みき》や繁みが、ほうぼうで土のなかから顔を覗《のぞ》かせていた。見わたすかぎり、山も丘陵もほとんどが同じように荒廃していた。沖縄本島の北半分の山岳地帯はまだ青々とした木々に覆われているが、北飛行場のある読谷山あたりから南は、砲弾、爆撃の雨をあびて、荒涼とした風景に一変してしまった。

首里城のある丘のふもとの家なみの半分が吹っ飛ばされた。青々とした砂糖キビ畑も、ほうぼうに大きな穴があき、無惨に掘り返されている。敵が上陸を意図しているらしい嘉手納あたりの丘陵や林はとくに徹底して破壊されていた。

日本軍の陣地があると思われるあたりに米軍は滅茶苦茶《めちゃくちゃ》な砲爆撃を加える。陣地を破壊しておいて上陸してくる。グアムでもサイパンでも硫黄島《いおう》でもその手できた。こっちもそれを見越してガマに機関銃を据えたり、掩体壕に大砲をかくしたりして待機している。

その甲斐があった。戦史上おそらく空前の量の砲弾、爆撃を浴びながら、第三十二軍は兵員、兵器、弾薬、物資ともまだこれという被害は出していないのである。

飛行機の爆音がきこえた。三十機ばかりのグラマン編隊が沖合から近づいてくる。

「そろそろ七時だ。始まるぞ」

長がつぶやいたつぎの瞬間、沖合にいる戦艦、巡洋艦各十二、三隻、駆逐艦約五十隻の大砲がいっせいに火を噴いた。すさまじい砲音、炸裂音《さくれつ》がとどろき、沖縄の山野は揺れ動いた。城の周辺の山々に土埃《つちぼこり》が、つぎつぎに舞いあがる。城壁にも着弾したらしい。大地がふるえ、城が揺れた。無数の雷鳴で空が覆いつくされた感じである。首里城の塔は絶好の標的のはずだが、まだ被弾していない。史蹟を惜しむ気持が敵にあるのかもしれない。

「参謀長、流れ弾《だま》がきますよ。指揮所へお帰りください」

参謀の木村中佐が迎えにやってきた。

うなずいたが、長は双眼鏡を目から離さなかった。異変に気づいていたのだ。海上の約六十隻の輸送船団のあいだに小さな舟艇がいくつも浮かんでいる。海中から湧き出るようにそれは数を増やしてゆく。よく見ると、各輸送船の船尾にあいた四角い発進口から舟艇はつぎつぎにすべり出てくるのだった。

上陸用舟艇のようだ。遠くてよく見えないが、どの艇も兵員を満載しているのだろう。いよいよくるらしい。舟艇群は海上にただよいながら仲間の勢ぞろいを待っている。

「上陸だ。ついに始まるぞ。木村参謀、司令官をここへおつれしてくれ」

沖を指《さ》して長はさけんだ。炸裂音がすさまじいので、もう一度さけびなおした。

木村中佐も目に双眼鏡をおしあてた。すぐに事情を理解したらしい。ものもいわずに階段を駈けおりていった。

勢ぞろいを終えて、上陸用舟艇は嘉手納の海岸目ざして前進を開始した。何百隻いるのか見当もつかない。それぞれが白い波の尾を曳いて軽快にすすんでゆく。第二波、第三波がそれにつづいた。彼らの目標とする嘉手納海岸は南北約十キロにわたって、土埃の渦《うず》のなかにあった。嘉手納の近辺には飛行場や特攻兵器の爆破などにあたる数十名の兵士がいるだけなのだが、堅固な日本人の陣地を米軍は想像せずにいられないらしい。

牛島司令官、八原高級参謀ら数名が塔へやってきた。彼らは状況を観察して、

「ものすごい人数じゃのう。わしらのことをよほど手強《てごわ》いと思うとるんだな」

「バカ者どもが。陣地もないただの陸地に向って何万発も撃ちこみやがって。米軍は国家

のドラ息子だな」

などと余裕をもって話しあった。

「参謀長、済みません。ヤマが外《はず》れました」

作戦主任の八原高級参謀が、炸裂音に負けない大声で長に詫《わ》びをいった。

沖縄本島の東海岸、南端近くにある湊川《みなとがわ》町の沖合に、ここ数日来敵艦隊が何度か姿をあらわした。たんなる陽動作戦と長は見たが、そう見せかけてほんとうに上陸する可能性もあると八原は主張して、かなりの兵力を湊川付近に配備しておいたのだ。その兵力を至急那覇方面に移動させるべきかどうか、まだわからない。

その間にも米軍の上陸はつづいていた。何千、いや何万という兵士の緑の服が長い砂浜を埋めている。大型の舟艇から戦車もつぎつぎに上陸してくる。まだ状況を把握できないせいだろう、砂浜を埋めた米兵たちは内陸へ進撃する気配はなかった。斥候《せっこう》を出し、その報告を待っているにちがいない。

「ちくしょう。武《たけ》師団がおればなあ」

「そうですよ。彼らがいればここで一撃できた。水際で粉砕できるはずだったんです」

長と八原高級参謀は大声で嘆《なげ》きあった。

武師団は第九師団の別称である。

彼らがいてくれさえすれば、いまごろ敵の橋頭堡へ砲弾をぶちこんでいたはずだ。

中部地区を守る第九師団がいない以上、北飛行場、中飛行場の使用も不可能になった。米軍の上陸にあわせて、技術部隊が両飛行場の滑走路などを爆破する計画である。県民ともどもの突貫工事の成果を爆破せねばならないとは、泣くにも泣けないなりゆきだった。

米軍の上陸はまだつづいている。おびただしい舟艇が沖合の輸送船と海岸のあいだを白い尾を曳いて往復していた。海岸はすでにはるか北まで米軍に占領されている。内陸部への砲爆撃も激しくなるばかりだが、野山を揺るがす炸裂音がふっと滑稽《こっけい》に思われるほど、米軍の上陸は順調だった。

「つまらぬ。見世物としては単純きわまる。参謀長、一局どうかね」

牛島司令官が大声でいって、階段のほうへ歩きだした。碁《ご》を打とうというのだ。

「そうですな。どうせヒマですから」

賛成して長も司令官につづいた。

敵がいよいよ南部へ進出するまで、いっさいの砲撃は禁じてある。大砲の位置を知られると、そこに砲爆撃が集中するからだ。

一同は『天岩戸戦闘司令所』の洞窟へ入った。五十メートルばかり入った箇所が掘りひろげられ、司令官室、参謀長室が板仕切りで設けられている。ほかの五名の参謀は、大部屋の参謀室に同居していた。

通信室には各地の部隊から刻々と有線、無線の報告が入っている。北、中飛行場は予定どおりそれぞれ付属の大隊の手で爆破された。東飛行場、小禄飛行場は日本軍の陣地の内側にあるので、まだ破壊していない。中飛行場大隊の一部が敵と鉢合《はち》せしそうになったが、気づかれずに撤退したらしい。ほかは敵の上陸を伝える報告ばかりだった。参謀長は司令官室へゆき、牛島中将とザル碁を打ちはじめた。参謀たちは、とりあえず気付けだと称して冷酒を酌みかわした。

参謀室のまえを通る兵士たちが、あきれたような、尊敬したような顔で通りすぎる。司令官と参謀長は碁、参謀たちは酒盛り。米軍の上陸で動揺していた兵士たちは、噂をきいて頼もしく思うにちがいない。

米軍は嘉手納海岸を南北十二、三キロ、東西四キロにわたって占領し、橋頭堡を築いた。兵力は二個師団約四万名。戦車は二百輌が陸揚げされた。

「北、中飛行場は技術部隊が滑走路を破壊した。だが、米軍の修理能力をもってすれば二、三日で使用可能となるだろう。そうなるまえに敵艦船と飛行場にたいする大航空攻撃を実施されたし」

長は大本営その他に打電したが、すぐに返事がくるはずもなかった。

米軍上陸二日目には本島の北部、中部で少数の特設部隊が敵と交戦した。中部の特設部隊から砲撃の要請があったが、長は応じなかった。米軍は一部が北部山岳地帯へ向い、主力は三キロほど南下してきた。敵の砲爆撃は相変らず熾烈《しれつ》だったが、日本側は沈黙をつづけている。

大本営から督励《とくれい》電報がとどいた。二つの飛行場をあまりに早く奪取されたので衝撃をうけたらしい。「敵に出血を強要し、飛行場を再確保されたし」という文面だった。

「なにをぬかしやがる。武師団の補充の約束を反古《ほご》にしやがったくせに。出血を強要できなくしたのは手前らじゃねえか」

長は怒り狂って大声をあげた。

口に出したままを返電しようとした。だが、司令官になだめられて思いとどまった。

上陸三日目、米艦隊は南下して普天間《ふてんま》、首里などへ砲撃を集中した。空が終日砲煙に覆われ、洞窟がたびたび衝撃でふるえた。米軍は南へ二キロ、北へ五キロ進撃した。島袋《しまぶく》の東へ南下してきた敵は戦車三十台、自動車二十台の強力部隊だった。南へ撤退途中の特設部隊が交戦したが、歯が立たなかったようだ。

司令部には第十方面軍、連合艦隊、第八飛行師団などから督励電報があいついだ。第三十二軍はなにをしている、至急両飛行場を奪回せよとの内容ばかりである。日本の陸海軍すべてが沖縄の戦況に苛立《いらだ》っている。長はどうした、やつの豪勇は見かけ倒しか。そんな声が電信用紙にこもっているようだった。

長は自室にこもって考えこんだ。いたたまれない気持になった。これまで築きあげてきた評判がくずれ落ちてゆく。恥ずかしい事態になってきている。つまらぬ人間どもに嫌われてもかまわない、憎まれても意に介《かい》しはしない。だが、軽蔑されるのはもっとも耐えがたいところである。

ましで電報をよこしたのは軍の要路にある人物ばかりだった。長を評価し、長に期待してくれている人々なのである。だからこそ彼らは飛行場を奪い返せと督励してきた。大本営もいまの長勇には失望している。圧倒的な物量で押しまくる米軍にあの長ならば鉄槌をくだせるはずだと考えて、参謀長に起用したのだから。

やがて長の頭に作戦案が浮かんできた。これだ、と彼はひざを叩いた。持久作戦ではほそぼそと命脈を保つだけならだれにでもできる。長は長らしい放胆な戦さをやって、日本中の期待にこたえなければならないのだ。

夜がふけてから長は五人の参謀を自室に呼んで研究会をひらいた。牛島中将はとなりの司令官室で話をきいていた。

「敵はまだ陣地攻撃の配置になっていない。前進しながらわが陣地のありかをさぐっている。この不安定な状態につけこんで一気に敵を撃滅できる作戦がある。ぜひやってみたいとわしは考えておる」

全身を熱くして長は説き始めた。

夜間、わが部隊をひそかに敵のあいだをすりぬけて前進させる。敵は横一列の陣を敷いていないから、かならず浸透できるはずだ。各方面でそれをやって、夜の明けるまでに敵味方が入り乱れた状態にもってゆく。朝、各部隊は手近な敵に接近戦を挑《いど》む。敵味方が混戦状態にあるので、敵は艦砲射撃も空襲もできない。白兵戦ではわが軍は問題なく勝利をおさめるだろう。

「持久戦だけでは消極的すぎる。敵を撃滅し、海へ追い落さなければならない。きっと成功する。あすの晩にでも決行しよう」

説明が終ると、航空参謀の神直道少佐が大きくうなずいて賛成意見をのべた。

「大本営は持久戦ではなく、撃滅戦をやる方針なのです。フィリピンではわが軍はジャングルにこもって持久戦にもちこんだが、国軍の作戦全般には寄与していません。持久戦でわが部隊がかろうじて生き長らえたところで、敵の日本本土接近を遅らせることにはならんのです。げんにルソン島の山下兵団は抵抗をつづけているが、敵は沖縄へやってきた——」

「いや、それはちがうぞ神参謀。嘉手納方面では持久作戦をとる、というのが最初からの方針ではないか。予想どおりの戦況になっている。いま急に方針を変えるのは愚策だ」

八原高級参謀が色をなして反論した。

「虎穴《こけつ》に入らずんば虎児《こじ》は得られません。それに予想どおりの戦況とおっしゃるが、われわれは東南部の湊川からも敵が上陸する可能性もあると見て、嘉手納方面と双方を睨《にら》む布陣をとった。しかし、いまは敵は嘉手納方面のみ、ということが明らかになったのです。

方針を変えて湊川向けの部隊を嘉手納へ向けて反攻することこそ常道ではありませんか」

「それはいかん。慎重に兵力の温存をはかるべきだ。なにしろ装備がちがいすぎる。向うは一人一人が自動小銃をもっているが、わがほうは日露戦争以来のガチャポン三八銃なのだぞ。それにあの砲爆撃だ」

「八原高級参謀。だからわしのいうとおり浸透作戦をとって白兵戦にもちこめば良いのだ。それに、飛行場はやはり奪回しなくてはならん。敵が基地を確保したら、敵の空母は沖縄にいる必要がなくなる。日本本土へ向うだろう」

いらいらして長は口をはさんだ。

八原はなみはずれた秀才だが、それだけに消極的すぎる。

「参謀長、おことばですが敵はレーダーも照明弾も集音マイクももっています。とても間《かん》隙《げき》を縫《ぬ》ってわが部隊が進出できるとは思われません。飛行場のほうも、当初の方針どおり遠距離砲撃で使用不能にもっていけばいいんです」

「いや、神参謀のいったように、持久戦の価値そのものがわしは疑問になってきた。沖縄でほそぼそと抵抗をつづけてみても、結局はジリ貧だ。それよりは乾坤一擲《けんこんいってき》の勝負を挑んで、あわよくば敵を壊滅させるほうをえらびたい。それが軍の面目というもんじゃろうが」

話すうちに長は闘志にかられてきた。

どうだ貴公ら。そうは思わぬか。気迫をみなぎらせて長は一同を見まわした。

八原高級参謀はなおも反対を唱えた。しばらく長と議論をかわした。長は激してきた。

「勝機は敵が浮動中のいましかないのだ。百パーセント勝算が立たぬからといって、反攻の機を逃しては末代までの恥辱《ちじょく》だぞ。全員、洞窟から出て戦うのだ」

長はテーブルを叩いて吼えた。

八原高級参謀は沈黙し、神参謀は大きくうなずいた。あとの三人の参謀も、長の提案に反対はしなかった。

長は牛島司令官と相談して、反攻の日時を四月七日ときめた。そのむねを大本営、第十方面軍、航空隊へ通報すると、肩の荷をおろした気分になった。泡盛を飲んで眠った。

明け方に母のナミの夢を見た。泣きながらナミは怒っていた。長勇は中学一年生で、恥辱にまみれて正座し、うなだれていた。

「お母さんは恥ずかしうてもう街を歩けやせんわ。おまえだってそうだよ。お父さんも嘆いてた。末代までの恥だって」

くり返して母はいっていた。

勇の家には女中が三人いた。一番年下の娘は勇と年齢が同じで、健康そうな愛くるしい顔をしていた。

ある晩勇は庭に出て風呂場のそばを通りかかった。だれかが入浴している物音がした。

予感がして長はそっと窓をあけて覗いてみた。やはりその女の子が体を洗っていた。

以来、ときおり勇はその子の入浴姿を覗きにいった。胸をおどらせて裸身を眺めた。それを年かさの女中に見咎《みとが》められてしまったのだ。その女中は大さわぎして勇の母へ注進した。母は口止めしたが、すなおにしたがうような女中ではなかった。

翌日から勇は家の外へ出るのが苦痛になった。村中からうしろ指をさされているような気がした。名誉を挽回《ばんかい》しなければならない。学業と武道に身をいれた。恥をそそぎたい一心でがんばった。熊本幼年学校に合格してやっと目的をたっした。二度と人に軽蔑されるまねはしないと心に誓った。以来、名を惜しむ気持が人一倍強くなったのだ。

四月四日、大本営から訓電が入った。沖縄の戦況を陛下が心配されている。硫黄島の戦例から見ても、敵に航空基地を設定させては日本軍はいちじるしく不利になる。北、中飛行場はぜひとも確保せよとの内容だった。

どうやって確保するかの指示はなかった。第三十二軍司令部の作戦統帥《とうすい》を尊重するということなのだろう。長や八原にしてみれば、具体的方策もないのに勝手な注文をつけてくる、としかいいようがなかった。

だが、陛下をもちだされては、いそいで反攻を実施せざるを得ない。八原高級参謀、長《なが》野英夫《のひでお》参謀（少佐）が中心となって攻撃計画を練りあげた。第六十二師団が先陣、第二十四師団が第二陣、混成独立第四十四旅団が三陣となって、さまざまなルートから深夜敵中にしのび入り、紛戦《ふんせん》状態にもちこんで一気に首里の東北十五キロの島袋の町まで進撃をはたそうというのだ。実行期日は四月七日夜、と傘下の各兵団長へ伝えられた。

同じ日の深夜、台湾の第十方面軍司令官安藤利吉《あんどうりきち》大将から命令電が入った。第三十二軍は組織上、第十方面軍の指揮下にある。

「連合艦隊および第五、第六航空艦隊は四月五日ないし六日に主力をあげて沖縄周辺の敵艦船を攻撃する。第三十二軍はこれにあわせて任務を遂行されたい。空海部隊の壮挙に比《ひ》肩《けん》する積極果敢な行動を期待する」

一読して長も参謀たちも顔色を変えた。

「空海部隊の壮挙に比肩するだと。沖縄の事情などちっともわかっておらんくせに」

いつも温厚な牛島司令官も怒りで顔を紅《あか》くしていた。

長はすぐに返電の文章を書いた。

「当地では地上部隊数千の将兵が急造爆雷を抱いて、身をもって敵戦車に突入するような戦いを連日実施している。方面軍司令官のご指摘をうけるまでもなく、貴意にそって七日に総攻撃を敢行する予定である」

この喧嘩腰の返電に、牛島司令官は快《こころよ》く署名してくれた。

長らは徹夜で総攻撃の計画を練りあげた。

だが、途中で作業をやめた。那覇南方百五十キロの海上に敵の大艦船団を発見、と航空部隊が知らせてきたのだ。空母三、輸送船七十がその内訳である。沖縄のどこか新しい地点へ上陸を考えているのかもしれない。敵の動向がわかるまでは、かるがるしく総攻撃を仕掛けるわけにはいかない。とりあえず七日の総攻撃は八日に延期された。

米軍の進撃はいよいよ本格化した。さかんに迫撃砲を撃ち、M1重戦車四、五輛を先頭に立てて三百名から四百名の兵士が前進してくる。速射砲、擲弾筒《てきだんとう》、重軽機で日本軍は応戦する。爆雷を抱いての特攻も事実おこなわれた。大城《おおぐすく》、野嵩《のだけ》、新城《あらぐすく》、普天間、北谷《ちゃたん》、伝道《でんどう》などの各地で激戦がつづいた。日本の砲兵隊も砲撃を開始した。満を持していただけ、着弾はきわめて正確であった。

四月五日は北正面、全線にわたり米軍との戦闘がくり返された。一部で戦線を突破されたものの、日本軍は各地でそれぞれ二、三輛の敵戦車を擱坐《かくざ》させて陣地を守りぬいた。前日姿を見せた米の艦船団は、本島東南部の中城《なかぐすく》湾方面へ上陸する気配を見せただけで姿を消した。日本軍の配備を攪乱させるための行動だったようだ。

四月六日、七日の両日、海軍航空部隊による特攻攻撃「菊水一号」作戦が実施された。連合艦隊、第六航空軍、第八飛行師団の計百七十七機による総攻撃だった。先日安藤大将が「空海部隊の壮挙」と電報でいっていたのは、このことだったのだ。

早朝からは通常の艦爆、艦攻、零戦による攻撃がおこなわれた。午後から夕刻にかけては特攻機の壮絶な攻撃がつづいた。

はるか沖合の空母集団への攻撃の模様は、遠すぎて地上からは確認できなかった。だが、嘉手納沖の敵艦隊や輸送船団にたいする攻撃の一部始終を長らは目撃した。

約百機の零戦が嘉手納上空を警戒する敵機を追いはらった。空がまっ黒になるほどの対空砲火をくぐりぬけて、特攻機がつぎつぎに敵艦目がけて突っこんでいった。半数以上は砲火につかまったが、残りの者は目標物へおそいかかった。火柱が立ちのぼり、轟音がとどろいた。戦艦や巡洋艦がゆっくりと沈んでゆく。壮烈で、悲壮で、健気《けなげ》で、涙ぐましい光景だった。一機が的中するたびに長は祝福と悲哀と絶望におそわれて胸が痛くなった。よくやった、貴公らの死は無駄にはせんぞ。胸のうちで長は誓った。だが、結局は絶望にとらわれた。日本軍はこんなことまでしなくてはならなくなったのだ。しかも、これで敗勢を挽回できる見込みはない。

何隻かの輸送船はあっというまに姿を消した。先日の台湾沖、比島沖などの航空攻撃では、日本軍の戦果が誤認され何倍にも誇張して伝えられた。だが、きょうは地上の目撃者が大勢いる。長らが数えあげただけで戦艦二、巡洋艦三、駆逐艦八、輸送船五が撃沈されたはずだった。夜、司令部では全員で戦果を確認しあって、まちがいのない数字を大本営へ報告することができた。

「つらかったですよ。突っこんでゆく特攻機に息子が乗っているような気がして。胸が張り裂けそうだった。もし息子が特攻隊へ入ったら、私が代って出撃してやりたい」

八原高級参謀が長の部屋でウイスキーを舐《な》めながら、しみじみつぶやいた。

八原は長よりも七つ年下である。長男が士官学校に在学していた。

思いは長も同じだった。長男の行連《ゆきつら》はいま陸軍大尉で長崎の部隊にいる。次男の弘連《ひろつら》は海軍兵学校に在学中である。

「わしもそうだ。息子に先立たれてはたまらんよ。親に死なれるよりも苦しいよ。その点乃木《のぎ》大将は同情に値《あた》いするな。日露戦争で二人も息子を亡《な》くしたんだから」

「親に死なれるのは、順番だから仕方がないですよ。その点子供に死なれると納得がいかない。考えてみると、戦争は人の死の順番を狂わすための事業なのですね」

登美子《とみこ》という若い女が薩摩《さつま》揚げ、もろきゅうなど酒の肴《さかな》を運んできてくれた。

もと事務員だった沖縄女性が五人、洞窟内に住んで、交代で参謀以上の将校、将官の世話をしている。女をそばにおくのに八原は最初反対だったが、いやならやめておけ、わしと司令官はもう女性を卒業したから平気で世話をうけられると長にいわれて、反対を撤回せざるを得なかった。

洞窟内にはほかに約三十名の女がいる。芸者や遊女だった者たちだった。雑役はさせるが、色の商売は禁じてある。兵も女たちも米軍が上陸してからは、たがいに性を意識する余裕もない様子だった。

「まったくどう順番が変るかわからん。登美子も好きな男がいたら、いまのうちにせいぜい抱かれておくことだ。男が弾丸《たま》に当って死んでから後悔しても始まらんぞ」

部屋をかたづけている登美子に長は声をかけた。

かたづけの手をとめて登美子はふり返った。南国風に目の大きな美しい娘である。

「そんなことといわれても、相手がいません。だれもさそってくれないんです」

「首里にはいま若い将校や兵隊が大勢いるではないか。ちょっと声をかけたら、よろこんで飛びついてくるよ。勇気を出しなさい」

「でも、いまはとても――。参謀長、早くアメリカを追い払ってくださいね。戦争が終ったら私、お見合いをします」

「わかった。登美子の見合いのためにも米軍をみな殺しにしなくてはならんな。心配するな。かならずやっつけてやる」

「お願いします。あの参謀長ならやってくれるとみんないっています」

一礼して登美子は去っていった。もんぺをはいたうしろ姿が弱々しい印象だった。

とっておきのウイスキーを飲みながら長は八原と遅くまで話しこんだ。八原が去ってから長はベッドに横たわり、電灯を消して目をとじた。すぐに眠りこんだ。

人の気配で長は目をさました。左手で枕もとの軍刀をとり、居合の構えで近づいてくる人影を待った。意外にも殺気がない。女の髪油の香りがかすかにただよった。

「だれだ、登美子か」

声をひそめて長は訊いた。

はい。かすかな返事がきこえた。ベッドのすぐそばに登美子は立った。扉の隙間《すきま》から洩《も》れる廊下の灯《ひ》で、登美子が白い薄衣をまとっているのがわかった。

「長閣下、私――」

登美子は口ごもった。

手をとって長は引き寄せる。ベッドに登美子は腰をおろした。女の肌の香りが長の顔をおし包んだ。ふしぎに長は冷静である。

「よしたほうがいいぞ。あとで後悔する」

「いいえ、長閣下になら私――」

登美子はふるえていた。

いとしくて長はたまらなくなった。抱きたいと思った。奇蹟の起らぬかぎり沖縄は米軍の手に落ちる。登美子らは米兵のなぐさみものになるだけだろう。いま長に抱かれるほうが登美子のためには良いのかもしれない。

長は登美子を抱き寄せた。抵抗なく登美子は倒れこんでくる。薄衣のなかに手をいれて若い肌に長はふれた。

胸をつかれていた。まったく欲望を感じないのだ。体も反応を起さない。若々しい登美子の体の感触がひどく遠いものに感じられた。五十年の人生で初めてのことである。やはり余裕がなくなっているのだ。戦死を恐れてなどいないはずなのに、それは表面だけのことで、長の内面は怯《おび》えて困惑しきっている。

いまさら登美子を突きはなすわけにはいかない。新鮮な登美子の体を長はていねいに愛撫した。わざのかぎりをつくして、やさしくあつかった。未成熟ななりに登美子は満ちたらしい。長が愛撫をやめてからも、ぐったりして横たわっていた。

「私、もう処女でなくなったんですか」

やがて、恥ずかしそうに登美子は訊いた。

「いや、おまえはまだ生娘《きむすめ》だ。どこへでも胸を張って嫁にいきなさい」

長がいうと、どういう意味合いなのか、登美子はしのび笑って薄衣に手をかけた。

登美子は去っていった。南国の女は情熱的だとの俗説を嚙みしめて長は目をとじた。

特攻攻撃のさなかにも地上では激戦がつづいていた。

山や丘陵を利用して日本軍は各地で北に向けた陣地を構築していた。各陣地は地下壕によって連絡され、要所要所に地下退避壕が設けられていた。洞窟陣地もある。出入口はコンクリートで固められ、内部は材木などで補強してあった。ほとんどの洞窟は日本兵の陣地となっていたが、県民が避難しているもの、兵と県民が同居しているものもあった。

米軍は最初、日本軍陣地に猛烈な集中砲火をあびせてくる。山がふるえ、砲煙と土埃が立ちこめて目をあけていられないほどだ。米兵が日本軍陣地に近づいているので、艦砲射撃はない。迫撃砲など肌目《きめ》こまかな狙撃のできる砲を撃ってくる。その間日本兵は地下陣地にひそんで砲撃が終るのを待つのである。

集中砲火がやむと、米兵が攻撃前進してくる。日本兵は地下陣地を出て戦闘配備につき、銃で射ち、手榴弾、爆弾を投じて敵を撃退させようとする。

米兵の前進、後退が何度もくり返された。戦車をおし立てて前進してくることもある。大隊砲で日本軍は対抗する。爆雷を抱いて戦車へ飛びこんでゆく特攻攻撃もくり返された。

だが、敵の迫撃砲攻撃による日本兵の死傷者がしだいに多くなった。後退をきらう日本兵は地下壕に追いつめられる。敵は地下壕の出入口にとりつき、黄燐《おうりん》手榴弾、爆薬を投げこんでくる。この「馬乗り攻撃」で玉砕する小隊、中隊が出始めた。兵士とともに壕内で生命を落す県民もしだいに多くなってきた。

しかし、米軍の消耗も激しい。圧倒的に優勢な装備をもちながら、日に百メートルほどしか前進できずにいるのがその証拠だ。交代要員はまだ送られてきていない。四月八日総攻撃というのは絶好の日どりになりそうだ。

七日、米軍の攻撃は激烈をきわめた。左翼では日本軍の四分の三が死傷し、残りの者は一千メートル近く後退せざるを得なかった。右翼では米軍が日本軍の陣地のあいだへ侵入し、混戦状態がつづいていた。右翼中央寄りの日本軍は戦車十五輌を先頭にした米軍の攻撃をうけた。日本軍は戦車と歩兵を分断させる戦法をとり、戦車数台を擱坐させ、二度にわたって敵を撃退した。だが、三度目の攻撃には抗しきれずに陣地を占領された。中央の工兵隊の洞窟では敵の砲爆撃によって隊の爆薬が誘発した。二人の中隊長以下七十名が戦死、戦力は大きく低下した。

連合艦隊の計画した「空海部隊の壮挙」には、特攻隊による攻撃のほか、戦艦大和を中心とする海上特攻がふくまれていた。戦艦大和を沖縄の米軍上陸地点付近へ送りこみ、座礁させて不沈の砲台とし、その巨砲で敵艦船を砲撃、撃沈しようというのだ。巡洋艦矢矧《やはぎ》と駆逐艦八隻が護衛にあたることになった。

海上特攻の通報をうけた第三十二軍の司令部は悲喜こもごもだった。援軍はこの上なくありがたい。沖縄が見捨てられていないと知って将兵も感奮するだろう。ちょうど総攻撃を準備中でもある。海上特攻と同時に総攻撃を実施すれば効果は大きいはずだ。

だが、沖縄とその周辺の状況を見るかぎり、大和が不沈砲台となって敵艦船を撃ちまくるなど、夢物語でしかなかった。制空権は敵の手中にある。特攻艦隊が無事に沖縄へ到着できるとはとても思えない。万一たどり着いたとしても、敵艦艇は大小あわせて千隻以上が碇泊している。大和の巨砲がどれほどのものだったとしても、十隻の艦隊で勝負になるはずがなかった。

「とても無理だ。世界一の戦艦をこんなことでむざむざ海の藻屑《もくず》とするわけにはいかん。大和の出撃は中止してもらおう」

牛島司令官がいいだした。

長にも参謀にも異論はなかった。

「ご厚志は感謝するが、時機尚早と思われる。海上特攻は取止《とりや》めにされたい」

牛島の名で連合艦隊に電報が打たれた。

だが、特攻艦隊は予定どおり四月六日十五時に徳山錨地《とくやまびょうち》を出発し、沖縄へ向った。連合艦隊としては、航空部隊のみに特攻を命じ、海上部隊を意味もなく温存させている状態になんとか決着をつけたかったらしい。壊滅した帝国海軍の最後の意地を見せたい気持もあったようだ。

長らの予想どおり海上特攻艦隊は沖縄に到着できなかった。翌七日正午すぎ、同艦隊は屋久《やく》島の西沖合で米軍機約二百に空襲され、駆逐艦一が沈没、一が炎上した。矢矧も航行不能となった。大和は魚雷一、直撃弾二をうけたが、応戦しつつ前進をつづけた。

午後一時半、約百機の米軍機が第二波の攻撃をかけてきた。大和は魚雷九、中型爆弾三を受けながら抵抗したが、十発目の魚雷を受けて力つきた。二時二十五分沈没。四隻の駆逐艦が損傷を負いながら、漂流者を救助してかろうじて佐世保《させぼ》へ帰投した。

大和の沈没後、駆逐艦の救助艇が漂流者をひろいあげにいった。艇はたちまち満員になる。海中の漂流者が船べりをつかんで助けを乞《こ》う。その数があまりに多く、艇は転覆しそうになる。乗組みの下士官は仕方なく日本刀を抜いて、すがりつく腕を手首から斬りすてまわった。ほかの乗組員も乗りこもうとする漂流者を足で海中に突き落した。大海戦のたびに伝えられる悲劇だった。

四月八日は首里の北方七キロの線に沿って、米軍は全面攻撃を開始した。一進一退の攻防がつづいた。これまで南東方面からの上陸にそなえていた軍砲兵隊はこの日ようやく北正面転換を終えて、猛烈な砲撃を開始した。精度はきわめて良く、米軍の前進を阻む大きな力となった。

夕刻、第六十二師団と独立歩兵大隊の一部による斬込みが実施された。

総攻撃に関しては、八原高級参謀が相変らず強硬に反対する。八原に同調する参謀も出てきた。やむなく長は戦線の各所で実験的な夜間攻撃を試ることにしたのだ。

期待をこめて長は命令を発し、結果を待った。参謀たちとともに首里城の塔にのぼり、嘉数《かかず》付近のまっ暗な丘陵地帯を凝視《ぎょうし》した。きょうの夜襲が成功するようなら、長の考案した夜間浸透作戦はきわめて有望になる。

攻撃隊が出発して二時間ばかり経過した。嘉数付近がぱっと明るくなった。照明弾があがったのだ。つづいて米軍の強烈な銃撃が始まった。おびただしい赤い火が、あわただしく闇のなかを飛び交う。絶望した攻撃隊の突撃の喚声《かんせい》がきこえるような気がする。日本兵が発見され銃撃をうけた以上、夜襲は失敗といわなければならない。

「やはり無理です。米軍は集音マイクで音をとらえ、照明弾を射ちあげる。狙い撃ちされます。とても陣地に侵入はできない」

八原の声が勝ち誇っているように長の耳にはひびいた。

「なんだその口調は。きさま、作戦がうまくいかないのがうれしいのか」

鉄拳を飛ばしたい衝動をかろうじて長はおさえこんだ。

先夜二人でしんみり語りあっていなければ、長は八原をぶん撲《なぐ》っていただろう。

あらためて長は参謀たちと作戦を練りなおした。ここ数日、米軍は日に百メートルずつ前進している。十二日には首里の北五キロまで進出するはずだった。ここには運玉森など日本軍の強固な陣地がある。十二日の夜、全軍の総力をあげて攻勢に転じれば、戦局の逆転が成るかもしれない。

このころから沖縄は雨季に入り、豪雨が降りつづいた。風も強かった。砲撃で荒れはてた野山は雨で泥山となり泥河となった。重要拠点の嘉数陣地の一キロ北にある高地をめぐって、日米両軍は争奪戦をくりひろげていた。昼間は米軍が泥まみれで高地を奪取し、夜は泥のなかを這《は》って日本軍がそこを占領する。奪ったり奪われたりが何日もくり返された。米軍の損害も大きかったが、はるかに多数の日本兵がばたばたと倒れて、前線部隊の戦力は二分の一以下に落ちこんでしまった。

十二日、総攻撃の日になった。米軍の攻撃が一段落する夕刻、長は八原大佐ら数名の参謀とともにきょう出撃する第六十二師団と歩兵第二十二連隊の各陣地を巡回して将兵を激励した。

天然の洞窟《ガマ》や深い壍壕にひそむ将兵は意気さかんだった。ある部隊では将兵が交代で雨に打たれ、戦死にそなえて身を清めていた。ある部隊では戦車に体当りするための爆雷を兵士たちが準備していた。斬込みにそなえて剣や銃剣をみがく者、木の枝を体に縛りつけて擬装する者、とっておきの米を炊《た》いて腹ごしらえする者、さまざまである。

「むし暑い穴倉にこもるのは倦《あ》き倦きしました。参謀長、総攻撃ありがとうございます」

「かならず敵陣を突破します。この雨の音で敵の集音マイクも役に立ちませんよ。ハブみたいに喰いついてやります」

兵士たちの表情は明るかった。

特攻隊員と同様、すでに生死を問題にしない神々しい印象が彼らにはあった。

「たのむぞ。しかし生命《いのち》を粗末にするな。どうしても突破不能なら引揚げてこい」

はやる将兵を長がなだめる恰好《かっこう》になった。かならず総攻撃は成功する、と思った。

県民たちの避難している洞窟や、県民と将兵の同居している洞窟がかなりあった。島の北部へ避難するよう通達を出しておいたのだが、ほとんどの者が南部に残った。

男は中学生から壮年まで鉄血勤王《きんのう》隊や防衛隊に召集され、各陣地の補助要員や国頭《くにがみ》方面のゲリラ隊に加わっている。女学生や若い独身女性も「ひめゆり部隊」など救護班に動員されていた。洞窟にいるのは老人老女、子供たちとその母親がほとんどである。みんな鍋、釜、布団《ふとん》、食料などをもちこんで洞窟にひそみ、戦火のしずまるのを待っていた。そんな避難民が何千、いや何万人いるのか、だれにも見当がつかなかった。

「国頭方面へ避難せいいう通達は見ました。しかしバスがなかったですけん。年寄りの足には遠すぎました」

「それに、なんちゅうても兵隊さんのそばにいるほうが安心です。アメリカにつかまったら生命はなんぼあっても足らん」

老人や母親は頼りきった表情だった。無邪気に「友軍」を信頼している。

「あり得ないこととは思うが、万一敵が攻めてきたら、いまから北へは逃げられんから、いそいで南へ逃げなさいよ。軍は戦うので手一杯で、民間人を救助する余裕がないだろう。敵が一里以内に近づいたら、ともかく逃げるんだ」

県民たちに長は伝えてまわった。どこまで理解されたか、あやしいものだった。

午後七時、砲兵隊が全力をあげて砲撃を開始した。米軍の第一線のやや後方の陣地へ正確に砲弾の雨が降った。第一線が浮足立っているのはたしかである。前線部隊にたいして長は総攻撃を命じた。破壊のひどい首里城の城壁にのぼって暗い戦場を眺めた。

曳光弾が野山を明るく浮かびあがらせた。あちこちで集中砲火が交錯する。無数の火箭《かせん》が米軍陣地から射ちだされ、赤い雨のように彼らの陣地まえの闇に吸いこまれていった。迫撃砲の砲撃も始まる。米軍陣地は砲煙に覆われ、その背後から火箭の雨がいつ果てるともなく飛びだしては降りつづいた。

曳光弾も間断なく射ちあげられる。だが、遠目では戦況がわからない。米軍の集中砲火がいっこうに衰えないので、しだいに長は不安にかられてきた。どこか一ヵ所でも日本軍が突破すれば、集中砲火の壁に穴があくはずなのだが、その気配もない。

雨は降りつづけている。何ヵ所か米軍の後方陣地で火災が起ったが、雨のおかげであまり拡大しないようだ。海のほうで砲音がとどろき、首里城のそばで火柱があがった。艦砲射撃が始まったのだ。味方撃ちの恐れから戦闘地帯は砲撃できない。連日艦砲射撃をあびて城壁は崩れ、貴重な守礼門《しゅれいもん》も吹っ飛ばされた首里城を敵艦はさらに標的にしている。

いっしょに戦況を見ていた参謀たちとともに長は洞窟内の司令部へもどった。みんな沈黙している。総攻撃は十中八九失敗だった。

「なあに、各部隊とも集中砲火の弱まるのをじっと待っているのさ。そのうち突撃するよ。敵が疲れたら、かならずやる」

牛島司令官が一同を力づけた。

気休めにすぎないのはわかっていたが、長はいくぶん救われた。じっさい、真夜中まで待機して攻撃に出る部隊もいくつかあるにちがいなかった。

二時間ばかりで第一報が入った。歩兵二十二連隊第一大隊、首里北東四キロの敵陣地を夜襲したが失敗。中隊長以下数十名の戦死者を出し、戦力低下のため後退したとある。つづいて第二大隊から報告が入った。首里北方四キロの高地に進出、挺身斬込隊を送りだした。現在報告待ちである。

以後もつぎつぎに連絡がとどいた。大部分が失敗の報告だった。集中砲火をついて敵陣へ突入をはかり、損害を出して後退した部隊がほとんどである。強引に突入をはかり、全滅に近い損害を出した部隊もあった。かろうじて潜入をはたした斬込隊もあったが、以後の安否《あんぴ》はわからない。ともかく現在はどの部隊も集中砲火を避けて地に伏せているのが現状である。嘉数方面に出撃した独立歩兵第二十三大隊が敵陣地の中間地域へ潜入に成功、真夜中の斬込みにそなえて待機中という報告がわずかな救いだった。

「各部隊を現状のまま待機させよう。第二十三大隊の斬込みと同時に総攻撃を再開する」

長はそうきめて各部隊へ指示を送った。

あとはときおり気付けの酒を飲みながら、第二十三大隊の攻撃開始を待った。

午前三時、第二十三大隊は行動を開始した。米軍の不意をついて嘉数の北の高地へ進出、敵陣地への突入をはかった。呼応して長は砲兵隊へ砲撃開始を命じ、すべての部隊に総攻撃再開の指示を送った。

第二十三大隊は敢闘した。だが、レーダーで動きや位置を察知され、曳光弾に照らしだされて集中砲火をあびては、前進は不可能だった。大隊長が戦死し、兵士もつぎつぎに倒れてほとんど戦力を失った。ほかの部隊の攻勢もすべて砲火に押し返され、斬込隊は生還しなかった。たった一つ敵中を突破して北進した斬込隊があったが、孤立して翌日の午前中に掃蕩《そうとう》されてしまった。

「総攻撃は中止。各部隊は所定の陣地に引揚げて防備の強化にあたるべし」

牛島司令官は命令せざるを得なかった。

長も参謀たちも無念の涙にくれた。やはり航空隊や大型の大砲、戦車の支援なしに近代戦は成立しない。どれほどの闘魂と忠誠心があっても、抜刀隊の夜襲だけで米軍に対抗するわけにはいかないのだ。自分たちの死はもう覚悟している。だが、こんなことで日本はどうなるのだろうか。本土決戦にも勝てるとは思えない。早晩日本本土はすみずみまで破壊され、占領されてフィリピンや仏印、蘭印のようなみじめな植民地にされてしまうのだろうか。

「わしはもういつ死んでもいい。生きていても祖国の滅亡を見せつけられるだけだ」

長と二人でいるとき、牛島司令官はふっと本音を洩らした。

「いや、軍司令官、だからこそわれわれはなんとか敵に一泡吹かせなくてはならんのです。沖縄で大打撃をあたえれば敵も本土上陸をあきらめて講和に応じるでしょう。祖国を救う道はそれしかない。あきらめずにもう一度総攻撃をやりましょう」

色をなして長は説いた。

だが、内心は空《むな》しかった。不利な事柄は念頭におくまいとしても、破滅はすでに抗しがたい現実となって目前にせまっている。

4

総攻撃の失敗以来、戦線は膠着《こうちゃく》した。

第三十二軍は戦略持久に方針を変え、戦線の整理と防備の強化につとめた。

第六十二師団は十個大隊のうち無傷なのは三個大隊にすぎなかった。あとの七個大隊はそれぞれ半数以上の人員を失っていた。第二十四師団と独立混成第四十四旅団が代って主陣地の防衛にあたることになった。

日本軍が大打撃をうけたのを知りながら、米軍は総攻撃をしかけてこなかった。彼らもかなりの損害を出し、兵員の交代や補給に追われているらしい。連日米軍機の空襲はあったが、地上戦闘はほとんどなかった。何日か睨みあいがつづいた。

米軍の総攻撃が始まったのは四月十九日である。午前六時から陸上のすさまじい砲撃が実施され、七時に彼らは攻撃前進に移った。本島の東南海上に戦艦など十隻の艦隊があらわれて湊川、糸数《いとかず》に艦砲射撃を加えたので、第三十二軍はその方面への敵の上陸にもそなえて防備を固めなければならなかった。

戦線の西部では敵の進出をゆるしたが、中央の嘉数付近では敵の戦車隊の進撃を、独立歩兵第十三大隊が原宗辰大佐の見事な指揮によって阻止、敗走させた。擱坐させた敵戦車二十二輌という大勝利だった。

東部の戦線でも激戦がつづいた。独立歩兵第十一大隊は大きな損害を出しながら勇戦して敵を撃退した。

だが、翌日も翌々日も全線にわたる米軍の総攻撃はつづいた。高地や陣地を奪ったり奪い返されたりした。が、日本軍の戦力低下は大きく、劣勢は否《いな》めない。長は本島南部の防備用に配置された第二十四師団、独立混成第四十四旅団の一部を北へ移し、正面戦線の戦闘に参加させることにした。

「大丈夫ですか。湊川あたり、本島南部に敵は上陸してこないでしょうか」

八原ら参謀は不安がっていた。

「正面の敵はあと一息で東飛行場、小禄飛行場へ到達する。いまさら危険な上陸作戦をやるくらいなら、正面の戦線に投入してひた押しするほうをえらぶはずだ。南部への上陸はないとわしは思う」

「しかし、万一、二十四師団らを北へ移してから南へ上陸されると、わが軍は壊滅ですよ」

「その場合は首里を中心とする円形陣地を設けて抗戦するさ。ともかくこれは博奕《ばくち》だ。南北双方に兵力を分けていれば、二兎《にと》を追って一兎《いっと》も得られぬ事態になりかねない」

明快に博奕と割り切るのが、長勇の放胆なところだった。

参謀たちは長の意見を受け入れた。ただちに該当部隊へ北進命令が出された。主力部隊は数キロ後退して戦線を引きさげ、北上した部隊とともに新しい防衛線を形成した。

米軍の攻撃は各地でつづいていた。四月二十六日からは全戦線での総攻撃となった。戦車、火焰戦車をおし立てた攻撃を、中部の前田《まえだ》地区の日本軍は支えきれなかった。西部でも敵の進出をゆるした。海軍の特攻艇が中城湾へ出撃し、輸送船、駆逐艦各一隻を撃沈したが、大勢に影響はない。この日から翌日にかけて、日米両軍は前田陣地ととなりの仲間《なかま》陣地の争奪をくり返した。最後は両陣地とも米軍の手に落ちた。第三十二軍司令部は主力部隊を首里周辺に集結させ、沖縄の中心である同地を守る方針をきめた。

四月二十九日。晴れわたった天長節《てんちょうせつ》の当日である。第三十二軍の将兵は午前九時、いっせいに宮城を遥拝し、万歳を三唱した。赤飯、饅頭《まんじゅう》、酒一合の配給があった。長は六名の参謀を呼んで会議をひらいた。牛島軍司令官も出席していた。

「現状をもって推移すれば、軍の戦力はろうそくのように消耗し、全滅にいたるのは必至である。南方から移ってきた第二十四師団が健在のうちに攻勢に出て、運命の打開をはかるのはどうか」

いきなり長は提案した。

日米両軍とも大きな損害を出した。だが、相対的に日本軍の損耗《そんもう》のほうが大きい。このまま推移すれば、統一された組織的な作戦は五月十五日をもって終らざるを得ない。持久しても玉砕は避けられないのだから、戦力のあるうちに攻勢に出て敵と心中しよう。追いつめられて死ぬのは不本意だった。一日一日近づいてくる最後の日をじっと待つ苦痛には耐えがたい。いっそ早くけりをつけたい。

組織的な抵抗は五月十五日まで、という見通しに異論はなかった。五人の参謀が攻勢に転ずることに賛成した。

例によって八原高級参謀は反対した。攻勢に出ても勝てる見込みはない。軍の消耗をいっそう早めるだけである。本土決戦の準備を周到たらしめるため、一日でも長くわれわれは持久しなければならない。

「いま日米の戦力比は一対十、いや一対二十と見ても良いでしょう。こんな状態で攻勢に出れば、米軍一にたいしてわがほうは五の損害を生じるだけです。持久方針に徹する以外、道はない」

あくまで八原は合理主義者だった。

長と激論になった。結局、八原は死を恐れているのだと長は見なしていた。

「高級参謀。こんどはわしも軍刀を握って敵中へ飛びこむ決意をしている。貴公はあまりに消極的だ。持論は持論として、全軍の士気にかかわる態度はとるべきではない」

牛島軍司令官が叱責《しっせき》した。いまが見切りどき、と彼も判断していたのだ。

総攻撃の構想をすでに長は立てていた。沖縄本島の東と西から米軍の背後に逆上陸を敢行し、敵の砲兵陣地や高等司令部を襲撃する。いっぽう第二十四師団は砲兵隊の援護をうけつつ北上し、敵を壊滅させるのである。海軍陸戦隊二千名もこの作戦に参加する。

作戦は承認された。五月四日早朝を期して総攻撃は実施されることになった。航空、通信、兵備、情報など参謀たちはそれぞれの担当部門の準備にかかりきった。

米軍が首里近くまで進出しているので、こんどの総攻撃では首里、那覇などが主戦場となる恐れがあった。それらの地区の住民に南部の島尻《しまじり》へ避難するよう命令が出された。一部の住民は移動を始めた。だが、日本軍がまだ首里を防衛しているので、多くの住民は一帯の洞窟から動こうとはしない。住民には日本軍に頼る以外、道がなかった。米軍につかまれば男は殺され、女は強姦されると信じている。長ら将官も、米軍が住民を保護してくれるなどとは考えていなかった。南京で日本兵がやったことを米兵もやるものときめてかかっている。

総攻撃の前夜、司令部では戦勝前祝いの祝宴がひらかれた。牛島軍司令官、長参謀長のほか五人の参謀、二人の師団長、二人の旅団長、砲兵隊司令官、海軍根拠地隊司令官ら将官が招待され、司令部付の五人の沖縄女性が盛装して酒席をとりもった。登美子は長のそばを離れたがらなかった。あれ以来、何度か登美子は参謀長室へしのんできたが、二人のあいだにまだ体の関係はなかった。

「あすは必勝じゃ。後方へ東西から逆上陸されるとは敵も考えておるまい。腹背《ふくはい》から攻撃されて敵はあわてふためくぞ」

「上陸隊が敵の高等司令部を破壊してくれれば一気に勝負はつくはずだ。午前中にわが部隊が普天間の線まで進出するのも夢ではないな。混戦じゃから敵は艦砲射撃ができない」

「反攻の時期も理《り》にかなっているよ。敵の総攻撃が始まって半月目だ。米兵は疲れている。先日つかまえた捕虜の話では、わが軍の特攻と夜襲におびえて気がふれる兵隊が続出しているらしい」

「日本兵とは鍛《きた》えかたがちがうよ。こっちは最初から生命《いのち》をすててかかっている者ばかりだ。あすはかならずその差が出る。戦争は物量のみできまるものではないのを、連中はあす思い知るわけだ」

酔って将軍や参謀は談論風発《だんろんふうはつ》した。

だれもが勝利を信じていた。八原大佐でさえいまは闘志にあふれた表情である。勝てると信じなければ頭が変になりそうだから、全員が必勝の信念で固まっていた。

ヨーロッパ戦線ではベルリンがすでに陥落し、ヒットラーは四月三十日に自殺した。海外放送が伝えたその事実を、宴会の出席者全員が知っているはずだった。しかし、だれ一人それを口にする者はいなかった。ドイツが降伏すれば、これまで対独戦に従事していた米英軍が日本本土上陸作戦に加わるだろう。ソ連も満州へ攻めこんでくるにちがいない。予想されるその事態を直視するのが、長らにはあまりに辛《つら》すぎた。顔をそむけ、勝利の幻想にひたって総攻撃を敢行する以外、恐怖と絶望を追い払うすべはなかった。

将官や参謀の意気軒昂《いきけんこう》ぶりは、だから欺瞞《ぎまん》にすぎなかった。自分をだまし、仲間どうしだましあって幻想にすがった。この時期、ほとんどの将軍がそうだった。敗北をみとめて講和をはかる勇気がなく、じたばたと現実から逃げまわって悲劇を大きくしたのだ。

首脳部の宴会がたけなわの午後八時、東海岸逆上陸を目ざす部隊が首里の東五キロの与《よ》那原《なばる》港を出発した。長らが期待をかけたこの逆上陸部隊も、実体は二百隻のクリ舟（丸木舟）を漕《こ》ぐ二百名の将兵にすぎなかった。彼らは上陸予定地の津覇《つは》を目ざして暗い海にひそかに消えた。つづいて二十隻の特攻艇が敵輸送船攻撃のため与那原港から出航した。

西海岸上陸部隊はクリ舟、特攻艇で四日午前零時に那覇港を出撃した。同港の北東約六キロの大山《おおやま》へ上陸する予定だった。

夜半、西海岸上陸部隊から無電が入った。大山付近の敵艦を攻撃して相当の戦果をあげた、敵は混乱し一部で同志討ちをやったということである。逆上陸にも成功したらしい。

東海岸の部隊からも無電が入った。敵艦に発見され甚大《じんだい》な損害をこうむったが、一部が逆上陸に成功したということだった。幸先よし。長ら司令部は勇み立った。

航空部隊も三日夕刻から攻撃を開始した。特攻機の突入などで、翌日の日没までに巡洋艦一、駆逐艦三を撃沈、戦艦一を炎上させる戦果をあげた。

五月四日の早朝、砲兵部隊が全力をあげて砲撃を開始した。着弾はきわめて正確で、敵の混乱ぶりが首里城から確認できた。第二十四師団の将兵が左右、中央に分れて進撃する。軍司令部は各部隊へ「敵陣地に突入」の電信を送った。まもなく「攻撃成功」の報せがつぎつぎに返ってきた。米軍は日本軍の出撃を予測できず、完全に虚をつかれたのだ。

「やったぞ。一気に普天間まで押し返せ」

「右翼部隊がとくに優勢のようだ。逆上陸部隊が後方を攪乱しているのだろう」

司令部はよろこびで沸き立った。

軍の攻勢予定どおり進展。右正面における敵の動揺はとくに大きい。攻撃の成功を司令部は確信している。牛島軍司令官名で大本営へ電報が打たれた。内心の不安が消えて、長は猛烈な食欲にかられた。

だが、景気の良かったのは午前中だけだった。昼すぎに各部隊の進撃が停まり、「混戦中」の報がつぎつぎに司令部へ入り始めた。

優勢だった右翼の部隊は敵戦車隊の攻撃をうけ、敗走していた。中央の部隊も多くの犠牲者を出し、進撃の停まったところを敵戦車隊に蹂躪《じゅうりん》された。対戦車戦は陣地に拠《よ》ってこそ可能だが、出撃して裸のときおそわれると反撃のすべもなかった。左翼では日本軍が最初から敵陣地へ突入できず、戦線の現状を維持するので精一杯だった。戦車部隊が応援に駆けつける予定だったが、道路が破壊されて動けず、ほとんど戦力にならなかった。

総攻撃はまたも失敗に終った。奇襲に成功し、最初のうち日本軍は優勢でも、時間がたつうちに米軍の無尽蔵な物量に圧倒され、最後は力つきてしまうのだった。

だが、もうあとには引けない。司令部は五日も総攻撃の続行を命じた。敵と刺しちがえるより道はなかった。しかし、反復攻撃すればするほど各部隊の出血は増加する。結局司令部は五日夕刻、総攻撃の中止を決意せざるを得なかった。

第二十四師団は三分の二の将兵が死傷し、すでに満身創痍《まんしんそうい》だった第六十二師団は歩兵の数が六分の一に減ってしまった。砲兵隊は弾薬をほぼ使いはたし、今後は一日一門につき十発に発射を制限された。それでも五月末まで保《も》つかどうかわからない。船舶工兵二個連隊は全滅した。第三十二軍には、もう総攻撃を実施する体力も気力もなくなっていた。

五月四日の総攻撃から一週間後、四個師団の米軍があらためて総攻撃を開始した。

戦線は那覇、首里の一キロ北、東の運玉森《うんたまむい》高地を結ぶ位置にまでせまっていた。

左翼の日本軍はすぐに敗れて首里へ撤退した。だが、中央から右翼にかけて、日本軍は死力をふりしぼって抵抗した。十日間にわたって血みどろの白兵戦が展開された。戦線を保持する力は、もう日本軍にはない。五月二十日ごろには各所で戦線が破られ、首里城は陥落の一歩手前にあった。

大本営にたいして司令部は現状を報告し、救援を乞う電報を打った。だが、返電はなかった。県民とともに第三十二軍はすでに祖国から見放されていた。

総攻撃の失敗後、軍司令官は八原高級参謀に事実上の指揮権をあたえた。一人持久戦を主張しつづけた八原に、長もいまとなってはすべてを任す以外になかった。

五月二十一日夜、八原は司令部壕へ各兵団の参謀長らを招集し、今後の方針を会議にはかった。ほとんどの部隊が首里城にこもって玉砕する決意を固めていたが、八原は首里を放棄し、本島最南端の喜屋武《きやん》半島、摩文仁《まぶに》で持久戦をつづける方針を打ち出した。

「新しい陣地に拠り、最後まで抗戦するのが軍の根本目的である」

出席者を見まわして八原は説いた。

喜屋武にはかつて第二十四師団が構築した陣地がある。数多くの洞窟に弾薬がまだ大量に貯蔵されている。地形のうえからも喜屋武は自然の要塞だった。山岳地帯であり、背後は三、四十メートルの断崖となって海に面しているのだ。首里城で抗戦すれば玉砕まで十日あるかどうかだが、喜屋武に立てこもれば一カ月は抗戦できるはずだった。

第六十二師団の上野《うえの》参謀長は首里撤退に反対した。同師団の戦力はほとんど尽き、とても新しい作戦に参加する余力はない。そのうえ首里の各洞窟には何千名もの重傷者が収容されている。後送する輸送機関もない。

「重傷の戦友を見すてて後退するのは師団としてしのびない。われわれは将兵の大部分が戦死した現在の戦線で玉砕したい」

上野参謀長の悲痛な訴えをきいて、部屋はしずまり返った。

長は上野を支持したかった。いまさら持久戦をつづけても米軍には痛くも痒《かゆ》くもない。すでに米軍は本島の四飛行場を確保し、飛行機を発着させている。本土空襲の基地になっているのだ。こうなればほそぼそと生きのびるよりも、首里城を枕に討死したい。そのほうが戦闘は早く終了する。県民が米軍にどんなあつかいをされるかわからないが、まさかみな殺しにはされないだろう。戦闘が終るのを県民は待ち望んでいるのではないか。

だが、作戦指導はもう八原にまかされている。なによりも牛島軍司令官が最後の一兵まで抗戦する方針だった。長は総攻撃失敗の責任者である。もう自説を主張する資格はない。

結局、八原の方針が承認された。二十七日から撤退が開始されることになった。首里地区からの撤退命令が県民に発せられた。

「重傷者の処置はどういたしましょうか」

八原高級参謀が長へ相談にきた。

長は憎しみと軽蔑をこめて八原をみつめた。日本軍の将兵は降伏も、捕えられることもゆるされていない。捕えられる可能性のある場合は自決せねばならない。わかりきった事柄である。だが、八原は命令者となるのを避けて、長に指示を出させようとする。南京と同じ事態になった。

だが、女々《めめ》しい掛引きを長は好まない。すぐに覚悟をきめて八原にいいわたした。

「重傷者は各自、大日本帝国軍人として恥ずかしからざるよう善処すべし――。わしの名でそう布告するがよかろう」

いいわたして長はそっぽを向いた。

自分もすぐに死ぬのだ。生きて虜囚《りよしゆう》の辱《はずかし》めを受けず、は軍の掟《おきて》でもある。自決の申しわたしにうしろめたさは感じなかった。

ほうぼうの洞窟で重傷者は自決を始めた。夜、司令部の外へ出ると、手榴弾や爆雷が近くの山中で爆発する音がきこえた。長は目をとじてその場に立ち、連続する爆発音に耐えて自決者の冥福《めいふく》を祈った。敗軍の将は敵ばかりでなく味方にたいしても鬼にならねばならない。これほど苦しい立場はなかった。しばらくして爆発音が途絶えると、長は全身に脂汗《あぶらあせ》がにじんでいた。

毒物で死ぬ重傷者も多かった。ある病院では歩行不能の重傷者全員に青酸化合物がくばられた。毒物の入ったコンデンスミルクを重傷者に飲ませた病院もあった。重傷者に依頼された衛生兵がつぎつぎに彼らを刺殺した例もある。自決者の数は五千を越えた。米軍から見ればまさに狂信の行動だが、米兵たちが恐怖におののいたのも事実である。

五月二十七日、司令部の首脳は予定どおり首里城を脱出して喜屋武へ向った。三人の参謀とともに長は先導車に乗った。雨が降っていた。道路が破壊されていて、自動車はしばしば立往生する。緑の木々と赤屋根の家々がまじりあっていた美しい首里の街は、二十万発の砲弾、一千ポンドの爆弾をあびて、見る影もない瓦礫《がれき》の平野と化していた。教会と中学校の鉄骨だけが建築物の痕跡《こんせき》である。

首里から南へゆく道路は、撤退する将兵と避難する県民であふれそうになっていた。雨に打たれながら、彼らの長い行列はえんえんとつづいた。県民の多くはさきの尖《とが》った円形の笠《かさ》を頭に載せ、白い衣服を身につけていた。「一般人を米軍は攻撃しない。軍人と区別できるよう白い服を着てほしい」というビラを米軍機が撒いたからである。

リヤカーや手押車に荷物や赤ん坊を乗せ、健康な者は荷物を背負って県民たちは辛抱強く歩いていた。クラクションを鳴らされて軍用車に道をゆずるときも、いやな顔は見せなかった。母の背中で長らに手をふる子供もいる。県民は軍を信頼しきっていた。

「喜屋武半島の洞窟にはすでに県民が大勢避難しています。これからも県民の数は増えます。第二十四師団が還っても、入れる洞窟がないかもしれない。どうしますかね」

車中で参謀の一人がつぶやいた。

長はむっと腹が立った。彼自身もそのことを考えて困惑していたところなのだ。

「どうするもなにも、洞窟に将兵が入らんことには戦争にならぬ。県民を追いだしてでも将兵を洞窟に入れるのだ」

不機嫌に長は答えた。一軍の参謀長としては、ほかに答えようがない。

甲高《かんだか》い爆音がきこえた。

「グラマンだ。停まれ。退避する」

参謀の一人が運転手の兵士に指示した。

爆音が急速に近づく。機銃掃射の音がきこえた。道路を歩く県民たちが悲鳴をあげて左右の畑へ逃げこんだ。長らも車から飛び出て畑地に伏せる。銃弾の雨がブスブスと地を突き刺して通りすぎる。グラマンは六機だった。空中で反転して、また掃射にきた。何人かがやられたらしい。悲鳴がきこえた。グラマンは殺戮《さつりく》を楽しむように何度も掃射をくり返してから、海のほうへ去っていった。

さいわい自動車は炎上をまぬがれた。長らは自動車にもどった。死者が何人も出たらしい。子供がほうぼうで泣きさけんでいる。

「白い服を着とるのに射ちよった。アメリカの宣伝は嘘じゃ。だれもアメリカのいうことを信じてはいけんぞ」

老人が手押車のうえでさけんでいた。白服の女がそばに倒れている。

遅れて出発した軍司令官の自動車も無事のようだった。追ってくるその車を確認して、長らは一安心した。

「さあいこう。司令部の位置を早く確定しないと統一がとれぬ」

長にいわれて運転手は車を発進させた。

死者も負傷者も無視して南へ向う。


「お母さん助けて。怖い。助けて」

小学一年生の長勇は、泣きながら白壁に囲まれた自宅の門内へ駈けこんだ。この餓鬼《がき》、ぶっ殺してやる。男は口走っていた。酔っているらしい。酒と垢の匂いがする。ボロを着て、垢《あか》にまみれた浮浪者の男が鬼の形相《ぎょうそう》で追いかけてきた。この餓鬼、ぶっ殺してやる。男は口走っていた。

友達三人と学校から帰る途中だった。食堂のゴミ箱をあさっている浮浪者を見つけた。ひどくいやな感じがした。四人で石を投げて逃げだしたのだ。

意外にも男は追いかけてきた。まっさきに石を投げた勇を狙っていた。一度勇は追いつかれて襟首《えりくび》をつかまれた。無我夢中で勇は男の手に噛みつき、男がひるんだ隙《すき》にまた逃げたのだ。家の門をくぐったとき、男は十メートル背後にせまっていた。

母が菊の鉢植えに水をやっていた。泣きながら勇は母にすがりついた。

「どうしたとですか。この子がなにか」

追ってきた男に母が訊いた。

男は苦しげに息を切らせて、事情を話した。

「そりゃ済まんことでした。子供のことですから許してやってくださいな」

財布を出して母は男に小銭をあたえた。機嫌をなおして男は去っていった。

長勇は目をさました。砲声がきこえる。すぐ近くに敵がせまっているのだ。

ここ数日、きまっていまの夢を見る。追いかけてくる浮浪者の鬼のような顔が近々とせまってくる。砲声を耳にすると、あの男の夢を見るくせがついてしまった。

近くで寝ている牛島軍司令官へ長は目をやった。お母さん怖い。助けて。まさか声に出してはいないはずだったが、もし寝言を耳にしていたとしても、この軍司令官ならさげすんだりはしないだろう。長にも可愛いところがあると思ってくれるにちがいない。

午前四時だった。六月二十三日。きょうは人生最期《さいご》の日である。生き残りの司令部衛兵が最後の突撃に出たあと、牛島と長は死出の旅に出るつもりである。

八原大佐以下の参謀たちは大本営への報告その他の使命をおびてそれぞれきのうまでに脱出していった。生存できるか否かは運しだいだ。彼らはまだ若い。祖国のために将来貢献できるはずだ。長もまだ五十歳だが、七十歳をすぎたような気がする。精一杯生きて、活力を使いはたした。もう思い残すことはなにもない。

「軍司令官、四時です。起きましょう」

長は牛島に声をかけた。

牛島は目をあけた。ほほえんで上体を起し、ゆっくりと立ちあがった。洞窟の奥に湧水がある。二人はそこで全身を浄《きよ》め、口をすすいだ。牛島は通常礼装に着替え、長は大切にもってきた純白の着物を身につけた。『忠即尽命、尽忠報国』と白衣には書いてある。

支度を終えて、二人は洞窟の入口へいった。沖縄本島の南端、摩文仁の海岸に面した山の中腹の洞窟である。

三度目の総攻撃の失敗以来、首里の戦線で一進一退の戦闘をつづけた。力つきて首里を捨て、六月の初め、南部へ司令部を移した。しだいに追いつめられてここまできた。圧倒的に優勢な米軍相手に三カ月近く戦ったのだから、長としては悔《く》いがなかった。

残念なのは多くの県民を戦闘の巻きぞえにしてしまったことだ。北部へ逃げるよう通達したのだが、多くの県民が日本軍の主力がいる南部へ避難してきた。戦うので手一杯で、彼らを守る余裕がなかった。日本軍が玉砕するのを見て、人々も得心してくれるだろう。海軍の大田司令官もそのことが最後まで気がかりだったらしく、

「――沖縄県民かく戦えり。県民に対し後世特別のご高配を賜《たま》わらんことを」

という告別電を打って自決している。

洞窟の入口には、生き残りの数名の衛兵たちがすでに出撃の支度をして待っていた。顔

をこわばらせて彼らは捧《ささ》げ銃《つつ》をする。

「ほんとうにご苦労だった。これでお別れしよう。諸氏の武運長久を祈る」

牛島のことばに彼らはしゃくりあげた。

ふり返りふり返り彼らは去っていった。

洞窟のなかに二人はもどった。向いあって正座する。牛島は拳銃を、長は古式にそって短刀を手にしていた。

「さきにいくぞ。参謀長」

牛島は声をかけ、目をとじて拳銃をこめかみに押しあてた。おだやかな表情だった。

彼は引金《ひきがね》をひいた。前に倒れる。噴き出た血を長は拭《ぬぐ》ってやり、あおむけに牛島を寝かせた。顔に白布をかけてやる。

ついで長は正座し、両手で短刀をおしいただいた。布を短刀の柄《つか》に巻いてしっかりと握る。白衣をおしひろげ、一息いれて、気合もろとも左の腹へ突き刺した。そのまま右へ引き、撥《は》ねあげる。最後にのどを突いて倒れた。

勇がきちんとやりとげるかどうか、じっと見まもっている母の顔が脳裡《のうり》にあった。

（この作品『豪胆の人』は、平成九年九月、小社から四六判で刊行されたものです）

一〇〇字書評

切り取り線

購買動機（新聞、雑誌名を記入するか、あるいは○をつけてください）

□（　　　　　　　　　　　　　　）の広告を見て
□（　　　　　　　　　　　　　　）の書評を見て
□ 知人のすすめで　□ タイトルに惹かれて
□ カバーがよかったから　□ 内容が面白そうだから
□ 好きな作家だから　□ 好きな分野の本だから

●最近、最も感銘を受けた作品名をお書きください

●あなたのお好きな作家名をお書きください

●その他、ご要望がありましたらお書きください

住所					
氏名		職業		年齢	
Eメール			新刊情報等のメール配信を希望する・しない		

あなたにお願い

この本をお読みになって、どんな感想をお持ちでしょうか。

この「一〇〇字書評」を私までいただけたらありがたく存じます。今後の企画の参考にさせていただきます。

あなたの「一〇〇字書評」は新聞・雑誌などを通じて紹介させていただくことがあります。そして、その場合はお礼として、特製図書カードを差しあげます。

前頁の原稿用紙に書評をお書きのうえ、このページを切りとり、左記へお送りください。Eメールでもお受けいたします。

〒一〇一-八七〇一
東京都千代田区神田神保町三-六-五
九段尚学ビル　祥伝社
祥伝社文庫編集長　加藤　淳
☎〇三（三二六五）二〇八〇
bunko@shodensha.co.jp

祥伝社文庫

上質のエンターテインメントを！　珠玉のエスプリを！

祥伝社文庫は創刊15周年を迎える2000年を機に、ここに新たな宣言をいたします。いつの世にも変わらない価値観、つまり「豊かな心」「深い知恵」「大きな楽しみ」に満ちた作品を厳選し、次代を拓く書下ろし作品を大胆に起用し、読者の皆様の心に響く文庫を目指します。どうぞご意見、ご希望を編集部までお寄せくださるよう、お願いいたします。

2000年1月1日　　祥伝社文庫編集部

豪胆《ごうたん》の人《ひと》　帝国陸軍参謀長《ていこくりくぐんさんぼうちょう》・長勇伝《ちょういさむでん》　長編小説

平成15年7月30日　初版第1刷発行

著者　阿《あ》部《べ》牧《まき》郎《お》

発行者　渡辺起知夫

発行所　祥《しょう》伝《でん》社《しゃ》

東京都千代田区神田神保町3-6-5
九段尚学ビル　〒101-8701
☎ 03(3265)2081(販売部)
☎ 03(3265)2080(編集部)
☎ 03(3265)3622(業務部)

印刷所　図書印刷

製本所　図書印刷

ISBN4-396-33114-2 C0193
祥伝社のホームページ・http://www.shodensha.co.jp/

祥伝社文庫

半村　良　鈴河岸《すずがし》物語

鈴づくり職人・剣次郎《けんじろう》の自慢はどんな刀よりも硬い長十手。ある日、町方与力から辻斬りの刀を折れとの密命が！

半村　良　湯呑《ゆのみ》茶碗

定年後の切実な問題を軸に、郊外のマンションに垣間見えるさまざまなドラマを人間味溢れる筆致で描く。

半村　良　かし長屋　浅草人情物語

大盗賊が、すがすがしい長屋の人々に囲まれて、扇職人として更生したが、昔の仲間が現われて…。

笹沢左保　野望の下馬《げば》将軍　徳川幕閣盛衰記・上巻

江戸期の官僚である幕閣たちは、いかにして将軍家を凌駕《りょうが》する権力を握ったか。徳川三百年史第一弾！

笹沢左保　将軍吉宗の陰謀　徳川幕閣盛衰記・中巻

五代綱吉から八代吉宗へ、幕政はいかにして確立したか？　徳川中興の祖・吉宗の素顔を描く大河歴史小説。

笹沢左保　黒船擾乱《じょうらん》　徳川幕閣盛衰記・下巻

現代に通じる幕府崩壊の理由。田沼意次の壮大な政策とは。権力者たちの三百年を描く大河歴史小説、完結！

祥伝社文庫

西村　望　**八州廻り御用録**

神道無念流・関八州取締出役の芥十蔵は、捕り方達と博徒の屋敷を取り囲んだ！　無宿人たちの愛憎と欲望！

西村　望　**逃げた以蔵**

功名から一転、追われる身になった「人斬り以蔵」の知られざる空白の一年を描く、幕末時代の野心作。

伴野　朗　**さまよえる湖の伝説**

『大谷《おおたに》シルクロード探検隊』隊員の手記を発見した考古学者が、なぜ超兵器をめぐる謀略戦の渦中に!?

伴野　朗　**傾国伝　島原の乱が明国《ミン》滅亡を呼んだ**

隣国の大争乱に、明はなぜ沈黙していたのか？　密約の人質として明に渡った天草四郎《あまくさしろう》の妹の数奇な運命とは…。

伴野　朗　**毛沢東暗殺**

「林彪事件」に疑問を抱き、公安の執拗な追撃の中、北京取材を進める元新聞記者杉江恭治《すぎえきょうじ》が突き当った「現代中国を揺るがす驚愕の真相」とは？

伴野　朗　**国士無双**

天才武将・韓信は、いかにして兵法の常識を破る「背水の陣」をなし得たか？　国士無双と謳われた英雄の生涯